memel
VERLAG

Auslaufgebiet

Im Berliner Hundeauslaufgebiet findet ein Jogger eine unvollständige Frauenleiche. Haben Hunde sie getötet?
Als an der Leiche Wolfsspuren entdeckt werden, bricht Hysterie in der Stadt aus. Hauptkommissar Oskar Blum, mit arabischen Doppelmördern beschäftigt und verloren in Gegenden ohne Straßenschilder, bittet seinen Freund und suspendierten Kollegen Jakob Hagedorn um Hilfe.
Der Geisterseher begegnet einem historischen Rudelführer, einem Waldarbeiter mit Samenstau und einer Kreuzbergerin mit Schlagkraft, nimmt die Fährte der Wölfe auf, trifft in Brandenburg eine Wolfsfrau und läßt einen Caniden in sein Hirn ziehen. Eine Schlange rettet ihm im U-Bahntunnel das Leben, ein Russe versteckt ihn vor der Kripo, ein Wolf beschützt ihn vor Gericht, er verliert einen Freund und findet einen Mörder ...
Der andere Berlinkrimi - prall, schräg, abgründig, poetisch.

Lotte Bromberg

wurde 1968 geboren. Sie wacht, schläft, arbeitet und schreibt in Berlin. *Auslaufgebiet* ist nach *Fallsucht* und vor *Mutterboden* ihr zweiter Kriminalroman mit den Berliner Ermittlern Jakob Hagedorn und Oskar Blum. Weitere folgen. Wir hoffen, jedes Jahr.
Mehr unter **www.memelverlag.de**

Lotte Bromberg

Auslaufgebiet

Der andere Berlinkrimi

Memel Verlag

Dies ist ein Roman. Jegliche Übereinstimmung oder auch nur Ähnlichkeit mit lebenden oder toten Personen oder Begebenheiten ist zufällig und in keiner Weise beabsichtigt.

Überarbeitete Ausgabe

Umschlaggestaltung anettemartin.de
Druck und Bindung Clausen & Bosse Leck
ISBN 978-3-945611-04-3
www.memelverlag.de

Für Dich

wen sonst

Wie schön, dass meine energiegeladene Kampfkatze ganz schnell zur eingefleischten „Leseratte“ werden kann. Ich liebe alle Seiten von Dir und freue mich auf das neue Lebensjahr mit Dir.

In Liebe

Dein M

I

Yoga war etwas für Eunuchen. Morgens als erstes Müsli, die komischen Sprossen auf dem Salat, was tat man nicht alles, um den schärfsten Frauenhintern zum Beben zu bringen. Aber Yoga?

Sein Pulsmesser piepte bedrohlich. Er tippelte auf der Stelle und kontrollierte Brustgurt und Einstellung. Hundert Meter durch den Grunewald, und er schwitzte wie ein Schwein. Blöder Salat.

Er sah sich um, Massen von Grün, bergeweise Sauerstoff. Er versuchte, in die letzten Winkel seiner Lungenflügel Grunewaldaroma zu pumpen. Sprossen vertreiben.

Hustend trabte er los. Fünf Kilometer fürs Erste und dann das T-Bone-Steak, das ihn im Kühlschrank erwartete. Kein noch so vibrierender Hinterteil glich auf Dauer vegetarische Kost aus. Seit Wochen träumte er von bluttriefendem Fleisch, wilden Autojagden und einer endlosen Anzahl Liegestützen. Kein Wunder, daß er so schlapp war, ihm fehlte Eiweiß. Nur Volltrottel ballerten sich an die Spitze der Nahrungskette und kehrten dann zu Vogelfutter zurück.

Der Pulsmesser meldete sich schon wieder. Nächstes Mal mit Musik, hatte er ganz vergessen nach der langen Zeit. Die dusselige Waldstille und dann noch dieses höhnende Piepen.

Er mußte pinkeln, grub sich seitlich ins Unterholz, fand eine kleine Lichtung mit Ausblick, ließ aus Gewohnheit die Hosen runter und ärgerte sich schon wieder. Wochen hatte er auf ihrer hölzernen Klobrille versessen. Er brauchte sich für nichts zu schämen, weder den Strahl noch den Hahn, aus dem er kam. Schließlich traf er jeden Eierbecher, strammstehend wie ein Stier.

Zufrieden sah er seinem Urin hinterher, folgte dem Bogen bis zum Ende, wo er spritzend und schäumend auf den Waldboden traf, wie ein Hochdruckreiniger den Sand wegspülte. Einen Stein freilegte oder was immer das war.

Sein Magen erkannte es als erster. Das Frühstücksbrötchen, die vier Eier im Glas, Schinkenspeck und Kaffee wollten zum Licht.

Er hatte ihnen keinen Willen entgegenzusetzen, als er begriff, daß er die Reste einer menschlichen Hand freipinkelte. Sie hatte die Farbe geräucherten Schinkens, angebissen von allen Seiten. Sein Urin tröpfelte aus, er taumelte, und sein erstes wohlschmekkendes Frühstück seit drei Monaten landete in hohem Bogen auf dem Grunewalder Frühlingsboden. Er traf einen angeknabberten Ringfinger, der etwas abseits lag. Ein Knochen blinkte, eine Sehne hing, lang und weiß. Er wich zurück, sah hoch und entdeckte die zerfledderte Frauenleiche. Schultern, Reste von Armen. Der Kopf, Haare, das Gesicht. Unvollständig. Darüber eine Wolke von Insekten, schwarz, surrend, dröhnend. Sie hatten ihn entdeckt. Sie kamen auf ihn zu. Sein Pulsmesser piepte pausenlos. Er stolperte, strauchelte, schlug sich die Knie auf und rannte um sein Leben.

Hauptkommissar Oskar Blum lauschte im Hausflur an einer klapprigen Wohnungstür. Vier Kripobeamte und ein falscher Paketbote warteten hinter ihm, die Waffen im Anschlag, den Blick auf die verschlossene Tür gerichtet. Es stank nach Katzenpisse, Kohlsuppe und billigem Rasierwasser. Unten im Haus plärrte ein Kind, ein Mann brüllte es nieder. Draußen schimpfte ein Martinshorn, dazwischen rief der Muezzin zum Gebet, Autos hupten wütend, Bremsen quietschten, Motoren heulten. Weddinger Sinfoniekonzert.

Sie hatten einen anonymen Hinweis bekommen, in der Wohnung fänden sie die gesuchten Doppelmörder, bewaffnet und bereit, diese Waffen auch einzusetzen. Aber Ismail hatte das Paket vergessen. Ausnahmsweise kam er pünktlich zum Dienst, frech grinsend in seiner DHL-Verkleidung, weil Oskar keinen Grund hatte, ihn zusammenzufalten. Und dann fehlte das Paket, das ihnen Zugang zur Wohnung verschaffen sollte.

Die Haustür klappte, fünf Kriminaler senkten die Waffen und drückten sich an die Wand. Ismail, der falsche Paketbote, beugte sich über das Treppengeländer. Sie erkannten das Schnaufen von Rudi, dem fettesten Streifenpolizisten des Wedding. Keuchend erreichte er mit letzter Kraft das vierte OG und streckte Ismail das Paket hin.

Alle gingen in Deckung, Ismail klingelte.

Nichts geschah.

»Paketpost«, rief er.

Sie hörten Schritte auf knarrendem Dielenboden, die Tür blieb zu.

»Keiner da«, sagte Ismail und zog sein falsches Lesegerät vor. »Ärgerlich, Bruder, mußt Du zur Post, um abzuholen. Echt blöd, wenn Du mich fragst.« Das Lesegerät piepte, die Tür öffnete sich einen Spalt. Ismail sah in schwarze, engstehende Augen unter gegeltem schwarzem Haar. »Wir ham nix bestellt«, sagte der Mann, fast noch ein Kind, und linste auf das Paket.

»Is' mir egal«, sagte Ismail, »hier steht Al-Ahmadi und da auch.« Er tippte auf das Klingelschild.

»Der is' verreist.«

»Macht drei Euro achtzig.«

Oskar verdrehte die Augen. Was waren denn das für Preise?

Die schwarzen Augen starrten Ismail an. »Muß ich Geld holen«, sagte der Junge.

»Mach det. Und ich kann nich' wechseln.« Ismail stützte das Paket am Türrahmen ab und schob eine Fußspitze in die Tür. »Schweres Teil«, sagte er und grinste.

Der Junge ging Geld holen. Ismail gab die Tür frei und seine fünf Kollegen schlichen in die Wohnung. Ismail drückte Rudi das Paket in die dicken Finger, zog seine Dienstwaffe aus der Hosentasche und folgte den Kollegen. Der immer noch schnaufende Rudi sah ihm mit großen Augen zu.

»Drei achtzig, hat er gesagt.« Am Ende des langen Flurs, verhandelte der junge Mann mit einem Baßbariton, der ihm in einer fremden Sprache antwortete. Zu wenig Umlaute für den Türken Ismail.

Oskar wies die Kollegen auf die zwei Seiten des Flurs. Linke Seite die Küche, leer. Zurückgeschobene Stühle am Eßtisch, Essensreste, dreckige Porzellanteller, angebrochenes Fladenbrot, ein offenes Glas Oliven, eine Ketchupflasche. Das Bad daneben, gefüllt mit Flaschen und Tuben, drei Rasierapparaten, nassen Handtüchern auf dem Boden, dazwischen schwarze Haare. In der Badewanne eine Plastiktüte, aus der Wäsche quoll. Ein Schlafzimmer mit großem Einzelbett, sorgfältig abgedeckt mit einer schimmernden schwarzen Decke.

»Passend, hat er gesagt. Kann nich' wechseln.«

Der Bariton stieß kehlige Verwünschungen aus.

Rechte Seite eine Kammer, dunkel, muffig, fensterlos. Noch ein Schlafzimmer, alles leer. Zwei Einzelbetten, zerwühlt, ein voller Aschenbecher auf einem Plastikstuhl dazwischen, über der Rückenlehne gebrauchte Unterwäsche, neben dem Ascher ein teures Handy.

Dann eine geschlossene Tür. Oskar drückte die Klinke, erfolglos. Er zog den steckenden Schlüssel ab und legte ihn auf den Boden.

Blieb nur das Wohnzimmer, in dem die zwei Männer sprachen. Münzen klimperten.

Oskar holte tief Luft, nickte seinen Kollegen zu, gemeinsam stürmten sie los.

Der Junge hob den Kopf, auf dem schwarzglänzenden Couchtisch lagen lauter Euromünzen. Ein älterer Mann saß neben ihm, ein dritter mit glasigen Augen abseits, in der Hand eine Shisha.

Der junge Mann richtete sich auf und faßte in die Hosentasche. Oskar griff seinen Hosenbund im Kreuz, hob ihn an und ließ ihn fallen, mitten in die Münzen. Seine Hose rutschte bis unter die haarige Pofalte. Oskar drehte seinen Arm auf den Rücken und drückte den Kopf seitlich auf die Tischplatte. Der Junge brüllte wie am Spieß.

Der Ältere hob langsam die geschlossenen Hände hoch. Ein Kollege richtete die Waffe auf ihn. »Fallen lassen«, sagte er und deutete auf seine Hände. Euromünzen klimperten auf den Couchtisch.

Ismail stand mit gezogener Waffe in der Zimmertür, zog Handschellen aus dem Hosenbund und warf sie dem glasigen Shishamann zu. »Anschnallen, Bruder«, sagte er.

Rudi, der schnaufende Streifenpolizist, hatte eine Weile allein vor der Tür gewartet. Nachdem die direkte Gefahr gebannt war, wollte er allerdings auch nichts verpassen. Er rückte seine Mütze gerade, zog die Dienstwaffe und durchmaß den Flur. Den Blick voraus, wäre er fast auf den Zimmerschlüssel getreten. »Tzzz, tzzz«. Er hob ächzend den Schlüssel auf und steckte ihn in das Schloß. Er wollte ihn eigentlich nur umdrehen, damit er nicht wieder auf den Boden fiele. Aber dann öffnete sich das Schloß, wie von allein. Er drückte die Klinke, ganz vorsichtig, die Waffe voraus.

»Na, was haben wir denn da«, sagte Oskar Blum aus dem Wohnzimmer. »Eine Halbautomatik. Dafür haben die Herren doch wohl nicht etwa einen Waffenschein?«

Der ältere Mann fluchte wieder in seiner fremden Sprache.

Rudi atmete tief ein und öffnete die Tür.

Auf ihn zu stürzte jaulend ein Bullterrier, wich Rudis Körpermasse aus und raste den Flur entlang. Rudi sah ihm verdutzt hinterher, da stürzte ein zweiter aus der Tür. In hohem Tempo erreichten sie das Wohnzimmer, sprangen auf den Couchtisch, schlitterten in die Euromünzen, knurrten und bellten mit sabbernden Mäulern.

Rudi sah in das Zimmer, als ihm ein dritter Bullterrier an den Hals sprang. Schreiend fiel er hintenüber auf die Dielen.

»Was zum Teufel …«, rief Oskar.

Der Bullterrier auf Rudi winselte, leckte sein Gesicht und pullerte ihm warm in die Uniform.

Oskar nahm die Hände von dem Jungen und versuchte, die zwei Bullterrier vom Couchtisch einzufangen. Einer sprang über einen Sessel und raste aus dem Zimmer. »Rudi, die Wohnungstür«, rief Oskar. Der geflüchtete Hund drehte eine irre Runde über die schimmernde Tagesdecke im Schlafzimmer, Speichel triefte aus seinem Maul. Der vollgepinkelte Rudi hielt seinen Hund im Nacken und robbte zur Wohnungstür. Der dritte Terrier sprang hechelnd im Wohnzimmer von einem Möbelstück zum anderen, verbiß sich schließlich in einem Vorhang, zerrte an ihm und knurrte. Zwei Kripobeamte warfen Kissen auf ihn und versuchten ihn einzufangen.

Der Junge, aus Oskars Klammergriff befreit, zog seine Hose hoch, sah sich um und schlich rückwärts zur Wohnzimmertür.

Der Bullterrier aus dem Schlafzimmer hatte genug von der Tagesdecke und raste zu Rudi in den Flur. Rudi hob die Arme und brüllte »Stop!«. Der Terrier bremste ab, fixierte ihn mit heraushängender Zunge und hervorquellenden Augen und nahm Anlauf. Rudi warf erst die Mütze nach ihm und dann sich auf ihn. Er bekam ein Bein zu fassen, mußte aber den anderen Terrier loslassen. Der machte einen Satz und verschwand durch die weit geöffnete Wohnungstür. Rudi hörte seine Krallen auf den Treppenstufen abwärts schlittern. Schnaufend hielt er den anderen Bullterrier fest. Fünfzig Prozent, dachte er.

Da kam der Junge in den Flur. Sah Rudi bäuchlings mit dem Bullterrierbein in der Hand quer auf den Dielen liegen, hinter ihm die offene Wohnungstür. Er beschleunigte, um über Rudi und Hund zu springen. Rudi sah seine jungen Muskeln sich anspannen, sah die weißen Turnschuhe, das gegelte Haar, die engstehenden tiefschwarzen Augen, die dicke goldene Kette um den dunklen Hals und hob seinen fetten Hintern.

Der Junge, mitten ihm Sprung abgefangen, schlug krachend der Länge nach hin wie ein nasser Sack. Landete halb auf Rudis Allerwertestem, halb auf dem Dielenboden. Rudi drehte sich, immer noch den Hund festhaltend, auf den Rücken, schüttelte das Gewicht des Jungen ab wie ein lästiges Insekt, robbte zur Wand, wischte sich mit dem Oberarm den Schweiß von der Stirn und dachte, hundert Prozent.

II

Hauptkommissar Oskar Blum saß mit verschränkten Armen auf dem Beifahrersitz seines Citroën. Die ausgestreckten Beine hatte er auf dem Lenkrad untergebracht, die Schulter an die Tür gelehnt. Neben der geöffneten Fahrertür kniete ein uniformierter Kollege und redete vernünftig auf ihn ein.

Oskar hielt die Augen geschlossen. Nicht mit ihm. Er war die Kripo, verdammt noch mal, er ließ Absperrbänder ziehen und blieb nicht vor ihnen stehen.

Er hatte nach dem Einsatz die zwei verbliebenen Hunde in die Obhut eines Tierheimmitarbeiters gegeben und sich den Verdächtigen gewidmet. Der Älteste hatte sich nach den Hunden erkundigt und fortan geschwiegen. Bis sechs Uhr früh hatte Oskar in der Keithstraße die immer gleichen Fragen in drei starr schweigende Gesichter versenkt. Nicht einmal Angaben zur Person entlockte er ihnen. Sie hatten keine Ausweispapiere gefunden, aber zwei Schnellfeuergewehre, vier Revolver, neun Handgranaten, vier Kilo Kokain, drei Kilo Crack und zwölfeinhalb Kilo synthetischer Partydrogen. Ein schöner Fang für Drogenfahndung und Organisierte Kriminalität, aber nichts für Oskars Doppelmord. Sah aus, als hätte der anonyme Anrufer die Kripo mißbraucht, um den Drogenmarkt von einem lästigen Konkurrenten zu bereinigen.

Der Mann an der Shisha hatte im Verlauf der Stunden das Glasige aus seinem Blick verloren und mit Blick Richtung Kommissar auf das Linoleum gerotzt. Oskar war auf Berliner Bordsteinen sozialisiert, solches Ziegenhirtengebaren entlockte ihm nur ein halbseitiges Grinsen. Um sechs Uhr vier beendete er die einseitige Kommunikation, ordnete zur Feststellung der Personalien die zwangsweise Abnahme von Fingerabdrücken an, was sofort Leben in die Bude brachte. Er hätte schon um drei darauf kommen können.

Um kurz nach sieben waren die ihn mit fremdsprachigen Flüchen überschüttenden Männer in drei Einzelzellen verstaut und Oskar wankte nach Hause. Er plumpste angezogen in sein Bett, eine halbe Stunde später klingelte ihn die Zentrale aus beginnendem Tiefschlaf, klagte, wer alles mit Grippe abgemeldet oder an unlöschbarem Burnout erkrankt war. Bevor Oskar erfuhr, wie gut es Kollegin Bettina auf einem dänischen Campingplatz und Kollege Ritter im Grill von Antalya ging, legte er auf. Er war eindeutig zu gesund und zu selten verreist.

Oskar versprach seinem Federbett, er käme bald zurück, begoß den bleiernen Kopf mit eiskaltem Wasser und fuhr quer durch die Stadt zum Leichenfundort im Grunewald. Und das alles, um sich jetzt von Zehlendorfer Befindlichkeiten gängeln zu lassen und auf den amtlichen Hausherrn der Bäume zu warten, bevor er mit seinem Auto dessen Revier befuhr, um eine Leiche in Augenschein zu nehmen.

»Det kann ewig dauern, bis der Förster kommt«, seufzte der Uniformierte.

»Eben«, sagte Oskar, »kurz vor ewig durchbreche ich das Hindernis.« Er zog die Beine vom Lenkrad. Wenn er sich erinnerte, wie er früher brünftig die Sitze abgescheuert hatte, kamen keine knarzenden Glieder vor. Nicht nur sein Auto alterte.

»Es ist wirklich nicht weit«, quengelte der Uniformierte. »Höchstens zwanzig Minuten zu Fuß.«

»Neunzehn zu viel. Ich zeig' Dir, daß meine Kutsche viel besser zum Wandern geeignet ist als meine Großstadtfüße.«

Oskar Blum war gebürtiger Neuköllner. Sein Kinderbettchen hatte in der Tempelhofer Einflugschneise geschaukelt, seinen nuckelnden Schlaf die blinkenden Lichter westalliierter Flieger behütet. Mamas Streusel dazu, ab und zu Kloppe von Papa.

Schritt für Schritt hatte er sich eingelaufen in die puckernden Adern seiner Heimatstadt. Lauscher aufgestellt, Nase im verrußten Wind, große Klappe sowieso. Immer det letzte Wort. Nüscht vapassen, jetzt komm' ikke.

Ging zur Oberschule, schrieb von schlauen Mädchen ab und machte im dritten Anlauf als erster im Block Abitur. Landete bei der Berliner Polizei, das Richtige tun, zu den Guten gehören. Papa war stolz, Mama bügelte die Uniform.

Er zog weg aus Neukölln, traute sich immer mehr, linste zu den Kollegen von der Kripo. Das wär was. Ganz andere Liga. Sperrte wieder alle Sinne auf, wurde verlacht, keiner war jemals von den Uniformierten gewechselt. Oskar Blum wollte der erste sein. Schob sich in wichtige Vorzimmer, schenkte Sektretärinnen Zeit und Pralinen, füllte sorgfältig Anträge aus. Trank Bier mit Kriminalern, berlinerte und baggerte. Den Polizeipräsidenten rührte sein Aufsteigereifer, er bekam die Ausnahmegenehmigung. Is 'n Netter, aber schafft der soundso nich'.

Er büffelte und sein ganzes uniformiertes Revier half. Hörte ab, schob Dienste zur Seite und saß daumendrückend im Flur, als es so weit war. Oskar trickste, quatschte, riß mitten in der Prüfung Neuköllner Witze, legte seine Straßenkindheit auf die ächzende Waagschale und schaffte es. Der Flur jubelte, verteilte Selbstgebrannten, klopfte Schultern, stolz, daß es einer von ihnen geschafft hatte, sicher, daß Blum sie alle nie vergessen würde.

Oskar landete bei der Kripo und grub sich wieder ein. Lernte Geburtstage, kommentierte Ehesorgen und Kindernöte und machte sich unersetzlich. Wurde in Fußballmannschaften gewählt, zu Besäufnissen und auf Schrebergartenpartys geladen und paddelte in seinem Element. Kannte jeden, grüßte jeden, war einer von ihnen.

Und dann kam ein Akademiker zu ihnen in die Keithstraße. Jakob Hagedorn. Lange Latte, schluffiger Gang, den er auch noch stundenlang durch menschlich ausgebombte Gegenden lenkte. Wald und Flur, so was. Und wenn er nicht latschte, dann las er. Hatte zuhause Altbauwände hoch bis zum Stuck voller Bücher.

Dazu verträumt wie 'ne Jungfrau, aber einen Blick, der wie eine Schußfahrt durch Deine Seele donnert. Bis in den allerletzten

Winkel. Seine blauen Augen zogen Oskar aus, betrachteten ihn von allen Seiten und reichten ihm eine flauschige Decke. Oskar hatte nix zu verbergen, zumindest nicht vor diesem Blick, fand die Decke wohlig und hatte zum ersten Mal im Leben einen richtigen Freund. Erfuhr dann alles über ihn. Von der umtriebigen Kindheit mit den bösen Zwillingen Manie und Depression seines bildhauernden Vaters und eines späten Abends vom langen Trauerflor über der toten Mutter.

Oskar schob seinen neuen Freund durch eingetretene Türen und übergab ihm lamentierende Mörder zusammen mit deren neunmalklugen Anwälten. Der Neuköllner übernahm kotzende Säufer, das Geplauder mit Uniformierten und den Abtransport der Leichen. Seinem Freund legte er heulende Witwen und rotzende Waisen in den Arm und überließ ihm jene Fragen nach dem großen Ganzen, die Oskar in Alkohol einlegte.

Das Arbeiterkind bestaunte Jakobs lässige Größe, noch mehr aber seine Arbeit. Während Oskar mühsam den Hauptweg aus Fakten freiharkte, stieg sein Freund im Kopf um zwölf Ecken, fand mitten im Geröllfeld Wege und knöpfte Verdächtigen durch seinen Grubenblick das Herz auf. Selbst mieseste Killer gierten nach seinem Verständnis. Als Jakob dann auch noch Geister von Mordopfern sah, die ihm den Weg zum Täter wiesen, war es zu spät für Oskars treue Neuköllner Seele.

Natürlich überforderte ihn das. Er war Bulle, schnarchte bei jedem Buch ab Seite fünf, hatte keinen Bock, irgendwelchen Idioten in die Seele zu gucken und war froh, wenn ihn Geister, die es natürlich ohnehin nicht gab, in Ruhe ließen. Aber wen interessierte das schon. Irgendwer da oben hatte ihm diesen langen Spinner auf den Schoß gesetzt, da half kein Jammern. Oskar hob also die Fäuste hoch und verteidigte den Paradiesvogel gegen jeden, der auch nur zischend Luft holte.

Und Luft geholt wurde reichlich. Erst fand man die Geisternummer kleidsam und verdrehte in Jakobs Rücken die Augen. Aber dann entdeckte die akademische Wunderlatte, daß der altgediente Kollege Pommerenke seine Geliebte ermordet und einen Unschuldigen an seiner statt hinter Gittern versenkt hatte. Die Reihen schlossen sich. Nicht hinter Jakob, dem Aufdecker und Moralisten, sondern rings um die mordende Kumpelseele Pommerenke.

Oskar wich mit seinem Franzosen fluchend einem auf dem Weg liegenden Ast aus. Achsbruch im Wald, das fehlte ihm noch. Ruf mal eine Pannenhilfe in die Berliner Forsten.

Das wäre ein Fall für Jakob, überall Gegend, Bäume bis zum Horizont. Oskar gehörte auf Asphalt. Baumscheiben für die Fiffis, der Rest für ihn. Als er acht war, fand der Vater seinen Sohn zu fipsig und verordnete sonntäglich frische Luft. Oskar schlug das deutsch-amerikanische Volksfest vor. Stattdessen nahmen sie U-Bahn und Bus, um auf irgendeiner Ausflugswiese zu landen, meist am Wasser. Dann gab es rote Weiße, die Sonne brannte, Oskar langweilte sich und zählte Bäume.

Er brauchte das alles nicht. Sicher war Berlin quietschgrün. Spree und Havel, die Seen, der Tegeler Forst, die Müggelberge, der Grunewald. Und dazu der Kleinkram der Proletenstadt. Kein Kiez ohne Park, alle grillten auf löchrigem Rasen, fläzten sich auf Bänken, rauchten Tabak und Shit, tanzten zu orientalisch jaulenden Radios, sangen sozialistische Kampflieder unter klapprigen Bäumen, führten scheißende Hunde und Pflanzen rausreißende Kinder in Wald und Flur, einzigartig. Zum Protzen in der weiten Welt war das super, aber nüscht für Oskars Freizeit.

Die letzten zweihundert Meter bis zum Tatort mußten sie doch zu Fuß gehen, Oskars Schuhe sahen aus wie die eines Bauern, er war sauer. Auf einer kleinen Lichtung abseits des schmalen Waldweges tummelten sich die Kollegen. Oskar sah kein einziges Auto, nur zwei an einen Baum gelehnte Fahrräder. Wollten die die Leiche auf den Gepäckträger nehmen?

»Morgen, Hanno«, sagte er zum Rücken des Spurensicherers. Hanno trat einen Schritt zurück, in Oskars Magen schaukelte das hastige Frühstück. Er zählte auf die Schnelle sieben Einzelteile einer Frau. Knapp vor ihm lag eine Hand, der kleine Finger fehlte zu zwei Dritteln, die übriggelassenen Nachbarn leuchteten rot lackiert. Teure Klunker, scharfer Mini, abseits lagen schicke Pumps. Völlig deplaziert, mal abgesehen vom zerfledderten Zustand des Körpers.

»Unsere Schlachtermeisterin aus Baden-Württemberg wäre beleidigt«, sagte Hanno. »Kein Handwerk, eine Riesenschweinerei.«

Oskar schluckte. »Der fehlt ja ein Ohr.«

»Das nehmen sie gern zu Anfang.«

»Wer, zum Teufel?«

»Die Wildtiere«, sagte Hanno. »Ratten, Füchse, so'n Zeugs. Genauer kenn' ich mich nicht aus, Wald ist nicht so mein Ding.«

»Was Du nicht sagst.«

Hanno lachte. »Deins auch nicht, soweit ich weiß.«

»Aber eine Frau ist das schon?«

»Geschlechtsteile sind Weichteile.«

»Die kommen gleich nach den Ohren?«

»Das ist eine Frau. Und eine Brust ist weg. Sieht man bloß nicht durch das viele Blut und den dunklen Pullover.«

Oskar wurde grau.

»Jetzt kotz' mir hier nicht hin, Hauptkommissar.« Hanno klopfte ihm auf die Schulter. »Die nächste Leiche finden wir sicher wieder in geschlossenen Räumen.«

»Wenigstens ein versiffter Hinterhof dürfte es sein.« Oskar sah zu den Bäumen hoch und auf den knallblau zuversichtlichen Himmel darüber. »Wißt Ihr schon was über die Todesursache?«

»Nee, das dauert. Außerdem war noch kein Rechtsmediziner da. Aber wenn Du mich fragst, wir sind hier im Hundeauslaufgebiet.«

»Was soll das heißen?«

»Hunde stammen von Wölfen ab, Du weißt schon.«

»Berliner Fiffis sollen eine Frau zerfleischen?«

Hanno beugte sich vertraulich zu Oskar vor. »Mich hat mal ein Pudel gebissen. Mußte mit vier Stichen genäht werden.«

»Der wollte an Deine Eier, wetten?« Oskar lachte und zog sein Handy aus der Tasche. »Das heißt, ich soll hier ermitteln. Kein harmloser Suizid, kein Herzinfarkt durch Sauerstoffüberschuß?« Er deutete auf den Wald ringsum. »Oskar Blum unter Eichen.«

»Das sind Buchen, Du Depp«, sagte Hanno.

Oskar seufzte. »Das habe ich schon befürchtet.« Er tippte die Kurzwahl Null in sein Handy. Das war eindeutig etwas für kopfkranke Geisterseher.

III

Seine Schwester biß ihn in den Rücken. Knurrend machte er eine Rolle auf sie zu. Hell bellend hopste sie zur Seite. Gemeinsam jagten sie über die Wiese, schnell hatte er sie eingeholt, mit weit geöffnetem Maul stürzte er sich auf ihren Nacken, zog an ihrem Fell und rüttelte. Er hatte Haare im Hals, hustete und würgte. Seine Schwester fiepte unterwürfig, drehte sich auf den Rücken und streckte ihm die Beine entgegen.

Er verlor das Interesse, sah über die Wiese und trollte sich zu den Erwachsenen. Seine Mutter schlief, die anderen dösten. Sie hatten ein Reh erlegt, erst gestern, und waren alle satt und blutbesudelt. Nur der alte Rüde putzte sich, leckte sorgsam mit geschlossenen Augen seine Vorderläufe.

Er zupfte Gras, setzte sich hin, hob den Hinterlauf unentschlossen zum Ohr und kratzte sich. Ging über zur Lefze, dem Hals. Eine Fliege kam ihn zu ärgern. Er schnappte nach ihr, sprang auf, schlug Haken, hielt plötzlich inne und legte sich ins Gras.

In ihm zog es wieder. Er fiepte und legte den Kopf auf die Pfoten. Sein Herz schlug um das Ziehen herum, kreiste es ein. Er fraß etwas Gras, ein paar Gänseblümchen, kaute ausgiebig, die Blütenblättchen kitzelten ihn, das Ziehen blieb. Er stand auf und pinkelte an die nächstbeste Kiefer, neuerdings hob er das Bein. Er blickte auf seinen dampfenden Urin, kontrollierte den Geruch, bellte auffordernd, aber seine Geschwister beachteten ihn nicht.

Die sich senkende Sonne wärmte seine Nase, er nieste. Von dort rief ihn etwas. Er witterte und ließ den Kopf kreisen. Scharf, kühl und fremd schien ihm die Witterung. Er folgte ihr bis an den Rand der Wiese, bis zur Anhöhe vor dem Wald. Blieb stehen, witterte erneut, sah zurück. Seine Mutter gähnte. Sein Bruder schlug Purzelbäume, bellend verfolgt von seiner Schwester. Ein Schlag ging durch seinen Körper, er tollte den Abhang hinunter und stürzte sich auf seinen Bruder. Gemeinsam rollten sie durch das Gras.

Jakob Hagedorn sah in den Motorraum eines antiquierten Bullis und fragte sich, wohin mit dem Schraubenschlüssel.

»Find'ste wenigstens den Keilriemen, Schatzi?« Grete gackerte.

Jakob grunzte und überlegte, ob er sich von einer 80jährigen in Faltenrock, Strumpfhose und Wanderstiefeln auf einem Brandenburger Waldparkplatz beleidigen ließe. »Hat der überhaupt TÜV?«

»Noch vier Wochen, kein Grund, nervös zu werden.«

Jakob tauchte aus dem Motorraum auf. »Wir brauchen eine Werkstatt.«

»Blödsinn. Seit zwanzig Jahren repariere ich dieses Auto selbst.« Sie nahm ihm den Schraubenschlüssel aus der Hand.

Diese verschrumpelte Schachtel mit ihren himmlisch blauen Augen machte Jakob völlig wehrlos. Erstmals begegnet waren sie sich im vergangenen Jahr, als er nachts um drei aus der Wohnung seiner frisch aufblühenden Liebe Hanna in den Hausflur gestürmt war und die heimkehrende Grete beinahe umgerannt hatte.

Am folgenden Tag war er dann während einer Geiselnahme auf den Fußboden eines Weddinger Lehrerzimmers gekracht, hatte gezappelt und gesabbelt und sein Bewußtsein erst in einem Krankenhausbett wiedergefunden. Ungute Voraussetzungen für das Werben um eine so lange wie bildschöne Ärztin. Gewisse Meinungsverschiedenheiten Hannas mit ihrem Arbeitgeber und eine Mordanklage hatten die Verhältnisse allerdings wieder gerade gerückt.

Bei einer Flasche Single Malt, die Grete, mit dem fürsorglichen Hinweis auf die von Alkohol ausgehende Gesundheitsgefahr für verpurzelte Hirne, nahezu allein geleert hatte, erfuhr Jakob später den Grund für Gretes nächtliche Heimkehr. Sie hatte in der Wohnung eines ehemaligen Schülers und Hobbycannabisgärtners der mit Durchsuchungsbeschluß anrückenden Polizei die demente Oma vorgespielt: kreischend stand sie in der Wohnungstür und forderte, man solle den Weg in den Luftschutzkeller freigeben, sie riefe sonst den Blockwart. Die peinlich berührten Polizisten ergriffen die Flucht.

Da sie, vermutlich mit Zwangsjacke und Krankenwagen für Oma, wiederkommen würden, mußte die Cannabis-Plantage weichen. Grete klingelte die nachbarschaftliche Kundschaft zusammen und verteilte Zubehör und Technik über das ganze Mietshaus. Die meisten Pflanzen landeten in der Komposttonne eines neuerbauten Townhouses zwei Straßen weiter.

Der dankbare Gärtner versprach Grete für ihre Hilfe lebenslangen Nachschub auf Kosten des Hauses, was die Alte bis zum letzten Atemzug auskosten wollte. Jakob gab etwas acht, daß sie es nicht übertrieb. Während ihre Pflegetochter Hanna bis zur Gerichtsverhandlung durch die Welt reiste, hatte er sich angeboten, für Grete zu sorgen. Hanna erzählte es der Alten, die senkte ihre blauen Augen in Jakobs, kniff ihn in die Wange und sagte, ich hab Dich auch lieb.

Mit Schraubenschlüssel und Stablampe bewaffnet sah sie Jakob an. »Du mußt mich hochheben und leuchten.«

Jakob seufzte, hob das Fliegengewicht auf die Stoßstange und hielt sie in der Taille fest. Er sah auf den grauen Lockenkopf und hörte es professionell klappern, als sein Handy klingelte.

»Wenn Du jetzt rangehst, bin ich verloren.« Gretes Stimme klang hohl.

Jakob löste vorsichtig die Hand von der alten Hüfte und fingerte nach seinem Handy.

»Mann, hat das lange gedauert. Liegst Du im Koma?«

»Grüß Dich, Oskar. Ich bin in Brandenburg im Wald.«

»Wie romantisch.«

»Mit Grete.«

»Sucht Ihr einen neuen Standort für ihre Kifferplantage?«

»Ich soll Dich auch lieb grüßen. Warum rufst Du an?«

»Ich habe hier eine Leiche.«

»Was geht mich das an?«

»Sei nicht gleich beleidigt, nur, weil Du suspendiert bist.«

Jakob hatte außer der Gesundheit auch seinen Beruf eingebüßt, Beamtenrecht und Corpsgeist sich, bisher erfolgreich, gegen ihn verbündet. Er war suspendiert und stand vor Gericht. Eine Serienmörderin und seine große Liebe hatte er allerdings in diesem Seuchenjahr auch gefunden, nicht schlecht für einen mit den Gliedern rappelnden, kopfkranken Geisterseher.

Und es war ja nicht so, daß er nichts zu tun hatte. Montag bis Freitag entstaubte er seine Bücherregale, schlich sich zwischen Schulklassen durch Museen, besuchte die neuesten Berliner Baustellen, fuhr auf dem S-Bahn-Ring im Kreis und ging jeden zweiten Tag einkaufen. Am Wochenende, wenn auch Nicht-Suspendierte Zeit hatten, pflegte er rostige Freundschaften. Und abends, wenn ihn zielloser Tatendrang ansprang, verhinderte die Geisterrunde der Opfer seiner letzten Mordermittlung naturtrübe Gedanken.

Die schienen sich bestens zu verstehen, er kam sich zwischenzeitlich in seiner eigenen Wohnung wie ein Zimmerwirt vor. Hübsche junge Frauen, die Platten auflegten und sich auf Sesseln und Sofa räkelten, als sei das ein Geisterzuhause. Jakob fand das unhöflich. Er hatte ihre Geschichte aufgeklärt und verstreute Körperteile aus einer Berliner Tiefkühltruhe in ländlich idyllische Gräber verfrachtet. Na gut, nicht alle in die passenden, was konnte er für hartherzige Eltern.

Vermutlich mußte er nur endlich wieder arbeiten, dann fände er zurück in die Realität oder neue Mordopfer vertrieben die alten. Letzte Woche hatte er mit seinen Geistern ernsthaft geredet, sie sollten zu ihren Angehörigen zurückkehren oder ihre vermutlich schlecht gelaunte Mörderin in der Zelle besuchen. Aber sie hatten ihn nur mitfühlend angesehen. Als könnten sie ihn nicht allein lassen in seinem arbeitslosen, nutzlosen Freizeitdasein.

Mitleid von toten Frauen, denen einzelne Körperteile fehlten, hervorragend. Die kaugummilangen Tage und geistergefüllten Nächte machten ihn zu noch einer quengelnden Mimose. Gute Voraussetzungen für eine Umschulung zum Haremseunuchen, aber schlechte für den rauhbeinigen Alltag als Kriminaler auf Berliner Straßen. Den er so vermißte, daß es ihm das Zwerchfell zusammenkrempelte, wenn er nur daran dachte. Bekäme er die Chance zurückzukehren, er schwiege über endlose Überstunden, kaputte Mitmenschen und mißgünstige Kollegen.

»Mir geht es vorzüglich ohne Arbeit, Oskar.«

»Aber sicher, deshalb turnst Du auch mit Deiner alten Kifferschachtel durch die Pampa.«

Jakob schwieg.

»Sie liegt im Auslaufgebiet.«

»Armer Oskar.«

In Gegenden ohne Straßenschilder war sein Freund verloren. Das Hundeauslaufgebiet im Grunewald war zwar nicht Nord-Kanada, aber immerhin. Ein paar Hundert Hektar Wald, Wasser am einen Ende, die S-Bahn am anderen. Ganz zu schweigen von den vielen freilaufenden Hunden und ihren landschaftserfahrenen, selbstbewußten Begleitern. Oskar mußte sich fühlen wie auf dem Mond.

»Ich kann das nicht, hier sind überall Bäume.«

Oskar schlug genau den Ton an, bei dem er alles stehen und fallen ließ. Keine Frau konnte das. Jakob seufzte. »Hat Deine Franzosenkutsche ein Abschleppseil?«

»Warum?«

»Du holst uns hier ab, und ich sehe mir Deine Leiche an.«

»Du bist ein Schatz, Alter. Und wo seid Ihr?«

»Burg Rabenstein, Gretes Bulli hat die Steigung nicht geschafft.«

»Das finde ich nie.«

»Fahr bis Belzig. Du weißt schon, Autobahn, der Spargel ...«

»Und wenn die Häuser aufhören?«

»Rufst Du mich an.«

»Was Du bloß an Gegend findest.«

»Komm her, dann erkläre ich es Dir.«

Er lag auf der Anhöhe, den Wald im Rücken. Seit er nicht mit zur Jagd gedurft hatte, war das sein Platz. Als die Erwachsenen aufbrachen, wollte er sie erstmals begleiten, hatte sich mit angelegten Ohren, Kopf und Rute gesenkt, zwischen sie gestellt und gebettelt. Er war doch so gut wie erwachsen. Aber die Rüden knurrten, scheuchten den Halbstarken zurück zu seinen Geschwistern.

Sie waren mit fetter Beute zurückgekehrt. Ein Frischling, genug für alle. Aber er wartete schmollend abseits. Erst, als alle satt schliefen, war er zu den Resten gegangen, hatte Knochen abgenagt und geknackt. Sein Magen war voll, aber das Ziehen blieb.

Er schlief jetzt auch am Waldrand, den Blick auf das Rudel. Ging in den Wald, um sich zu lösen und der Witterung hinzugeben. Der Wald war klein, er konnte am anderen Ende die Sonne untergehen sehen. Glutrot und dick senkte sie sich in die warme Erde, in seine Brust, füllte ihn aus.

Dieses Mal gab er nach. Mit weit ausgreifenden Schritten lief er in das Rot, immer weiter, bis es verschwand, die Nacht sich senkte, der Mond stieg, die Sterne auf seinem Weg blinkten. Er spürte Sand unter den Pfoten, die kühler werdende Luft in seiner Brust, horchte auf das Wispern und Knispern der Nacht. Tau senkte sich in sein Fell, aber ihm war warm und wohl. Er lief und lief, trank aus Pfützen, ruhte aus unter Bäumen, und lief, bis die Sonne wieder stieg. Erst als sie steil über ihm stand, suchte er Schutz vor ihrer Hitze unter einer weit ausgreifenden Fichte, grub sich eine Mulde und rollte sich ein. Steckte die lange schmale Schnauze tief unter seine Flanke, horchte auf die Geräusche des fremden Waldes, das ferne Pfeifen des Bussards, das Keckern der Elstern, den Warnruf des Eichelhähers. Sein Herzschlag wurde ruhiger und er schlief ein.

Seine Schwester war zum Waldrand hinaufgelaufen, hatte die Witterung des Bruders aufgenommen, war durch den Wald, die Nase tief am Boden, seiner Spur gefolgt. Auf der anderen Seite des Waldes sah sie über die Ebene und hielt inne. Sah sich um, fiepte ratlos. Legte den Kopf in den Nacken und heulte.

Es antwortete ihr das Rudel im Rücken, der ferne Bruder schwieg. Da drehte sie um. Durchmaß mit hüpfenden Zwischenschritten das Wäldchen, fand den früheren Schlafplatz ihres verlorenen Bruders, kratzte mit den Hinterpfoten etwas Sand in seine Mulde, löste sich darauf, lief den Hang hinab zu ihrem Rudel und vergaß ihn.

Die Sonne hatte sich vor ihm gesenkt, ein zweites, drittes Mal. Jetzt, am vierten Tag, hatte sie die Landschaft noch nicht in rotes Licht getaucht, noch blendete sie den auf sie zulaufenden jungen Rüden. Vor ihm lag ein breiter Fluß. Das Licht tanzte auf seinen trägen Wellen. Auf dem gegenüberliegenden Ufer bewegte sich etwas, das er nicht kannte. Er witterte fremde, schwere Gerüche, die der Wind herübertrug. Verwirrende Geräusche füllten seine großen, feinen Ohren. Seine Stirn zog sich zusammen.

Er blieb in Deckung, wartete. Mit der Dämmerung wurde es ruhiger am anderen Ufer. Nur ab und an bewegte sich ein großes Wesen langsam, stinkend und röhrend von einer Seite zur anderen. Er folgte mit dem Kopf seinen zwei großen Augen, die über den Uferweg tanzten, dem kleinen Licht, das über den Fluß streifte und schließlich den zwei roten Augen an seinem Ende.

Als die Dunkelheit überall war, schlich er sich zum Fluß und trank. In ihn grub sich nagende Leere ein. Sie sprach mit dem Ziehen. Er sicherte nach allen Seiten. Außer ein paar Fledermäusen war alles leer. Er stieg in den Fluß, setzte vorsichtig Pfote für Pfote und wurde mitgerissen. Die Strömung war stark, weit zog sie ihn hinaus. Er bewegte die Beine im Wasser. Kraftvoll schwamm er durch den Strom. Nur die graue Rute und sein schmaler Kopf waren zu sehen, dicht angelegt die Ohren. Er fühlte seine Kraft, die das Wasser durchteilte. Sah Bäume am Ufer vorüberziehen, Sterne über sich.

Die Fledermäuse begleiteten ihn, stürzten auf den Schwimmenden nieder, bogen kurz vor ihm ab in den Nachthimmel. Das Wasser war kalt, unter ihm wirbelte es. Seine Beine wurden schwer, seine Züge langsamer. Der Fluß war breit und stärker als der unerfahrene Wolf auf dem Weg in ein neues Leben. Seine Rute sog sich voll Wasser, wehrlos schleuderte sie hin und her. In seine Ohren lief der Strom, er fror trotz der Anstrengung. Sein Atem ging keuchend. Immer schneller wirbelte das Ufer vorbei, immer wilder umflatterten ihn die Fledermäuse.

Endlich spürte er Sand. Wirbelnden, weichen Sand. Noch ein, zwei Züge mit den lahmen Beinen, dann stand er, schwankend. Stieg auf zum Ufer, zog sich mit den zitternden Vorderbeinen die Böschung empor. Das Wasser lief in Strömen an ihm hinab. Er schüttelte sich, der Nachthimmel zerstob vor Wasserfunken. Er trabte hoch auf einen grasbewachsenen Deich und sicherte ringsum. Die Fledermäuse hatten ihn verlassen. Ein Fuchs war vorbeigekommen am Abend, unter sich hörte er Nager in ihren Bauen trappeln, in der Ferne einen Kauz. Er drehte sich um und sah zurück auf den Strom. Hob den Kopf, immer höher, legte ihn in den Nacken und heulte. Er bekam keine Antwort.

IV

Als ein Kollege ihm in der Keithstraße sagte, wo er die Angehörigen der Frauenleiche aus dem Grunewald fände, hatte Oskar gehofft, er träfe auf ganz normale Berliner, die zufällig in der Platte im Osten wohnten. Man will sich ja in seinen Vorurteilen nicht einrichten. Außerdem gab es wirklich nette Ostler, die in Prenzlberg das System zu unterbuddeln versucht hatten, allerdings heute in Charlottenburg wohnten, weil Stuttgarter ihre Wohnungen aufgekauft und von den Überwachungskabeln der Stasi befreit hatten.

All seine guten Vorsätze lösten sich schon im Hausflur auf. Schichten frischer Farbe hatten diesen unnachahmlichen DDR-Duft nicht beseitigen können. Piefigkeit, Braunkohleruß und viel Süßliches klebten Oskar auf den Bronchien.

Jetzt saß er auf einer Lichtenberger Couch im siebten Stock des Arbeiter-und-Bauern-Paradieses für verdiente Kleinkader, eingekeilt zwischen plüschigen Kissen und sah in das starre Gesicht von Walter Gerber, dessen ältestes Kind Iris den Grunewalder Ratten Teile ihres Körpers geopfert hatte.

»Mein Mann kommt nicht so zurecht in der neuen Zeit. Sie müssen schon entschuldigen«, sagte die Mutter. Seit einer halben Stunde drehte sie jetzt ihr rechtes Handgelenk zwischen Daumen und Zeigefinger der Linken.

»Was heißt das?«, fragte Oskar. Er sah sich im Wohnzimmer um. Gerüschte Gardinen über einer mit Engelchen vollgestellten Fensterbank. Porzellan, buntes Glas, Hölzernes aus dem Erzgebirge. An der Wand Dürers Karnickel, der Eiffelturm und ein kleiner Honecker. Auf einer dunkel glänzenden Kommode Photos aufgereiht wie Pokale, Iris und zwei Jungs. Das Erreichte im gerahmten Rechteck. Schultütenpräsentation eins, zwei, drei. Jugendweihe. Iris mit leichten X-Beinen in weißen Kniestrümpfen, ihre freche Stupsnase ragte noch vollständig in den Himmel.

Dann als Erwachsene. Ein Bruder in knappem Anzug inmitten businessgekleideter Klone, der andere mit Kindern am Strand. Bunte Schippen und Förmchen ringsum, eine übergewichige Frau mit Sonnencreme auf dem Nasenrücken an seiner Seite. Iris vor Skyline, mit angeknipstem Strahlen, ohne Kniestrümpfe.

Schließlich die Drei auf der elterlichen Couch. Alle in Jeans, Iris in der Mitte, lässig die Hände auf den Beinen ihrer Brüder, die sie von der Seite ansahen.

»Man hat mich aussortiert, das heißt das.« Die Lippen des Vaters bewegten sich kaum.

Oskar sah zu Iris' Bruder, der unglücklich auf dem Sessel seiner Kindheit hing. War sicherlich damals Grund zur Freude gewesen, eine Couchgarnitur zugeteilt zu bekommen.

»Das kannst Du so nicht sagen, Vati.« Seine Frau sah ihn an. »Was hätten sie denn tun sollen, den Staatsrat gab es ja nun nicht mehr.«

»Staatsrat?« Oskars Stimme kiekste.

Die Mutter erlöste das Handgelenk und täschelte lächelnd ihrem Mann den Unterarm. »Verwaltungsaufgaben hat er dort erfüllt«, sagte sie.

»Schließer war er«, sagte der Sohn.

Er hatte die schmalen Lippen seines Vaters, war aber schmächtiger. Kurze, breite, gepflegte Finger, die flach auf seinen Oberschenkeln lagen. Oskar vermutete feuchte Kälte, die von den Handflächen in die Hose drang. Er trug einen hellgrauen Anzug, immer noch zu eng, ein Seidenanteil ließ ihn knittern. Der Schlips war bunt, das Hemd hatte einen Stich Rosa.

»Diese Respektlosigkeit hätte es früher nicht gegeben.« Der Vater bleckte die Zähne.

Sein Sohn sah unbeteiligt aus dem Fenster. Am Rand seiner anthrazitfarbenen Socke war ein Fußball aufgedruckt. Westverseucht, dachte Oskar, auf sozialistischer Ostcouch, die Welt war früher schlichter. »Der Staatsrat ist aber lange beerdigt. Was haben Sie denn nach Mauerfall gemacht?«, fragte er.

Der Mann schwieg.

»Pförtner werden ja auch anderswo gebraucht.«

Der Mann schnaubte.

»Oder waren Sie IM?«

»Das könnte Euch so passen.«

Ein Neuköllner Arbeiterkind als Klassenfeind, Oskar parkte seinen Blick vorsichtshalber Richtung Kommode. An der Wand noch mehr Photos. Iris im Kostüm, etwas jünger als vor der Skyline, schmal und langbeinig, die Schultern hochgezogen. Sie lächelte gequält in die Kamera, im Hintergrund der Palast der Republik.

»Eine sehr schöne Stelle im Innenministerium hat man ihm angeboten«, sagte die Frau.

»War ihm nicht genehm«, sagte der Sohn, nahm ein Stofftaschentuch aus der seidigen Hose und wischte sich die Handflächen.

»Sehe ich aus, als liefe ich einfach so über?«

»Hast lieber Mutti schuften lassen und Arbeitslosenhilfe kassiert. Die Dir dann auch noch gekürzt wurde, als Du Fortbildungen abgelehnt hast.« Das Taschentuch verschwand zerknüllt in den Tiefen der Hosentasche.

»Computerkurs und im Archiv Akten entstauben. Wer bin ich denn?«

»Haben Sie auch gearbeitet?«, fragte Oskar die Frau.

»Kindergärtnerin war ich«, antwortete sie. »Nach Mauerfall wollte man mich aber nicht mehr. Es hieß, das waren die falschen Methoden. Alle zugleich auf den Pott, alle zusammen schlafen legen. Dabei hat das bißchen Disziplin nicht geschadet. Aber«, sie schlug die Hände zusammen, als mache sie sich an den nächsten Kuchenteig, »das muß man als Chance sehen. Habe ich mich eben verändert.«

»Kassiererin.« Der Mann schnaubte wieder.

»Ja und? Ist das vielleicht kein anständiger Beruf? Kommt man wenigstens unter Leute.«

»Denen für Unnützes Geld aus der Tasche gezogen wird.«

»Der böse Kapitalismus. Nicht schon wieder«, sagte der Sohn.

»Und unserem Kleinen konnte ich so helfen, einen Ausbildungsplatz zu finden. Habe bei meinem Chef ein gutes Wort für ihn eingelegt.« Oskar sah fragend zum Sohn, der den Kopf schüttelte, er war nicht der Kleine.

»Eine Schande für die Arbeiterklasse. So weit sind wir schon, um die Gunst des Chefs werben.« Der Vater verschränkte die Arme.

Oskar wurde das alles zu familiär. »Und Ihre Tochter?«

»Die hat es geschafft«, sagte die Mutter. »Abitur gemacht an der Polytechnischen Oberschule und dann an der HU studiert. Tolle Abschlüsse hingelegt. Betriebswirtschaft, war es nicht so?« Sie sah zum Sohn, der nickte. »Und dann hat sie sich um ein Aufbaustudium beworben, in Amerika.«

»Ausgerechnet«, sagte der Vater hinter seinem Armpanzer.

»Ja und? Sie haben sie genommen und uns hat es keinen Pfennig gekostet. Ein Stipendium hat sie bekommen für eine MBA. Heißt das so?« Der Sohn nickte. »Ihr späterer Chef hat das finanziert. Er fand es gut, daß sie aus dem Osten kam, sich hochgearbeitet hat. Wissen Sie, für die Amerikaner sind wir Exoten. Die denken, wir hätten alle in Käfigen gehaust und kommunistische Lieder gesungen.« Sie kicherte.

»Und nach dem Studium?«

»Erst mußte sie überall rumreisen. Hat nicht viel verdient, sollte alles kennenlernen. Aber das ist lange vorbei. Inzwischen betreut sie einzelne Projekte, hat völlig freie Hand. Und verdient richtig viel Geld.«

»Einen Mann hat sie nicht«, sagte der Vater.

»Was sollte sie mit dem auch anfangen bei der vielen Arbeit. Aber später will sie schon, auch Kinder, sie ist ja erst dreiunddreißig.« Die Frau strahlte stolz.

»Wissen Sie etwas über Freunde Ihrer Tochter? Menschen, die uns mehr über ihr jetziges Leben sagen können?«, fragte Oskar, bevor der Mutter bewußt wurde, daß ihre Tochter immer dreiunddreißig bleiben würde.

»Eine Klassenkameradin hatte noch Kontakt zu ihr«, sagte der Bruder. »Aber ich glaube nicht, daß die Ihnen weiterhelfen kann. Ist bei der BVG, fährt Bus, glaube ich, hat Mann, zwei Kinder, ein Häuschen hinter Oranienburg. Das waren nur Erinnerungen, nichts, was sie jetzt noch verband. Meine Schwester hatte kein Privatleben. Die hatte nur Zeit für ihren Bonzen.«

Die schmalen Lippen waren wirklich unvorteilhaft. Jetzt mahlte auch noch Juniors Kiefer.

»Und wissen Sie etwas über Feinde, Neider?«, fragte Oskar.

»Sie war nicht gerade eine Schmusekatze.«

Die Mutter schluchzte, der Traum von Zukunft war zuende.

»Ihr Auftreten hat vielen nicht gepaßt. Sie ließ gern mal den Kontostand raushängen.«

»Als ob die Brüder es nicht auch zu etwas gebracht hätten«, sagte der Vater. »Mein Ältester hier ist Banker, der Kleine leitet ein Lebensmittelunternehmen.«

Alles Kapitalisten, dachte Oskar, armes Schwein. Aber so bezahlt wenigstens jemand Deine stalinistischen Flausen. »Und wissen Sie, an welchem Projekt sie gerade arbeitete?«

»Umweltschutz«, sagte die Mutter und schneuzte sich. »Das kommt noch hinzu, ihr Arbeitgeber war eine soziale Stiftung.«

Der Vater schnaubte wieder. »Ist ja wohl das mindeste, daß die ihre erbeuteten Gewinne in das Gemeinwohl zurückführen.«

Aber sicher, dachte Oskar, wie Dein Staatsrat.

»An der FU unten in Dahlem war sie. Dadurch hatte sie jetzt viel in Berlin zu tun, wir konnten uns öfter sehen.«

»Wieso weiß ich davon nichts?«, fragte der Vater.

Jetzt heulte die Mutter richtig. »Du wärst doch nie damit einverstanden gewesen, daß sie in Westberlin arbeitet. Du wolltest ja nicht mal in ihre Wohnung, dabei war die im Osten.«

Oskar wurde das alles zu eng. Da lobte er sich seine Neuköllner Kindheit. Kohleofen, Kohlrouladen, klare Ansagen und

Dankbarkeit gegenüber den amerikanischen Beschützern. Jakob hätte das alles hier viel besser gekonnt, der weckte in jedem gescheiterten Arschloch den flauschig-weichen Kern. Wenn Oskar an Staatsratspapas Kern dachte, sah er nur ausgekotzten Karamellpudding vor sich. Die letzte Frage und dann nüscht wie an die Luft. »Haben Sie eine Idee, wer Ihrer Tochter das angetan haben könnte?«

»Irgend so ein Perverser aus dem Grunewald«, rief der Vater. »Joggen in knatschengen Klamotten. Da muß sie sich nicht wundern. Wußte nicht, wo sie hingehört.«

Warum gerade hier? Eine abseitige Lichtung im Wald. Jakob überstieg das Polizeiabsperrband, blieb in der Mitte des Areals stehen und drehte sich langsam im Kreis. Er übertrug, was er auf den Tatortphotos gesehen hatte.

Das Bild einer Schlacht. Verwirbelte Laubhaufen, zerwühlte Erde. In der Mitte die tote Frau, auf dem Rücken liegend. Die Arme waren ausgebreitet, ein Unterarm abgetrennt. Keine Hände. Der Kopf seitwärts, blutiges Haar in der Stirn, Teile der Nase fehlten. Blutverschmiert der offene Hals, behängt mit einer breiten goldenen Kette.

Reste eines Pullovers. Ein hochgeschobener schwarzer Minirock, Löcher in Ober- und Unterschenkeln. Eine Schleifspur führte zu dem Unterarm abseits. Die Hand war mit teuer blinkenden Ringen geschmückt, sechs an drei verbliebenen Fingern. Grell lackierte Fingernägel. Neben ihrem Bauch Pumps, leuchtend rot, mit gelber Sohle, keine Waldspritzer auf der Farbe, keine Erde am Absatz.

Wie auf einer Bühne. Wäre die Leiche aufgebahrt gewesen, er hätte an ein Bestattungsritual gedacht, eine Toteninszenierung. Gab es nicht bei Indianern die Vorstellung, Greifvögel holten die Seele ab, indem sie sie verspeisten? Vielleicht war sie auch eine Opfergabe gewesen. Ein Kniefall vor Berliner Wildschweinen und Ratten? Jakob, Du staubst zu viele Bücher ab.

Er war auf Oskars Fall gesprungen wie ein sabbernder Jagdhund. Hatte auf die Tatortphotos gestiert und war in die Leine gestiegen, wann es endlich losginge. Oskar hatte ihn besorgt angesehen. Fall mir nicht wieder hin. Keine Sorge, wenn sein Gehirn jetzt schlapp machte, reichte er unverzüglich die Scheidung ein. Sicher, das Ganze war nur ein Freundschaftsdienst, inoffiziell, versteckt, illegal. Na und? Endlich wieder Arbeit, Frischluft in jeder Windung. Durchgepustete graue Zellen, flirrende Nervenbahnen, er fühlte sich hervorragend. Etwas nervös vielleicht, geschlafen hatte er nach seiner Recherche wenig, aber so ging das wohl von der Couch hopsenden Frührentnern.

Den gestrigen Abend hatten sein aufgekratzes Hirn und er recherchierend in der Unibibliothek verbracht. Vor über 200 Jahren war der Berliner auf den Hund gekommen, 1850 gab es schon zehntausend beste Freunde des Menschen in der Stadt. Wenig später versuchte die Obrigkeit, durch Steuern, Verordnungen und Verbote vor allem die Armen von ihrer Liebe zum flohtragenden Mitgeschöpf abzubringen. Man erließ einen Maulkorbzwang, an den sich selbstverständlich niemand hielt. Alle Maßnahmen waren vergebens, selbst im hungerreichen, verfrorenen Blockadewinter 1948 spannte sich die Luftbrücke über einer ungebremst wachsenden Hundezahl im Westteil der Stadt.

Vor knapp hundert Jahren richtete man aus Verzweiflung oder Verantwortungsgefühl Hundeauslaufgebiete ein. Zwölf an der Zahl auf 1250 Hektar bewaldetem Stadtgebiet. Einzigartig in Europa, so las er. Jakob vermutete, Brasilien, Neuseeland oder Saudi-Arabien hätten wohl kaum größere. Mal wieder ein Berliner Weltrekord.

Das größte Auslaufgebiet der Stadt war zugleich das beliebteste. Gelegen im Grunewald, geschmückt mit Krummer Lanke, Schlachten- und Grunewaldsee. Am Ufer des letzteren lag in prachtvoller Breite der Hundekudamm. Es gab eine Würstchenbude direkt am sandigen Badestrand für Wüstlinge und Elegante, Halbstarke und Olle. Dort trafen sich hunderte Exemplare aller

Rassen. Terrier protzten vor Doggen, Dackel liebäugelten mit Schäferhundedamen – und alles ohne Leine, Straßenverkehrsordnung und Beleuchtung.

Die entstellte Frauenleiche lag weiter draußen. Oberhalb von Krummer Lanke und Schlachtensee verteilten sich Herr und Hund weiträumig unter Eichen, Buchen und Kiefern. Hin und wieder schaute eine Rotte Wildschweine vorbei.

MM, alte Freundin und Friseurmeisterin aus seinem Kiez hatte Jakob ihren Mops in den Arm gedrückt, damit er im Auslaufgebiet nicht auffiel und Anschluß fand. Nach wüsten Drohungen, was ihm alles blühe, nähme Hektor im finsteren Wald Schaden, war Jakob mit neun Kilo Faltenwurf am Ende einer straßbesetzten violetten Leine zur U-Bahn gestiefelt, jetzt sicherte der schnaufende Knirps breitbeinig Jakob und die Lichtung.

Iris Gerber, das ehemalige Kind aus der Plattenbauwohnung im Osten der Stadt, hatte ein teures Penthouse am Potsdamer Platz bewohnt. Sie fuhr einen schneeweißen BMW-Roadster mit roten Ledersitzen, in ihrem Navigationsgerät war zwei Mal pro Woche als Ziel der Parkplatz Hüttenweg im Grunewald eingegeben. Sie war regelmäßig im Auslaufgebiet gewesen. Im Kofferraum des Wagens lag eine Sporttasche mit zwei Garnituren frisch duftender Joggingkleidung, daneben zwei Paar identische Laufschuhe, am einen hing noch das atemberaubende Preisschild.

Heute war einer der Joggingtage, die Zeit stimmte, Jakob wollte ihre Laufstrecke rekonstruieren und Zeugen finden. Falls Jakob das Finden nicht verlernt hatte. Immerhin mußte er, wenn er sich täppisch anstellte, kein hämisches Kollegenpublikum befürchten, keine Buche wußte, wie sich ein professioneller Kriminaler und wie ein auf den Kopf gefallener Exbulle benahm. Oskar hatte, als er das ungewohnte Fremdeln seines Freundes bemerkte, gefeixt, er könne ihn ja vom Wald aus anrufen, falls gar niemand vorbeikäme.

Hektor stromerte durchs Gebüsch, als sich Jakob auf dem Weg ein Rudel Wölfe näherte. Jakob rief nach dem Knirps, aber Hektor reagierte nicht. Das hier war weder sein Friseursalon noch ein Schöneberger Bürgersteig, und er eindeutig im Urlaub.

Also ging Jakob allein auf ein Dutzend freilaufende Hunde zu. Immerhin ragte ein Erziehungsberechtigter aus ihrer Mitte. Jakob erkannte Rottweiler, Terrier, Boxer, Schäferhundmischlinge und einen Labrador. Nichtsahnend brach der gut gelaunte Hektor aus dem Unterholz.

Jakob sah sich schon auf der Suche nach einer neuen Friseurin, aber der Schöneberger hielt sich tapfer. Alle beugten sich freudig zu dem drallen Zwerg hinunter, beschnupperten gedetschte Schnauze und Ringelschwanz. Das Straßgeschirr blinkte eitel und Hektor setzte sich erst einmal.

»Napoleon, nicht so aufdringlich«, sagte der Mann. Der Labrador nahm die Nase von Hektors Hinterteil.

»Hören die alle so gut?«, fragte Jakob und behielt den Rottweiler im Auge.

Der Mann grinste. »Neu hier?«

»Ich führe den Hund einer Freundin aus.«

Der Mann nickte verständnisvoll. »Ich bin Thies. Und wenn die nicht alle gut hören würden, hätte ich meinen Beruf verfehlt.«

»Ich bin Jakob. Und was bist Du von Beruf?«

Thies lachte. »Hundeausführer. Außerdem Trainer für die dazugehörigen Zweibeiner.«

Jakob sah ihn an. Er trug eine randlose Brille vor ruhigen und genauen Augen, Cargohose und Outdoorjacke mit prallen Taschen, alles etwas abgegriffen. Seine Wanderschuhe waren ähnlich ausgelatscht wie Jakobs. »Wie wird man denn sowas?«, fragte Jakob.

»Als Richtungswechsler. Eine Kollegin hatte einen Bioladen in der falschen Gegend, einer wartet seit zehn Jahren auf einen Studienplatz in Tiermedizin, ein anderer war mal Friseur.«

»Und Ihr habt genug zu tun?«

»Es gibt 100.000 Hunde in Berlin, und das sind nur die Steuerzahler. Aber laß uns ein Stück gehen, ich werde schließlich nicht fürs Rumstehen bezahlt.« Als er sich in Bewegung setzte, hampelten die Hunde begeistert los. Hektor bemühte sich, Schritt zu halten. »Jeder findet die Kunden, die zu ihm passen.«

»Und warum gehen die Leute nicht selbst mit ihren Tieren?«

»Machen sie ja, aber ein-, zweimal die Woche wollen sie dem Hund ein Rudelerlebnis gönnen. Es gibt natürlich auch Leute, die sich in Mitte einen schicken Weimaraner leisten und keinen Waldboden an ihren edlen Schuhen mögen. Ganz zu schweigen von denen, die berufstätig sind und acht Stunden an einem Stück weg. Oder sie werden plötzlich krank, und der Hund soll trotzdem raus.«

»Sind die denn alle friedlich?«

»Hunde sind Rudeltiere mit ausgeprägtem Sozialverhalten.«

Im Gegensatz zu den Zweibeinern, dachte Jakob. Gibt viel Galle in der Stadt. »Und was war Deine alte Richtung?«, fragte er.

»Althistorisch. Erbsenzählen bei Cicero. Ist schon o.k., wenn Du dafür einigermaßen bezahlt wirst.«

»Wurdest Du aber nicht.« Jakobs Prof hatte aus ihm einen promovierten Literaturwissenschaftler machen wollen. Aber Literatur half nicht beim Umgang mit dem jämmerlichen Tod geliebter Menschen, Jakob brauchte einen Richtungswechsel.

Das Zeitlupenableben seiner Mutter hatte Jakobs Kindheit wie eine dräuende Wetterfront begleitet, er verstand eindeutig am meisten von Sterbenden und Toten. Dem Medizinsystem traute er außer sadistischer Hilflosigkeit nichts zu, als nekrophiler Beruf fiel ihm nur noch Bestatter ein.

Er hospitierte bei einem Sarghersteller, wusch Leichen und entwarf Trauerreden. Eines Morgens las er über seinen Pausenkaffee gebeugt in der Morgenpost von einem mörderischen Familiendrama, dachte sich, das Knäuel hätte er gern und besser entwirrt und bewarb sich bei der Kripo. Der Umgang mit Mördern und Toten, deren mitten im Satz abgerissene Geschichte er zuende erzählte, schlug bis heute jedes Doktorandencolloquium.

»Drei Monate Drittelstelle«, antwortete Thies, »paar Monate Pause, wieder Drittel. Ich saß in einer Einzimmerbude in Neukölln und habe mir eingebildet, für ein authentisches Leben als Wissenschaftler zu darben.«

»Und hattest Zeit für einen Hund.«

»Dessen Hundesteuer ich dann nicht mehr zahlen konnte.«

»Und jetzt?«

»Muß ich Neukunden ablehnen. Brutus, laß das.« Ein Jack-Russel zog den Kopf aus einem Mauseloch.

»Sind das alles Historikerhunde?«

Thies deutete auf einen schmalen Podengo mit riesigen Ohren, durch die die Sonne schien. »Mommsen. Das professorale Herrchen hat eine Finca auf Mallorca. Dort schreibt er seine ungelesenen Bücher und mümmelt Oliven.«

»Die Drittel sind ungerecht verteilt.«

»Jetzt bekomme ich ja auch ein paar Krumen davon ab. Übrigens«, Thies deutete auf Hektor, »zwei Speckrollen weniger würden ihm guttun, sag das Deiner Freundin.«

Jakob seufzte. »Ihr Sohn ist Staatsanwalt, schämt sich für seine wellenlegende Mutter und läßt sich zu selten blicken.«

»Und die Liebe muß irgendwohin, verstehe.«

»Apropos Liebe«, Jakob zog ein Photo von Iris Gerber mit vollständigem Gesicht hervor, »kennst Du diese Frau?«

Thies griff sich Jakobs Kopie und schüttelte den Kopf. »Zeig mir lieber ein Bild ihres Hundes.«

»Sie hatte keinen.«

»Hatte?«

»Die Leiche da hinten, das war sie.«

»Bist Du Bulle?« Er blieb abrupt stehen, seine Hunde auch.

»Suspendiert. Ich habe trotz Krankschreibung gearbeitet.«

»Der Berliner Öffentliche Dienst bestraft neuerdings Leute, die freiwillig arbeiten?« Thies lachte.

»Dann war da noch meine geladene Dienstwaffe auf dem Tisch neben einem Geiselnehmer.«

»Ups.«

»Ich lag auch da, unter dem Tisch.« Jakob seufzte. »Bewußtlos, mit Spucke vor dem Mund.«

Thies sah ihn fragend an. Die Hunde folgten seinem Blick.

»Epilepsie.« Sag's öfter Jakob, irgendwann wird es leichter. »War mein erster Anfall, mitten im Einsatz.«

»Das ist fies.« Er legte Jakob die Hand auf die Schulter. »Hunde haben das auch. Richtig fies.«

»Na ja, ich stehe ja immer wieder auf«, sagte Jakob, gerührt von der epileptischen Hundegesellschaft.

»Das spricht für Deinen Charakter.« Thies hatte sein Mitgefühl sortiert und setzte sich wieder in Bewegung. »Aber Krankheit können sie Dir doch nicht zur Last legen.«

»Sie können.« Und mangelnden Corpsgeist, ein schartiges Wesen, zu viel Bildung und eine Ladung ungebetener Geister, dachte Jakob. »Eine Anklage habe ich auch am Hals.«

»Scheiße.«

»Sie sagen, ich hätte ein Handy vom Tatort mitgehen lassen.«

»Unterschlagung von Beweismitteln, heißt das so? Wollen sie Dich denn überhaupt noch bei der Kripo? Vielleicht fällst Du mal in einen Verdächtigen oder eine Waffe.«

»So richtig wollten die mich nie.«

»Willst Du nicht ein Praktikum bei mir machen? Klingt schon sehr nach Richtungswechsel. Du könntest Dich auf Bullenhunde spezialisieren.«

Bißchen viele Wendemanöver für unsortierte Hirne. Jakob sah sich umgeben von wuselnden Hunden. Fiele er hin, warteten sie, bis er wieder zu sich kam. Ganz ohne Feuerwehr. »Bei der Kripo gibt's kaum Hunde«, sagte er. »Zu viele Überstunden, kaputte Beziehungen.« Außerdem würde dort niemand seine Tiere Kollegenschwein Hagedorn anvertrauen. Na ja, fast niemand.

»Dann nimmst Du die der Staatsanwälte, Richter, Rechtsmediziner.« Er deutete auf Jakobs zerknautschte Wanderschuhe. »Gehen kannst Du schon, den Rest bringe ich Dir bei.«

»Wenn meine Gerichtsverhandlung übel ausgeht, komme ich darauf zurück.« Jakob Hagedorn gehörte auf die Fährten von Leichen, nicht von Hunden. Mußte Mörder finden, Türen öffnen, Fenster schließen. Ordnung wiederherstellen. Der Rest war Beigabe. Gute Bücher, schöne Frauen, zwitschernde Natur, Berliner sein, Kumpel sein, alles nichts ohne die Toten. Selbst mit epileptischem Chaos im Hirn. Mal davon abgesehen, daß er sich vor Gericht wehren mußte, um nicht als vorbestrafter Exkriminaler in irgendeinem Rattenloch zu landen. Wo er den Rest seines Lebens die Rachsucht des Polizeicorps mit Schnaps runterspülen und meckernden Geistern geleerte Flaschen an die übersinnlichen Köpfe werfen würde. »Ich hänge schon sehr an meinem Beruf. Und beweisen, daß ich nicht nur auf die Nase fallen kann, muß ich auch.«

»Umso mehr tut es mir leid, daß ich Dir nicht helfen kann. Was hat sie hier gemacht ohne Hund?«

»Sie ist wahrscheinlich gejoggt.«

»Dann geh zu Hacke. Sie sieht knackig aus.«

Jakob sah ihn fragend an.

»Mehr Kommentar gibt's nicht. Der Förster macht uns das Leben schwer, und Waldarbeiter Hacke steht unter seinem persönlichen Schutz.«

»Aber das ist doch hier Auslaufgebiet.«

»Das wir gewerblich nutzen und also dafür bezahlen sollen.«

»Um durch den Wald zu laufen, spinnt der?«

»Morgen geht Hacke Amseln schießen. Der Mann ist ein Faktotum, aber Vorsicht, er geht nie ohne geladene Knarre aus. Laut Buschtrommel hat er mal ein paar Semester Forstwirtschaft studiert und ist dann abgerutscht. Unser Förster soll ihn aus der Gosse geschleift und zu seinem Holzfäller gemacht haben. Ich sage Dir, wo Du ihn findest. Und wenn die Frau gelaufen ist, wo man sie gefunden hat, dann müßte meine Kollegin Marie sie kennen. Die benutzt den Pfad hinterm Reitweg.«

»Weicht sie Dir aus?«

Thies grinste. »Sie spannt am Wochenende ihre eigenen Hunde vor einen Trainingswagen und brettert durchs Auslaufgebiet. Ein Ridgeback und ein Rottweiler aus dem Tierschutz, dahinter vier spanische Straßenhunde.«

»Da läuft man ungern quer.«

Thies lachte. »Man hört sie von weitem Kommandos brüllen.«

»Und wie erkenne ich sie werktags?«

»Nach Feierabend geht sie zum Essen. Ich gebe Dir die Adresse.«

Oskar plumpste in den Drehstuhl, rieb sich die Augen und gähnte. Wieder hatte er seine halbe Schicht mit den schweigenden mutmaßlichen Doppelmördern verbracht. Nicht mal fremdsprachige Verwünschungen gönnten sie ihm. Aber der Alte hatte nach den Hunden gefragt. Die Drogen, die Waffen, der Doppelmord, aber er fragte nach den Kötern. Ein Kollege mit tunesischem Vater war sich immerhin sicher, er hätte einen ägyptischen Akzent. Na ja, höhnisch gelacht hatte der Alte.

Die Fingerabdrücke waren nicht registriert. Jetzt versuchten die Kollegen, über die DNA Personalien zu klären, die Ergebnisse dauerten.

In Ermangelung von Namen hatten sie die Drei nach Alter durchnumeriert. Inoffiziell gaben sie ihnen Spitznamen. Als Einser thronte Ali-Baba, das offensichtliche Sippenoberhaupt. Der Shishafreund und Linoleumrotzer, die Nummer Zwei, hieß Ziege. Dem Dreier mit Resten von Pubertätsduft in der Kleidung hatte Oskar gerade stundenlang redend gegenüber gesessen. Er hoffte erfolglos, das Jüngste hielte das Schweigegelübde nicht durch. Ihn nannten sie Fiffi, weil er eine goldene Halskette trug, dick wie die Halsbänder seiner Bullterrier. So was hatte die Grunewalder Frauenleiche auch getragen. Kein für Waldtiere bekömmliches Statussymbol, sie hatten es ihr unversehrt gelassen. Iris Gerber hatte den für Kripobeamte unerschwinglichen Schmuck mit Dollar bezahlt, aber der Dreier? Maßlos wirkte sie an dem schmächtigen Kerl. Vielleicht war sie seine Belohnung? Doppelmord als Einstiegspreis in die testosterongesteuerte Gruppe. Oskar seufzte. Zu seiner flaumigen Zeit sprang man dafür rückwärts vom Fünf-Meter-Brett oder entriß einer Omi die Handtasche.

Es ging um eine außergewöhnlich unappetitliche Tat. Zwei Leichen auf einem Weddinger Hinterhofmüllhaufen. Ohne Goldkette und dicke Uhren. Hagere Männer, die sich sehr ähnlich sahen, in einfachen Pullovern, schlichten Jeans, mit schwieligen Händen. Jemand hatte sie mit Blutergüssen übersät, ihnen Finger gebrochen und Zähne ausgeschlagen, dem Älteren die Ohrringe ausgerissen, dem Jüngeren eine Schulter ausgekugelt. Viel Arbeit für den schmalen Fiffi, zu viel für ihn allein.

Gestorben waren die Zwei an gezielten Stichen in Leber und Milz. Ausgeblutet in den Müll. Zum Schluß hatte der Täter sie mit Schweinedärmen zugekippt. Liebesgabe von muslimischen Glaubensbrüdern? Sonst hätte es schlichter Müll auch getan.

Kaum vorstellbar, daß all das in dem engen Hinterhof unbeobachtet geblieben war. Sie putzten Klinken, aber keiner hatte etwas gesehen, nichts gehört, nicht da gewesen, noch nie da gewesen. Die Opfer kannte auch niemand, selbstverständlich.

Oskar stand ächzend auf und öffnete das Fenster. Den Geruch des verwesenden Gedärms hatte er erst einmal in der Nase. Sah schon sehr nach Bandenkriminalität aus. Keine Ahnung, wer es da auf wen abgesehen hatte. Irgendwie arabisch, wenn er sich an das Gezeter erinnerte. Er stützte sich auf die Fensterbank und füllte seine Lungen mit abgasgeschwängertem Sauerstoff.

Und das alles in seiner Stadt. Berlin wurde immer mehr zur Volksbühne für die ganze Welt. Und Oskar als Beleuchter. Manchmal warf er ein paar schlechte Schauspieler von den Brettern oder machte einfach bis zum nächsten Akt das Licht aus. Wer produziert sich schon im Dunkeln.

Aber kaum knipste er es wieder an, war die Bühne rappelvoll. Wie die Kakerlaken. Immer neue Gesichter, andere Sprachen.

Geld, Haß, beleidigter Glaube, Sex und Gewalt, das blieb. Und niemand, mit dem man vernünftig reden konnte. Die Kollegen schoben mit gesenkten Köpfen durch die Schichten. Bloß nicht auffallen, Fehler machen, selbst nicht unter Gedärm landen. Ihm fehlte der Galgenhumor mit Jakob über den graubärtigen Regisseur in seiner fernen Wolke und dessen beschissenes Drehbuch.

Gut, daß er Jakob für den Grunewald rekrutiert hatte. Das Arabische war noch zu viel für den Rekonvaleszenten, aber die halbverdaute Iris Gerber aus östlichen Kleinbürgerverhältnissen schaffte er. Und Oskar konnte sich der Wand der Drei zuwenden.

Fiffi war schon die richtige Stelle. Sah sich immer nach seinen Kumpeln um, wich zurück, wenn Oskar an ihm vorbeiging. Er mußte nur dessen weichen Kern anpieken. Oskar schloß das Fenster. Bloß wo war der? Er hatte die Hunde versucht. Sicher waren Bullterrier keine Kuscheltiere, aber wußte er, woran das Herz so eines Bengels hing? Keine Reaktion, zumindest nicht sichtbar. Ohne Jakob stocherte er in der verschlossenen Seele, selbst beim kriminellen Nachwuchs. Keine Geister mit Schweinedarmaroma, die ihm den Weg wiesen. Vielleicht sollte er seinen suspendierten Freund über die Feuertreppe ins Verhörzimmer schleusen, Geister suchen.

Oskar sah auf die hängenden Blätter seiner von Jakob geschenkten Topfpflanzen. Wenn die eingingen, wäre sein Freund sauer. Er füllte einen Becher mit Wasser und goß den Untersetzer voll, als die Tür zu seinem Büro aufgerissen wurde.

»Weißt Du, wo die Kaffeemaschine ist?« Kollege Kühn winkte mit einem Pfund Vakuumkaffee in der Linken.

Oskar zuckte mit den Schultern, Kühns Blick streifte durch den Raum.

»Glaubst Du, ich habe sie versteckt?«

Kühn schwang sich auf Oskars Schreibtisch. »Vielleicht hat Dein Busenfreund sie mitgehen lassen.« Er grinste. »Der unterschlägt ja gern mal was.«

»Deine Witze waren auch schon mal besser.«

Kühn zog die Schubladen auf.

»Da paßt keine Kaffeemaschine rein«, sagte Oskar.

»Weißt Du schon, daß er nicht zurückkommt, Dein Hagedorn?«

»Du mußt es ja wissen, Großmaul.«

»Habe ich direkt von Focke.« Kühns Augen blitzten.

»Was soll das heißen?«

Kühn hielt den Kaffee vor die Brust und guckte treuherzig. »Nüscht. Find's selber raus.« Er hüpfte von der Tischplatte. »Heute Abend sind wir übrigens zum Kegeln, willst Du nicht mal wieder mitkommen?«

»Nix kegeln, Kühn, erst die Schweinedärme. Hast Du endlich raus, wo sie fehlen?«

Kühn ging zur offenen Tür. »Sachte, sachte, erst mal die Kaffeemaschine, die Därme laufen ja nicht weg. Ham ja keene Füße.«

Oskar schlug krachend die Tür hinter ihm zu. Er haßte die Bande für das, was sie mit Jakob machten. Sie waren sich so verdammt sicher, daß sie ihn schon rausgekegelt hatten. Sein Freund war nur noch der Treppenwitz der Kompanie für Neuzugänge. Seine Geister, seine Anfälle, die Verhandlung. Und mit Oskar wollten sie die Kugel schieben wie früher. Luden ihn zu Grillfesten und Geburtstagen ein, teilten jeden Tratsch, als sei nichts gewesen. Aber er war nicht mehr einer aus ihrer Mitte, wenn er das denn je gewesen war.

Immerhin kam er von den Uniformierten, hatte viel Aufwand betrieben, zur Kripo zu gehören. Vielleicht ertrug er deshalb nicht, wie sich die Gruppe ihrer selbst versicherte, indem sie den Paradiesvogel vom Balkon schubste. Oskar Blum war zwar nur eine gerupfte Saatkrähe mit zu großem Schnabel, aber er konnte sehr laut schimpfen, wenn enges Kleinbürgertum versuchte, Berlins Balkone zu übernehmen.

V

Irgendjemand schoß. Jakob nahm Hektor an seine alberne Leine und durchbrach den Wald in Richtung der Schüsse.

Iris war als Leiche in seine nächtlichen Träume gezogen. Er sah sie wehrlos auf dem Waldboden liegen. Hörte Wildschweine grunzen, Ratten schmatzen, sah einen Marder über ihre Schulter springen und einen Fuchs den erbeuteten Unterarm aus der Gefechtsmitte schleifen.

Aus diesen Träumen erwachte Jakob schweißgebadet, tapste zum Wasserhahn und spülte sich den üblen Geschmack aus dem Mund. Wer immer das getan hatte, Iris das angetan hatte, dieser jungen Frau in Mini und auf Pumps, sie dort liegen gelassen hatte, ausgeliefert ihren Leichnam an die Bewohner des Grunewaldes, bekäme es ab sofort mit ihm zu tun.

Auch ohne daß Iris sich bisher zu seinen Geisterfrauen gesellt hatte, ihre Geschichte hatte ihn am Haken. Niemand durfte ungesühnt auf diese Weise ein Leben auslöschen, einen Menschen bloßstellen, preisgeben an die Natur. Und wenn das sein letzter Fall wäre, fallsüchtig, suspendiert, weggestoßen vom Beamtenschoß, diesen Mörder würde Jakob Hagedorn noch finden, a.D. hin oder her.

Seit dem Gespräch mit Thies träumte er auch von wilden Jagden durchs Unterholz, Balgereien und Schnuppereien. Allerdings war er kein gutbezahlter zweibeiniger Rudelführer, sondern zupfte mit den Zähnen Bordercollies am Halsfell, legte auffordernd eine Vorderpfote auf Boxers Schultern, hechelte und hampelte, hob das Bein und stob mit der Nase durch altes Laub.

Jakob seufzte. Es ging schon wieder los, er nahm auch diesen Fall viel zu persönlich. Nicht nur war die entstellte Leiche ihm auf den Rücken geknüpft, sein unerzogenes Gehirn pfiff wie üblich auf die Ich-Welt-Grenze und ließ dieses Mal Berliner Hunde alle Schranken passieren.

Seine Sinne nahmen Fahrt auf. Uringeruch zog ihn wie an einer Schnur. Kaum zu glauben, wo überall Rüden hinpinkelten. Neulich wollte er ein Pöttchen für Gretes Fensterbank kaufen, hob die auf dem Bürgersteig ausgestellte Pflanze hoch, senkte die Nase in die Blütenpracht und roch einen alten Rüden mit Prostataproblem.

Bei einem mitternächtlichen Telefonat mit Hanna konnte er hören, wie sie sich ihren Frühstückstoast bestrich. Nein, nicht nur das Kratzen des Messers auf der Butter, er hörte auch den von der Messerspitze ins Glas zurücktropfenden Honig.

Als sie sich beschwerte, er habe nicht zugehört, erwähnte er seine neuen Canidenlauscher. Er verstand ja, daß sie ihm kein Wort glaubte und Verwünschungen ausstieß, daß ihr Herz sie an so einen Spinner kettete. Als er sich kleinlaut entschuldigte, erklärte sie ihn spöttisch zur neuen Jesusfigur und sich zu seinem Gott bekehrt.

Aber letzte Nacht hatte sie nicht angerufen. Er war ein epileptischer Exkriminaler und Neucanide. Ausgestoßen und unverstanden. Sogar von Hanna, die gerade ihre Berliner Sammlung an Schrullen in den USA ergänzte. Jakob haderte mit Bildern gutaussehender Amerikaner. Aber die waren ja alle übergewichtig.

Hanna, die Toten, ihre Geister, Iris' Leichnam, die Hunde jetzt, jeder trampelte in seinem Hirn herum, ohne ihn zu fragen. In Berlin, der Stadt mit dem wurschtigsten Verhältnis zu Müll und Fäkalien, die Sinne eines Hundes zu entwickeln, grenzte an Körperverletzung. Da wurde jeder Aufenthalt im Wald, trotz Wildschwein- und Mäusearoma, zur reinsten Erholung, selbst wenn geschossen wurde, und er einen Mörder suchte.

Jakob und Hektor kamen zu einer kleinen Lichtung, an deren Rand ein Pickup stand, auf der Pritsche breitbeinig ein Mann in grüner Kleidung, der tatsächlich auf Amseln schoß.

»Was tun Sie da, zum Teufel?«, fragte Jakob.

Waldarbeiter Hacke drehte sich um, ohne die Waffe zu senken. Er zielte abwechselnd auf den großen Mann und seinen kleinen

Hund. Sein Hosenlatz stand offen. So jemand könnte eine Leiche nachts im Wald zurücklassen, damit Tiere sie zerfleischen. »Geht Sie das was an?«, blaffte er.

»Sie haben kein Recht, Amseln zu töten.«

Hacke sprang vom Pickup. »Ich bin vom Forstamt, ich darf hier alles.« Dicht vor Jakob blieb er stehen und sah verächtlich auf Hektor hinab. »Und wer sind Sie?«

Vorsicht Jakob, wenn Du zurück willst zur Kripo. »Zu Besuch. Ich führe den Hund einer Freundin aus.« Das Gesicht des Mannes wurde dunkler. Zu viel Alkohol, Sonne, Druck im Blut. Oder alles zusammen. Frischluft schien nicht jedem gut zu tun.

»Dann mischen Sie sich nicht in Berliner Angelegenheiten, und gehen Sie zurück auf die ausgewiesenen Wanderwege.«

»Würden sich mehr Leute einmischen, geschähe nicht so viel Schlimmes.« Jakob versuchte einen kullerigen Blick.

»Wovon reden Sie?«

»Na, die Leiche. Wenn nicht alle so abgestumpft wären, hätte man den Mord vielleicht verhindern können«, sagte Jakob so treuherzig auswärts, wie er konnte.

»Jetzt ist sie also schon ermordet worden, sieh an. Da wissen Sie mehr als ich. Und immerhin ist das mein Wald.«

Typisches Mißverständnis des Berliner Öffentlichen Dienstes. »Und warum schießen Sie auf Amseln?«

»Ratten, sonst nix.« Hacke warf sein Gewehr durch das offene Beifahrerfenster in den Pickup.

»Wenn Sie es sagen.«

»Woll'n Se Ärger? Dabei sind schon ganz andere auf die Fresse geflogen.« Er schnaubte den Inhalt eines Nasenlochs auf den Waldboden. Hektor sah dem Rotz hinterher, als sinniere er über eine Hundeschule für Forstangestellte. »Bewirtschaften Sie mal einen Wald, der von tausenden Hunden vollgekackt wird.«

»Sieht doch alles ganz hübsch und gesund aus.«

»Das glaubt auch nur ein Trottel. Die Viecher buddeln mir die Wege auf, graben die Bäume an, zerkauen die Schößlinge. Neulich hat mir ein militanter Tierfreund in den Hochsitz geschissen.«

»Freiheit für die Wildschweine.«

»Aber wenn ein Keiler mal wieder einen großkotzigen Köter aufschlitzt, ist das Geschrei groß.«

»Hartes Los.«

»Wollen Sie sich über mich lustig machen, Sie Provinzler?«

Charmebolzen, dachte Jakob. »Aber nein. Ist schon weltweit ein einzigartiger Job.«

»Wem sagen Sie das.«

»Und die Berliner wollen einfach ins Grüne.«

»Ihren Müll abladen, die Gewässer vollpissen, das Ufer mit Sonnencreme versauen und im Wald ihre Kippen fallen lassen.«

»Aber doch nicht die Hundeausführer.«

»Die nutzen den Wald, um Gewinne zu erzielen.«

»Na, das werden tolle Gewinne sein.«

»Haben Sie gesehen, wie groß deren Meuten sind? Latschen ein bißchen rum und kassieren dafür Unsummen. Daran können sie ihr Forstamt ruhig beteiligen, das die Wege hegt.«

»Und die Jogger?«

Hacke lachte. »Deren Gewinn sind kaputte Knie.«

»Ich meine, machen die auch Ärger?«

»Die Wege sind ihnen nicht plan genug, der Waldboden müßte federn wie in Brandenburg, wir Forstarbeiter stören mit der unangenehmen Geräuschkulisse, meine Karre stinkt. Noch mehr?«

»Und die Leiche, hat die auch gemeckert?«

»Keine Ahnung, sie war ja längst weg.«

»Sie hatte ohnehin kein Gesicht mehr.«

Er lachte wieder. »Seh'n Se, gibt zu viele Ratten.«

Jakob zog sein Photo aus der Tasche. »So sah sie aus.«

Hacke sah ihn prüfend an. »Woher haben Sie das?«

»Hat die Kripo verteilt«, log Jakob lässig.

Hacke gab ihm das Bild zurück, der Latz stand immer noch offen. »Kenn' ich nicht. Im Wald sehe ich nur Bäume.«

»Was für eine unglaubliche Schweinerei. Ihr solltet Euch schämen.« Bernd Cumloosen, Leiter der Rechtsmedizin der Berliner Charité, sah richtig beleidigt aus. »Schließlich bin ich kein Gärtner.« Mit spitzen Fingern zog er Reste eines braunen Blattes aus dem Bauch der Leiche. Der Nabel war mit Brillanten gepierct.

»Buche«, sagte Oskar.

Strafend sah Cumloosen ihn an. »Das ist ein Eichenblatt aus dem letzten Jahr, Herr Hauptkommissar.«

Oskar seufzte. »Sagen Sie das Hagedorn, der kennt sicher sogar den Stammbaum des Blattes.«

»Und bringt es zurück nach Hause, ich weiß. Hat die sensible Seele sich denn endlich der Suspendierung entledigt?«

Oskar schüttelte den Kopf und sah auf das wohlsortierte Puzzle in Cumloosens Stahlwanne. Alles an passender Stelle, Arme neben dem Rumpf, rotlackierte Handreste darunter. Umso deutlicher schmerzte, was fehlte. Armes Ding, so jung und ein solches Ende, zernagt und verdaut. Was nützten teures Geschmeide und scharfer Mini unter Cumloosens Händen.

Iris Gerber war ein hübsches Mädchen gewesen, hätte man die Teile wieder annähen können. Schmal, guter Trainingszustand, gesunde Haut, sorgfältig rasiert, zumindest an den wenigen unversehrten Hautstellen. Appetitlich irgendwie, die Waldviecher waren zu verstehen. Gepflegte weiche Hände, keine Schwielen, keine Zeichen körperlicher Arbeit. Die Weddinger Hinterhofopfer waren nie so jung gewesen, dafür lagen sie aber auch nahezu vollständig in der Rechtsmedizin.

Oskar sah ihr prüfend ins Gesicht. Erinnerte sich an das Jugendweihephoto. Kniestrümpfe im Arbeiter-und-Bauern-Staat, ein weißer Dollar-Roadster und mit halber Nase in den Sarg.

»Woran ist sie denn gestorben?«

Cumloosen hob die Hände. »Woher soll ich das wissen? Ganze Körperteile fehlen. Allein, um Ihnen zu sagen, wer da alles zum Buffet geladen war, brauche ich Wochen.«

Jakob hätte jetzt Cumloosens Hinterkopf getätschelt, über die Choräle der Toten mit ihm geplauscht, und der Rechtsmediziner hätte das Essen eingestellt, nur um Hauptkommissar Hagedorn schnelle Ergebnisse liefern zu können. Zwei schräge Vögel krähen miteinander auf krummer Stange. Wie im letzten Jahr, als Cumloosen eine Mordserie entdeckte. Ohne ihn wären Jakob und Tanja nie auf die bekloppte Schlachterin gekommen. Oskar hatte sich derweil mit bulgarischen Mafiosi herumgeschlagen. Oder waren es Rumänen?

Ein ausgewachsener Spinner war Cumloosen trotz der guten Arbeit. Ein Wachmann tratschte, er hätte ihn bei seiner bevorzugten nächtlichen Arbeitszeit Entschuldigungen murmeln hören. Schlaf weiter, guter Schrank, muß mal stören, liebe Leichen, so was. War vermutlich auch so eine Geisternummer. Wenn Oskar es recht bedachte, war er bald der letzte Normale in diesem Irrenhaus. Irgendeiner mußte ja den Schlüssel beaufsichtigen.

Aber eigentlich war ihm egal, was für Lieder die alle sangen, mit welchen Astralleibchen sie redeten, und wie sie ihre Nächte rund bekamen. Sei es mit Maden, Geistern oder Gott bewahre, Hunden. Jeder, wie er mag, und für Oskar den Rest. Hauptsache, gute Arbeit und ihm nicht im Weg.

Um sich nicht als geistlose Vertretung Jakobs zu blamieren, grub Oskar in tiefen Regionen seines Neuköllner Currywursthirns nach abgelegtem Wissen. Die Leiche war angeknabbert, Cumloosen brauchte, um festzustellen, wer da am Werk war, einen Zahnarzt.

»Hinterlassen die Viecher nicht ihre Zahnreihen?«

»Die sich überlagern, in der Tat. Außerdem reißen einige Tiere, andere nagen, beißen, zerren.«

Oskar hob abwehrend die Arme.

»Wir machen DNA-Proben, dann geht es schneller. Speichelreste, Haare, Fraßspuren, das alles bringen wir in die richtige Reihenfolge und haben den bösen Buben, der zuunterst angefangen hat.«

»Das heißt, auch Wildtiere könnten sie getötet haben?«

»Kaum. Es sei denn, sie verfügen über eine Tiefkühltruhe und ein Transportmittel.«

»Bitte?«

»Die inneren Organe unseres Opfers waren noch nicht ganz aufgetaut, als ich sie auf den Tisch bekam. Deshalb scheint mir eine natürliche Todesursache sehr unwahrscheinlich. Ich neige sogar dazu, unter diesen Umständen einen Suizid auszuschließen.«

Aus einem Grund, den er lieber nicht hinterfragen wollte, sah Oskar seine Mutter ihm als Kind Fischstäbchen auftischen. Aus der Pfanne mit dem braunen Plastikheber direkt auf Klein-Oskars Teller. Nur zu Festtagen natürlich, viel zu teuer.

»Jemand hat sie vermutlich getötet, eingefroren und zu gegebener Zeit an den Auffindort gebracht.«

Nicht mal gesundes Waldpanorama beim Sterben. Ein Kellerloch, Hinterhof, Hotelzimmer, ein Auto? Es gab unendlich viele Orte in Berlin, einen Menschen ins Jenseits zu befördern, grüne Idylle war nicht gerade die Regel. »Also waren es keine Hunde oder Leute aus dem Wald?«

»Warum nicht? Ich habe nur gesagt, sie war gefroren. Woran sie starb und wo, weiß ich noch nicht. Mit dem genauen Todeszeitpunkt wird es übrigens auch schwer.«

»Nun mal langsam, Doktor, für Deppen. Es kann also sein, ein Hund hat sie zerfleischt, sagen wir, vor einer Woche, Herrchen schleppt sie in eine tiefgekühlte Truhe, bringt sie zurück in den Wald und beim Auftauen schlägt sich der Rest des Waldes den Bauch voll?«

»Klingt aufwendig, aber warum nicht. Vielleicht ist der Kerl Zoologe und wollte erst sein Zubehör zusammenbringen, um das kalte Buffet zu dokumentieren.«

»Sie sind echt eine große Hilfe, Doktor.«

»Danke, ich gebe mir auch wirklich Mühe, Herr Kommissar.«

Es war ungewöhnlich, daß einfach jemand klingelte. Zwar wies ein Schild am Hauseingang Dao als Privatdetektivin aus, aber normalerweise bestellte sie ihre Kundschaft ein. Sie sah sich um, ob alles an seinem Platz sei, freute sich an der Sorgfalt ihrer Putzfrau, drückte den Summer und sah zum Fahrstuhl.

Eine, wenn auch winzige, Detektei zehn Stockwerke über dem Potsdamer Platz mit Blick auf die von der Sonne vergoldete Philharmonie war Dao nicht in die Wiege gelegt. Als erstes Kind überglücklicher Eltern wurde sie in Saigon geboren. Die chinesischstämmige Familie gehörte zur Elite des Landes und richtete ihr Leben nach den bewunderten französischen Kolonisatoren aus. Über Daos Wiege hing eine mit bordeauxrotem Samt bezogene Kugel, die, zog man sie auf, französische Kinderlieder abspielte. Morgens gab es Croissants zur Nudelsuppe Pho, das Kindermädchen sprach Französisch mit dem Säugling, der Vater träumte von einer Anwaltskanzlei in Paris.

Daos Eltern hielten es für ausgeschlossen, Kommunisten aus dem Norden könnten dieses Idyll zerstören. Sie arbeiteten für die Amerikaner, sahen über ihre schlechten Manieren hinweg, und waren völlig überrascht, als diese mit gewaltigen Hubschraubern flüchteten.

Vietnamesischen Angestellten blieb nur der Weg übers offene Meer. In einer löchrigen, unter der Last von zwölf Familien stöhnenden Nußschale ruderten sie in die Finsternis. Der Wellengang wurde stärker, Daos Mutter ging als eine der ersten von Bord. Ihr Mann drückte der nächstbesten Frau sein Kind in den Arm und stürzte sich hinterher. Beide gingen lautlos unter.

Die fremde Frau sah das teure Mäntelchen, den fremdartigen Spitzenbesatz um die Kapuze, in ihrer Mitte die langen Wimpern über geschlossenen Augen und drückte das Kind an sich.

Sie wurden von der Cap Anamur gerettet, dreizehn Erwachsene und fünf Kinder. Die kinderlosen Nguyens gaben das Mädchen als ihr eigenes aus und nannten sie Dao Thi. Mit Scharen anderer verängstigter Landsleute erreichten sie ein fremdes Land.

Wie eine Handvoll Bauklötze warf man die Heimatlosen über Deutschland aus. Die kleine Familie Nguyen wurde vom niedersächsischen Ministerpräsidenten mit Blaskapelle und Butterkeksen begrüßt und für Oldenburg eingeteilt.

Dort wuchs Dao behütet auf. Ihre neuen Eltern waren gläubige Christen, besuchten regelmäßig den Gottesdienst, übernahmen Ehrenämter zuhauf, arbeiteten hart und lebten unauffällig. Sie hielten Dao zum Beten und Lernen an, erzählten ihr erfundene Geschichten von den unbekannten Eltern, den Düften, Klängen und Bräuchen der Heimat und sprachen niemals Vietnamesisch mit ihr.

Dao wurde eine gute Schülerin. Sauste durch das Gymnasium, lächelte höflich in alle Richtungen und schloß als Jahrgangsbeste ab. Sie landete mit Photo im Lokalblatt, alle tätschelten ihre hohen Wangen, ihr seidenschwarzes Haar, mehr stolz auf sich als auf die norddeutsche Asiatin. Dao hatte es satt. Wollte nicht mehr Exotin sein, gefragt werden, wie man korrekt Reisnudeln zubereitet, ob ihr deutsches Essen nicht zu schwer und Schützenfestkorn bekömmlich seien, wollte sich nicht mehr ducken, schleichen, fehlerlos leben.

Sie wollte zu den Guten gehören, für Recht, etwas Ordnung sorgen, helfen, schützen. Sich verstecken hinter einer Aufgabe, in einer Uniform, einer großen Stadt, vielleicht sogar dazugehören zu Corps oder struppiger Einwohnerschar, irgendwann. Sie nahm eine Deutschlandkarte, sah die Flecken Hamburg, Köln und München, umkreiste den dicken Flatschen Berlin und blieb hängen. Ihre Eltern bettelten, schimpften, die Mutter weinte, der Vater argumentierte. Sie hatte doch Abitur, sollte studieren, Ingenieurin werden, Brücken bauen, zurückkehren nach Saigon, erfolgreich, europäisch gebildet. Aber Dao wollte Polizistin sein, von dort zur Kripo.

Natürlich wurde sie genommen. Machte die Ausbildung im Schnelldurchlauf, landete als Streifenpolizistin und einzige Frau auf einem Ostberliner Revier. Nichts von dem, was sie in Oldenburg gelernt hatte, half ihr dort. Sie wurde zur verachteten Fidschi, im Einsatzfahrzeug neben die Besoffenen gesetzt, deren Erbrochenes in ihrem Schoß, deren wütende Fäuste in ihrem Gesicht landeten. Die Kollegen bedrängten sie in der Umkleide und schickten sie unter brüllendem Gelächter Zigaretten holen. Anders als Oskar war sie allein, konnte nicht berlinern und hätte sich nie an den Polizeipräsidenten herangetraut. Sie hatte keine Chance auf die Kripo.

Bei einer Polizeikontrolle lernte sie Jakob kennen. Oskar hatte mal wieder etliche Verkehrsregeln mißachtet, seine Kutsche keinen TÜV, er glaubte, als Kriminaler könne man das anders regeln. Dao belehrte ihn in oldenburgischem Hochdeutsch, daß er sich irre. Daos Streifenkollege erkannte den Kripokommissar, grüßte devot und stauchte die junge Asiatin mit einer Kaskade sexistischer und rassistischer Beleidigungen zusammen.

Jetzt zeigte Jakob, was er von seinem Neuköllner Freund gelernt hatte, schredderte den großmäuligen Uniformierten mit Altberliner Schimpfwörtern, daß Oskar zufrieden grunzte. Dann sah Jakob Dao in die Augen. Sie reckte das Kinn hoch, er gab ihr seine Telefonnummer.

Dao dachte, sie hatte einen Einstieg zur Kripo gefunden. Ein echter Kommissar als Fürsprecher, sie war euphorisch. Aber sie traf auf den Geisterseher. Der lud sie in seine Wohnung, hörte ihren sprudelnden Geschichten zu, wartete, bis sie sich leergeredet hatte, holte eine Flasche Wein, sagte, da ist noch was, und nahm auch die Sintflut an Tränen in Empfang. Als sie damit fertig war, füllte er zwei große Gläser und sagte, Du solltest kündigen.

Sie hatte sich gewehrt. Wütende Argumente aufgehäuft, die Beine in den Treibsand von Jakobs Augen gestemmt. Wer ändert schon gern die Richtung?

Eine Woche später kündigte sie. Jakob gab ihr Schlafplatz und Freundschaft. Sie wurde Privatdetektivin. Nach einem halben Jahr konnte sie sich ein Büro in einem Schöneberger Souterrain leisten, nach weiteren drei Monaten die kleine Wohnung darüber.

Sie zog unter Tränen und Dankesreden aus Jakobs Besenkammer aus.

Jetzt schwebte sie in ihrer winzigen Detektei über dem Potsdamer Platz und besaß ein Zwergen-Penthouse drei Straßen weiter. Die stolzen Eltern hatte ihr Wohlstand versöhnt, nur selten sprachen sie vom Studium, umso häufiger von Enkeln. Aber Dao hatte keine Zeit für Familie. Sie arbeitet hart und ließ sich teuer dafür bezahlen.

Aus dem Fahrstuhl stieg ein Mann um die Vierzig. Unter seinem teuren Anzug appetitlich muskulös, ohne aufdringlich kraftstrotzend zu sein. Markantes Kinn, selbstbewußte Bräune, ein Aktenkoffer in der Linken. Er sah ihr direkt in die Augen. »Mrs Nguyen?«

Dao nickte und trat zurück.

Der Mann setzte sich vor ihren Schreibtisch.

»Hatten wir einen Termin?«, fragte Dao.

»Mein Auftraggeber möchte Ihnen ein Angebot machen.«

»Weiß er, daß ich teuer bin?« Dao stellte das Finanzielle gern an den Anfang, erst recht im Angesicht eines Maßanzugs.

»Hätten Sie denn Zeit?«

»Das hängt davon ab, worum es geht.«

»Einen Mord.«

Dao zog eine Augenbraue hoch.

»Sie sind uns von der Londoner Anwaltskanzlei Noble & Timber empfohlen worden.«

Eine Erbschaft war geringer ausgefallen als gedacht und der Berliner Kunde vermutete einen langfingrigen Treuhänder. Dao hatte recherchiert, ein Anwesen in Cornwall, rassige Gäule und Nobelkarossen auf Erbschaftskosten entdeckt. Erfolglos hatte Noble & Timber versucht, den Treuhänder rauszuwinden.

»Ihr Auftraggeber ist kein Deutscher?«

»Der Mord wurde hier verübt.«

»Die Berliner Kriminalpolizei hat eine exorbitant hohe Aufklärungsquote. Sparen Sie sich das Geld für teure Ermittlungen.«

»Mein Auftraggeber ist es nicht gewohnt, passiv zu sein. Er bestimmt gern selbst über die Qualität der Abläufe.«

Dao setzte sich auf ihren Schreibtischstuhl. »Ich soll also der Kripo auf die Finger sehen?«

»Sie sollen vor allem schneller ermitteln.« Der Mann öffnete seinen Aktenkoffer und entnahm ihm einen großen und einen kleinen Umschlag. »Mein Auftraggeber wartet ungern.« Er legte eine behaarte und manikürte Hand flach auf den kleinen Umschlag. »Das hier sind zehntausend Dollar zu Ihrer freien Verfügung. Zusätzlich sind soeben fünfzigtausend Dollar auf Ihrem Konto eingegangen.«

»Und wenn ich den Auftrag ablehne?«

Der Mann lächelte, öffnete den zweiten Umschlag und schob ihn auf den Schreibtisch. »Unsere Juristen haben einen Vertrag aufgesetzt. Sie müßten auf der letzten Zeile unterschreiben.« Er zog einen Kugelschreiber aus dem Jackett und legte ihn auf den Umschlag.

Dao schob beides zurück. »Sind Sie fertig?«

Er zog einen wattierten Umschlag aus der Innentasche seiner Jacke. »Im Erfolgsfall erhalten Sie einen Bonus. Das heißt, wenn Sie den Täter vor der Polizei finden und meinem Auftraggeber seinen Namen nennen.«

»Und dann? Will er selbst die Gerechtigkeit wiederherstellen, bevor das Recht dazwischenfunkt? Kann es sein, daß Ihr Auftraggeber Russe ist?«

Der Mann lachte knarrend. »Er ist Kanadier und Philanthrop.«

»Reich und ein guter Mensch? Das gibt es nicht«, antwortete Dao.

»In der Reihenfolge schon. Erst kommt das Geld …«

»Und dann die Moral. Altes vietnamesisches Sprichwort.« Dao lehnte sich zurück. »Warum habe ich das Gefühl, daß das alles nicht ganz koscher ist?«

»Seien Sie unbesorgt. Mein Auftraggeber geht nur den direkten Weg und bleibt dabei selbst verborgen.«

»Er will mich mit Geld zunebeln.«

Der Mann schwieg.

»Ich will wissen, auf wen ich mich einlasse, und warum er so viel Geld in etwas Vorsprung zu investieren bereit ist.«

»Ich erhöhe auf 100.000 Dollar.«

Dao wies auf die Tür.

Der Mann zog sein Handy hervor, tippte und wischte geduldig und wandte sich schließlich wieder Dao zu. »Wenn Sie ein paar Sachen packen könnten. Unser Chauffeur fährt sie dann zum Flughafen.«

»Wie lange werde ich fort sein?«

»Achtundvierzig Stunden. Es sei denn, Sie möchten den Aufenthalt verlängern. Der Ort, an dem mein Auftraggeber lebt, ist beeindruckend. Wildnis, so weit das Auge reicht. Können Sie reiten?«

»Mit Natur bin ich nicht zu bestechen. Sagen Sie dem Chauffeur, ich erwarte ihn in zwei Stunden.«

Jakob saß in einem Schlachtenseer Biergarten und sah fasziniert auf das schuftende Gebiß von Marie, die einem Berg von Spare rips den Garaus machte, nachdem sie sie in farbenfrohe Soßen getunkt hatte. Ihre Finger trieften vor Fett, sie schmatzte. Zu ihrer Linken dösten ein hünenhafter Ridgeback, ein bulliger Rottweiler und ein putziger Terrier in der sich senkenden Vorfrühlingssonne.

Er hatte Hektor zwischen Hauben abgeliefert, der tat MMs Untersuchungen auf körperliche Unversehrtheit als unmännlich ab, stieg auf seinen Leopardenimitatsessel und fiel nach Sekunden ins Koma. Bei Jakobs Verabschiedung bellte und zuckte er im Schlaf.

»Kenn ick«, sagte Marie mit vollem Mund, als Jakob ihr das Photo von Iris Gerber zeigte. »Joggt in den teuersten Markenklamotten, die gerade auf dem Markt sind, durch mein Rudel und als der eine oder andere sie beschnuppern will, keift sie los wie ein Waschweib. Hundehasserin Marke Ost. Streit gesucht hat sie.« Sie leckte die Finger geduldig einzeln ab. »Konnte froh sein, daß keiner sie angegriffen hat. Mittendurch, manche Leute haben wirklich eine Vollmeise.« Sie tippte sich eine Fettspur auf die Stirn.

»Und was hast Du gemacht?«, fragte Jakob.

Stirnrunzelnd sah sie ihn an. »Zurückgekeift natürlich, was denkst Du. Grober Klotz, grober Keil. Ich persönlich bin ja hinterhofgeschult. Kindheitsmäßig gesehen. Aber die Zehlendorfer Pfeifen versuchen es. Triebabfuhr, sagt ein Kunde immer. Sieht die Ein-Euro-Jobber-Hundetussi aus wie ein ungewaschenes Opfer und dann wehrt die sich.« Sie lachte mit entblößten Zähnen, ebenmäßig weiß, mit Fleischresten garniert. »Die Welt war früher einfacher.«

»Hat sie klein beigegeben?«

»Mit 'nem Anwalt gedroht.« Sie winkte ab. »Aber ich pöbele nicht justinabel. Habe ich von einem Kunden. Schneckchen und Hohlwand kost nix, Schlampe ist teuer.«

»Vorderhaus hilft Hinterhof.«

»Bei gemeinsamen Interessen.« Der Ridgeback stand auf und kratzte sich umständlich. Seine Hoden baumelten im Takt. Er riskierte einen Blick auf den Rippenteller, unauffällig.

»Und gab es ein Nachspiel mit der Frau?«, fragte Jakob.

»Jede Woche haben wir uns getroffen. Wollte keine andere Strecke laufen, und so weit kommt's noch, daß ich mein Revier aufgebe.«

»Finstere Blicke, böse Worte, oder mehr?«

»Nee, Meister, abgemurkst habe ich sie nicht. Brust raus und den längeren Atem, sonst nüscht. Diese neureichen Tussen halten nicht durch. Aber den Förster hat sie mir auf den Hals gehetzt. Und der hat das Hacke übergeben, seinem Pitbull. Schlimme Sitten, statt 'ne Niederlage hinzunehmen, klimpert man mit den teuren Wimpern und ruft nach männlichem Schutz. Den Pitbull solltet Ihr Euch übrigens mal angucken.«

Waldarbeiter Hacke hatte ihn angelogen, sieh an. Von wegen, kenn' ich nich'. »Habe schon erlebt, daß der etwas speziell ist.«

Sie lachte wieder und tunkte die letzte Rippe in den Ketchup. »Besonders für knackige Frauenärsche im Auslaufgebiet.«

»Und für pazifistische Amseln.«

Dao haßte es zu fliegen. Aber es ging um einhunderttausend Dollar. Also schob sie das unendliche Meer unter sich in die Obhut von zwei Valium. Daß sie nach fünf Stunden schon wieder die Augen öffnete, zeigte, wie stark ihre Angst war. Immerhin erfuhr sie so, daß der Privatjet, dessen einziger Gast sie war, gen Westen flog. Als sie unter sich das Meer durch eine Wolkenlücke blinzeln sah, griff sie sofort nach der Valiumpackung und nahm drei auf einmal.

Sie war zu klein gewesen, um sich an die Nußschale zu erinnern. Aber immer wieder hatten Nguyens von den Schrecken des Südchinesischen Meeres gesprochen, von ihrer in die Fluten stürzenden Mutter und dem hinterherspringenden Vater. Jeden Sonntag hatte Dao in den kargen Kirchen Oldenburgs Kerzen entzündet und Vaterunser gebetet für ihre ersoffenen Eltern. Inzwischen erschien es ihr, als hätte sie all das gesehen bei geschlossenen Lidern.

Als Dao sich später weigerte, im örtlichen Freibad schwimmen zu lernen, hatte ihr Vater gedroht, sie ende wie ihre leiblichen Eltern. Auf ihre Frage, ob die nicht hätten schwimmen können, antwortete er, keiner von uns. Dao wurde still und verkündete am nächsten Morgen, wenn er ihr erklären könne, warum der Vater dann gesprungen sei, mache sie das Seepferdchen.

Sie blieb Nichtschwimmerin, mied sogar den Beckenrand und jede Badewanne und haßte das Meer. Für seine unendliche Größe, kalte Tiefe und weil es das Grab ihrer Eltern war.

Taumelnd verließ sie schließlich den Jet, um in eine Propellermaschine umzusteigen. Sie erkannte weder das Land noch den Flughafen. Direkt nach dem Start der zugigen Maschine fiel sie erneut in tiefen Schlaf. Irgendwann wurde sie so sanft wie nachdrücklich geweckt, man bot ihr etwas zu essen an. Sie lehnte ab, bat, als sie nicht enden wollende Waldflächen unter sich sah, um eine Flasche Wasser, und versuchte, die Macht des Valiums zurückzudrängen. Immer wieder nickte sie ein, aber als man sie schließlich in einen Hubschrauber umsteigen ließ, ging sie bereits einigermaßen sicher.

Der überflog bis zum Horizont reichende Weiden, Hänge mit Wäldern und zahllose Wasserflächen. Dao hatte keine Ahnung, wo sie gelandet war. Keine Dörfer, keine Autos, nicht einmal Straßen oder Pisten. Keine Reklametafeln, nirgendwo Sprache, nichts, woran man hätte festmachen können, wo sie war.

Der Helikopter setzte schließlich auf einer Landefläche im grünen Nichts auf, ein staubiger Jeep erwartete sie. Sie querten Weideflächen, es ging über Sand- und Steinpisten, zweimal durch Wasserläufe zu einer Ranch. Sie durchfuhren ein geöffnetes Tor, auf beiden Seiten erstreckten sich Zäune bis zum Horizont, Pferde und Rinder streiften durch die Weite. Schließlich erschien vor ihnen ein so flaches wie ausuferndes Blockhaus aus mächtigen Rotzedernstämmen. Sein Dach war mit Gräsern bewachsen, große Bäume, die Dao nicht kannte, schützten es nach Norden. Auf die weitläufige Terrasse trat ein Mann mit graumeliertem Haar, muskulös, drahtig und braungebrannt sah er dem Jeep entgegen.

Sie war am Ende der Welt, in den Fängen irgendeines Magnaten. Dao, auch wenn der Kerl schon sehr sexy aussah inmitten seiner roten Stämme und auch für einhunderttausend Euro, Du hast sie nicht alle. Der Jeep hielt, sie stieg aus und ging auf wakkeligen Beinen auf den Mann zu.

VI

»Was soll an einer Selbstmörderin an der Krummen Lanke interessant sein? Weißt Du, wie viele es davon gibt jedes Jahr? Sie ertränken sich, obwohl man eigentlich meinen sollte, daß sogar Nichtschwimmer das andere Ufer erreichen. Aufhängen kommt auch gut. Nehmen sich ein Bäumchen, krabbeln rauf und lassen sich ins Seil fallen.« Der Redakteur interessierte sich deutlich mehr für den Zahnstocher, der Kantinenrouladenreste aus Ritzen pulte, als für seine kleine Praktikantin.

»Sie hat sich nicht umgebracht, sie wurde ermordet.«

Warum mußte immer er sich um das Gemüse kümmern? Diese glatten Züge, hohen Stimmen, schlichten Ansichten kombiniert mit großen Klappen. Immerhin war sie blond, der Arsch auch ganz nett. »Woher weißt Du das?«

»Das spüre ich.«

»Na super, eine Praktikantin mit Gefühlen.«

»Hier steht, daß die Todesursache noch nicht geklärt ist, daß Fremdverschulden nicht ausgeschlossen werden kann.«

Der Redakteur winkte ab. »Das ist, damit die Angehörigen sich nicht grämen. Bei Suizid läuft immer die Schuldkiste an. Die Nachbarn sagen, Gott, wie schrecklich und denken, wird schon einen Grund gehabt haben.«

»Mein Informant sagt …«

»Eine Praktikantin mit Informanten, wie schick.«

»Er sagt, sie war in schrecklichem Zustand.«

»Was heißt das?«

»Ihr fehlte ein Ohr, der Busen und die Nase waren angeknabbert.«

Der Redakteur beugte sich vor. »Angeknabbert?«

»Fraßspuren, sagt mein Informant. Irgendwer hat sie als Futter angenommen.«

»Wer?«

»Tiere halt.«

»Hunde?«

»Das hat er nicht gesagt. Er dachte wohl eher an Ratten, Wildschweine und so.«

»Hunde.« Der Redakteur lehnte sich zurück, schnipste den Zahnstocher weg und lächelte. »Hunde töten hübsche, junge Frau und verspeisen sie. War es nicht sogar im Auslaufgebiet?«

»Ich glaube ja. Aber …«

»Nix aber. Mach Dich sachkundig über die Berliner Hundegesetze. Läuft einiges an Hundehassern rum. Fang mit den Grünen an. Gibt da eine, deren Kind hat sich mal fast den kleinen Finger abbeißen lassen. Seitdem kriegt sie Asthma, wenn sie einen Köter sieht. Also die Mutter, nicht das Gör, das befummelt längst mit allen Fingern wieder das blühende Leben. Interview die Mama, sag ihr, freilaufende Hunde haben im Wald eine Frau zerfleischt. Das gibt unkontrollierte Aussagen. War das Opfer nicht Joggerin? Wenn wir Glück haben, sogar schwanger. Und alles geht über meinen Tisch, hast Du verstanden? Wenn Du Dein eigenes Ding versuchst, bist Du ratzfatz Deine Stelle los.«

»Und wenn es eine gute Story wird?«

»Rede ich mit dem Chef. Kriegst vielleicht sogar Gehalt. Zumindest erst mal für ein halbes Jahr, dann sehen wir weiter. Also, ab mit Dir. Wir machen da draußen einen schönen Hundekrieg.«

Oskar nahm den ersten Zug von seinem zweiten Bier. »Du willst mir ernsthaft erzählen, man kann damit seinen Lebensunterhalt bestreiten, die Hunde anderer Leute auszuführen?«

In dieser durchgeknallten Stadt gab es immer wieder etwas zu lernen. Da verbrachte er seine Tage und Nächte mit den verbohrten Nummern eins bis drei, folgte Hinweisen aus der Bevölkerung auf die veröffentlichten Photos der zwei Opfer, lief sich die Hacken krumm, weil Pankower und Tegeler ihren türkischen Gemüsehändler nicht vom bulgarischen Autohändler unterscheiden konnten, war genervt, übermüdet, dankte trotzdem für Aufmerksamkeit und Unterstützung der Hilfspolizisten in Genossenschaftswohnungen, saß endlich mit einem richtigen Menschen beim Bier und mußte sich Geschichten anhören, die für ihn eher nach Schlumpfhausen denn seiner Heimatstadt klangen. Menschen, die ihre Vormittage lieber im Wald als zwischen Nachbarn verbrachten. Geld verdienen mit Spazierengehen, alles klar. »Was ist bloß aus Berlin geworden.« Oskar schüttelte den Kopf.

»Fragt sich der Förster auch«, sagte Jakob. »Der will Betretungsgebühren von den Hundeausführern.«

Oskar lachte. »Findig, unser Öffentlicher Dienst. Und hast Du schon Verdächtige? Was ist mit dem Waidmann?«

»Er hat einen Angestellten namens Hacke, der schießt auf Amseln und hat mir verschwiegen, daß er Iris Gerber kannte.« Seine triebgesteuerten Umgangsformen machten ihn auch nicht harmloser.

»Und diese Hunde-Aupairs?«

»Da bin ich noch dran.« Jakob sah Maries Gebiß und den schaukelnden Hoden des Ridgebacks vor sich. »Gab einen Zikkenkrieg mit unserem Opfer. Aufsteigerin rempelt Hinterhof an.«

»Den Weiberkram hast Du exklusiv. Apropos, was machen eigentlich Deine Mädchen in der Ferne?« Oskar beugte sich vor. »Die meiden doch unsere Heimatstadt nicht etwa Deinetwegen?«

Jakob zeigte seinem Freund einen Vogel. »Tanja hat sich ihre Fortbildung wirklich verdient.«

Die junge Kollegin war im letzten Jahr nach Berlin gekommen, um mit Jakob, ihrem Vorbild in Sachen Anstand, zusammenzuarbeiten. Sie hatte Jakobs Absturz, Krankheit, Suspendierung und Anklage miterlebt und trotzdem auf seiner Seite gestanden. Zwar bestand sie darauf, Städterin zu sein, aber Jakob vermutete bei solch rührend sturer Treue große Brocken moorige Scholle in der Sozialisation.

Zur Zeit war sie in Amerika auf einer Fortbildung und hatte Urlaub angehängt. Die Weite dort paßte besser zu ihr, Berlin war für ihre Füße zu vollgestopft. Dreieinhalb Millionen Artgenossen und dazu unzählige Haustiere, die nicht einmal geschlachtet wurden.

»Stell Dir unser freilaufendes Landküken unter all den bekloppten Hundeleuten vor.« Oskar lachte.

»Den Hacke würde sie erschießen.«

»Blattschuß. Keine toten Amseln mehr.« Oskar beugte sich vor. »Und wo bleibt Hanna?«

»Klappert ihre weitverstreuten Schwestern ab.«

»Muß das Einzelkind Hagedorn allein ins kalte Bettchen klettern.«

»Ich habe ja mein Telefon.«

Oskar legte den Kopf schief. »Muß Liebe schön sein.«

»Bist Du neidisch?«

Er hob abwehrend die Arme. »Bloß keine Ärztin.«

Jakob lachte. »Psychologin wäre noch schlimmer.«

»Und was macht ihr Verhandlungstermin?«

»Läßt auf sich warten. Die Approbation ruht, sie haben erreicht, was sie wollten. Aber zurück zu Waldarbeiter Hacke. Der ist mir zu aggressiv. Du mußt ihn überprüfen. Gerhard heißt er vorne.«

»Wieso ich?«, fragte Oskar, »das Waldding ist Deins.«

Jakob schwieg.

Oskar lachte. »Traust Du Dich nicht in die Keithstraße?«

»Ich war schon da.« Jakob pulte das Weiche aus einer Scheibe Weißbrot und quetschte es zu kleinen Kügelchen. »Wollte mal wieder reinschnuppern. Und Hacke überprüfen, zusammen mit Dir.«

»Stinkt wie immer, nach ollem Schweiß und Frust. Sag nicht, daß Dir das fehlt.« Oskar suchte seine Augen. »Das glaube ich jetzt nicht. Schau mich an, Alter.« Er beugte sich vor. »Arbeiten wir zusammen, oder nicht?«

Jakob schaute auf seine Weißbrotarbeit.

»Sind wir das beste Team der Stadt, oder nicht?«

Jakob reihte die Weißbrotkügelchen nach Größe auf.

»Du wirst mir doch nicht in die Knie gehen, nur weil Fockemeyer, das Arschloch, Dich fertigmachen will?«

Jakob legte die Kügelchen im Kreis. Ihre unterschiedliche Größe fiel gar nicht mehr auf. Die Mitte blieb frei. »Ein Kollege hat mich vor Deiner Tür gesehen.«

»Und?«

»Als ich rauskam, waren es sechse.«

Oskar zog die Augenbrauen zusammen. »Wer? Die Namen.«

»Es hätten auch sechs andere sein können.«

»Was haben sie gemacht?«

»Mich, nun ja, rausgebracht.«

»Haben Sie Dich angefaßt?« Oskar wurde laut, am Nachbartisch drehte sich eine Frau nach ihm um.

»Beruhige Dich, ich bin ja noch am Leben.«

Oskar schlug mit der Faust auf den Tisch. Die Weißbrotkügelchen kollerten auf den Boden und verteilten sich kreuz und quer. Und kein Spatz weit und breit, der sich hätte freuen können. Oskar schwieg lange, seine Kiefer mahlten. »Und Deine Verhandlung?«, fragte er schließlich.

»Samuel wäre gern unter den sechs.« Jakob erstach zielgenau mit einem Zahnstocher eine Olive. Warum nur konnte Hektors Frauchen, die wundervolle MM, Kiezkönigin mit offenem Ohr für jede gedetschte Seele, zupackend wie ein Kumpel, nicht einen besseren Sohn als Staatsanwalt Samuel Herzl haben.

Er war eifersüchtig auf Jakob und schämte sich für Mamas Friseursalon, die Bar seines in Auschwitz tätowierten Vaters und die überparfümierten Paten in der rosa Corvette, aber das hieß ja nicht, daß er MM nicht liebte. Zumindest hoffte Jakob, daß da etwas wäre, tief drinnen, unter der Arschlochspeckschicht.

»Und wenn schon«, sagte Oskar. »Hauptsache, der Richter läßt sich nicht in die Intrige reinziehen. Wer ist es denn?«

»Schneiderhahn.«

»Ach Du Scheiße, hat der nicht auch ein Problem mit seinem Hirn?«

»Danke, sehr nett.«

»Man erzählt sich, er verliert die Übersicht über die Tassen in seinem Schrank.«

»Zwischenzeitlich kommt ihm der ganze Schrank abhanden.«

»Jugendsünden und ihre Spätfolgen, der war mal Straßenkämpfer. Öfter was auf die Rübe, Tränengas und Joints.« Oskar hob sein Glas.

»Ich weiß. Hat früher große Reden geschwungen. Onkel Alzheimer beeindruckt das aber wenig. Er verliert die leitende Strippe in jedem zweiten Absatz.«

Oskar tätschelte ihm den Oberarm. »Wenn ich kommen und helfen soll, sag Bescheid.«

Jakob stieg die Rührung hoch. Er vertrug kein Bier mehr. Zeit für einen Themenwechsel. »Und was sagt Cumloosen?«

»Daß Du ein verwaistes Eichenblatt nach Hause bringst.«

Jakob lachte. Schon wieder jemand, den er vermißte aus seinem alten, dem kriminalen, richtigen Leben.

»Wird dauern, bis er was über Todesort, -art und -zeitpunkt sagen kann. Ist wohl ein Spurenfiasko. Und sie war auch noch gefroren.«

»Die arme Frau. Ihre Leiche erscheint mir schon im Schlaf.« Den Hundekram verschwieg Jakob lieber.

»Tatsächlich? Ich wüßte nachts Besseres zum Träumen, aber Du bist ja auch ein sensibler Studierter.«

»Wenn er sie gleich nach der Tat eingefroren hat, wird es schwer, den Zeitpunkt des Todes festzulegen. Und die Medien können weiter behaupten, Hunde hätten sie getötet.«

»Das glaubt doch kein Mensch«, sagte Oskar.

»MM hat ständig Ärger wegen Hektor.«

»Ich bitte Dich, das ist ein Mops!«

»Die Leute kreischen, wenn sie ihn auf seinem Sessel sehen. Neulich hat ein Jugendlicher eine Coladose nach ihm geworfen.«

»Wenn er das mit den Bullterriern gemacht hätte, die wir neulich in einem Einsatz aufgescheucht haben ...«

»Hektor hat seinem Namen Ehre gemacht und ist hinterher.«

»Fleischwunde in der Wade?«

»Der verpickelte Colasäufer konnte richtig rennen. Und MM ist schimpfend beiden gefolgt.«

Oskar lachte. »Armer Bengel.«

»Bis zur U-Bahnstation haben sie ihn getrieben. Die Treppe war Hektor zu mühsam.«

»Auch Möpse sollten ihre Grenzen kennen.«

Jakob tunkte Brot in die Schüssel mit grüngoldenem Olivenöl. Das Brot saugte sich voll. Seine neue Hundeseele brauchte Fett, die viele Bewegung. »Und hast Du schon etwas übers Umfeld?«

Oskar nahm einen großen Schluck Bier. »Ich war bei ihren Eltern. Osten. Lichtenberg.«

»Armer Ossi.«

Jakob wurde von Neuköllner Blicken erdolcht. »Wenn Du mich noch einmal Ossi nennst.«

»Nennst Du mich kopfkranker, suspendierter Depp, ich weiß. Also, was war mit denen?«

»Frustrierter Möchtegern-Altkader nimmt seiner Tochter die kapitalistische Karriere übel.«

»Was hat sie denn gearbeitet?« Jakob nahm noch eine artgenössische Ladung Olivenöl in Brot und hoffte, er hätte eine ruppige Hundeverdauung.

»Irgendwas für eine kanadische Stiftung. Da habe ich angefragt, aber die rühren sich nicht. Ihnen gehört die Wohnung, in der Iris gelebt hat. Passwortgesichert.«

»Du mußt über den Atlantik betteln, sie durchsuchen zu dürfen.«

»Und die lassen mich am ausgestreckten Arm verhungern.«

»Also ist ihr Beruf eine Sackgasse.«

»Nicht unbedingt. Ihre Mutter sagt, sie hatte ein Projekt mit der FU.«

»Und jetzt soll Dein Lieblingsakademiker da mal reinschnuppern.«

»Wenn die Stiftung blockt, komme ich nicht weiter.«
»Und an den Waldleuten soll ich auch dranbleiben?«
»Dafür bist Du der beste.«
»Schmeicheln nützt nichts, das weißt Du doch.«
»Hast Du etwa was anderes zu tun?«
»Jetzt bist Du wenigstens ehrlich. Noch ein Bier?«

Das Nagen füllte ihn aus. Er lief dagegen an, immer schneller flogen seine Pfoten. Er trank Wasser, fraß Gras, Erde und lief weiter, als wäre er auf der Flucht, als hätte er ein Ziel. Mittags rastete er, abends leckte er seine schmerzenden Pfoten.

Er hatte sein Wolfsrudel verlassen, weil die Sonne ihn zog. Aber er war sehr jung, um allein zu überleben. Zu jung, als daß seine Familie ihn hätte lehren können, wie ein Wolf jagt, zu jung, um Gefahren zu erkennen. Wäre er ein Mensch gewesen, ihn hätte der Mut verlassen, er hätte Hilfe gesucht, wäre gar umgekehrt. Aber er war ein Wolf, der nur den nächsten Schritt sah, sich nach dem sehnte, was vor ihm lag.

Immer wieder witterte er andere Tiere, folgte ihrer Spur, die sich verlor. Das Nagen brüllte. Am vierten Tag wehte Aasgeruch heran. Sein Herz schlug wild und laut. Er folgte der Spur und fand eine tote Amsel. Schlang sie gierig hinunter, als wäre sie nichts.

Jetzt achtete er mehr auf den Geruch, der gegen das Nagen geholfen hatte. Fand eine Maus am folgenden Tag. Dann wieder zwei Tage nur Losung, Gras, Erde. Er horchte auf die Geräusche im Boden unter ihm, wußte nichts damit anzufangen. Saß vor Mauselöchern und verstand nicht, daß sie es waren, ihre Trippelschritte, die er hörte. Ein Gelege half ihm über den folgenden Tag. Die Amsel klagte vergebens, er fraß all ihre Eier, sogar die Schale schlang er hinunter.

Dann fand er nichts mehr.

Es wurde Tag, es wurde Nacht. Er witterte, suchte. Stöberte in Erdlöchern, horchte auf Schritte, Flügelschläge. Er war nur noch dieses Nagen. Sein Kopf war leer, er fiel in leichten Schlaf. Träumte von seiner Mutter, bellte mit seiner Schwester. Als er erwachte, war er schwach. Steif stand er auf, schüttelte sich, ging ein paar Schritte, warf den Kopf in den Nacken und heulte. Horchte. Niemand antwortete. Wieder heulte er, länger jetzt, fordernd. Da glaubte er eine Antwort zu hören. Seine Nackenhaare sträubten sich. Er kannte die Stimme nicht. Bewegte die Nase, sog die Luft ein. Horchte. Aber es wiederholte sich nicht. Wieder und wieder heulte er, aber er war allein.

Also lief er. Weiter zur Sonne, die sank. Legte sich in Pfützen, fand einen See, badete. Grub Würmer aus, fraß Käfer, kaute auf Holz herum und wurde immer dünner. Das Fell ging ihm aus, seine Augen huschten über den Horizont. Er war zu schwach zum Heulen jetzt. Immer wieder schlief er, immer seltener achtete er auf Deckung. Ließ Rehe vorüberziehen, sah mit halbgeöffneten Augen Hasen hinterher.

Das Nagen wuchs, schon lange war es größer als er.

»Können Sie nicht aufpassen?« Fockemeyer brüllte, an seinem Jackett floss der Kantinenkaffee abwärts.

Oskar hatte, im Laufen Akten studierend, die Flurkurve eng genommen und war in seinen einen Plastikbecher jonglierenden Chef gelaufen.

Oskar zog ein Taschentuch hervor und näherte sich seinem Chef.

Fockemeyer wehrte ihn ab. »Haben Sie mir wenigstens aus Diensteifer den Anzug versaut?«

Oskar hob die Akte hoch. »Die Frauenleiche aus dem Grunewald. Der Forstamtsangestellte Gerhard Hacke ist aktenkundig. Ich bin unterwegs zu dem Kollegen, der das bearbeitet hat, die Unterlagen sind unvollständig.«

»Worum geht's denn?«

»Sexualdelikt, zumindest ist es das Dezernat.«

»Wurde die Leiche vergewaltigt?«

»Keine Ahnung.«

»Dann lassen Sie doch den Mann in Ruhe. Haben Sie nicht genug mit dem arabischen Rudel zu tun? Was ist denn nun mit der DNA? Wenn ich daran denke, was das den Steuerzahler kostet, und auch noch mal drei. Beten Sie, daß etwas rauskommt.«

»Ich bleibe dran.«

»Sie brauchen endlich einen neuen Partner, Blum. Sie können doch nicht ewig auf Hagedorn warten.«

»Kühn sagt, Sie wüßten, daß er nicht zurückkommt.«

»Das alte Waschweib quatscht zu viel und erfindet die Hälfte. Keiner kann der Entscheidung des Richters vorgreifen. Habe nur gesagt, wird schwer, ihn da rauszuhauen. Mal sehen, was ich mit meiner Zeugenaussage für ihn tun kann. War ja ein wirklich erfolgreicher Kollege.«

»Bei Ihrer Mitarbeiterführung kein Wunder, Herr Kriminalrat.«

»Wird schon, Blum.« Fockemeyer klopfte Oskar auf die Schulter. »Ich habe schließlich noch nie jemanden hängen lassen.«

»Aber sicher, Herr Kriminalrat.«

VII

Die Sonne stand tief, die Wölfe leuchteten in ihrem Widerschein. Sie suchte die alte Laika, die am anderen Ende des Geheges in einer Mulde lag. Das Tier erwiderte Janines Blick, stand mühsam auf, schwankte bei den ersten Schritten.

Erst jetzt bemerkten die anderen Janine. Sprangen zum Zaun, schnürten an ihm entlang in der Spur, die sie tief in den Sand gelaufen hatten. Immer hin und her am aufgezwungenen Rand der Welt.

Janine stellte die Fleischfässer neben sich und schloß das Tor zum Vorgehege auf. Das gesamte Gehege war zu klein, das wußte sie. Was waren schon fünf Hektar für wildlebende Wölfe. Ein Vorhof zur Hölle, kein Revier für die Könige des Auslaufgebiets Europa.

Aber es war schwer genug, wenigstens das hier zu verteidigen. Immer wieder gab es haßerfüllte Dörfler, die ihre Station abschaffen, die Wölfe töten wollten. Oder noch besser, sie auf Tierparks verteilen. Da würden sie von nur einem Hektar träumen. Sie zog die schweren Fleischfässer ins Gehege, die ersten Wölfe jaulten.

Niemand käme auf die Idee, entlaufene Hunde zu erschießen. Im Gegenteil, in ganz Europa leerten deutsche Tierschützer Tötungsstationen. Da gab es Spenden, Mitgefühl und öffentliche Aufmerksamkeit. Aber aufgefundene verletzte Wölfe? Angeschossen von durchgeknallten Jägern, angefahren von enthemmten nächtlichen Autofahrern.

Sie krempelte die Ärmel ihres Fließpullis auf, griff tief in das erste Faß und zog ein Rehfell heraus. Sie kippte Gedärm und Rippen hinterher. Hoffentlich würde die Jägerin ihr weiterhin treu bleiben, ohne sie wäre eine halbwegs artgerechte Fütterung unmöglich. Sie verteilte die einzelnen Stücke, warf Rehkopf, Schlund und Strossen in den Sand. Sie sah zu Laika, überlegte, sie einzeln zu füttern. Die anderen würden nichts für sie übrig lassen, sie brauchte einen Schutzraum. Sie kippte den Inhalt des zweiten Fasses an einer weiteren Stelle aus. Heute gab es Wildschweinfüße. Märkische Haxen, ein Festessen.

Sie verriet ihre Prinzipien. Laika war alt und krank. Leberkrebs, hatte der Tierarzt gesagt. Ein verbrauchtes Organ hatte genug und wuchs ins Unermeßliche. Ihre Zeit lief ab. Der Arzt wollte Medikamente da lassen, Janine hatte abgelehnt. Sie ließ der Natur ihren Lauf.

Sie wird sich quälen, hatte der Arzt gesagt, was dann? Janine hatte ihn vom Hof gescheucht, war zu der betäubten Laika gegangen und hatte sie im Arm gehalten. Ihr über den riesigen Bauch gestrichen, über das Unwesen in ihm. Geheult natürlich.

Laika war die erste gewesen damals, ihretwegen war die Auffangstation entstanden. Ein aufgegebener Hundesportplatz inmitten häßlichen, hügeligen Waldes. Eine Lichtung, ein Übungsplatz, ein paar Zwinger, nach Westen eine Anhöhe, die im Süden in einer großen Wiese auslief. Streichholzkiefern reihten sich aneinander, so weit das Auge reichte. Kein See in der Nähe, nicht mal Pfifferlinge hatten sich hierher verirrt. Eine vergessene sozialistische Nische.

Janine war, gegen den Willen ihrer Chefin vom Wolfszentrum, in das Vereinsheim gezogen. Unbeheizbare Pappe aus DDR-Zeiten. Immerhin gab es Wasser. Sie hatte einen Bollerofen gebaut und den Winter bei Kerzenlicht überstanden. Nichts vermißt, Laika gepflegt und jeden Tag Holz gehackt.

Als Laika gesund war, sollte sie ausgesetzt werden. Sie fuhren mit der betäubten Wölfin ins Lausitzer Tagebaurevier und legten sie geschützt an einen Waldrand.

Janine hatte die ganze Rückfahrt die Zähne zusammengebissen. Ihre Chefin setzte sie am Vereinsheim ab, zum Packen. Als sie allein war, heulte sie. In Strömen floß es ihr aus Augen, Nase, Mund. Sie kannte sich selbst nicht, hatte noch nie so geweint zuvor. Sie hackte Holz, verletzte sich die Hand, jetzt floß auch

Blut, das war gut. Herzblut. Sie blieb im Vereinsheim wohnen, fuhr jeden Tag mit dem klapprigen Lada zum Wolfszentrum und machte ihre Arbeit. Ihre Chefin war sauer, wollte sie nicht allein im Wald leben lassen.

Nach zwei Wochen war Laika wieder da. Stand am Waldrand auf der Anhöhe im Westen, blickte auf die Station, auf Janine hinab und wartete.

Janine ignorierte sie. Laika war ein Wolf, kein Haushund. Laika verschwand, Janine heulte. Laika jagte, kehrte zurück mit ihrer Beute an den Wiesenrand und fraß dort. Nach einer Woche ließ Janine die Tür zum Gehege über Nacht offen, aus Versehen. Am nächsten Morgen lag die Wölfin eingerollt in ihrer alten Mulde.

Janine sah ihre wundgelaufenen Pfoten, die eiternde Wunde in ihrer Flanke, aber berührte sie nie wieder, es sei denn, das Betäubungsgewehr hatte sie schlafen gelegt. Damals, als sie sich kennenlernten, hatte Janine Laika gesundgepflegt. Sie gestreichelt, verbunden, mit ihr gesprochen. Sie hatte Laika an sich gebunden und ihr damit die Zukunft in Freiheit versperrt. Es blieb ihr einziger Fehler.

Laika stand jetzt abseits der anderen, ihre Beine zitterten. Janine nahm die leeren Fässer, verließ das Vorgehege und öffnete die Zwischentür von außen. Die Wölfe stürzten sich auf das Futter, sie hatten zwei Tage nichts bekommen. Auch Laika lief mit. Sie zog sich Gedärm hervor und verschwand mit ihrer Beute. Janine lächelte. Noch war es nicht so weit, ihre Laika war zäh.

»Zweiter Stock, dritte Tür links, Hauptkommissar Blum.« Der Diensthabende wandte sich wieder seiner Frühstücksstulle zu.

»Soll ich da allein hinauf?«

Er stellte das Kauen ein und sah den Mann an, der sachdienliche Hinweise zum Frauenmord im Grunewald zu haben vorgab. Sah auf ein teuerwollenes Jackett, einen butterweich sich schmiegenden Schal bei knapp zwanzig Grad Außentemperatur, sah hinunter zu schaufensterfrischen Schuhen. »Meinen Sie, Sie schaffen das nicht?«

Der Mann verfärbte sich, der Diensthabende legte bei der Aussicht auf etwas Unterhaltung die Stulle weg. »Na, bis drei werden Sie ja zählen können. Und falls Sie die Namensschildchen nicht lesen können, fragen Sie einfach oben noch mal nach. Ist ja hellerlichter Vormittag, da sollte Betrieb sein im zweiten Stock. Sonst noch was?«

Leider schluckte der Mann nur, drehte sich ab und suchte den Fahrstuhl. Der Diensthabende nahm seine Stulle zwischen die Finger und biß ab. Schade, vielleicht beim Nächsten.

Es klopfte schon zum dritten Mal, entsetzlich zaghaft. Oskar öffnete seine Zimmertür und wies auf das Telefon an seinem Ohr.

»Also, wenn ick richtig verstanden habe, hat die olle Tucke von gegenüber zwee Hunde zu viel.« Er zog einen Stuhl vor seinen Schreibtisch und wies den Besucher darauf, der sich setzte. »Oder viere, meinswegen. Aber, det is ja nu' nich' strafbar.«

Oskar ging zum Fenster und sah hinaus. »Seh'n Se, schlaue Hausverwaltung. Aber bevor wir uns hier verplaudern, guter Mann, Sie sind bei der Mordkommission, und Sie wollen doch wohl nicht sagen, daß Ihre Nachbarin …« Er sortierte den Müll auf der Fensterbank nach Farben. »Das weiß keiner, ham Se recht. Aber sie sollten nicht alles glauben, was in der BZ steht. Und da Sie dankenswerter Weise mich angerufen haben statt der Journaille, nun mal ehrlich, welchen Grund sollten die Fiffis Ihrer Nachbarin haben, eine wildfremde Frau an der Krummen Lanke zu zerfleischen. Zumal der Weg ja schon sehr weit ist von Neukölln.«

Oskar hob den Rest einer alten Schrippe mit spitzen Fingern an, und warf sie in den Mülleimer neben seinem Schreibtisch. »Moabit, Entschuldigung. Ja, das ist ein Unterschied.«

Er füllte einen Kaffeebecher mit Wasser und goß die zwei tapferen Fensterbankblümchen. Jakobs Suspendierung verschärfte die Lebensbedingungen für alles Pflanzliche im Büro. Eigentlich für alles Lebendige. »Nee, Meister, nix da. Ich besuche niemanden, weil er fünf Hunde hält.« Oskar zog die Augenbrauen zusammen. »Wenn Sie das machen, sitzen Sie bald vor mir, aber nicht als Zeuge, sondern als Beschuldigter. Und das wollen wir doch beide nicht.« Sein Gast nestelte nervös in seiner Tasche. »Fragen Sie mich mal, was ich alles nicht mag. Geh'n Sie ihr halt aus dem Weg, wie den anderen Arschlöchern aus Ihrem Kiez.«

Oskar setzte sich hinter den Schreibtisch und musterte ihn. Feine Klamotten, kein Moabit. »Siebenunddreißig Jahre sind viel, das gebe ich zu. Aber nützt nüscht, mit den Zugezogenen müssen wir leben. Also Nachbar, Hände weg von der Frau und ihren Hunden.«

Oskar legte seufzend das Telefon beiseite. »Und was kann ich für Sie tun?« Oskar fragte sich, ob er den Mann auch der BZ-Kampagne verdankte. Nach der Serie fieser Photos von zähnefletschenden Hunden hatte das Blatt nun dazu aufgerufen, verdächtige Beobachtungen von Hundebesitzern an die Reviere zu melden. Was immer das hieß. »Lesen Sie die BZ?«, fragte Oskar.

»Ich wohne in Grunewald«, antwortete der Mann entrüstet.

»Na, das ist ja wenigstens etwas näher am Tatort«, sagte Oskar. »Falls es um die Frauenleiche im Auslaufgebiet geht.«

Der Mann nickte eifrig.

»Mein Kollege von der Pforte sagt, Sie haben sachdienliche Hinweise? Dann schießen Sie mal los.«

Jakob hatte recht gehabt mit seinem Verdacht gegen Gerhard Hacke. Eine Studentin der Forstwirtschaft hatte ihn angezeigt, er hätte während eines Praktikums beim Forstamt an ihr rumgefingert. Unschön für den Öffentlichen Dienst. Es wurde ein Verfahren eingeleitet wegen des Verdachts der sexuellen Nötigung. Was immer dann geflossen war, Geld oder Drohungen, das Versprechen auf Kontakte und freigefegte künftige Berufswege, die Anzeige wurde zurückgezogen, das Verfahren eingestellt. Das konnte Hacke nicht allein, der Förster mußte ihn geschützt haben. Er würde sich das weitere Leben der Praktikantin ansehen, aber, auch ohne Bestätigung, Oskar vertraute Jakobs Instinkt und seiner eigenen Erfahrung beim Lesen unvollständiger Akten, da war etwas. Und wer einmal hinlangt, kann Finger und Hoseninhalt nicht stillhalten. Er mußte Cumloosen nach auftauendem Sperma fragen. Ein Unzüchtler mit wilddurchsiebender Knarre wäre so unvorsichtig, es zu hinterlassen.

»Also«, hob Oskars Besucher mit vollgepumpter Lunge an, »ich wohne seit drei Jahren in Berlin, und man gewöhnt sich ja an so allerlei, was die hiesigen Sitten angeht.«

»Kommt jetzt eine Litanei wegen der Hundekacke? Davon hatte ich heute schon ein halbes Dutzend, und auch wenn Sie in Grunewald wohnen, interessiert mich das nicht die Bohne.«

»Ich bin hier, weil ich eine Verdächtige ausfindig gemacht habe.«

»Ihre Nachbarin?«

»Nicht direkt, sie wohnt am Hertaplatz und ich in einer Nebenstraße. Also mir wäre das zu laut. Ist aber vermutlich billiger.«

Oskar seufzte.

»Ihre Zeit ist kostbar, ich weiß.« Der Mann lächelte schleimig. »Also, ich schlafe schlecht in letzter Zeit. Gegen drei Uhr stehe ich immer auf und sehe etwas aus dem Küchenfenster.«

»Was sich so tut, nachts in der Nebenstraße.«

»Das Fenster geht zum Hertaplatz. Dort ist ein Park, wissen Sie das?«

»Wo ich herkomme, gehen Küchenfenster nicht ins Grüne.«

»Ist hübsch, Rasenflächen, alter Baumbestand, gepflegte Wege.«

»Grunewald eben.«

»Etwas unschön ist natürlich, daß die Schüler des nahegelegenen Gymnasiums dort ihre Pausen verbringen, lärmen und Müll zurücklassen. Trotzdem, das ist doch kein Grund.«

Oskar wartete einigermaßen geduldig. »Grund wofür?«

»Sie hat einen Rhodesian Ridgeback. Ist über siebzig, die Dame, und dann so einen Hund.«

»Unerhört.« Oskar suchte in der Schublade nach etwas Eßbarem und warf einen halben Blick auf das im Mülleimer abgestürzte Brötchen von Weihnachten.

»Den hat sie natürlich überhaupt nicht im Griff. Läuft immer ohne Leine.«

»Das darf er«, sagte Oskar.

»Und unsereiner wechselt die Straßenseite.«

»Gehbehindert sehen Sie nicht aus. Und Zeit genug, in Schlangenlinien unterwegs zu sein, haben Sie auch. Sonst säßen Sie nicht ...« Oskar sah auf die Uhr. »...um kurz vor elf vor meiner Nase.«

»Wollen Sie nun wissen, was die Frau gemacht hat?«

»Und was sie qualifiziert, eine andere im Auslaufgebiet zu ermorden? Ich brenne darauf.«

»Sie hat Tüten aus ihrem Pelzmantel gezogen und deren Inhalt auf der Liegewiese verteilt.«

»Und was war drin? Vogelfutter, Rasendünger?« Oskar linste auf den Papierberg der einseitigen Befragungen der drei Araber. Lauter Pünktchen alle paar Zeilen, das große Schweigen auch noch abgetippt, was für eine Verschwendung von Papier.

Der Mann beugte sich vor. »Hundekot«, sagte er, als müsse er auf ihm rumkauen. »Sie hat auf der ganzen Wiese Hundekot verteilt.«

»Nachts um drei?« Oskar gluckste.

Der Mann winkte unwirsch ab. »Sie wollte die Schüler vertreiben. Ihr Balkon ist genau über der Wiese.«

»Und deshalb killt sie eine Frau?«

»Wissen Sie, daß man Ridgebacks zur Löwenjagd eingesetzt hat in Afrika?«

»Ganz zu schweigen davon, daß sie schwarze Männer zerfleischen.« Oskar hatte es satt. Denunziantenzeit, da juchzt die deutsche Spießerseele. Gab etwas Entlastung für die Raucher, es sei denn, sie hielten Hunde. Berlin war eben zu struppig für Kleinstädter.

»So eine Rasse gehört nicht in die Stadt. Überhaupt gehört Hundehaltung nicht nach Berlin.«

»Das sehen 100.000 Berliner Hunde und ihre Angehörigen anders. Ganz zu schweigen von der Hundesteuerstelle, all den Tierärzten, Zoohandlungen, Ausführservicen, Hundetrainern, Hundesalons. Kann es sein, daß Sie die Wahl Ihres neuen Wohnortes überdenken sollten?«

»Was erlauben Sie sich!«

»Wenn Sie so weitermachen, gibt das fiesen hohen Blutdruck. Fragen Sie den Kollegen aus Moabit, der hat ihn schon.«

»Wie können Sie mich mit dem auf eine Stufe stellen!«

»Nur, weil Ihr Küchenfenster ins Grüne geht, gibt's von mir keine Sonderbehandlung. Und wenn Sie sonst nix zu den Ermittlungen beizutragen haben, sind Sie entlassen. Jetzt muß Onkel Blum sich um die richtig bösen Jungs kümmern.« Oskar sah in das dunkelrote Gesicht seines Gastes. »Falls es Ihrem Blutdruck hilft, sich über mich zu beschweren: im Hinterhaus, Souterrain finden Sie den zuständigen Kollegen. Der hört Ihnen zu und legt eine Akte an.«

Jakob stand inmitten von Iris' riesigem Wohnzimmer. Seine ganze Wohnung hätte darin Platz gefunden. »Wir müssen Oskar Schlüssel und Paßwort bringen nachher.«

Dao zog eine Schublade auf. »Mein Auftraggeber will nicht, daß ich der Kripo helfe.« Sie war dem Charme des Kanadiers erlegen. Hatte seiner sonoren Stimme gelauscht, nach einem ebenso vorzüglichen wie schweren Wein auf ihre Valiums den Vertrag unterschrieben, die Nacht in einem himmlischen Bett bei weit geöffnetem Fenster traumlos schlafend verbracht, war im Morgengrauen von exotischen Vögeln geweckt worden, hatte inmitten mächtiger Rotzedernstämme allein und opulent gefrühstückt und war zurück nach Berlin geflogen worden. Auf ihrem

Konto waren tatsächlich einhunderttausend Dollar eingegangen, eine Summe, die sie beschäftigte. Was, wenn nicht sie den Mörder fand, sondern die Kripo?

»Aber was wir ermittelt haben, interessiert Dich doch sicher?« Jakob grinste. »Sie kam aus Ostberlin, Mutter Kindergärtnerin, Vater beleidigter Wendeverlierer mit Systemvergangenheit.«

Dao winkte ab. »Weiß ich schon. Von da aus ab zur internationalen Karriere bis ins Penthouse. Gibt's schon Verdächtige?«

»Einen durchgeknallten Waldarbeiter, der seine Finger nicht vom Gewehr läßt und seinen Schwanz nicht einschließen mag.«

Dao zog eine Augenbraue hoch.

»Dann ist da noch eine Hundeausführerin, die nach Feierabend Berge von Spare Ribs verdrückt.«

»Hunde was?«

»Zwanzig Jahre alt, ruppige Kindheit in Kreuzberg, Vater kiezbekannter Schläger. Zwei Geschwister aktenkundig drogensüchtig, einer vertickt geklaute Luxuskarossen nach Weißrussland ...«

»Nette Sippe, da wendet man sich lieber Hunden zu.«

»... und sie selbst hat mit vierzehneinhalb eine Mitschülerin so vermöbelt, daß die drei Monate im Krankenhaus lag und auf AOK-Kosten einen ästhetischen Chirurgen bekam.«

»Hoppla.«

»Gab eine Jugendstrafe wegen schwerer Körperverletzung.«

»Und dann?«

»Stille. Anscheinend Richtungswechsel. Mittlere Reife mit Stolperschritten und ab achtzehn die Hunde.«

»Und was hatte sie mit Iris zu tun? Arbeitet sie in der Nähe des Leichenfundortes?«

Jakob nickte. »Sie hatten Zickenkrieg um die Nutzung öffentlicher Wege.«

»Und die Obduktion? Habt Ihr Spermaspuren vom Waldarbeiter oder Anhaftungen von der dreschenden Hundeamazone?«

»So weit ist Cumloosen noch nicht. Alles sehr aufwendig.«

»Die Beutetierchen, verstehe.«

»Er legt sofort auf, wenn Oskar ihn anruft.« Jakob wies um sich. »Dem sollten wir wenigstens sagen, was wir finden.«

»Vorausgesetzt, wir finden etwas.« Dao seufzte. »Sieht nicht aus, als sei sie oft hier gewesen.« Daß sie sich wohlfühlte, lag nur daran, mal wieder gemeinsam mit Jakob zu arbeiten. Sie sollte ihm endlich vorschlagen, bei ihr einzusteigen. Nguyen & Hagedorn, etwas hölzerner als Noble & Timber, aber allemal besser als sein albernes Polizeicorps mit Blaskapelle.

Sie folgte Jakobs Blick, der durch das Penthouse streifte. Von den verlorenen Möbeln zu den kahlen Wänden und der riesigen Fensterfront, die auf eine Dachterasse mit einsamem Liegestuhl hinausging und Blick über die halbe Stadt bot. In der Ferne blinkte die Kuppel des Doms. Häusermeer ohne Seegang.

»Die Couchgarnitur kostet zwölf Mille«, sagte sie, »wollte ich auch mal.«

»Erinnert mich ohnehin an Deine Wohnung«, sagte Jakob.

»Nur gut vier mal so groß und abgesehen von den ostig geschmacklosen Regalen. Und den leeren Wänden, von Kunst hat sie wohl nicht viel gehalten.«

»Vielleicht hat ihr Arbeitgeber alles eingerichtet.«

»Würde so jemand nicht einen Innenarchitekten beauftragen?«

»Architekten sind auch nicht mehr, was sie mal waren.«

»Sieh mal, die Plastikstühle vor dem Eßtisch.«

Benutzt hatte Iris nur eine Ecke der antik geölten Tropenholzplatte. Dort lag ein Set, stand eine Müslischale und ein leeres Glas Latte mit angetrocknetem Milchschaum.

In der Küche fanden sie eine Saftpresse. Dao roch an den Resten. »Orange-Mango«, sagte sie, öffnete die Kühlschranktür und atmete aus, als sie die Leere gähnen sah. »Keine Spare Ribs. Sie hat sich von Berliner Luft ernährt.«

»Oder auswärts«, sagte Jakob und deutete auf einen mit vietnamesischen Pappkartons und Sushischalen gefüllten Müllbeutel.

»Nicht mal Brot«, sagte Dao.

»Kohlenhydrate sind gerade aus der Mode.«

Dao schlug die Kühlschranktür zu und studierte das Gefrierfach. »Den Osten hatte sie hinter sich gelassen.«

»Was erwartest Du, Letscho und Soljanka?«

Dao sah sich um. »Vielleicht einfach ein bißchen Leben? Schmutzige Wäsche, zerlesene Bücher, ausgelatschte Schuhe. Etwas Staub täte es auch.« Sie ging in die Hocke und nahm die Bodenfliesen in Augenschein. »Hunde waren hier nicht zu Besuch. Nicht mal irgendwer mit Straßenschuhen.«

Jakob ging zum Schlafzimmer, öffnete den Schrank. Ein Fach für Socken, eines für Slips. An Bügeln hingen Blusen, Kostüme daneben, Hosen lagen rechts. Eine Schublade mit Nylons, ein zerwühltes Bett, Frotteebettwäsche mit roten Herzen. Er seufzte und ging ins angeschlossene Bad. Ein Damenrasierer, Duschgel, Zahnpasta, ordentlich aufgereiht. Er fuhr mit dem Finger über die Ablage, kein Staub. In der Dusche einige Haare, ein Rest Schaum am Ausguß, angetrocknet. Kalkränder an den Armaturen, Spritzer auf den Kacheln. Der Klodeckel war oben, das stehende Wasser braun. Ein plüschiger Badeteppich mit großen Blumenmustern lag vor der Dusche. Kein Fenster, Halogenstrahler unter der Decke. Ein Abluftgebläse ging flappend an. Jakob verließ das Bad und schloß die Tür.

»Wie im Hotel«, sagte Dao. »Wüßte nicht, was wir Oskar erzählen sollten.«

»Sagtest Du nicht, der Stifter ist ein großer Naturschützer?« Jakob sah zu den riesigen Fensterflächen. »Wenigstens ein paar Zimmerpflanzen könnte sie haben.«

»Oder Bilder von Wasserfällen, abstürzenden Kolibris.« Dao sinnierte vor den kahlen Wänden.

»Vielleicht war das Müsli wenigstens Bio«, sagte Jakob.

»Nee, amerikanisch und antiallergen.«

Sie gingen in den dritten Raum, auch er zur Terrasse hin ausgerichtet. Ein Schreibtisch mit einer Glasplatte stand an der Wand. Jakob nahm die Bücher aus dem kleinen Regal. Betriebswirtschaft, Steuerrecht. »Was für ein Typ ist denn ihr Chef?«, fragte er.

Dao untersuchte den Schreibtisch, kippte den Inhalt einer Schublade auf den Boden und wühlte in Zetteln, Belegen, Notizen. »Ein beeindruckender. Sehr sportlich, kraftvoll in jeder Beziehung, Ende Sechzig. Hat sein Geld mit einem Hedgefonds gemacht und beim Kontostand von 800 Millionen eine Sinnkrise entwickelt. Ist ausgestiegen und hat ein neues Betätigungfeld gesucht.«

»Mit 800 Millionen kann das nicht so schwer gewesen sein.«

»Wie man es nimmt.« Dao machte kleine Häufchen. Bankbelege der eine, Steuerbelege der andere, anscheinend Privates der dritte. »Er hat Firmen aufgekauft und sich als Unternehmer versucht. Wasserflugzeuge, die mit Solarenergie funktionieren sollten, Lehmbau für Hochhäuser, Schafzucht in Nordirland, alles Pleiten.«

»Er hätte es mit Yaks versuchen sollen, da habe ich Kontakte.« Jakob blätterte die Bücher durch. Nicht mal Anstreichungen.

»Das letzte war eine vegane Imbißkette in europäischen Großstädten. Danach waren von den 800 nur noch zwanzig übrig.«

»Nur noch.«

»Er ist zurück an die Börse, hat einen Haufen Leute übers Ohr gehauen, Firmen abgewickelt, sich an Bush rangeschmissen und ...«

»Da waren es wieder 200.« Jakob schüttelte ein Buch aus, ein Lesezeichen trudelte auf den Boden. Er hob es auf, eine U-Bahnkarte vom vorletzten Jahr.

»Eins komma drei fünf Milliarden.«

Jakob pfiff. »Nächste Sinnkrise?«

»Er hat eine Stiftung gegründet.«

»Und bei der war Iris angestellt?«

»Sie war eine von denen, die Ziele für die schöne Kohle suchen sollten. In einem ersten Projekt hat er selbst endlose Landflächen in Südamerika gekauft und die Menschen vertrieben.«

»Warum das denn?«

»Damit die Natur ungestört ist.«

»Der kennt keine Berliner Spatzen.«

»Iris und Kollegen haben weltweit Orte gesucht, an denen man viel Gegend erwerben und sich selbst überlassen kann.«

»Sag' nicht, er wollte Berlin aufkaufen und uns vertreiben.«

Dao sah auf ihre Häufchen: ein dicker Packen Bankbelege, Steuerbelege aus allen Weltregionen und ein dünner, flacher, traurig verlorener Miniberg mit Privatnotizen. Telefonnummern auf kleinen Zetteln mit Kommentaren. Herzchen, Ortsangaben, Vornamen. Viele endlose Vorwahlen, Männer und Frauen, Mailadressen. Alles mit Datum, teils Jahre zurückliegend.

»Wir sind ein Forschungsstandort«, sagte sie unkonzentriert. Eine Woge von Traurigkeit schwappte durch das leere Penthouse. So ein einsames Leben unter so vielen Menschen. »Sie hat Kontakt zur FU gehabt, irgendwas mit Urwald und CO2.«

Dao schob Bank- und Steuerbelege zusammen und warf sie zurück in die Schublade. Die Privatnotizen steckte sie in einen Umschlag und nahm ihn mit.

»Um die Uni soll ich mich kümmern«, sagte Jakob und schüttelte die letzten Bücher aus, aus denen als Lesezeichen mißbrauchte Karten, Zettel und Schriftstücke segelten. »Oskar traut sich die geballte Bildung nicht zu.«

»Wissen träfe es eher«, sagte Dao und hob einen der Segelbriefe auf. »Der Polizeipräsident in Berlin. Ist sie zu schnell gefahren mit ihrem schicken Cabrio? Kennst Du eine Marie Pachulke?«

Jakob nahm ihr den Brief aus der Hand. »Das ist die Hundeausführerin.« Er las. »Sie hat sie angezeigt. Wegen Beleidigung, Verletzung der Aufsichtspflicht und Nötigung.«

»Wer wen?«

»Iris hat die Hundefrau angezeigt.« Jakob schüttelte das letzte Buch aus. »Hier ist noch einer. Einen Nachbarn hat es auch erwischt. Wegen ...«

»Laß mich raten«, sagte Dao, »Lärmbelästigung?«

»Er hätte zu viele Haustiere.«

»Gutverdienend und dann auch noch schlecht gelaunt.«

»Weißt Du, was für einen langen Weg sie zurückgelegt hat aus der piefigen Platte der Eltern in das hier?« Jakob wies um sich.

»Gut, dafür verdient sie Respekt, auch wenn ich nicht weiß, wie sie das erreicht hat.«

»Und jetzt ist sie tot, tiefgefroren, in ihre Einzelteile zerlegt und abgeknabbert wie Spare Ribs. Egal, ob sie eine Schnepfe war und egal, wen sie auf dem Weg nach oben plattgetreten hat, das hat sie sicher nicht verdient.«

VIII

Die Sonne kitzelte ihn wach. Er lag auf einem Sandhaufen inmitten unendlicher Wüste. Gestern hatte er nicht einmal mehr Wasser gefunden. Träge öffnete er die Augen. Die Sonne spielte mit seinem Ohr, es wurde warm. Die Wärme stieg in seinen Kopf, breitete sich aus. Ein Insekt burrte vorbei. Kein Grund, den Kopf zu heben.

Da ertönte ein lauter Knall. Er sprang auf, lief in irgendeine Richtung. Er sah Bäume in der Ferne, hielt auf sie zu. Tief hing seine räudige Rute, sichtbar hoben sich die Rippen über seinem erschöpft stolpernden Herzen, hart schoben sich die Hüftknochen durch den mageren Körper.

Er hatte nur die fernen Kiefern im Blick, als ein Pferd seinen Weg kreuzte. Er witterte den schweren Geruch vom Strom. Seine Nackenhaare stellten sich auf, er duckte sich.

Das Pferd blieb stehen, schüttelte mürrisch den Kopf, schnaubte dampfenden Atem in die Morgenluft. Auf seinem Rücken saß das Wesen, zu dem der schwere Geruch gehörte. Es sah ihn an.

Er witterte erloschenes Feuer. Und Blut. Frisches Blut. Das Nagen schwoll an, in ihm schrie der Hunger.

Er richtete sich auf, machte einen Schritt auf das Pferd zu, knurrte, nur die Beute im Sinn. Das Wesen auf seinem Rücken sah ihn unverwandt an. Löste etwas vor sich und warf es in hohem Bogen davon.

Eine Woge von Fleisch und Blut brandete an seine Nase. Er zitterte. Das Wesen löste erneut etwas vor sich, warf es zu dem anderen. Das Wesen griff in den Hals des Pferdes. Langsam entfernten sie sich von ihm.

Er wartete lange. Sicherte immer wieder, die Feinde waren fort. Da schoß er zu dem Fleisch. Es waren Hasen. Zwei große, fette, wundervolle, warme Hasen. Er schlug seine Fangzähne hinein, riß den ersten auseinander. Fleisch, Fell, Knochen. Das warme Blut triefte, er erbrach sich. Fraß erneut, erbrach wieder. Endlich gab sein Magen auf, ertrug das lange entbehrte Futter. Er nahm den zweiten Hasen in den Fang, sah sich um und trabte zur nächsten Deckung, den Kiefern. Grub dort eine Mulde, verscharrte den Hasen, legte sich auf seine Beute und fiel in einen fiebrigen Schlaf.

Er nahm das Fernglas und sah zurück. Der Wolf war erschrekkend dünn und viel zu jung, um allein unterwegs zu sein. Sein linker Vorderlauf war verletzt, das Fell stumpf. Er war keiner der Wölfe seines Reviers. Ein ganzes Rudel, welcher Förster außer ihm hatte das schon. Er war froh und stolz, daß es gerade sein Revier gewählt hatte. Er würde es verteidigen. Nur deswegen hatte er sich schließlich hierher beworben.

Jetzt bewegte sich der Wolf. Sein Laufbild war rund, und trotz seines schlechten Zustands kraftvoll, er konnte es schaffen.

Er sah zu, wie das Tier zu seiner Beute lief. Seine Frau würde enttäuscht sein, doch keine Hasen heute. Er sollte ihr lieber nicht erzählen, daß er sie einem fremden Wolf gespendet hatte. Sie hatte auf einem Wildzaun rings um das Forsthaus bestanden.

Er erbrach das Fleisch. Das hieß, er hatte sehr lange kein Futter gefunden. Konnte er etwa nicht jagen? War er so jung?

Wenn er ihm wieder Futter an die gleiche Stelle legen würde? Dann käme das Rudel und vertriebe ihn. Dem war er nicht gewachsen. Außerdem war er dagegen, Wild zu füttern. Auch gegen Wolfsstationen, die verletzte Tiere aufnahmen. Sie pflegten sie gesund, und dann? Ein Leben in Gefangenschaft, und das für diese freien Laufwunder. Sie brauchten größere Auslaufgebiete, als der Mensch ihnen geben konnte. Seine zwei Hasen waren ein spontaner Entschluß. Nein, ein Wolf mußte sich selbst durchsetzen. Wenn er stürbe, wäre das die Natur, punktum.

Er sah, wie der Wolf das Erbrochene wieder aufnahm. Kluger Junge, viel Glück.

Jakob stieg aus dem Bus. Die Fassade des Botanischen Museums leuchtete sattrot. Der benachbarte Botanische Garten mußte mit auf die Hannaliste. Wurde Zeit, daß sie zurückkam, der Zettel für gemeinsame Aktionen reichte schon einmal quer durch seine Wohnung. Das Telefon war gut für sein Canidengehör, aber was war mit seinen anderen Sinnen? Alle sehnten sich nach ihr. Er ließ die Schwüle des Tropenhauses und Hannas blumig-erdiges Hautaroma durch sein Hirn ziehen.

In der FU hatte er sich fremd gefühlt. Alt und fehl im Angesicht all der verträumten, schlechtangezogenen Studenten. Wenig nützte sein Magister von vorgestern.

Nachdem er verwaiste Sekretariate besucht, viele Raumnummern studiert und Flure erlaufen hatte, fand er in einer Cafeteria eine Doktorandin. Auf seine Frage nach einer Ansprechperson für Iris' Kontakte, sagte sie, das sei das Diversitäts- und CO2-Ding von Professor von der Mühlen, der aber nicht da. Im übrigen habe er, sie beugte sich vor, ohnehin nur Ahnung von der Repräsentation.

Eine taube Nuß mit Professorengehalt, ergänzte Jakob.

Die grünen Augen schillerten, der Mund lächelte appetitlich und sie schickte ihn zu Werner Rombart, der guten Seele des Instituts, ausgelagert in das Botanische Museum.

Jakob zog seinen Blick aus dem Katzengrün, lud sie nicht auf einen Kaffee ein, betete drei Vaterunser und das Hannamantra. Vermutlich trank die Doktorandin ohnehin Espresso.

An der Bushaltestelle begegneten sie sich wieder und Jakob empfing wehrlos ihre Handynummer, nur für den Fall, er bräuchte eine Führerin durch die Wirren der Biologie. Es wäre unhöflich gewesen, sich nicht mit seiner zu revanchieren. Sicher war er eine Art Vaterfigur für sie. Kein Mantra.

Hinter der Tür des Botanischen Museums empfing Jakob eine Wolke aus Bohnerwachs und altem Staub. Werner Rombart fand er im Raum europäischer Ökosysteme. Er hantierte mit einem ausgestopften Uhu, der entspannt und natürlich auf einem Ast sitzen sollte, aber aussah wie ein aus Kinderbetten verscheuchtes Plüschtier.

Jakob räusperte sich, und Werner legte den Uhu sanft auf dem perfekt nachgebildeten Waldboden inmitten alter Eichenblätter ab.

Werner sah so aus, wie Jakob sich einen Biologen vorstellte. Bequeme, exkursionstaugliche Schuhe, eine Jeans, die weder geleckt noch gewollt abgerissen aussah, ein praktisches kariertes Hemd und darüber einen Blick, der ganze Ökosysteme erfaßte und verzückt leuchtete, wenn eine schillernde Libelle vorbeiburrte. Jakob wollte mit ihm wandern gehen.

Er stellte sich als suspendierten Kommissar vor, der Informationen über das Arbeitsumfeld des Mordopfers Iris Gerber einholen wollte, und hatte keine Sorge, der Biologe könnte versucht sein, das gegen ihn zu verwenden.

Werner Rombart verschloß die gläserne Tür zu dem Ökosystem und lud ihn auf einen Kaffee in sein Büro ein. Jakob erkannte seinen eigenen Gang wieder. Federnd, geerdet, ausdauernd.

»Wo habt Ihr sie denn gefunden?«

»Auf einer Lichtung oberhalb der Krummen Lanke.«

»Es gibt schlechtere Orte zum Sterben. Kiefern, Roteichen, Buchen, schöne Ecke.« Werner drehte sich um. »Das war jetzt geschmacklos, entschuldige.«

»Du hast sie nicht gesehen, sonst würdest Du nicht so reden. Ich träume von der Leiche.«

»Ich bin als Biologe von natürlichen Prozessen nicht so leicht zu erschüttern. Und wollen wir nicht alle in der Natur sterben?«

Jakob schüttelte den Kopf. »Vor allem wollen wir nicht ermordet werden, ob auf einem Hinterhofmüllplatz oder im Grunewald.«

Werner ging voraus. »Wißt Ihr schon, wie das passiert ist?«

Jakob seufzte. »Der Rechtsmediziner muß sich erst durch Fraßspuren graben.«

»Interessantes Forschungsgebiet. Ratten, Mäuse, Marder, Wildschweine, Füchse. Ist dicht besiedelt da oben. Der Duft hat sicher sogar einige unter der Avus durchgelockt.«

Werner stieß die Tür zu einem vollgekramten Raum auf. In dessen Mitte lag eine Decke auf dem Boden, von der sich steif ein großer Hund erhob. Jakob zögerte.

»Entschuldige, manchmal vergesse ich, daß nicht jeder weiß, was ihn hier erwartet. Darf ich vorstellen, das ist Ronja.«

Ronja hatte sich zu beachtlicher Größe gestreckt, fixierte den Besucher und zog sich auf ihre Decke zurück.

»Sie ist absolut harmlos. Wenn es recht ist, gehe ich Kaffee kochen und lasse Euch allein. Du kannst aber auch gern mitkommen, die Kaffeeküche ist nebenan.«

Jakob winkte ab und setzte sich auf eine an die Wand geklemmte Couch. Sie war zur Hälfte mit Unterlagen und Büchern gefüllt, ihr brauner Cordbezug verschlissen.

Jakob sah sich in dem winzigen Raum um. Jedes freie Eckchen war vollgestellt mit kleinen Töpfen, aus denen Grün quoll. Ansichtskarten klebten vor den Scheiben und pinnten an den Regalträgern. Die Rückseite der Zimmertür nahm ein Tourismusplakat ein, das für Guatemala warb. Die abgebildeten Menschen und die Schrift erinnerten an die Achtziger.

Zwischen den Büchern im Regal standen Sorgenpüppchen und geschnitzte Figuren. Über der Rückenlehne des klapprigen Bürostuhls hing ein Indiocape, Ronjas Decke hatte das gleiche bunte Muster – ihres war verdreckt, zerzaust und voller Hundehaare.

Jakob erwiderte den Blick der Hündin, bewunderte ihre schrägstehenden Augen, die hellgraue Maske ringsum. Der dunkle Nasenrücken lief in einem schmalen Streifen auf der Stirn aus. Sie hatte etwas Indianisches. Ihr Kopf war groß und wohlgeformt, ihr Hals lang und schlank, die Rute buschig, die langen Beine muskulös, das Fell glänzend. Sie erinnerte ihn an Eiche, die Graue von Penta, nur war Ronja noch größer, majestätischer und eleganter. Eine echte Führungspersönlichkeit.

»Was für ein bildschönes Tier«, sagte er, als Werner, zwei Kaffeebecher jonglierend, zurückkehrte.

»Sie ist aus einem tschechischen Tierheim.« Werner hielt ihm den Kaffeebecher hin. »Von einem Wanderurlaub durch Naturschutzgebiete. Ich wollte mir die Stadt aus den Knochen laufen und habe sie dort gefunden.« Er fuhr ihr über den Nacken, Ronja sah zu ihm auf.

»Du darfst sie mit ins Büro nehmen?« Jakob stellte den heißen Kaffeebecher auf dem benachbarten Unterlagenchaos ab. Es wäre eine schlechte Idee, würde ein verpickelter Schöneberger seine Coladose auf Ronja werfen. Sie hätte ihn weit vor der nächsten U-Bahn gestellt. Nicht alle Hunde waren harmlos und lustig. Jakob fragte sich, ob auch sie unter der von den Boulevardmedien angefeuerten Hundehysterie der Stadt litten.

»Sonst müßte ich mir einen anderen Arbeitsplatz suchen. Ich kann sie ja nicht den ganzen Tag allein lassen.«

»Berlin wird neuerdings zickig.«

»Zu viel zugezogene Kleinstädter. Aber Du wolltest etwas über Iris Gerber erfahren. Ihr Tod ist ein herber Verlust. Wir hatten ein Projekt zusammen geplant. Und jetzt weiß niemand, wie es weitergeht. Ich habe versucht, mit ihrem Chef Kontakt aufzunehmen, aber der ist unerreichbar. Ich fürchte, das Ganze wird scheitern ohne sie.«

»Worum geht es denn?«

»Ein Forschungsvorhaben in Guatemala. Es gibt dort Urwald, der vor der Erschließung steht. Man vermutet Rohstoffe unter majestätischen Baumriesen. Die Ureinwohner sollen in die nächste Stadt umgesiedelt, der Wald gerodet und der Boden ausgebeutet werden.«

»Und Iris' Chef will das verhindern?«

»Mit einem völlig neuen Argument: Es geht um das bessere Geschäft.«

»Keine Naturschützer, die ihre Hände auf Indianerköpfe legen und die Arme um Baumstämme schlingen?«

»Sie hätten keine Chance. Die Zeiten sind andere. Für die Regierung ist der Urwald eine Ressource, die Bewohner sind angeblich arme Schweine ohne Handys und Wasserklo.«

»Und worin sieht der reiche alte Kanadier sein Geschäft?«

»Kanadier? Du bist gut informiert. Ich kenne nur den Namen der Stiftung. Sie will den Urwald als CO2-Speicher vermarkten. Guatemala bekommt Geld, um den Wald zu lassen, wie er ist.«

»Clever. Es ist zu viel CO2 unterwegs.«

»Die Stiftung will das Waldgebiet allerdings kaufen.«

»Klingt nach schlechten Erfahrungen.«

»Wen wundert's, das Nichtzerstören will geübt werden. Iris erzählte, sie hätten schon viel Geld in Schutzmaßnahmen gesteckt, bis einer ein Zubrot verdienen wollte und Wilderer einließ, Goldschürflizenzen verscherbelte und Edelhölzer klauen ließ.«

»Ob das besser funktioniert, wenn sie das Land besitzen?«

»Zweite Sicherungsmaßnahme sollte öffentliche Aufmerksamkeit sein. Durch Beteiligung von Universitäten aus mehreren Ländern, durch Forschungsvorhaben zur Biodiversität.«

»Da kommst Du ins Spiel.«

»Wir sollten eine Machbarkeitsstudie entwerfen.«

»Wir heißt?«

»Ich. Mein Chef, Professor von der Mühlen, nimmt die Lorbeeren, investiert aber so wenig wie möglich.«

»Warum gerade Du?«

»Ich habe in dieser Gegend geforscht, das wußte die Stiftung.«

Jakob deutete auf das Plakat.

»Ist eine Weile her, ja.«

»War das Dein Dissertationsthema?«

»Ich habe nicht promoviert.«

»Entschuldige, ich dachte …«

»Biologe bin ich immerhin. Und kenne jede Wurzel dort. Die Bewohner übrigens auch, ich habe bei ihnen gelebt.« Werner sah aus dem Fenster, direkt hinein in die ferne Vergangenheit.

»Das verändert einen«, sagte Jakob.

»Es war die wichtigste Zeit meines Lebens.«

»Ich verstehe nicht, wie ihr zusammenarbeiten konntet.« Jakob sah auf die Sorgenpüppchen im Regal. »Sie hat ein riesiges leeres Penthouse bewohnt, alle schildern sie als ehrgeizig und kalt. Und jetzt soll sie sich um Indios und Baumriesen gekümmert haben?«

»Hat sie ja nicht, das war meine Aufgabe. Sie war eine von diesen jungen Frauen, die nur Zahlen kennen, Gehaltsabrechnungen und Businesspläne. Niemals locker lassen, nie die Kontrolle verlieren.« Werner strich Ronja über den Kopf. »Ich mußte sie immer einsperren, wenn wir arbeiteten, sie mochte keine Hunde.«

»Und hast Du eine Idee, wer ihr das angetan haben könnte?«

»Wie sollte ich. Wir haben zwar viel Zeit miteinander verbracht, aber nur über das Projekt gesprochen. Über den Menschen weiß ich nichts. Sie bestand darauf, daß wir uns siezen.«

»Gefiel sie Dir?«

»Keine Ahnung. Ich habe sie gar nicht als Frau wahrgenommen. Klingt vielleicht merkwürdig, aber sie war eine Art Neutrum für mich. Jung und zielstrebig. Wenn ich es mir so überlege, hätte sie sich wohl bedankt, von einem Typen wie mir angemacht zu werden.« Er lachte. »Schon die Vorstellung, mit ihr an der Krummen Lanke spazieren zu gehen, ist absurd.«

»Sie ist gejoggt.«

Werner nickte. »Das paßt zu ihr. Wahrscheinlich mit dem neuesten Smartphone und teuren Laufschuhen, die die Richtung vorgeben.«

»Also fällt Dir kein Motiv ein?«

»Ich kann nur spekulieren.«

»Bitte.«

»Ein Neider vielleicht. Sie war sehr erfolgreich und aus dem Osten, wißt Ihr das?«

Jakob nickte.

»Oder ein abgelegter Liebhaber, ich kann mir vorstellen, daß sie Männer kalt abserviert hat, wenn sie ihr nicht mehr nützten. Aber sonst? Was unsere gemeinsame Arbeit betraf, sehe ich keinen Grund. Wir waren auf einem guten Weg.«

Vogelgeschrei weckte sie. Sand knirschte zwischen ihren Zähnen. Das Gesicht war immer noch heiß von der Sonne. Sie leckte die trockenen Lippen. Salz. Streckte die Füße aus. Der Schlafsack raschelte, als sie sich zu Tom umdrehte. Sie steckte die Nase tief in seine Brust. Er roch nach Staub und Rind. Tom brummte und legte schwer den Arm um sie. Sanft biß sie hinein, schmeckte gesalzenes Steak.

Vorsichtig kroch sie aus dem Schlafsack, huschte aus dem Zelt und blinzelte der Morgensonne entgegen. Auf den Weiden dampften die Rinder. Keine Zäune weit und breit. Ihre Pferde hoben den Kopf, schüttelten Mähne und Schweif, schnaubten. Sie sah bis zu den Bergen in der Ferne, sah auf dem Grillplatz die Essensreste von gestern abend. Ging zum Jeep, holte eine große Tüte und sammelte den Müll ein. Plastikteller, Plastiklöffel, leere Flaschen mit Barbecuesoße, Knochen mit reichlich Fleischresten. Sie nahm einen übriggebliebenen Maiskolben und warf ihn weit fort.

Tom öffnete das Zelt. Seine Augen waren verquollen, er gähnte und zog seinen Cowboyhut in die Stirn. Sie mußte lachen. Splitterfasernackt, nur angesehen von einer Herde Rinder, zwei Pferden und der steigenden Sonne, aber er griff nach seinem Hut.

Jetzt grinste er sie an mit seinen unverschämt weißen amerikanischen Zähnen und ihr wurden schon wieder die Knie weich. Einladend winkte er ihr, und sie tappelte auf ihn zu wie ein rosamäuliges Kälbchen.

Den ganzen Tag hatten sie Rinder getrieben. Sie mußten gezählt und die neuen Kälber mit Brandzeichen versehen werden. Tom hatte immer wieder besorgt zu ihr gesehen, zusehends zufriedener, daß sie sich so gut hielt.

Nachts träumte sie von ihrer Kindheit. Dem Melken der Kühe in dem dunklen, engen Stall, sie zu müde, die Augen offen zu halten, den Kopf gelehnt an die schweren Leiber. Die weichen Zitzen, die warmen Flanken, der Gestank von Gülle und Wiedergekäutem. Dann an jene Nacht, in der der Blitz in ihre Eiche auf dem Hofplatz schlug. Mittenhinein zwischen Wohnhaus, Tenne und Stall.

Bekreuzigt hatten sich ihre Eltern. Avemaria gebetet, Vaterunser vorsichtshalber dazu, Rosenkranz an Rosenkranz gereiht und dem angekohlten Baum Opfer gebracht. Seit Jahrhunderten schützte er diese Familie, um ihn herum hatten sie sich ihr Zuhause gebaut, all die gebeugten Bauern, müde vom Moor, müde vom schweren Boden.

Dann der Schulbus. Eine halbe Stunde über die Felder bis zur Haltestelle. Der Hof lag allein, wie alle in der Umgebung. Jeder für sich und in Gottes Hand.

Die Stadt. Häme über ihre muskulösen Arme, die groben Schuh, den schweren Gang, den Rahm auf der noch warmen Milch. Wer selbst erst gestern aus der schwarzen Ackerkrume in die Stadt gestiegen ist, muß Gift spritzen, wenn er auf Bauerntrampel trifft.

Sie wußte nicht, warum sie träumte. Das hier war Montana. Keine engen Ställe, kein kriechender Nebel, kein Katholizismus. Staubige Pisten, mächtige Wagen, gesunder Sex unter endlosem Himmel. Weder ihre Füße noch ihre Seele stießen an. Leere, soweit das Auge reichte, und all das gehörte Toms Familie.

Dao wartete auf den Stellvertreter. Staatsratspapa hatte seinen Sohn ein Stüfchen höher gesehen, aber, wie weithin sichtbar eine mit Photo versehene Tafel im Eingangsbereich des Supermarktes verriet, Marina Suhatovic leitete diese Filiale.

Er kam auf sie zu, unwirsch, nickte knapp, wies sie in sein Büro, lehnte sich an den Schreibtisch und verschränkte die Arme vor der Brust. »Haben Sie Ihre Papiere dabei?«

Dao sah ihn interessiert an.

»Also nein.« Er ging um den Tisch herum und wühlte in einer Schublade. »Ihr lernt es nie. Wenn Ihr Arbeit wollt, müßt Ihr Euch schon bewerben. Und bei uns in Deutschland legt man dafür Papiere vor. Arbeitserlaubnis, Lebenslauf, Empfehlungsschreiben. Irgendwo hier müßte eine Auflistung sein für solche Fälle. In Türkisch, Serbokroatisch, Russisch, Englisch, und, erstaunlicherweise sogar in Deutsch. Kannst Du Deutsch?«

»Vermutlich ähnlich gut wie Frau Suhatovic, Ihre Vorgesetzte.« Dao zog sich einen Stuhl herbei, setzte sich langsam und schlug ein Bein über. »Mein Name ist Dao Thi Nguyen, Herr Gerber. Gehe ich recht in der Annahme, daß Sie die Kollegin während ihrer Abwesenheit vertreten?«

Iris' Bruder leuchtete signalrot. »Sie ist schwanger«, quetschte er hervor.

»Na sehen Sie, noch mehr Berliner mit undeutschen Namen in der Backröhre.« Dao sah aus der Glasscheibe, die einen Orwellschen Blick auf den Verkaufsraum bot. Wenn sie sich des Hinweges richtig entsann, war das ein Einwegspiegel.

»Vielleicht kann ich als Stellvertreter von Frau Suhatovic …«

»Ich bin wegen des Todes Ihrer Schwester hier.« Dao sah ihm in die Augen. »Der Chef Ihrer Schwester ist mein Auftraggeber. Ich bin Privatdetektivin und mache mir ein Bild der Familie.«

»Und da kommen Sie hierher, auf meine Arbeitsstelle?«

»Ihr Vater sagte, Sie seien Filialleiter und selten zu Hause. Die viele Arbeit, Verantwortung, da wäre es besser, ich versuchte es hier.«

Sein Gesicht schaltete wieder auf rot.

»Wie war das Verhältnis zu Ihrer Schwester?«

»Wir haben uns sehr gut verstanden.«

»Obwohl Ihre Leben so verschieden waren?«

»Wie meinen Sie das?«

»Ihre Schwester war eine Karrierefrau. Ungebunden, mit hohem Gehalt, viel unterwegs.«

»Und ich bin bloß im Supermarkt, was?«

»Sie haben kürzlich ein Häuschen gekauft.«

»Das war ganz billig, es ist ein altes Reihenhaus, nur 100 Quadratmeter.«

»Sie haben Kinder?«

»Drei.« Er setzte sich hinter den Schreibtisch von Frau Suhatovic. Das Büro schien ihn zu beengen. Sein Körperbau paßte eher ins Warenlager. Er war stämmiger als sein Bruder, der Anzug steif, eine schwere dunkle Krawatte bedrängte seinen Hals. Die breite Nase kam von Mutti, um den Mund hatte Vati einen Hauch Mißmut vererbt.

»Arbeitet Ihre Frau?«

»Das wollte ich nicht. Kinder brauchen Ihre Mutter.«

»Und das Geld langt?«

»Was geht Sie das an?«

»Wie gesagt, ich helfe, den Mörder Ihrer Schwester zu finden. Meinen Sie nicht, Sie sollten mich dabei unterstützen?«

»Aber nicht, indem ich Ihnen meine Finanzen offenlege.« Er verschränkte die Arme vor der Brust.

»Was wird denn aus dem Häuschen, jetzt, nach dem Tod Ihrer Schwester?«

»Wieso sollte ihr Tod etwas an meinem Leben ändern?«

»Weil sie Ihnen monatlich Geld überwiesen hat, 500 Euro. Ein nettes Sümmchen, da wird die Kreditbelastung gleich viel erträglicher.«

Er schnaubte.

»Und hat sie nicht auch gebürgt bei der Bank, damit Sie den Kredit bekommen?« Jetzt sah Dao ihm direkt ins Gesicht.

»Es war die Sparkasse meines Bruders, und es wäre auch ohne sie gegangen. Ich wollte meine Eltern nicht bitten.«

»Wissen die überhaupt von der Unterstützung durch Ihre Schwester?«

»Das würde sie nur belasten.«

»Sie waren abhängig von Ihr, sehe ich das richtig?«

»Sie hat mir nur geholfen. Ich verdiene gut in meinem Beruf.«

»Und wenn Frau Suhatovic zurückkommt, was dann?«

»Mir ist eine Filialleitung in Aussicht gestellt worden.«

Dao lächelte milde. »Haben Sie das schriftlich?«

»Das hat man mir unter der Hand anvertraut.«

»Und Ihr Gehalt, ist es denn jetzt höher, wo Sie doch der Stellvertreter sind?«

»Es ist ja nur für den Mutterschutz.«

»Frau Suhatovic nimmt nicht mal Elternzeit?«

»Das macht wohl der Mann, der ist Architekt und hat viel Zeit.«

»Also fehlt Ihnen das Geld Ihrer Schwester. Brauchten Sie vielleicht mehr? Die Kinder, immerhin. Oder wollte sie, daß Sie irgendwann auf eigenen Füßen stehen? Sie hat ja lange Geduld mit Ihnen gehabt, das war sehr mitfühlend.«

»Mitfühlend, Iris? Daß ich nicht lache. Die hat es ja nur so weit gebracht, weil sie kalt wie Hundeschnauze ist. Ganz der Papa, dem macht es auch nichts, auf der Couch zu sitzen und in seinen Staatsratsalben zu blättern, während seine Frau den Rükken krümmt.«

»Sie hat Ihnen ja immerhin geholfen, seit vier Jahren schon.«

»Das hat ihr doch nichts ausgemacht, das bißchen Geld. Waren Sie mal in ihrer Wohnung? Wir quetschen uns auf 100 qm, und wenn der Kleine nachts schreit, bollern die Nachbarn an die Wand. Und sie? Total leer war ihre Bude, über 200 qm und nix drin.«

»Also waren Sie wütend auf sie?«

»Die feine Studierte mit dem amerikanischen Chef. Mir gegenüber ließ sie immer raushängen, was für ein Versager ich bin in ihren Augen. Dabei habe ich die Kinder und nicht sie.«

»War sie neidisch?«

»Nee, zu laut waren sie ihr. Haben so viel schmutzig gemacht. Wer's mag, hat sie immer gesagt, als wären Kinder irgend so ein Lifestylehobby.«

»Und Ihre Frau, hat die sich mit ihrer Schwägerin verstanden?«

»Natürlich nicht. Wir mögen solche Frauen nicht. Karrieregeil, kinderfeindlich. Das sind doch keine richtigen Frauen. Meine Frau hat Iris immer bedauert. Armes, einsames Mädchen, hat sie immer gesagt, die will doch keiner. Nicht mal richtig Busen hatte sie.«

»Aber ihr Geld haben Sie trotzdem genommen.«

»Hätten wir es ablehnen sollen? Wir brauchen jeden Cent, schon für die Kinder. Und Iris wußte doch gar nichts Sinnvolles damit anzufangen.«

»Erben Sie eigentlich etwas?«

»Jetzt reicht's aber.« Er sprang auf, sein Stuhl drohte zu kippen. »Natürlich erbe ich, ich bin ja schließlich ihr Angehöriger. Außer uns hatte sie ja niemanden.«

»Also haben Sie ein Motiv.« Dao rührte sich nicht.

»Was geht bloß in Euch vor? Ich weiß ja nicht, was man da, wo Sie herkommen mit seinen Geschwistern macht, bei uns jedenfalls bringt man sie nicht um.«

Dao sah ihm in sein wütendes Gesicht, direkt auf die dicke Nase. »Wir kochen sie zum Neujahrstag. Zusammen mit den Hunden.«

»Machen Sie sich nicht auch noch lustig. Immerhin habe ich gerade meine Schwester verloren.«

»Ich bin gerührt.«

»Sie sind genauso eine eiskalte Karrieretussi wie Iris. Bestimmt haben Sie auch keinen abgekriegt. Aber in ein paar Jahren kommt die große Heulerei, wenn die Kinder fehlen, wartet's nur ab.«

»Wenn es so weit ist, rufe ich Sie an, und Sie braten sich ein feines deutsches Spiegelei auf ihren biologischen Sieg.«

IX

»Vorruhestand, Herr Staatsanwalt. Ruinierte Gesundheit im Dienste des Senats und der Gerechtigkeit, wie sich das gehört.«

Jakobs ehemaliger Kollege Schuman saß im Zeugenstand für die Anklage. Jener Schuman, der unfähig gewesen war, eine Mordserie aufzudecken, obwohl Tätowierungen an den Leichen deutlich darauf hinwiesen. Ausgerechnet Schuman sollte den Richter überzeugen, wie ungeeignet Jakob Hagedorn als Kriminaler und wie hochgradig wahrscheinlich es war, daß er Beweismittel unterschlug.

»Immer die Last des Verbrechens auf den Schultern, da verweigert die standhafteste Bandscheibe ihren Dienst, schlüpft aus ihrer Gummizelle und aus war's mit der gepufferten Senkrechten für den guten Schuman.«

Jakob erinnerte sich, wie er dem krankgeschriebenen Kollegen im vergangenen Jahr vor seiner Laube beim Spargelstechen zugesehen hatte. Er hätte das Verbrechen im Neunzig-Grad-Winkel besiegen können.

»Der Hagedorn mußte die Sache nur noch zumachen, Herr Staatsanwalt. War alles fertig und fixe ermittelt.«

Es folgten epische Ausführungen über Schumans selige Verbrecherjagdzeit. Aufklärungsquote legendär etc. Das schlampige Gelusche plumpste unter den Tisch. Da lag ja schon allerlei.

Der Ruhestand tat dem Kollegen Schuman sichtlich gut. Er trug ein fröhlich buntes Frühlingshemd, war braungebrannt und hatte um die Hüften ein dickes Polster zugelegt.

»Aber der Hagedorn mußte daraus unbedingt eine große Geschichte machen. Sie kennen ihn ja, Herr Staatsanwalt.«

Der Richter gähnte herzhaft und rieb sich die geröteten Augen.

»War denn vor Ihrer Krankschreibung schon erkennbar, daß eine Serienmörderin zu suchen war?« Staatsanwalt Samuel Herzl nickte Schuman freundlich zu.

»Zwei der Fälle lagen ja bei mir. Alles lief darauf hinaus, vor allem die identischen Tätowierungen.«

Jakob lachte.

»Obwohl die Aktenlage also eindeutig war, wirbelte der Kollege Hagedorn viel Staub auf, wollen Sie sagen?«

»Sie treffen den Nagel aufs Köppchen, Herr Staatsanwalt. Husten treibender Nebel überall, ohne den gehts nicht bei unserem Geisterseher. Den Alltag überläßt er seinem Fußvolk.«

Herzl sah ihn treu an. »Stand Hauptkommissar Hagedorn nicht gut mit seinen Kollegen?«

»Der stand gar nicht. Hat den Akademiker raushängen lassen.«

Der Richter spuckte auf Zeigefinger und Daumen und blätterte in den Akten. Vor und zurück und vor.

»Und an den Dienstweg hat er sich noch nie gehalten. Auch nur was für Blödis ohne Blick auf die ganz großen Zusammenhänge.« Schuman riskierte einen Seitenblick auf Hagedorn.

Tränensäcke hatte er neuerdings, die Augen schwammen trüb. Paß auf Deine Nieren auf, Schuman, und vergiß die Leber nicht, das gute Stück. »Und dann sind da noch seine Kumpel aus der Unterwelt. Per Zufall habe ich damals einen wegen Raubes Vorbestraften aus Hagedorns Wohnung torkeln sehen.«

Der Richter ließ die Akten sinken und sah auf. »Auf der Flucht?«

»Wer, der Besoffene? Nee, der war vorübergehend theoretisch unbescholten. Heißt, man konnte ihm gerade nix nachweisen.«

Der Richter sah aus dem Fenster. »Dann kann er saufen, wo er will.«

»Wie Sie meinen. Fragt sich nur ein grundehrlicher und korrekter Mensch wie ich, was will der bei Hagedorn.«

»Vielleicht zum Fortgang des Verfahrens beitragen?« Der Richter sah Herzl an. »Verhandeln wir nicht eine Unterschlagung?«

Der Staatsanwalt nickte begütigend. »Das Handy ...«.

»Welches Handy?«

»Na, das er unterschlagen hat«, sagte Schuman.

»Ging es nicht um Diebesgut?« Schneiderhahn fuhr sich über die Stirn. »Oder waren es Drogen?«

»Nee«, sagte Schuman, »das Handy eines Russen.«

»Ach.«

»Der besagte Besucher war ein Handlanger des Geiselnehmers, des Russen«, sagte Herzl. »Wir vermuten, Herr Vorsitzender, er hat von Hagedorn das Handy in Empfang genommen. Gegenleistungen wird es gegeben haben.«

»Wir, soso.« Der Richter öffnete die Robe und den Hemdkragen. Am Morgen hatte er offensichtlich Ei darauf verloren, und etwas Senf. Vielleicht aber auch schon gestern. »Vermuten. Wird es gegeben haben. Interessant.« Er lehnte sich in seinem Richterstuhl zurück und wandte sich an Schuman. »Seit wann zählen Sie denn den Kollegen zu den Unsympathen, von Anfang an?«

»Nee, Herr Richter, bei mir bekommt jeder seine Chance, selbst das offensichtlichste Arschloch. Aber als er sich als Kollegensau herausgestellt hat, war es aus.«

»Was veranlaßt Sie zu dem tierischen Vergleich?«

»Einen abgeschlossenen Fall hat er ausgebuddelt, obwohl der Mörder längst eingebuchtet war.«

»Und das hat er gemacht warum? Aus Langeweile?«

»Das Arschloch hat sich im Knast umgebracht und einen Abschiedsbrief an Hagedorn geschrieben, er sei unschuldig.« Schuman schnaubte. »Ausgerechnet, der war doch mehr drinnen als draußen.«

Der Richter hörte mit geschlossenen Augen zu. »Was macht denn Hagedorn nun zur Kollegensau?«

»Na, daß er den Mord einem von uns angehängt hat!«

»Pommerenke hat gestanden«, sagte Jakob ruhig.

Schumans Kopf fuhr rum. »Nur wegen Deiner Geisternummer. Das Geständnis hat er widerrufen.«

Der Richter klappte die Augen auf und sah Jakob an. »Der Täter war beliebt?«

»Seit drei Generationen auf dem Revier. Polizeisport, mitten im Kreis. Apropos«, sagte Jakob, »der Kollege aus der Asservatenkammer, der behauptet, ich hätte das Handy entwendet, ist mit Pommerenkes Cousine verheiratet. Pommerenkes sind eine große, zeugungsbereite Familie. Der Asservatenhüter hat mit Cousinchen zwei Jungs, die schon mit Polizeiautos spielen, bevor sie wissen, wozu ein Klo dient. Raten Sie mal, wer deren Patenonkel ist.«

»Schön, daß Sie den Mund aufmachen, Herr ...« Er blätterte in den Akten, erfolglos, »Herr Kommissar. Dann erführe ich gern etwas über die Geisternummer. Später. Jetzt habe ich Hunger. Weiß jemand, was es heute in der Kantine gibt?«

Janine saß auf ihrem Lieblingsplatz, eine aufgewärmte Büchse Bohnensuppe in der Hand, blies über den gefüllten Löffel und sah den Wölfen zu. Obwohl sie sich nicht kannten, bevor ihre Verletzungen sie in der Station zusammenführten, hatten sie ein Rudel gebildet. Wer wieder gesund war, wurde betäubt und ausgesetzt. Nicht mehr in der Lausitz, die Wölfe reisten weit, nach Polen, Russland, in die Ukraine. Zurückgekehrt war keiner mehr.

Die Hinterbliebenen trauerten einige Tage. Heulten, waren unruhig, beschnupperten den Lieblingsplatz des Verschwundenen, vergaßen ihn schließlich. Jeder Ankömmling wurde neugierig beäugt. Janine war dazu übergegangen, die Neuen sofort in das Nebengehege zu lassen, noch getrennt von den anderen Wölfen, aber füreinander sichtbar. In den Jahren, die sie hier lebte, hatte es noch nie Probleme gegeben. Keine Beißereien, keine Ablehnung, das Rudel freute sich über jeden neuen Artgenossen.

Die Wölfe waren vom Spiel müde, sie zogen sich zurück. Rollten sich ein, suchten die gegenseitige Nähe. Janine löffelte ihre Bohnen, während das Knäuel von Fellen entstand, bis sich schließlich nur noch Brustkörbe hoben und senkten.

Wieder war Laika die erste, die aus ihrer abseits gelegenen Schlafmulde aufstand. Die anderen reagierten auf sie und hoben witternd die Köpfe. Lange später hörte auch Janine, daß sich auf dem Waldweg ein Auto näherte. Sie stellte die Bohnenbüchse ab und holte das Gewehr aus der Hütte.

Es war ein kleines Polizeiauto, das am Rand des Geländes hielt. Zwei Uniformierte stiegen aus, ein langer Dünner mit zu großen Füßen und ein älterer Dicker. Der Dicke setzte sich eine Polizeimütze auf, richtete sein Pistolenhalfter und kam auf sie zu.

Janine stellte das Gewehr ab und stützte sich auf den Lauf.

Der Dicke grüßte mit der Hand an der Mütze. »Sind Sie die Leiterin dieses Hofes?«

Janine nickte.

Der Dünne ging mit seinen großen Füßen zum Gehege und ruckelte am Zaun.

»Das würde ich lassen«, sagte Janine.

Der Dünne versuchte, die verschlossene Gehegetür zu öffnen.

»Mein Kollege vergewissert sich, ob die Viecher ordnungsgemäß gesichert sind«, sagte der ältere Dicke.

Janine nahm das Gewehr in die Hand. »Gab es Beschwerden?«

Der Dünne war mit seiner Inspektion fertig, kam zu ihnen und stellte sich breitbeinig zu seinem Kollegen. Er sah aus, als mache er gleich eine Grätsche. »Und hier leben Sie ganz allein?«, fragte er.

»Die Wölfe passen auf mich auf«, sagte Janine und behielt beide im Auge.

Der Dicke zog aus seiner Hosentasche ein Schreiben und entfaltete es umständlich. »Sie sind uns als einzige Angehörige von Bert Roschkowski gemeldet.«

Janine schwieg.

»Hier steht, er sei ihr Bruder.«

Der Dünne machte sich auf über den Hof. Als erstes sah er in die Bohnenbüchse, in der der Löffel steckte.

»Halbbruder«, sagte Janine.

»Das Jugendamt schickt uns. Wir sollen nachsehen, ob er hier ist.«

Der Dünne näherte sich der Hütte von hinten, beugte sich zum Fenster vor, beschirmte die Augen mit der Hand und sah hinein.

»Wir haben keinen Kontakt«, sagte Janine.

»Er ist abgehauen, seine Pflegeeltern haben das gemeldet«, sagte der Dicke.

»Was für Pflegeeltern?«, fragte Janine.

»In Görlitz, da lebt er jetzt.«

Janine sah dem Dünnen zu, der um die Hütte herumstieg. Jetzt war er an den Fleischfässern, hob einen Deckel hoch und schrak zurück. Fliegenschwärme hüllten ihn ein.

»Wenn er hierher kommt, müssen Sie das anzeigen«, sagte der Dicke.

Janine sah an ihm vorbei zu den Wölfen. »Das wird er nicht tun.«

»Wo sollte er sonst hin?«

Janine zuckte mit den Schultern.

Der Dicke nahm seine Mütze ab und kratzte sich am lichten Scheitel. »Wir müßten dann noch mal drinne gucken.«

Janine nickte, der Dünne verschwand in der Hütte.

»Sie wissen, daß Sie sich strafbar machen, wenn Sie ihm Unterschlupf gewähren?«

Janine sah auf die geöffnete Hüttentür. Dafür, daß es nur einen Raum gab, blieb der Dünne lange.

»Sie riskieren doch nicht Ihre Existenz, um Ihren Bruder zu schützen?«

Langsam wendete sich Janine dem Dicken zu. Er schwitzte, sie konnte es riechen. »Sicher nicht«, sagte sie.

»Da gibt's ja nicht mal ein Klo«, rief der Dünne von der kleinen Terrasse aus.

Janine deutete auf den Schuppen. »Müssen Sie mal?«

Der Dünne schüttelte sich.

»Keiner da«, sagte er.

»Dann wollen wir mal wieder«, sagte der Dicke. »Wie gesagt, machen Sie keine Dummheiten. Wäre nicht gut für Sie und das hier.« Er zeichnete mit der Linken einen Bogen in Richtung der Wölfe.

Janine rührte sich nicht, bis der Wagen außer Hörweite war. Dann ging sie zur Hütte, sah in den Raum, setzte sich auf den Terrassenboden, lehnte den Rücken an die Hüttenwand. Die Bilder stürzten auf sie ein. Nach so langer Zeit. Ganz frisch, blankgeputzt. Sie atmete tief, zwang sich, zu den Wölfen zu sehen, ihr Leben zu sehen, das eigene, gegen die Bilder.

»Dann laßt sie halt mit ihrem Köter rauf!« Oskar knallte den Hörer auf die Gabel. Er konnte das Wort Hund nicht mehr hören. Er hatte keine Ahnung, was ein Hovawart war. Die BZ entblödete sich gerade, in einer Serie sämtliche Hunderassen durchzugehen und deren für den Menschen gefährliche Eigenschaften anzuprangern. Vielleicht sollte Oskar mehr Boulevardblätter lesen.

Bullterrier waren angeblich gemeingefährlich, nur an der Leine und mit Maulkorb auf Menschen loszulassen. Das Exemplar, das Rudi erst abgeschlabbert und dann in seine Uniform gepuscht hatte, eine seltene Ausnahme von der genetischen Regel.

Oskar hatte Ali-Baba, dem Ältesten, berichtet, auch diese Hündin sei inzwischen eingefangen und bei den zwei anderen im Tierheim gelandet. Ali-Baba lächelte erleichtert und wollte wissen, ob sie jemand aus dem Tierheim abholen dürfte. Sie gehörten dem Wohnungsinhaber, und der sei verreist, unerreichbar in den Libanon. Oskar hatte die Hunde zu Beweismaterial erklärt. Nach einer umfangreichen Aussage könne man über diesen Status gern noch einmal nachdenken. Und wieder abruptes Ende der Durchsage.

Oskar fand nicht, daß der Mensch andere Arten brauchte, um sich über Deformationen aufzuregen. Die DNA der Drei war untersucht. Gegen die Nummer Zwei, Ziege mit dem ausgreifenden Speichel, lag in Frankreich ein Haftbefehl wegen Diebstahls von Luxuskarossen in großem Stil, in Ägypten wegen Förderung der Prostitution von Kindern und in Ungarn und Finnland wegen

Drogenhandels vor. Dort kannte man ihn als Staatenlosen, der angab, Palästinenser zu sein. Oskars Favorit auf den Doppelmord, der kleine Fiffi mit dem goldenen Halsband, angeblich aus dem Sultanat Oman, sollte in Portugal eine Elfjährige vergewaltigt haben. Unschuldig war er also nicht.

Das Oberhaupt der charmanten Sippschaft, Ali-Baba, hatte sogar eine richtige Staatsangehörigkeit als Syrer und eine nahezu weiße Weste. Steuerbetrug in Polen, Diebstahl in Rumänien und Verdacht auf sexuelle Nötigung in Schweden. Oskar hatte eine Grafik angelegt, um nicht den Überblick zu verlieren. Portugal, Frankreich, Oman, Ägypten, Palästina, Ungarn, Polen, Finnland, Schweden, Rumänien, ihm schwirrte der Schädel. Das war sogar für die Berliner Bühne viel Welt auf einmal.

Alle baten um Kopien der bisherigen Verhöre, reichten Fragen ein. Aber Oskar und Kollegen hatten die Hand drauf, Doppelmord stach jeden aus. Immerhin hatte die langatmig gründliche Spurensicherung Blut eines der Opfer auf der Schmutzwäsche aus dem Bad entdeckt. Was als Beweis für den Mord nicht ausreichte, aber ihnen erst einmal Zeit verschaffte. Bei der Latte internationaler Haftbefehle und ohne festen Wohnsitz würde kein Richter auch nur einen laufen lassen. Das war auch nötig, sie stocherten weiterhin im Nebel, was die Opfer anging.

Cumloosen schwieg sich auch aus. Witzlos, in seinen Keller hinabzusteigen, nachdem Oskar am Telefon über die Begrüßung nie hinauskam. So schwierig konnte es doch nicht sein, unter den Knabberspuren der Viecher die Todesursache herauszubuddeln. Schließlich war das Ganze keine archäologische Fundstätte und Cumloosens Werkzeug kein Aquarellpinsel.

Außerdem war Oskar wurscht, wer sich da bedient hatte. Todesursache, ungefährer Zeitpunkt, Sperma oder nicht, und er fände das Arschloch, das sie abgelegt hatte. Glaubte doch kein Schwein, daß das irgendein Vieh war. Berliner Hunde mümmelten aus der Dose, Wildtiere im Grunewald verdrückten Toastbrot und Vogelfutter.

Als es klopfte und Oskar »Herein« gebrüllt hatte, staunte er nicht schlecht. Der schwarze langhaarige Hund reichte seiner Herrin fast bis zur Hüfte. Irgendetwas stimmte mit seinem linken Auge nicht. »Was gibt's?«, fragte Oskar barsch und wies auf den Besucherstuhl.

Die Frau blieb stehen und wies Hugo an sich zu setzen. Wie konnte man seinen Hund nur Hugo nennen. »Es reicht«, sagte sie.

Das fand Oskar auch. Er wartete.

»Wissen Sie, was da draußen los ist, seit Ihr behauptet, Hunde hätten eine Frau im Auslaufgebiet zerfleischt?«

»Langsam, junge Frau, das war die BZ.«

»Und woher haben die das? Für wie bescheuert halten Sie mich?« Sie sah ihn prüfend an, Oskar zog es vor zu schweigen. »Jedes Mal, wenn mein Hugo und ich vor die Tür gehen, pißt uns einer an. Na, Hugo, heute schon Frauen verspeist?«

»Sehr witzig«, sagte Oskar.

»Sie können es auch ohne Humor haben. Der Köter gehört vergast, Zitat von gestern.«

»Und den wollen sie jetzt anzeigen, Frau ...«

»Schmadtke, Regine. Nee, so eine bin ich nicht. Außerdem war das ja nicht mal der Gipfel.« Sie streichelte Hugo über den Kopf. Mit seinem Auge stimmte wirklich etwas nicht. »Gestern Abend sind wir über den Friedhof. Ich weiß, da darf er nicht hin, aber abends ist da niemand, und die Toten wollen doch auch mal Gesellschaft.«

Oskar nickte begütigend.

»Ich war gerade an Reihe 23, da stürzt ein Kerl aus dem Gebüsch und verpaßt meinem Hugo einen mit der Faust. Genau aufs linke Auge.« Sie drehte Hugos Kopf zum Licht.

Oskar bemühte sich um ein mitfühlendes Gesicht und dachte an Cumloosens Stahlwannenpuzzle von Iris Gerbers Leichnam. Keine Chance für Hugo, da mitzuhalten. »Aber das wollen Sie doch sicher anzeigen, Frau Schmadtke?«

»Der Schwachkopf hat seinen Ausweis verloren. Mit dem werden wir alleine fertig. Eure Aufgabe ist es, die Stadt zu befrieden.«

»Und wie sollen wir das machen? Die Zeitungen schreiben, was sie wollen.«

»Findet endlich den Mörder, Ihr Deppen. Oder müssen wir det ooch alleene machen?«

Oskar zog den Kopf ein. Hugo sah treuherzig von Frauchen zum Kommissar, immer hin und zurück.

»Wenn nicht bald was passiert, gibt's noch mehr Tote. Keiner von uns läßt sich einfach so zum Abschuß freigeben.«

»Bisher hat es ja nur Hugos Auge erwischt.«

»Dem passiert nie wieder was, det schwör ick. Der Scheißkerl kriegt Besuch und was in die Eier.«

»Frau Schmadtke!«

Sie beugte sich zu Oskar vor. »Da draußen braut sich ein Krieg zusammen, ich spür' das wie andere Leute den Wetterwechsel.«

Ihre Augen brannten vom Staub, ihr Po war wund, ihre Schenkel schmerzten. Seit dem Morgengrauen saß sie im Sattel. Immer wieder brachen Rinder aus, mußten eingefangen werden.

Tom hatte schon lange keine Zeit mehr, ihr verliebte Blicke zuzuwerfen. Er arbeitete hart. Kommandierte, brüllte, pfiff.

Wieder brach ein junges Rind aus, dasselbe wie zuvor. Tanja erkannte es an der weißen Blesse, die wie ein Farbspritzer über der Nase klebte und am schiefen linken Ohr. Sie mußte lächeln, als sie ihr Pferd herumriß, um dem Wildling zu folgen. Sie verstand es gut. Hattte man erst einmal an der grenzenlosen Weite geschnuppert, wollte man nicht zurück in eingefriedete Bereiche. Das Rind konnte ja nicht wissen, daß es nur gezählt werden sollte. Es rannte, als trillere es ein Lied, mit Ausfallschritten und erhobenem Kopf der tiefstehenden Sonne entgegen.

Da rief Tom sie an, sie solle warten. Noch im Galopp drehte sie sich überrascht zu ihm um. Er hatte das Gewehr angelegt, saß mit freiem Oberkörper, staubverkrustet, den unvermeidlichen, speckigen Cowboyhut auf dem Kopf, auf seinem Pferd und zielte.

Es knallte ein Schuß. Sie fuhr zu dem Rind herum, dem freien, frechen, albernen mit der weißen Farbkleckserblesse und dem schiefen linken Ohr. Es brach zusammen. Die Beine knickten weg, der Kopf krachte auf das trockene Grasland.

Sie ließ ihr Pferd auslaufen, sprang hinunter und lief zu dem Rind. Kniete neben ihm, strich über seinen Hals, sah ihm in die dunklen Augen, auf die zarte Nase, so viel Leben in sich, vor sich. Es zuckte im Todeskampf. Ein Schauer wanderte durch es hindurch, es schnaubte und verendete. Die Lefzen erschlafften, die Zunge, rosaweich und lang, fiel aus dem Maul in den Sand.

Tom beugte sich über sie, strich über Tanjas Nacken, sagte etwas von *good girl* und *no need to be sad*, als ihr die Tränen kamen. Sie hatte so viele Rinder zum Schlachthof abfahren sehen, sterben auch, und noch nie geheult. Aber jetzt hockte sie im Staub und trauerte um ein amerikanisches Jungrind. Das verdammt noch mal vom ersten Tag an ein besseres Leben gehabt hatte als alle Milchkühe ihrer Kindheit. Und demnächst zu den Steaks verarbeitet werden würde, die Tom täglich inhalierte, als wären es Graubrotscheiben.

X

»Nehmen Sie die Knarre runter!« Oskar brüllte, daß der Wald bebte, aber Gerhard Hacke reagierte mit keiner Wimper. Seine doppelläufige Schrotflinte war weiterhin auf Marie gerichtet.

Jakob und Oskar hatten sich das anders vorgestellt. Ein Spaziergang unter Freunden, angehängt eine Befragung Maries wegen der Anzeige von Iris. Als Jakob ihn vorgewarnt hatte, mit welcher Beschäftigung er Marie vorfinden würde, erst recht, als er von Ridgeback und Rottweiler sprach, die den Trainingswagen ziehen würden, hatte Oskar an den dreimonatigen Krankenhausaufenthalt der Mitschülerin gedacht, gefragt, ob Marie seither nicht noch gewachsen sei und auf freundschaftlicher Unterstützung bestanden.

Als sie schließlich auf dem Reitweg Marie gestoppt und sich in die Befragung vertieft hatten, war Hacke aus dem Unterholz gebrochen, das Gewehr geschultert.

Sie wußten nicht, daß sich zwei Todfeinde trafen, die Jakob und Oskar zu Statisten einer sich in freier Improvisation wiederholenden Szene degradierten. Wie aus dem folgenden erhitzten Dialog hervorging, hatte das Forstamt Marie das Trainieren im Grunewald offensichtlich schon mehrfach, sogar schriftlich, untersagt. Sie kehrte sich natürlich einen Scheißdreck.

Die Giftpfeile schossen hin und her, Jakob fragte sich, ab wann er Eintritt würde bezahlen müssen, da riß Hacke plötzlich das Gewehr hoch und richtete es auf Marie. Der Rottweiler verstand das richtig und sprang in seinem Geschirr auf den Forstarbeiter zu, der gerade so weit zurückwich, daß der Hund ihn nicht erreichen konnte.

Jetzt höhnte Marie in Hochform, durchaus justiziabel. Offensichtlich hatten sie mal etwas miteinander gehabt, zumindest hatte Hacke erfolglos versucht, seinen Gummiadler, wie Marie es nannte, in die Lüfte zu erheben.

Natürlich hatte Oskar seine Dienstwaffe zur Befragung einer Hundeausführerin nicht mitgenommen, bei allem Respekt vor der Schlagkraft der zwanzigjährigen Kreuzbergerin. Dem suspendierten Jakob war seine lange abgenommen, und beide mochten sich nicht zwischen Streithahn und -henne werfen, um als Helden von Schrot durchlöchert zu werden.

Aber Oskar wurde so langsam wütend. Er hatte diese ganze Wald- und Hundescheiße satt. Und jetzt keilten sich da zwei Verdächtige vor seinen tatenlosen Augen. Er griff einen Knüppel, Buche oder Eiche war ihm egal, und stürzte damit schreiend auf Hacke zu.

Der war überrascht, zumal Jakob sich gleichzeitig auf Marie warf. Mit offenem Mund sah Hacke Oskar zu, wie er auf seine Flinte ein- und sie ihm schließlich aus der Hand schlug.

Oskar nutzte die Gelegenheit – er war wirklich wütend –, dem Waidmann gleich noch eins über die Rübe zu ziehen. Der Knüppel zerbrach, also wohl Buche, Hacke sank bewußtlos zusammen.

Die Schrotflinte war geladen, Oskar nahm wutschnaubend die Patronen aus dem Lauf und warf die Knarre ins Gebüsch.

Er stapfte zu Marie, Ridgeback und Rottweiler wichen ihm mit angelegten Ohren aus. »Sind Sie bescheuert, diesem durchgeknallten Versager mit seinem schlaffen Schwanz zu kommen?«

Marie stieß den sie beschützenden Jakob zurück, rappelte sich an ihrem Wagen hoch und klopfte den Waldboden von den Kleidern. Ihr Hemd war im Tumult von ihren Schultern gerutscht, braungebrannte Muskeln lagen frei. »Ach, da seid Ihr empfindlich, ja?« Sie spuckte aus.

»Der Arsch hätte fast auf Sie geschossen!«

Jakob machte sich Sorgen um Oskars Herzkranzgefäße.

»So schnell schießt der nicht, das ist ja sein Problem.« Marie grinste von einem Ohr zum andern.

Auch Jakob stand auf und sortierte seine Kleidung. »Das heißt, er stellt den Frauen nicht nach ...«, sagte er.

»Sondern glotzt.« Marie befreite ihre Hunde aus dem Geschirr. Sie liefen zum bewußtlosen Hacke und beschnupperten ihn. Der Ridgeback stellte sich quer über seine Brust. »Er ist ein Spanner.«

»Aber da gab es mal eine Anzeige ...«

»Die sexuelle Nötigung der Praktikantin?«

»Du weißt davon?«

»Das weiß der ganze Grunewald. Viel Wollen, wenig Können und dann aggressiv.«

»Glaubst Du deshalb«, fragte Jakob, »er könnte Iris getötet haben?« Er sah zu Oskar, der zwar kiefermahlend schwieg, aber immer noch kurz vor dem Überkochen stand.

Marie verteilte Hundekuchen und hob den Wagen auf. »Die Schnepfe Gerber war tough. Fit wie sonst was, kühl bis ans Herz und erfolgreich, das konnte er nicht ab. Hat getan, als wäre er der Förster, wenn er unterlegen war. Ich habe den ganzen Grunewald unter mir und so'ne Scheiße.«

Hacke stöhnte.

»Würde mich nicht wundern, sie hätte ihn ausgelacht. Und dann …«, sie zog die Hand quer über den Hals.

»Kann es sein, Sie wollen ihn loswerden?« Oskar schien auch ein Problem mit Marie zu haben, er nahm das alles auffallend persönlich.

»Nee, Herr Oberkommissar, det kann nich' sein. Wenn ich jedes Arschloch loswerden wollte, wäre Berlin 'ne dünnbesiedelte Gegend. Fragen Sie mich mal, was für eine Frau mit meiner Ausstrahlung und meinem Beruf so los ist, seit Ihr der BZ gesteckt habt, Hunde hätten eine Frau zerfleischt.«

»Damit haben wir nichts zu tun.« Jakob versuchte es wenigstens.

»Da draußen gibt es eine Menge kleiner Sheriffs, die denken, mit Eurem Einverständnis Berlin hundefrei zu machen. Dazu kommen die, die glauben, Natur und Viecher gehörten vor die Tore der Stadt. Also«, sie baute sich breitbeinig vor Jakob auf,

»falls Euch das noch keiner gesagt hat, es ist Euer Job, die Stadt zu befrieden. Statt Euch hier mit mir zu unterhalten, findet lieber den Mörder. Und der hat ganz bestimmt keine vier, sondern zwei Beine, und zwar nicht meine.«

Hacke setzte sich auf, den Kopf in den Händen. »Das werden Sie bereuen«, sagte er mit verschleiertem Blick Richtung Oskar.

»Nüscht werd' ich. Wenn Sie es wagen, jemandem zu erzählen, daß ich Sie daran gehindert habe, im Grunewald eine Frau mit Schrot zu durchlöchern, sind Sie nicht nur die Flinte, sondern gleich Ihren Job los. Inklusive Rentenanspruch, Sie Arschloch.« Er stupste Hacke gegen die Schulter, stöhnend sank der wieder auf den Waldboden. Oskar fuhr zu Marie herum. »Und wenn Sie sich nicht bis morgen 16 Uhr ohne Ihre bescheuerte Karre und die Viecher zur Keithstraße bewegt haben, um Ihre Aussage protokollieren zu lassen«, Oskar tippte auf ihre Brust, knapp oberhalb des beachtlich geräumigen Bereichs, »lasse ich Sie wegen Mordverdachts festnehmen. Und das erfährt dann die BZ von mir höchstpersönlich, mit vollem Namen und Photo, damit Ihre Kunden, falls Sie so etwas haben, gleich wissen, wozu wir Sie für fähig halten.«

Es war fast alles wie zuvor, Tom ein liebevoller, ausgezeichneter Liebhaber. Seit sie Tränen für das junge Rind vergossen hatte, sprach er von Kindern, Heiraten, ihrer gemeinsamen Farm. Sie hielt viel aus, das hatte er gesehen. Jetzt kam sein Beschützerinstinkt hervorgekrabbelt, er nannte sie nur noch *honey* und sein *little girl*.

Sie hatte ihn als Kripobeamten in Michigan kennengelernt. Schon bei ihrem ersten telefonischen Kontakt hatte er sie umgarnt. Bei der Fortbildung kamen sie sich dann näher, das heißt, eigentlich kam er immer näher. Erzählte schließlich, daß er nur zeitweise der Arbeit in der Stadt nachging, wie er das nannte. Den Rest des Jahres arbeite er auf der Farm der Familie, ob sie nicht mitkommen wolle, sich ein bißchen erholen, bis sie zurückführe nach Europa. Tanja lief quasi außerhalb heimatlicher Normalität und erzählte ihm offenherzig vom Hof ihrer Eltern, was ein unverschämtes Grinsen in Toms Gesicht pflanzte.

Die Familie hatte deutsche Vorfahren, vor hundertzwanzig Jahren ausgewandert. Der größte Wunsch seiner Eltern war eine deutsche Schwiegertochter. Und jetzt hatte ihm das Schicksal sogar einen Bauerntrampel beschert, Tom glaubte sich im siebten Himmel und warf seinen ganzen Sexappeal, die beeindruckenden Ländereien und Montanas Romantik in die sehr einseitige Waagschale.

Aber Tanja träumte nicht mehr von ihrer Kindheit, sondern von Jakob. Jakob beim Griechen, Jakob auf der Couch der kalten Echse, Jakob mit Restalkoholkater in seiner Küche, Jakob mit Schwimmflügeln bewußtlos in einem Brandenburger See. Sie träumte vom versifften Berlin, seinen Abgasen, den großmäuligen, schlecht angezogenen Bewohnern, den Vorträgen ihres zugekifften Kreuzberger WG-Oberhaupts, den seit Menschengedenken nicht mehr renovierten Arbeitsräumen der Keithstraße, den versalzenen Kohlrouladen in der Kantine, dem muffigen Wind, der aus dem U-Bahnschacht hochwehte, dem Dröhnen der Laubsauger von der BSR, ja, sie träumte sogar von der Hundekacke, die Jakob so vermißte, wenn er seine Stadt verließ.

Sie fehlten ihr alle. Oskar, der sie nicht ernst nahm, ihr Chef Kriminalrat Fockemeyer, der Jakob rauszuekeln versuchte. Ihr fehlte Grete mit ihren trockenen Kommentaren, ihren bodenständigen Kochkünsten. Ihr fehlte das unmäßige Gackern von Dao, wenn sie ein paar Gläser zu viel hatte, ihr arroganter Blick, wenn mal wieder jemand an ihren Schlitzaugen nicht vorbeisehen konnte.

Jeden Abend sah Tanja nach ihrer Mailbox. Sie war jetzt über ein halbes Jahr weg, vermißte sie niemand? War das die Metropole, aus den Augen, aus dem Sinn? Berlin tickerte ohne sie weiter. Nicht, daß sie das überraschte, aber könnte sie nicht irgendwem fehlen, ein bißchen?

Tom ließ ein Tami erschallen, so nannte er sie, fügte, als sie ihn ansah, ein *honey* hinzu und strahlte sie an. Sie träumte am hellichten Tag, dabei sollte sie nach zehn Rindern das Tor schließen. Sie entschuldigte sich, schwang sich über den Zaun und trieb die zwei Rinder, die zu viel durchgeschlüpft waren, zurück. Tom dachte, sie sei erschöpft, schickte einen Arbeiter, sie abzulösen, winkte sie heran. Langsam fragte sie sich, ob er sie für schwanger hielt. Die Tränen, das Weiche. Zumindest achtete er darauf, täglich seinen Samen in sie zu versenken, für viele kleine Tomtoms und Nachwuchstamis.

Sie ging zu ihm, er streckte ihr das glühende Eisen hin und deutete auf das nächste Kalb, festgehalten von zwei Cowboys. Sie griff zu, dachte an die Chips der EU und preßte es auf die Keule. Das Kalb blökte herzerweichend. Rauch stieg auf und der Geruch verbrannter Haut. Sie ließ erst los, als der Rauch sich verzog, hob dann das Eisen und betrachtete ihr Werk. Toms Kalb, sein Besitz. Sie sah das Rind mit der weißen Blesse davonhüpfen, seine Freiheit genießen, mit einem Lachen in den Augen. Toms Besitz – und der von all den ungeborenen Tomtoms.

Die Cowboys hielten das nächste Tier, es blökte schon vorher. Tanja nahm das Eisen von Tom und drückte es in das Kalb. Es zitterte und schrie, Tanja konnte in sein rosafarbenes Maul sehen. Der Rauch verzog sich, Tanja hob das Eisen und sah den Schlachterstempel aus Baden-Württemberg. Sie schloß die Augen, öffnete sie wieder, aber der Stempel blieb. Sie dachte an die Mörderin in Berlin, die in der Zelle auf ihren Prozeß wartete, auf neun Quadratmetern, unter einem vergitterten Fenster, und ihren Haß vertiefte. Auf Penta, die Bootsflüsterin. Hoffentlich war wenigstens sie frei. Soweit man frei sein konnte mit dieser Vergangenheit.

Tanja spürte eine ziehende Sehnsucht danach, zu erfahren, wie es ihr ging. Was machte ihr Sohn, ertrug er inzwischen das Blau, das Grün? Konnte seine Mutter ihn berühren, die Brut des Schlächters? Wie ging es Huber, dem armen Vater auf seinem bayrischen Hof? Wollte Jakob damals nicht zu ihm, mit den Leichenteilen und mit Hanna? Wie ging es der großen, dunklen Ärztin? Wurde sie tatsächlich angeklagt, weil sie Hermine Neuhaus zu ihrem Recht verhelfen wollte? Und saß der verfluchte Witwer in Auslieferungshaft? Jetzt, nachdem sie auf der Fortbildung Kollegen kennengelernt hatte, wünschte sie sich geradezu, er würde überführt und für seine Taten zur Rechenschaft gezogen. Die Amerikaner hatten so eine alttestamentarische Ruhe, Auge und Zahn im Blick, das Vertrauen in Gott und sich selbst als seinen verlängerten Arm. Und sei es am Schafott.

Tanja gab Tom sein glühendes Eisen zurück und murmelte eine Entschuldigung. Mochte er denken, sie leide unter Schwangerschaftsübelkeit. Wahrscheinlich kannte man in Montana keine Pille. Sie ging zurück zu ihrer Position am Gatter, verfolgt von Toms Verblüffung und Sorge. In der kommenden Nacht würde sie viel nachzudenken haben, vor allem, was zum Teufel sie hier eigentlich tat.

Mechanisch erledigte sie ihre Aufgaben. Es ging allen gut von der Hand, schon bei Beginn der Dämmerung saßen sie am Feuer und grillten ihre Maiskolben und die Steaks. Das Blessenrind war glücklicherweise noch nicht abgehangen, von ihm äße sie keinen Bissen.

Tom suchte ihre Nähe, was ungewöhnlich war im Beisein seiner Cowboys. Er füllte ihren Teller, legte ihr eine Decke um, als es kühler wurde. Als ihr Handy klingelte, war er gerade pinkeln. Tanja zog es schnell hervor und sah am beleuchteten Display, daß jemand aus Deutschland anrief. Sie kannte die Nummer nicht, schaltete auf Mailbox um und steckte es in die Hosentasche, als Tom zurückkam. Er zog sie in seinen Schoß. Gemeinsam hörten sie den Liedern der satten, müden Cowboys zu. Als Tom begann mitzusingen, irgendwelche Weisen von Einsamkeit, Weite und Freiheit, stand Tanja auf. Sie hockte sich hinter einen Busch und hörte ihre Mailbox ab. Jakobs Stimme legte sich um die Augen des toten Rindes. Ihr kamen die Tränen, vielleicht war sie wirklich schwanger. Mit ihren abgearbeiteten, schwieligen Fingern tippte sie immer wieder auf Abhören. Nach dem fünften Mal kannte sie alles auswendig. Es gefiel ihr, sie mußte weinen und lachen, aber der Text ergab gar keinen Sinn.

Jakob, offensichtlich sternhagelvoll, sprach von einer mit Eichenblättern garnierten unvollständigen Leiche im Auslaufgebiet, die in Guatemala im Dschungel hätte Blümchen zählen sollen. Von einem Historiker, der Mommsen in seinem Rudel hatte, von Hektor, der trotz Straß seinen Mann stand, von Küchenfenstern zum Park, einer alten Frau im Pelzmantel ohne etwas drunter, Gretes rostigem Bulli ohne TÜV, einem hinterhältigen Faustschlag bei Reihe 23, dem Vorteil eines kastrierten Rottweilerrüden für den Hundeschlittensport und von einem impotenten Waldarbeiter, der seinen Samenstau an hilflosen Amseln ausließ. Zum Abschluß sagte er, sie habe, wenn sie das alles nicht durchschaue, nur die Komplexität seiner Heimatstadt Berlin noch nicht verstanden. Aber er hätte sich gedacht, das persönlich zu ändern und finge damit an, ihr zu erklären, was ein Auslaufgebiet sei. Mal davon abgesehen, daß ganz Berlin eigentlich Auslaufgebiet sei. Im übrigen hätte er den Faden verloren, aber das Wesentliche sei, daß alle sie vermißten, und Jakob dringend ihre Gummistiefelkompetenz bräuchte.

Der Rotz lief Tanja aus allen Rohren. Sie steckte das Handy ein wie den Schatz vom Silbersee, schneuzte sich, sah in den überbevölkerten Sternenhimmel von Montana, fand das Ganze nur noch kitschig und sehnte sich nach den blinkenden Flugzeugen über Berlin. Tom sang immer noch. Er traf nicht jeden Ton, aber seine Inbrunst zerriß ihr das Herz. Kommissarin Tanja Wehland, Du hast ein Riesenproblem.

XI

Dr. Bernd Cumloosen, Leiter der Rechtsmedizin der Berliner Charité, summte, während er eine Kiefernadel aus dem Hals von Iris Gerber zog. Er hatte mal wieder eine Nachtschicht eingelegt für diesen wundervoll schwierigen Fall. So viele Fraßspuren. Er hatte Photos gemacht und sie eingescannt, jetzt nahm er Speichelproben für den DNA-Abgleich.

Das Opfer war wie das kalte Buffet eines exquisiten Kochs, zum Schnalzen zugerichtet. Es war kurz nach Mitternacht, Cumloosen erwartete seinen Besuch. Immer spürte er die Opfer, die surrend in ihren Fächern lagen. Aber das hier waren keine Menschen, sondern Tiere, Waldtiere. Er roch ihren Atem.

Wildschweinborsten hatte er gefunden, überall. Der Grunewald lag auch in ihrer Hauptstadt. Der Oberschenkel hatte ihnen besonders gut gefallen. Allesfresser wie wir.

Eine Rattenpfote hinterließ einen bildschönen Abdruck auf der blutigen Bauchhaut der Toten. Der Nager mußte sich beim Abbeißen ja abstützen. Ein Artgenosse hatte sich am rechten Ringfinger des Opfers zu schaffen gemacht, seine Zahnreihe hätte jedes Zahnlabor zufrieden grunzen lassen.

Um Elf hatte er einen Marder nachgewiesen, auch über sein Haarkleid. Ebenso eine Wildkatze. Kein Fuchs erstaunlicherweise, zumindest fand Cumloosen keine Spuren. Blieb noch eine weitere, nicht zugewiesene Sorte Haar. Eine ganze Menge sogar, an verschiedenen Stellen. Viele über den Spuren der anderen, als wäre dieses Tier als letztes an der Leiche gewesen.

Er spürte wieder den Luftzug und verharrte. Zu oft hatte er es verscheucht in den letzten Nächten. Dieses Mal wollte er ihm Zeit geben, sich zu zeigen. Er arbeitete ruhig weiter, schnupperte, aber sein Gast sandte ihm noch keinen Körpergeruch.

Cumloosen hatte die fremden Haare in ein Reagenzglas geschoben, auch sie zum Abgleich geschickt. Sah schon sehr nach einem Hund aus. Warum auch nicht, getötet hatte er die arme Frau nicht. Sich vielmehr brav zum Dessert angestellt, nachdem Ratten, Schweine und ihre Kumpel aus der Wildnis vom Hauptgang längst gesättigt waren. Vielleicht ein früher Spaziergänger, der das Dosenfutter leid war? Ein Hund im Fellwechsel, jetzt im Frühjahr. Einer mit sehr heftigem Fellwechsel, bei der Haarmenge. Huskys verloren Berge von Unterwolle, er hatte mal einen Bekannten mit Husky gehabt. Überall weißer Belag. Nun gut, man mußte einen Polarhund vielleicht auch nicht unbedingt auf jede Couch lassen. Berliner Polarhunde wahrscheinlich doch. Das arme Rudeltier braucht doch die Nähe. Aber hätten seine Leute ihn nicht vermißt, den frauenmampfenden Husky? Ließ ein Hund freiwillig ab von so einer Beute? Hörte er auf Rufe, Pfiffe? Hätten die Menschen ihn nicht abholen müssen und die Leiche so entdecken?

Zu viele Fragen, er mußte mit den hundeverdächtigen Haaren anfangen. Die oberste Schicht war die erste. Sein E-Mail-Postfach klingelte, er sah auf die Uhr, spürte wieder den Luftzug, fluchte innerlich. Jetzt war sein Gast verprellt. Das elektronische Zeitalter war nichts für Wildtiergeister. Halb zwei, Zeit für Penisverlängerungsangebote und Wettbüros. Er öffnete trotzdem sein Postfach. Es war Kollege Nick, achtundzwanzig und immer bei der Arbeit. Komische Jugend heute.

Falls Du noch auf bist, ruf' mich an.

So eine nachtaktive Laborratte. Hinterließ sicher auch schöne Zahnreihen auf seinen Untersuchungsobjekten.

Cumloosen roch nasses Fell, zu scharf für einen Sofahusky. Sah reflexartig aus dem Fenster, ob es regnete. Dunkel war's, nachts um halb zwei, na so was. Er schaltete den Computer aus, sein Gast schien es noch einmal versuchen zu wollen. Er ging zum Telefon und rief Nick an.

»Wußte ich doch, daß Du immer noch da bist. Schöne Spurenlage, was?«

»Hat man nicht alle Tage«, antwortete Cumloosen.

»Es wird noch besser.« Nick machte eine lange Wirkungspause, aber Cumloosen hatte keine Lust, ihm den Gefallen zu tun. Er ging zum Fenster, öffnete es und streckte die Hand raus. Tatsächlich, alle zehn Sekunden ein Tropfen Regen.

»Wir haben einen Wolf in Berlin«, sagte Nick.

»Aber sicher.« Cumloosen gähnte. »Zwei ganze Rudel sogar, im Zoo.«

»Im Grunewald«, sagte Nick.

»Quatsch.«

»Sagt der DNA-Abgleich.«

»Bist Du besoffen oder bekifft?«

»So bekifft kann ich gar nicht sein, daß ich die DNA von Canis lupus nicht erkenne.« Nicks Stimme klang triumphierend. »Deine Leiche hat ein Wolf zerfleischt.«

Cumloosen setzte sich krachend. »Ob der entlaufen ist?«

»Dann hätten sie es in der Abendschau gebracht.«

»Taxifahrer würden nach ihm Ausschau halten.«

»Bis zur Oberschule hätten alle frei.«

Cumloosen fragte sich, ob er seinen Geisterbesuch noch wollte. »Aber woher soll er dann sein?«

»Ich tippe auf Brandenburg. Ein paar Irre siedeln da wieder Wölfe an.«

»In der Lausitz, im ehemaligen Bergbaurevier, wo sonst keiner hin will. Aber doch nicht in Berlin.«

»Wie wär's mit Landflucht? Verstehen könnt ich's.« Nick gackerte.

Cumloosen wurde erstaunlich warm, er öffnete den obersten Knopf seines Kittels. »Behalt' das erst mal für Dich, hörst Du?«

»Du meinst wegen der BZ? Die flippen ja schon alle wegen der Hunde aus.«

»Und wenn bekannt wird, daß sich in Berlin ein Wolf von Leichenteilen ernährt hat, brauchen wir die Bundeswehr, um die Lage zu befrieden.«

»Ich schweige wie ein Grab.«

Cumloosen glaubte dem Waschweib Nick, das in der Kantine immer die besten Witze erzählte, kein Wort. »Ich bin Dein Chef und hoffe, Du hast nicht vergessen, was für lausig langweilige Jobs woanders auf einen Laboranten wie Dich warten.«

»Wie könnte ich«, sagte Nick treuherzig. »Das hier ist das Himmelreich.«

»Das ist Verletzung der Dienstpflicht.«

»Ich habe Frau und Kind.« Der Überzeugungssingle Nick lachte.

Cumloosen würde schneller sein müssen als er. Hauptkommissar Blum gleich in der Früh, vor Öffnung der Kantine. Mein Gott, ein Wolf, so außergewöhnlich hätte diese Leiche nun auch wieder nicht sein müssen.

Oskar betrat die Tierarztpraxis. Es roch nach nassem Hund, Katzenpisse und Erbrochenem. »Hallo?«, rief er und atmete flach.

Aus dem hinteren Raum trat eine zierliche Frau hervor und gab ihm die Hand. Oskar fühlte sich wie in einem Schraubstock. Traue bei Frauen nie dem ersten Eindruck. Oskar stellte sich vor, sie zog ihn am Arm nach hinten.

Im Behandlungsraum hockte eine Frau auf dem Boden mit einem toten Bordercollie auf dem Schoß. Ihr Pullover war naß vor Erbrochenem, in dem Blutfetzen schwammen. Immer wieder strich sie ihrem Hund über den Kopf. Rotz und Tränen liefen in tiefen Furchen über ihr Gesicht.

»Rattengift«, sagte die Tierärztin.

Oskar bezweifelte, auch wenn das mehr war als Hugos Auge und bei allem Verständnis für Tierliebe, daß man dafür die Mordkommission rufen mußte.

»Das ist das dritte Opfer heute. Gestern waren es fünf, vorgestern zwei. Ich habe mit allen Kollegen gesprochen.«

»Also kein Unfall?«

Wieder faßte sie Oskars Arm, zog ihn aus dem Zimmer und schloß leise die Tür zu der Trauernden. »Da draußen ist ein Hundehasser unterwegs, der Rattengiftköder im Auslaufgebiet auslegt.« Sie nahm einen Plastikbecher, füllte Kaffee aus einer Thermoskanne ein und bot ihn Oskar an. Als der ablehnte, goß sie Milch dazu und ließ drei Stücke Zucker hineinfallen. »An Rattengift zu sterben ist besonders qualvoll und es im Auslaufgebiet auszulegen, besonders perfide.«

»Was sagt der Förster?«

Sie lachte höhnisch. »Muß der BZ Munition für ihre Kampagne servieren und dem Fernsehen Interviews geben, wie überflüssig Hunde in der Stadt sind, und wie schädlich für seine schönen Bäume. Da bleibt keine Zeit für die Entsorgung von Giftmüll.«

»Trotzdem weiß ich nicht, was wir ...«. Warum hatte der bescheuerte Fockemeyer nur seinen Jakob suspendiert? Überall Frauen in Ausnahmezuständen und Viecher, soweit das Auge reicht.

Die Tierärztin rührte den Kaffee mit einem Kugelschreiber um, den sie danach am Kittel abwischte. »Wir haben noch keinen Köder entdeckt, aber alles spricht für die Krumme Lanke.«

Oskar würde sich mit aktenkundigen Berliner Tierhassern beschäftigen müssen. Das konnte er nicht auch noch Jakob aufs Auge drücken. Schließlich durfte der nicht mal an den Polizeicomputer.

Nach der irren Szene mit Marie und Hacke hatte Oskar mit dem Kollegen gesprochen, der damals Iris' Anzeige gegen Marie aufgenommen hatte. Marie sollte sie verprügelt haben, war also weiterhin unkontrolliert und gewaltbereit. Iris hatte sich aus Scham erst verspätet zur Anzeige entschlossen. Verletzungen waren nicht mehr nachzuweisen, beim Arzt war sie nicht gewesen. Obwohl ihre Aussage detailreich und glaubwürdig schien, hatte der Kollege deshalb von einer Anzeige wegen Körperverletzung abgeraten und stattdessen Nötigung und Beleidigung vorgeschlagen. Frei nach dem Kriminalermotto »Kriegst Du die Torte nicht, nimm die olle Schrippe«.

Jakob hatte ihm von Daos Recherche im Supermarkt erzählt. Oskar erinnerte sich an die Plattenbau-Kommode und das Strandphoto mit dicker Gattin. Ein Mann mit Häuschen und drei Kindern. Motiv: Neid, Unterlegenheitsgefühl wegen fünfhundert Euro im Monat, kein Hundekram weit und breit. Oskar hatte zufrieden gegrunzt.

Sein Freund mußte natürlich an den Fundort erinnern, seine Symbolkraft. Nix für Supermarktvizes. Blieb der irre Hacke, sein Favorit. Aber Oskar würde sich auf gar keinen Fall in den Hundeausführer-gegen-Holzfäller-Krieg reinziehen lassen.

Er hatte Gerhard Hacke einbestellt und verhört. Frech war der geworden, als Oskar ihn nach seiner Begegnung mit Iris fragte. Er begegne täglich so vielen Frauen im Wald, da könne er sich nicht jedes Gesicht merken. Die Praktikantin damals sei scharf auf ihn gewesen, er aber nicht auf sie, deshalb als Rache die Anzeige. Eine Intrige gegen einen unbescholtenen Bürger in Diensten des Forstamtes. Da war sich jemand der schützenden Hand des Försters sehr sicher, warum wohl?

Er hatte nach Verdächtigen im Arbeitsumfeld der FU gefragt, Jakob ihm von Werner, seinem neuen Busenfreund erzählt. Selbstverständlich ertrug Oskar die Loblieder über dessen Rettung eines tschechischen Tierheimhundes. Ganz zu schweigen von Werners Aufenthalt im Grünfutterdschungel Guatemalas. Aber könnte der engelsgleiche Blättchensezierer nicht etwas gegen Menschen ohne Biologie und Hunde haben? Jakob fand das vollkommen abwegig, aber Oskar würde den Kerl durchleuchten, nur zur Sicherheit. Das hatte mit Eifersucht überhaupt nichts zu tun. Rattengift allerdings würde ein Biologe kaum an der Lanke verteilen. Das war eher etwas für frustrierte Kleinbürger. »Meinen Sie, mein Mörder könnte Ihrer sein?«, fragte Oskar die Tierärztin.

Sie steckte den Kugelschreiber mit einer energischen Bewegung in die Brusttasche ihres Kittels. »Wer wehrlosen Kreaturen so etwas antut, ist zu allem fähig.«

Die Hasen waren längst vergessen, das Nagen vor Tagen zurückgekehrt. Er hatte gelernt, wie Vogelgelege rochen und schon mehrfach Amselnester gefunden. An Mauselöchern hatte er sich versucht, aber erschöpft das Graben aufgegeben. Sogar an einen Fuchsbau hatte er sich gewagt, immer tiefer seine Nase hineingeschoben und einen empfindlich schmerzenden Biß kassiert. Seither saß er nur noch vor den unterirdischen Haustüren so vieler Tiere und wartete. Aber nie erschien ein Beutetier, sie nahmen den Hinterausgang. Und so fraß er Aas, dessen Geruch ihn von weither zog wie ein starkes Seil.

Genug war es nie. All die Käfer, Larven, das Gras, die Erde, Rinde, die Vogeleier, die langsamen, kranken Mäuse, waren nichts für einen Wolf, der so viel Nahrung brauchte, um weiter zu wachsen.

Er blieb schwach, schlief viel und zu tief. Hätte er von Feinden gewußt, er hätte sich sorgen müssen. Wenn er denn gewußt hätte, was Sorge war.

Nicht einmal die Reihe von Schüssen schreckte ihn in seinem durch Brombeergestrüpp verborgenen Lager unter einer alten Eiche auf. Aber das Krachen eines vorbeihetzenden Tieres, das fremd roch und doch vertraut, weckte ihn. Er witterte, verschlafen und schwach. Das Nagen zehrte an seiner Aufmerksamkeit. Er stand auf, streckte sich vorsichtig und verließ sein Nachtlager. Direkt vor den Brombeeren war ein Tier gerannt. Er roch Schweiß, Urin, Speichel. Er kannte das alles, etwas in seiner Brust zog, erinnerte sich. Er horchte. In der Ferne krachte es. Es kam näher, kam zurück. Er wollte in Deckung gehen, aber er war zu schwach, blieb einfach stehen.

So sah ihn der Jagdhund, der mit zwei Fasanen im Fang zurück zu seinem Herrn lief. Er lief aus, zögerte ratlos, stellte die Nackenhaare auf. Vor ihm stand ein Artgenosse, irgendwie. Aber er war groß, seine Augen wichen nicht aus, fixierten ihn kalt. Der Hund wedelte mit seinem Stummelschwanz. Keine Reaktion.

Der andere richtete sich weiter auf, hob Kopf und Ohren. Der Hund dachte an seine Beute, hörte seinen Herrn pfeifen und versuchte, einen Bogen machend, an dem Anderen, Großen vorbei zu kommen. Da machte der zwei Schritte auf ihn zu. Die Rute so erhoben wie die ganze Gestalt.

Der Jagdhund ließ die Beute fallen, duckte sich, der Speichel lief in Bächen. Er stolperte, strauchelte und rannte, ohne sich umzusehen, zum Pfiff seines Herrn.

Der Große staunte. Wußte selbst nicht, wie er das gemacht hatte. Die Erinnerung an das Pferd und das schwerriechende Wesen zog an ihm vorüber. Der Geruch war auch hier. Aber warum hatte der andere seine Beute fallen lassen? Er machte einige Sätze auf der Spur des Jagdhundes, pinkelte an einen Baum auf dessen Fluchtweg und kehrte erhobenen Hauptes zu den Fasanen zurück.

Der Rausch übertönte die Schwäche. Er griff die Fasane und brachte sie zu seinem Lager. Er würde noch zwei Tage überleben, vielleicht drei, weil ein anderer ihn fürchtete.

Sie durfte sich nicht so gehen lassen. Selbstverständlich war der Supermarktbruder ein Arsch. Spießig, so selbstgefällig wie unzufrieden, Frauenfeind, Ausländerhasser.

Schwer, zum Königssohn geboren zu sein und lauter undeutsche Weiber an sich vorbeiziehen zu sehen. Was halfen da altgermanische Ehe und Kinderschar. Und dann die eigene große Schwester. Mit Cabrio, Penthouse, Firstclass-Flügen. Das ist hart. Zuguterletzt kommt eine Fidschi und ist arrogant. Schlecht gemacht, Dao. So bekam sie nie etwas aus ihm heraus. Und abgesehen von der gemeinsamen Kindheit in der Platte, seinem Wert als einer der wenigen Zeugen für einen Blick hinter Iris' stählerne Karrierefassade, war der Mann ein Verdächtiger.

Dao trat gegen einen fast leeren Puddingbecher, er flog klappernd zu dem anderen Müll in die Grünanlage, braunen Schokosabber verlierend. Die Wut knabberte immer noch an ihr. Sie sah zur nächsten Kreuzung, aber der Doppeldeckerbus kam nicht. Seit zwanzig Minuten wartete sie an der Endhaltestelle auf die wohl einzige Freundin von Iris. Klassenkameradin, Pech und Schwefel unterm Sandmännchen, eigene Wege nach dem Abitur auf der Polytechnischen Oberschule. Susann Fiebig war bei der BVG gelandet. Ein passiv bewegtes Leben in den Koordinaten des Öffentlichen Nahverkehrs. Immer die gleiche Strecke, Schichtdienste, das gesamte Leben ein leise plätschernder Kanal zwischen Personenbeförderungsscheinprüfung und Frührente wegen zersessener Hüftgelenke. Dazu ein Kollege als Ehemann, zwei Kinder, Reihenhäuschen in bezahlbarer Entfernung von der Metropole. Mit dem Kleinwagen zur S-Bahnhaltestelle, Großeinkäufe nach Feierabend auf der ehemals grünen Wiese, vorm Rasenmähen und Einfüllen des Weichspülers in die siebeneinhalb Kilo Waschmaschine.

Dao ließ sich seufzend auf einen der Sitze des Wartehäuschens fallen. Es war kaum zu glauben, daß diese zwei Frauen jemals etwas verbunden haben sollte. Sie schob mit der Schuhspitze Zigarettenkippen zu einem Häufchen zusammen. Mit ausgestrecktem Bein erreichte sie zwei weggeworfene Fahrscheine und eine Gummibärchentüte. Im Dreck fremder Leute wühlen, und sei es auch nur mit dem Schuh, Iris' Bruder hätte sie gleich wieder geduzt. Du machen sauber auch Ecken. Der Ruf der Vietnamesen hatte auch im Westen unter Zigarettenschmugglern und mittigen Glutamatbuden gelitten. Sorgfältig schob sie den Haufen Unrat in eine windgeschützte Ecke, so vertieft, daß erst das Zischen der sich öffnenden Bustüren sie aufschrecken ließ.

Ein turtelndes Jungpärchen mit mehr Pickeln als Hautporen hüpfte aus dem Bus, gefolgt von einem graugesichtigen Anzugträger. Eine Kleingruppe Kinder polterte aus der mittleren Tür, vorne bei der Fahrerin tastete sich eine alte Frau am Handlauf in die rauhe Berliner Luft. Dao näherte sich dem Bus, aber die Tür schloß sich vor ihr. Sie klopfte, die Fahrerin packte geruhsam ihr Frühstück aus. Pausenzeiten sind Autistenzeiten. Dao hämmerte mit der Faust gegen die Glasscheibe, der Supermarkt war noch nicht verraucht. Die Frau öffnete mit einer scharfen Falte zwischen den Augen die Tür.

»Susann Fiebig?«, fragte Dao.

»Wer will das wissen?«

»Nguyen, wir sind verabredet.« Susann Fiebig winkte Dao in den Bus. »Man wird halt ständig belästigt«, sagte sie, setzte sich auf eine Bank und bot Dao den Platz gegenüber an. »Sie wollten mit mir über Iris reden?« Sie öffnete eine pinkfarbene, mit bunten Blumen beklebte Dose, entnahm ihr eine Klappstulle und biß hinein. »Schrecklich, das alles«, sagte sie mit vollem Mund.

»Hatten Sie denn noch Kontakt?«

»Sporadisch.« Sie schluckte einen viel zu großen Bissen. Dao sah den Kehlkopf entsetzt ausweichen. »Wir hatten uns nicht mehr viel zu sagen. Wissen Sie, diese Amerikaner, die Reisen, das viele Geld ...«. Sie schüttelte den Kopf und schob sich eine Deligurke in den Mund. »Sie hat sich nur noch gemeldet, weil sie sich nach unseren alten Zeiten gesehnt hat.« Sie lachte, Gurkenstücke blinkten zwischen den Schneidezähnen. »Wir waren ganz schön hart drauf damals, und sie war ein prima Kumpel.«

Dao sah sie fragend an.

»Losgezogen sind wir zwei, jedes Wochenende. Haben gesoffen wie die Löcher, Jungs aufgegabelt.« Sie sah versonnen durch Dao hindurch. »Gott, war das schön.«

»Wann war das?«

»Fünf, sechs Jahre nach Mauerfall. Wir haben total über die Stränge geschlagen. Na ja, was man sich halt als Ostzonenteenie so traut, wenn plötzlich die ganze Welt offensteht.«

»Und Iris hat da mitgemacht?«

»Wir waren so«, Susann schlug die Handflächen zusammen, »wie Zwillinge. Kennen Sie ihren Vater?«

Dao schüttelte den Kopf.

»War Schließer für den Staatsrat, hat sich aber aufgespielt wie ein Kader. Auf jeder Parteiversammlung erschienen, mit roten-

Bäckchen. Tja, und mein Vater«, sie seufzte, »war Hauptamtlicher bei der Stasi. HVA, wenn Ihnen das was sagt.«

»Scheiße.«

»Die Mauer fiel genau richtig. Wir auf dem Weg zur Pubertät und Vati am äußersten Ende des absteigenden Astes.« Sie lachte und schüttelte den Kopf. »Mann, hatten wir Spaß.«

»Und dann?«

»Bin ick solide jeworn.« Sie biß von der Stulle ab und schob eine Gurke hinterher. »Schwanger genaugenommen, Zwillinge. Wenn schon, denn schon.« Sie nestelte an ihrer Jacke. »Wollen Sie mal sehen?« Sie zog ein verknittertes altes Photo zweier juchzender Kleinkinder mit Segelohren in grünem Gras hervor. »Die sind aber süß«, quetschte Dao einigermaßen glaubwürdig hervor.

»Fand Iris nicht. In der Schwangerschaft hat sie noch versprochen, sie nähme mir alles ab, meine allerbeste Freundin. Vater wußte ich nämlich nicht. Obwohl, wegen der Ohren hatte ich da schon einen konkreten Verdacht. Aber der hielt das für unmöglich. Kann man auch verstehen, erst mal muß der kapitalistische Westen erobert werden. Wer will da schon kleine Racker im Gepäck.« Sie strich über das Photo und steckte es wieder ein. »Na, Sie wissen ja, wie das ist, sind die Windeln erst mal vollgekackt, hat sich's mit der besten Freundin.«

»Iris hat dann studiert?«

Susann nickte. »Und ich brauchte schleunigst etwas Sicherheit, hatte ja nicht mal eine eigene Wohnung. Habe das Saufen eingestellt, bei der BVG angefangen, ein Kollege störte sich nicht an meinem Doppelpack, und da bin ich nun.«

»Und hat ihr unterschiedlicher Lebensweg Sie voneinander entfernt?«

»Zunächst gar nicht. Iris hat über die Uni gelästert, ich habe von den Kindern und dem Leben als Busfahrerin erzählt. Aber als ihr Abschluß näher rückte, hat sich irgendwas geändert.« Sie pulte mit vorgehaltener Linker Essensreste aus den Zähnen.

»Was ist passiert?«

»So genau weiß ich das nicht. Sie hatte einen Studienkollegen als Freund, das heißt, der wollte gern, aber sie war sehr abweisend, hat sich lustig gemacht. Und auf ein Mal ... Das war zu der Zeit, als wir geheiratet haben, glaube ich. Oder war es der Hauskauf?«

»Und was war da?«

»Sie hat ihn rangelassen. Nicht, daß sie so anspruchvoll war, genaugenommen kannte ich sie da schon eher als locker. Wer Spaß versprach, bekam seine Chance.«

»Und der Kommilitone?«

»Schmale Brust, schlaff, schüchtern. Aber im Studium war er eine Leuchte. Das hat sie schon anerkennend erwähnt.«

»Und dann?«

»Hing sie plötzlich an ihm, als sei er der Stecher des Jahres. War er aber nicht, wirklich. So ein ganz Scheuer, sah einen kaum an beim Reden, quatschte auch immer so ein geschraubtes Zeug.«

»Und dann?«

»Kurz drauf ging Iris ab wie eine Rakete. Abschluß gemacht mit Auszeichnung, Stipendium in Amerika. Vielleicht war er doch im Bett die Offenbarung.« Sie schob sich den letzten Stullenhappen in den Mund und schlug die Krümel von den Händen. »Aber dann war's natürlich aus mit Pech und Schwefel. Kein Platz für Susann, ihre Busse und die unehelichen Blagen.«

»Und der blasse Stecher?«

Susann zog die Schultern hoch. »Keine Ahnung. Iris rief Jahre später an, von irgendeinem Meeting, hatte wohl ein bißchen Heimweh und zu viel getrunken. Von da an haben wir uns zum Kaffeeklatsch getroffen, zwei, drei Mal im Jahr.«

»Wissen Sie noch den Namen des Studienkollegen?«

»Warten Sie, der paßte so zu ihm.« Sie legte den Zeigefinger an die Lippen. »Manuel, genau, das war ein richtiger Manuel. Aber hinten ...«, sie schloß die Augen und legte die Stirn kraus.

»Alte Photos müßte ich noch von ihm haben. Stand immer abseits.« Sie lachte plötzlich. »Adler, richtig, so hieß er. So ein Typ und dann ausgerechnet Adler.«

XII

»Das ist lächerlich, absolut lächerlich.« Oskar stiefelte durch den Berliner Zoo wie ein für den Wandertag zwangsverpflichteter Lehrer. Jakob wußte gar nicht, was er hatte, seit Jahren machte er mit seinem Freund nicht mehr so schöne Ausflüge. Gepflegte Wege, majestätische Bäume, überall Tiere. Gerade trompetete ein Elefant. »Stell' Dich nicht so an«, sagte er und reichte Oskar die Popcorntüte. »Schließ' die Augen, dann ist es wie auf einer Safari.«

Cumloosen hatte Oskar von seiner Wolfsfährte erzählt. Genaugenommen hatte er gesagt, bei ihm strolche neuerdings ein Wolf durch den Keller. Sehr angenehmes Tier, gar nicht mal scheu. Oskar hatte sich gefragt, ob Cumloosen einen zuviel hatte und gleich Jakob angerufen. Seinen Geisterseher und Allesversteher. Den Mann, der unter das Spiegelei sah, bevor Oskar es aß. Den Mann, um den er sich Sorgen machte. Er wirkte so nervös, weggetreten irgendwohin. War das die Verhandlung? Oder machte diese komische Krankheit das dicht geknüpfte Netz zwischen ihnen immer löchriger? Ach, was wußte er schon. Daß er einen Knoten im Bauch bekam, wenn er nur an seinen Freund dachte, daß er sich danach sehnte, ganz einfach wieder gemeinsame Dienste zu schieben.

Und jetzt waren sie hier. Jakob hatte ihm von einem ins Unermeßliche gesteigerten Geruchssinn und Gehör erzählt und wollte sich in Wölfe versenken. Wie in das Spiegelei. Und hatte darauf bestanden, diese Erfahrung mit seinem alten Freund Oskar zu teilen. Sie würden Tierpfleger befragen, horchen, ob einer der finsteren Wölfe abgängig sei oder vielleicht wegen guter Führung nächtens Freigang hatte. Wahrscheinlich alle, stand so in den wölfischen Arbeitsverträgen oder in der Fußnote des Tierschutzvertrages, nur, damit die intelligenten Tiere geistig nicht unterfordert sind. Gottverdammte Viecherstadt.

Oskar hatte genug von diesen Kreaturverstehern. Überall Hundefreunde und Wald. Nicht, daß er Berlin gern ohne Fiffis hätte. Sie gaben der Stadt etwas Buntes, Krauses, das er ungern entbehren würde. Wie Currywurstbuden, Zeitungskioske, Straßenkehrer. Aber könnte es nicht mal wieder um Nutztiere gehen? Schnitzel, Berliner Leber, so was. Er hätte besser frühstücken sollen. Popcorn auf nüchternen Magen war nichts für einen sensiblen Neuköllner.

Oskar war mit Gedanken über seinen Zuckerhaushalt beschäftigt, erst nach fünfzig Metern bemerkte er, daß er Jakob verloren hatte. Suchend drehte er sich um und fand seinen Freund versunken vor dem Wolfsgehege. Hinter einem breiten Wassergraben lag auf hingegossenen Betonfelsen ein ganzes Rudel Wölfe und betrachtete die vorbeikreischenden Menschenmassen. Wer hier Besucher und wer Insasse war, ließ sich nicht ausmachen.

Um Jakob bildete sich ein Puffer. Der Jakobkokon, wie Oskar ihn nannte. Als würde ein Stromkreis geschlossen, um den alle anderen wie selbstverständlich einen Bogen machten. Und das lange vor der Epilepsie. Irgendwie hatte das Weggetretene schon immer in ihm gelegen. Oskar lehnte sich an eine Bank, nahm eine Handvoll Popcorn und genoß das beginnende Schauspiel. Jakob stand vor dem Gehege und betrachtete einen einzeln liegenden Wolf. Den Größten, Schönsten. Das war dann wohl der berühmte Alpharüde, dachte sich der in den Hinterhöfen von Neukölln sozialisierte Oskar.

Langsam nahm der Wolf seinen Blick aus irgendwelchen Fernen und sah Jakob an. Stand auf, streckte sich und stieg von seinem Felsen herab. Näherte sich Jakob, der reglos stand und starrte. Der Wolf stellte sich seitlich, streckte die Rute und behielt Jakob im Auge.

Jakob kratzte sich am Kopf.

Der Wolf entspannte sich, setzte sich schließlich an den Wassergraben, so dicht wie möglich an Jakob heran und schnupperte mit schmalen Augen.

Jakob lehnte sich auf den Zaun. Sie sahen sich an. Reglos lang.

Oskar saß inzwischen auf seiner Bank, die Popcorntüte war längst leer, und fummelte gelangweilt am Handy, als Jakob zu ihm kam.

»Und, was hat er Dir erzählt, der Alpharüde?«, fragte Oskar, ohne den Blick vom Handy zu heben.

»Es war eine Wölfin«, sagte Jakob.

Oskar hob den Blick. »Na klar, Du und die Frauen.« Er steckte das Handy ein. »Dann können wir ja jetzt einen Fachmann suchen.«

»Im Grunewald? Ausgeschlossen.« Der Pfleger sah Oskar finster an.

»Natürlich kann sich der Leiter der Rechtsmedizin der Charité irren«, sagte Oskar.

»Das will ich meinen.« Er verschränkte die Arme.

»Aber erst mal glauben wir, was der Herr Professor sagt.«

»Also, von meinen war das keiner«, sagte der Pfleger. »Sie sehen ja, wie das alles gesichert ist.«

»Und aus dem Tierpark?«

Der Pfleger entspannte sich. »Das müssen Sie schon die Kollegen dort fragen.«

»Och nö«, sagte Oskar, »den Weg können Sie uns doch sicher ersparen.«

»Wie viele Wölfe gibt es denn im Tierpark?«, fragte Jakob.

»Zwölfe zur Zeit. Aber sie haben Europäer, keine Kanadier.«

»Machen die jetzt auch auf Nationalstolz?«, fragte Oskar.

»Haben Sie die Schilder nicht gesehen? Unsere kanadischen Wölfe sehen auch ganz anders aus als die europäischen. Ich nehme doch an, daß Ihr Rechtsmediziner Spuren von kanadischen Wölfen nachgewiesen hat? Sonst wären Sie doch nicht hier?« Der Pfleger sah von einem zum anderen. »Sie wissen also nicht mal, daß es mehrere Unterarten von Wölfen gibt?« Er steckte die Hände in die Taschen. »Dann empfehle ich den Einsteigerkurs. Fahren Sie ins Brandenburger Wolfszentrum, lassen Sie sich alles von Anfang an erklären. Und wenn Sie dann immer noch glauben, meine Kanadier waren zum Kaffeetrinken im Grunewald und haben eine Frau zerfleischt, kommen Sie wieder. Und, ein Tipp unter Profis, bleiben Sie bei den Hunden, die folgen schon so lange dem Menschen und seinen Abartigkeiten, daß die sich was abgeguckt haben, ist viel wahrscheinlicher.«

Janine reparierte den Gehegezaun. Sie hatte schwere Arbeitshandschuhe an und wand den starken Draht um die Stelle, an der der Rost nagte. Sie hatte Sorge zu tragen, daß kein Wolf entkam. Selbst kleine Löcher waren nicht erlaubt. Als würden ihre Wölfe sich mit einem Bolzenschneider den Weg in die Freiheit bahnen. Mal davon abgesehen, daß es in Brandenburg freilebende Rudel gab. Es war wölfisches Recht, jenseits des Zaunes zu leben.

Aber die Polizisten hatten ihr gezeigt, wie angreifbar ihre kleine Welt war. Also ölte sie Schlösser, goß Beton um Stützpfeiler und sicherte, was in Freiheit entlassen würde, kaum daß die Wunden verheilt waren.

Die andere Sache verdrängte sie.

Sie hatte sich ihr Kofferradio mit zur Arbeit genommen, ihren einzigen Luxus. Die Akkus hielten zwei Stunden, dann lud sie sie an der Autobatterie auf.

Sie sang mit, rauh, heiser und deutlich neben dem richtigen Ton. Ihre verfluchte Mutter war unmusikalisch wie eine Kettensäge gewesen. Und ihr Vater ... Sie sang lauter.

Die Sonne hatte schon Kraft. Sie zog ihr Hemd aus, stand jetzt in verwaschenem Unterhemd und Arbeitshose am Zaun und bog ihre Drähte. Das Radio wurde leiser, die Zeit war schon wieder um. Sie schaltete es aus. Die Stille dröhnte. Erst jetzt bemerkte sie Laika, die vor ihrer Mulde stand und den Waldrand im Osten fixierte. Janine drehte sich automatisch um, gewohnt, durch Laikas Sinne die Umgebung wahrzunehmen. Auf der Anhöhe stand ein Junge. Dünn wie die Streichholzkiefern ringsum. Linkisch, schief. Er trug einen Anorak, den er bis oben geschlossen hatte.

Er stand im Schatten, trotzdem erkannte sie ihn. Ihr Körper witterte Vergangenes, Eingebranntes. Roch das Bohnerwachs im Hausflur. Hinter der Wohnungstür Alkohol, Männerschweiß, billiges Parfüm. Hörte das schrille Lachen der Mutter, die Couch quietschen unter den Stößen der Kerle, das Klackern der Gürtelschnallen, das Ratschen der Reißverschlüsse, das Schlagen der Wohnungstür. Hörte die Mutter schreien bei der Geburt, dazwischen den Fernseher plärren, das Kinderprogramm, sie war doch ein Kind. Spürte die Hand der Krankenschwester auf ihrem Kopf. Du hast ein Brüderchen. Fühlte nichts. Wie soll er denn heißen? Janine sah nicht hoch, bloß nicht. Deine Mutter sagt, es ist ihr egal, ich soll Dich fragen. Sie sah auf den Fernseher, die Sesamstraße lief, das Krümelmonster versaute alles. Bert, sagte sie, ich habe Hunger. Die Hand kam zurück, drückte ihre Schulter. Ja, sicher hast Du Hunger, armes Kind. Brachte Kekse, irgendwelche Kekse, weich und süß. Janine sah nicht auf, nur auf den Fernseher und krümelte wie das Monster.

Sie sah zu dem Jungen jetzt, zur Anhöhe über ihrer Welt. Sah seine großen Ohren, wie Segel umrundeten sie den breiten Kopf. Wie weich sie waren, damals, wie zart. Schweineohren. Mein rosa Ferkel.

Er bewegte sich nicht. Ab und an zappelte seine zu weite Hose im Wind. Gaben die ihm nichts in Görlitz? Sie hatte damals geklaut für ihn. Sie hatten eine Akte angelegt, weil sie weiche, süße Kekse für ihren kleinen Bruder klauen wollte. Jetzt sah er aus wie ein Clown. Die Ohren, die Jacke, die weiten Hosen. Wie lange stand er schon da?

Er rührte sich, stieg ab von seiner Anhöhe, mit linkisch schwankenden Schultern, die Hände in den Hosentaschen. Stieg über die Wiese, ging auf das Tor zu, auf ihren Hof zu, auf ihre Wölfe zu.

Da lief Janine zur Hütte und holte das Gewehr. Stellte sich breit auf den Hof und hob es an. Zielte in Richtung des Jungen.

Er blieb stehen, wo das Polizeiauto gestanden hatte. Sah sie an. Seine Augen waren braun gewesen, damals.

Janine lud das Gewehr durch.

Er ging durch das Tor. Janine riß das Gewehr hoch und schoß in die Luft. Er blieb stehen, verloren zwischen seinen großen Ohren. Sein Blick war dunkel, das Gesicht finster. Dicht standen seine Brauen zusammen.

Eine Weile fixierten sie einander. Dann drehte der Junge ab und verließ den Hof. Vor dem Tor sammelte er Steine auf und warf sie in Richtung des Wolfsgeheges. Immer weiter holte er aus, immer besser traf er. Da lud Janine nach und schoß wieder in die Luft. Er ließ die Steine fallen. Steckte die Hände in die Hosentaschen, zog die Schultern hoch und ging.

Janine wartete, bis er im Wald verschwunden war. Erst dann ging sie zurück zum Gehege, lehnte das Gewehr an, sah noch einmal zum Wald hoch, spuckte auf den Boden neben sich, nahm den Draht und fuhr mit ihrer Arbeit fort.

Oskar hatte sich nach der unappetitlichen Szene bei der Tierärztin widerwillig den in Berlin aktenkundigen Tierhassern zugewandt und schämte sich nun wegen all der Fiffis, die er nicht mehr hatte sehen, hören, riechen wollen. Es war unglaublich, von wo die wehrlos verpflanzten Vierbeiner überall eingekreist wurden. Er wußte ja, daß die Stadt voller Arschlöcher war, aber so viele mit Hundephobie? Jetzt saß vor ihm ein Mann, der, so die Software, eine 98%ige Trefferquote auf sich vereinte. So bescheuert konnte auch nur ein Polizeiprogramm sein.

Sicher hatten das Psychologen verzapft. Sein Chef Fockemeyer hatte Oskar verdonnert, sich von einer Profilerin beraten zu lassen, wegen der wortlosen Araber. Sie hatte die Leichen inspiziert und die unglaublich originelle Feststellung abgesondert, die Opfer wären einem körperlichen Beruf in geschlossenen Räumen nachgegangen. Logisch, die Hände waren schwielig, die Arme muskulös, die Haut blaß. Einen Vorschlag, womit die Araber zum Reden zu bringen wären, hatte sie allerdings nicht. Aber der Doppelmord sei sicher eine Beziehungstat, wegen der exzessiv angewandten Gewalt. Und wie sollte er mit schweigenden Tatverdächtigen Beziehungen überprüfen? Es war zum Kotzen.

Oskar musterte den 98%igen Tierhasser vor seinem Schreibtisch. Rudolf Schröter, gelernter Versicherungskaufmann, arbeitslos, ledig, 33 Jahre alt wie Iris, wohnhaft in Rudow, sah eigentlich ganz normal aus. Bißchen starres Gesicht vielleicht, etwas zu ordentlich. Seitenscheitel, harmlose Brille, die Augen dahinter prüften Oskars Büro. Ein beneidenswert gut gebügeltes Hemd. »Danke, daß Sie unserer Einladung gefolgt sind, Herr Schröter«, sagte er.

Sein Blick kreiste um Oskars Kopf. Zuckend landete er schließlich auf seinen Wangen. »Ich glaube nicht, daß ich eine Wahl hatte.«

»Sie wissen, warum Sie hier sind?«, fragte Oskar.

»Die Leiche von der Krummen Lanke.«

Oskar nickte.

»Die BZ berichtet ja ausgiebig darüber, daß das Köter waren. Und weil das nicht sein darf, haben Sie sich gedacht, schauen wir mal in die Kartei, ob sich nicht jemand findet, der uns glauben machen will, Berliner Hunde reißen jetzt Menschen.«

»Es freut mich, daß Sie sich so in unsere Arbeitsabläufe einfühlen.«

»Was bleibt mir anderes übrig.«

»Sie sind vorbestraft.«

»Eine Unvorsichtigkeit, die Jahre zurückliegt.«

»Sie haben vor einem Supermarkt angebundene Hunde befreit und auf die Straße gescheucht.«

»Ich habe schon damals gesagt, daß die Zeugen das mißverstanden haben. Ich wollte sie nur wieder einfangen.«

»Nachdem Sie ihre Leinen durchschnitten haben?«

»Eine Kurzschlußhandlung. Sie taten mir leid.«

»Das Gericht sah das anders.« Oskar versuchte, in seine Augen zu sehen, aber die schlugen immer wieder Haken.

»Dafür habe ich Verständnis. Nach den Verdrehungen der Zeugen mußte das so sein.«

»Sie haben an einer Hauptverkehrsstraße vier Hundeleinen durchschnitten. Ein Hund starb, ein weiterer wurde schwer verletzt …«

»Das war bedauerliche Sachbeschädigung. Für den finanziellen Schaden bin ich aufgekommen.«

»… und beim Versuch, den Hunden auszuweichen, verkeilten sich fünf Autos ineinander.«

»Es waren sieben und das Gericht hat festgestellt, daß die Fahrer Mitschuld traf. Sie hätten nicht ausweichen dürfen.«

»Wäre es besser, es hätte alle Hunde erwischt?« Oskar hatte Mühe, seine Stimme zu zügeln.

»Der Sachschaden wäre geringer gewesen.«

»So hat diese, wie Sie es nennen, Kurzschlußhandlung, Ihre Existenz vernichtet.«

Oskar war, als huschte ein Lächeln über sein Gesicht. Als er nachsah, fand er nur die Starre.

»Das ist ein großes Wort. Ich bin in die Privatinsolvenz gegangen. In ein paar Jahren bin ich schuldenfrei.«

»Bei der Entscheidung damals hat sich das Gericht ein Bild von Ihnen gemacht, um Ihre Zurechnungsfähigkeit abzuschätzen.«

»Ohne Absprache hat mein Anwalt versucht, Zweifel an meiner geistigen Gesundheit zu wecken. Ich habe ihn dann entlassen.«

Nicht einmal ein Zucken. Das Hemd immer noch akkurat, der Seitenscheitel wie ein Lineal. »In Ihrer Wohnung fand man Agitationsmaterial für eine hundefreie Stadt.«

»Haustierfrei, dafür kämpfe ich. Berlin ist ein Ort für Menschen, nicht für Tiere.«

»Und haben Sie Ihren Kampf in den Grunewald verlegt?«

»Ich kämpfe auf der politischen Ebene. Im Abgeordnetenhaus und im Reichstag. Es wird zu viel für Tiere getan und zu wenig für Menschen.«

»Das beantwortet meine Frage nicht.«

»Wenn ich einem Hund begegne, bekomme ich Asthma. Psychologisch, sagt mein Lungenarzt. Das Auslaufgebiet ist eine Gesundheitsgefahr für mich.«

»Gegen Sie liegt eine frische Anzeige vor. Sie haben einen Hovawart verprügelt, auf dem Friedhof, schon vergessen?«

»Ich habe mich nur verteidigt gegen das Vieh.«

»Was wollten Sie nachts auf dem Friedhof?«

»Spazieren gehen. Ich hatte gehofft, wenigstens dort vor Hunden geschützt zu sein.«

»Und warum nicht bei Ihnen in Rudow?«

»Man kennt seine Stadt doch nie genug.«

»Aber im Auslaufgebiet waren Sie in letzter Zeit nicht?«

»Wie gesagt, ich führe meinen Kampf auf der administrativen Ebene und meide die direkte feindliche Konfrontation.«

»Ja oder nein? Wir suchen jemanden, der Rattengift auslegt.«

»Nein, Herr Kommissar.« Er sah Oskar tatsächlich direkt in die Augen, der glaubte ihm kein Wort.

»War doch gar nicht so schwer.« Oskar lehnte sich zurück, Der Mann sah wirklich aus wie jedermann. Vielleicht sind wir alle Arschlöcher. »Und jetzt gehen Sie drei Zimmer weiter und der Kollege dort macht mit Ihnen ein Protokoll. Danach bringe ich Sie nach Hause und sehe mir Ihre Wohnung an.«

»Haben Sie einen Durchsuchungsbeschluß?«

Oskar beugte sich vor. »Dieses Mal hat jemand die Leine einer Frau durchgeschnitten. Mord. Keine Sachbeschädigung, ein Kapitalverbrechen. Natürlich habe ich einen Beschluß.«

»Dann hat alles seine Ordnung.« Er stand auf, strich seine Jakke glatt und streckte Oskar die Hand hin. »Es freut mich, Sie in meiner Wohnung begrüßen zu dürfen. Ich bin umgezogen, notgedrungen. Die Hundeleute haben mich schikaniert.«

Oskar sah auf die manikürten Fingernägel. Der Daumennagel war etwas lang für seinen Geschmack. Er ließ die Hand in der Leere über seinem Schreibtisch hängen. »Dritte Tür rechts«, sagte er. »Der Kollege gibt mir Bescheid, wenn Sie fertig sind.«

Iris Gerbers Fitnesstudio bot einen noch weiteren Blick über die Dächer als ihr Penthouse. Auch hier gab es eine Dachterrasse, dezent mit Buchsbaumkreationen und Koniferen geschmückt. Der Ausblick hatte allerdings seinen Preis. Zweihundert Euro Monatsgebühr für die Buchsbäume vor steinernem Meer. Susann Fiebig hätte das in Fußballklamotten für ihre Zwillinge investiert.

Es gab tatsächlich einen Kommilitonen namens Manuel Adler. Zweieinhalb Jahre nach Iris hatte die vermeintliche Leuchte sein Diplom mit einer schlappen 2,7 gemacht und war für Dao vorläufig ein unauffindbarer Betriebswirt.

Seit dem Gespräch mit der Busfahrerin hatte Dao erstmals das Gefühl, Iris näherzukommen. Die Partynächte mit der besten Freundin, der so feige wie nachvollziehbare Rückzieher vor den Zwillingen, die Beziehung zum stillen Manuel, nicht nach Nützlichkeitskriterien oder Vorzeigbarkeit ausgewählt, vielleicht war sie doch eine ganz normale Frau mit beengender Kindheit gewesen. War die Luftnot unter Papas sozialistischen Trümmern so stark, daß sie glaubte, sich in ein fensterreiches Penthouse arbeiten zu müssen? Das aber offensichtlich nicht die ersehnte Freiheit brachte, sondern sie zur Zicke machte, die Hundeausführerinnen anging und so einsam werden ließ, daß sie sich in Susanns Busfahrerschoß ausheulte.

Wer war sie wirklich, und wem hatte sie so Schreckliches angetan, wer hatte sie so gehaßt, daß er sie in ihrer schicken, teuren Metropolenkleidung den Waldtieren zum Fraß vorwarf?

Dao war mit dem Fahrstuhl in den neunten Stock gefahren und auf teppichgedämpftem Flur bis zum Eingang des Fitnesstudios gegangen. Jetzt stand sie vor einem verwaisten Empfangstresen, verscheuchte die Gedanken und starrte auf Wurzelholzschranktüren und poliertes Messing. Neben dem Tresen blubberte ein überdimensionierter Zimmerbrunnen, auf ihm ruhte eine Buddhastatue in sich, im Hintergrund wechselte metallisches Maschinengeräusch mit gepreßtem Schnaufen. Dao vermisste den Geruch von Maschinenöl und Männerschweiß.

Aus einer Nebentür kam ein muskelbepackter Mann, der einen Stapel weißer Frotteewäsche balancierte und Dao musterte. Er legte seine Fracht auf den Tresen. »Was kann ich für Dich tun?«, fragte er.

»Ich bin wegen eines Mitgliedes hier«, sagte Dao.

Er ging hinter den Tresen und sammelte Prospekte ein. »Du siehst fit aus«, sagte er mit dem Rücken zu Dao. »Das Einsteigerprogramm ist nichts für Dich. Wie wäre es mit einem Workout nach dem Büro? Auf unsere Kosten natürlich. Sieh Dir alles in Ruhe an, nimm Dir Zeit.« Er drehte sich um und legte Dao die Prospekte hin. »Du wirst Dich wohlfühlen, da bin ich sicher. Du paßt in unsere Community.«

Dao zog eine Augenbraue hoch. »Es geht um Iris Gerber. Ich wüßte gern, ob Sie sich an sie erinnern.« Dao schob die Prospekte zur Seite und legte ein Photo an ihren Platz.

»Und wer will das wissen?«

»Dao Thi Nguyen, Privatdetektivin, im Auftrag ihres Arbeitgebers.«

Er beugte sich unter den Tresen, kam mit einer Flasche französischen Wassers wieder hoch, goß sich ein und trank. »Ohne das Einverständnis unserer Kunden geben wir keine Auskünfte.« Er sah Dao an. »Mich wundert die Neugier ihres Arbeitgebers. Die beruflichen Positionen unserer Mitglieder sind zu hoch, als daß nachgeprüft würde, ob sie während der Arbeitszeit trainieren. Das würden sie als Mißtrauen auslegen und ihren Headhunter nach einer angenehmeren Stelle Ausschau halten lassen.«

»Sie ist tot«, sagte Dao.

»Unsere Geräte sind TÜV-geprüft, die Trainer durchlaufen eine zertifizierte einjährige Ausbildung in den USA.«

Die monatlichen zweihundert Eier versanken also nicht nur in den Taschen der Eigentümer und im Mietvertrag für die luftige Höhe mit Meeresblick. »Keine Sorge, sie wurde ermordet.« Dao tippte auf das Photo. »Erinnern Sie sich an sie?«

Der Mann studierte das Photo sorgfältig. »Unsere Mitglieder bevorzugen ungestört zu sein. Dem Wunsch kommen wir nach.«

»Das heißt, Sie kennen Ihre Kunden gar nicht, und jeder kann hier ungestört hereinspazieren?«

»Er käme nicht weit. An den Geräten gibt es einen elektronischen Kartenleser. Das hat sich aus Sicherheitsgründen bewährt.«

Workout ohne Feindberührung, und das für Zweihundert im Monat.

»Es gibt doch sicher Daten über die Kundenkonten. Wer wann wo trainiert hat, sich ein- und ausgeloggt hat.«

»Sicher.«

»Und darf ich die einsehen?«

»Mit der Karte der Kundin und ihrem Fingerabdruck gern.«

»Rechter Zeigefinger?« Der Mann nickte. »Schwierig, den haben die Ratten.« Dao forschte in seinem Gesicht nach einer Regung. Der Mann tat, als hüte er ein Staatsgeheimnis, in dem Dildos eine zentrale Rolle spielten. So langsam wurde ihr das tiefgekühlte Getue lästig. »Sie können es natürlich auch umständlicher haben. Ganz ohne Zeigefinger krabbeln meine Freunde über Ihre sicher alberne Firewall, machen etwas Unordnung in Ihren Daten und schicken ein paar Appetithäppchen ans Finanzamt. Sie wissen doch, wir Asiaten können gut mit Computern.«

»Sie ist tot?«

»Mausetot.«

»Dann kann es sie ja nicht mehr stören.«

»Kluger Mann, einfach ausdrucken.«

Thies, der historische Hundeausführer, wollte mit Jakob über das Rattengift sprechen. Der kreuzte ein paar Schöneberger Nebenstraßen, passierte einen Hausflur voller Fahrräder und Kinderwagen und ging durch zum Gartenhaus, vor dem sich auf 80 Quadratmetern Grün drei Hunde räkelten und Thies eine Flasche Wein entkorkte.

Jakob erhoffte sich Fortschritte für den Fall von einem geerdeten Menschen, der im Grunewald zuhause war. Allerdings wußte Thies auch nichts von Jakobs zwei- und vierbeinigen Geistern. Mag sein, er wäre für die ganze Wundertüte nicht geerdet genug.

Seit dem Aufenthalt im Zoo war Jakob sich nicht mehr so sicher, daß sich ein Hund in ihn eingeschlichen hatte. Die einsamen Läufe in der Nacht, das Wildfutter, er war auf der falschen Fährte gewesen. Hunde suchten die Nähe von Menschen, profitierten von ihnen, lebten von ihrem Abfall. Der Weg zum Mörder mußte über einen Wolf führen, auch wenn Oskar das für schwachsinnig hielt. Gestern abend um elf hatten sie sich in der Keithstraße getroffen. An der Pforte hatte Oskar ihn abgeholt wie einen Ortsfremden und über die Flure an finster blickenden Kollegen der Nachtschicht vorbei in sein Büro geleitet. Das auch mal Jakobs Büro gewesen war.

Er wurde immer dünnhäutiger, glaubte kaum noch daran, jemals wieder in den Dienst zurückzukehren. Die Gerichtsverhandlung lief denkbar schlecht. Nach der Kantine hatte Schneiderhahn Jakobs Geisternummer längst vergessen, aber Samuel war darauf zurückgekommen. Er hatte aus dem Stegreif einen uninformierten Vortrag über persönlichkeitszersetzende epileptische Anfälle gehalten. Schneiderhahn war eingeschlafen und verdaute sein Essen, der Vortrag landete im Protokoll.

Samuel lud einen mißgünstigen Zeugen nach dem anderen vor. Ungestört vom dämmernden Richter führten sie aus, warum Jakob moralisch und fachlich als Kriminaler ungeeignet war. Was das alles mit der Anklage wegen Unterschlagung von Beweismitteln zu tun hatte, wußte nur Staatsanwalt Samuel Herzl. Jakob hätte gern auf das Angebot seiner Freunde Erwin und Tülle, Samuels Paten und ehemalige Türsteher in Papa Herzls Bar, zurückgegriffen. Sie fanden schon lange, Junior müßte das Hirn geradegerückt werden.

Der Vorsitzende Schneiderhahn hielt meist die Augen geschlossen. Sein löchriger werdendes Gehirn verlor bei der morgendlichen Körperpflege die Übersicht. Eine Wange war stets straßenkämpferisch bestoppelt. An seinem wuchtigen Richtertisch wirkte er wie zu Besuch. Zu viel tiefwurzelnde Eiche und sortierte Gedanken.

Gestern war es um die Durchsuchung von Jakobs Wohnung gegangen. Ein in seiner Uniform schwitzender Polizeimeister gab Auskunft über ihre Erfolglosigkeit. Jakob hatte damals auf dem eigenen Klodeckel im Exil gesessen und hilflos der polternden Zerstörungslust der Kollegen zugehört. Eine ganze Woche mußte er sich bei unsanft behandelten Büchern entschuldigen, Socken einräumen und Scherben aufkehren. Seine Suppenterrine hatten sie zerdeppert. Nur geborgte Familientradition vom Flohmarkt, aber trotzdem ein Herzstück.

Man konnte sich schon fragen, warum eine ganze Wohnung verwüstet wurde, nur um Wladimirs kleines russisches Handy zu finden. An ihm hing ein orthodoxes Kreuz an einer schweren Kette, aber selbst damit paßte es mühelos in eine kleine Plastiktüte.

Das Ding war zum Mittelpunkt der Intrige gegen Jakob aufgestiegen. Sein Chef Fockemeyer wollte sich über die erfundene Unterschlagung des unorthodoxen Kommissars entledigen und hatte es dazu aus der Asservatenkammer entwendet. Aber Dao hatte es zurückgeklaut und Grete das neue Versteck übernommen. So wurde das Handy bis heute vom Wurzelwerk einer Kreuzberger Cannabispflanze beschirmt.

Jakob wußte nicht, was er mit Wladis Eigentum machen sollte. Zwar waren nicht Jakobs, sondern Fockemeyers Fingerabdrücke darauf, aber leider auch ein Film von Jakobs erstem Anfall. Er wollte wirklich nicht, daß das jeder zu sehen bekam, was Focke natürlich wußte. Löschte Jakob den Film und es gab eine Kopie, glaubte jeder, daß er das Handy unterschlagen hatte. Er saß in Fockes Falle.

So ließ Jakob sich ohne Rechtsbeistand, er hatte ja schließlich nichts getan, als Dilettanten darstellen, der Vorschriften mißachtet, alltäglich über die Grenze zur Illegalität hopst und sicher, auch wenn man ihm nichts nachweisen können sollte, jede Menge Dreck am Stecken hat. Und das alles wurde brav mitgeschrieben. Nach einem solchen Verhandlungstag wie gestern hielt sogar Jakob selbst es für riskant, ihn ohne geschlossene Handschellen auf Berliner Straßen zu lassen.

Was ihn aber nicht daran hindern würde, Iris' Mörder zu finden. Wenn sie ihn rausträten, dann nicht wegen Erfolglosigkeit. Außerdem hatte schon längst wieder jemand Kontakt mit ihm aufgenommen, auch wenn es dieses Mal nicht das Opfer, sondern ein lebendes Raubtier war.

Thies folgte Jakobs Blick zu einer Tüte neben den Weingläsern. »Getrocknete Rehohren für die Hunde«, sagte er grinsend. »Mit Fell dran. Gibt's nur, wenn Besuch kommt.«

»Nett hast Du's«, sagte Jakob und schnupperte an der Tüte. Roch lecker. Reiß Dich zusammen, Canidenhirn.

Thies nickte. »Hier kriegen mich nicht mal Hundehasser weg.«

Jakob hatte ein schlechtes Gewissen, obwohl er nun wirklich nichts dafür konnte.

»Wer immer die Frau ausgerechnet im Auslaufgebiet ermordet hat, hat uns keinen Gefallen getan.«

Jakob nahm einen Schluck Wein gegen den bitteren Geschmack. Schon wieder sah er die angeknabberten Leichenteile. Mimosenhirn. »Ich glaube nicht, daß der Täter an Euch dachte.«

»Also weder Hacke noch ein anderer Hundehasser«?

Jakob schaukelte skeptisch mit dem Kopf. Er verschwieg seinen nächtlichen Wolfsgeistbesuch und die Wolfsspuren an der Leiche. Beides sprach gegen Gerhard Hacke als Täter. Aber natürlich käme es den Hundeausführern gelegen, die Kripo befreite sie vom Aggressionspotenzial des bewaffneten Waldarbeiters.

»Habt Ihr den Schröter überprüft?«, fragte Thies.

»Der hatte schon das Vergnügen einer Vorladung.«

»Und weiß von nichts«, sagte Thies.

»Er hat ’nem Hovawart fast ein Auge ausgeschlagen, auf einem Friedhof in Rudow. Aber im Auslaufgebiet sei er seit Wochen nicht gewesen, sagt er.«

»Blödsinn. Der hat nix gelernt. Feiert seine Insolvenz und torpediert uns alle mit Anzeigen. Er hat einen Verein gegründet, zur Reinigung Berlins von Haustieren. Fordert alle auf, Hundehalter anzuzeigen. Wegen Nichteinhalten der Leinenpflicht in Parks, fehlender Steuermarke, Nichtentfernen von Hundekot. Er gibt den Leuten sogar Textbausteine vor.«

»Ein Herzchen«, sagte Jakob.

»Das klingt harmloser, als es ist. Wenn einem ein Hund zu nahe kommt, die Individualdistanz mißachtet, wie er das nennt, soll man Abwehrspray einsetzen. Aber nicht die zugelassenen Sorten, er empfiehlt eine Mixtur aus Chili, Cayenne und Essigessenz.«

»Darf er das?«

»Wir haben versucht, seine Website sperren zu lassen, aber er läßt sie über Russland laufen.«

»Glaubt ihr, er könnte der Täter sein? Iris mochte auch keine Tiere, wo sollte da das Motiv sein?«

»Ich weiß nicht, was in dessen Hirn vorgeht, wirklich. Vielleicht wollte er die Eskalation und hat die Frau deshalb ermordet. Eine smarte Joggerin gibt viel Aufmerksamkeit. Das Rattengift jedenfalls würde zu ihm passen. Es sind schon ein Dutzend Hunde jämmerlich verreckt. Innere Blutungen. Und du kannst nichts machen.«

»Warnt man denn nicht die Hundebesitzer?«

»Natürlich, das Auslaufgebiet ist ja schon nur noch halb so voll.«

»Also hat er erreicht, was er wollte.«

»Und das ärgert mich. Man müßte ihn in flagranti ertappen. Warum überwacht Ihr ihn nicht?«

»Die Kripo muß einen Mörder suchen, Thies.«

»Rattengift ist auch Mord.«

»Ich werde mit dem Kollegen reden.«

»Ist das der Blum?«

»Kennst Du ihn?«

»Ich wollte mich bedanken, daß er Hacke eins mit dem Knüppel übergezogen hat. Marie spricht von nichts anderem mehr. Sie hat neuerdings Respekt vor der Polizei, eine erstaunliche Entwicklung.«

»Marie gehört zu den Vedächtigen.«

Thies schüttelte den Kopf. »Sie löst ihre Konflikte nicht mehr mit physischer Gewalt.«

Jakob sah Iris' fehlende Nase vor sich und dachte an Spare Ribs und den Trainingswagen. »Und«, fragte er, »wie fand Oskar Blum Deinen Dankesbesuch?«

»Stinksauer war er«, sagte Thies. »Marie solle gefälligst die Klappe halten, sonst lege er sie übers Knie. Ich wollte die Situation eigentlich nur retten und sagte freundlich, er sei wohl ein Katzentyp.«

Jakob lachte.

»Er hat gebrüllt, er sei überhaupt kein Typ.«

»Nimm's nicht persönlich, Thies. Oskar hat gerade so viel mit Viechern zu tun wie zuvor sein ganzes Leben nicht.«

»Vielleicht sollte er in Arschloch Schröters Verein eintreten.«

»Er hat seine Wohnung durchsucht, das hat ihm gereicht.«

»Hat er irgendwas gefunden?«

»Nichts. Alles wie aus dem Ei gepellt. Nirgendwo ein Hinweis auf irgendwas, kein Computer, kein Handy. Bewillige das Amt nicht, hat er gesagt, würde alles gepfändet. Keine Hundehasseraufkleber, kein Rattengift, nur Kamillentee in Beuteln und feuchtes Klopapier.«

»Der hat eine Garage irgendwo, wetten? Und da steht sein ganzes Arschlochzubehör. Wenn Ihr das nicht findet, dann wir.«

»Keine Selbstjustiz, Thies.«

»Ab morgen wird der Kerl rund um die Uhr von Hundeausführern beschattet. Und wenn wir ihn haben, seid Ihr dran. Hauptsache, er ist aus dem Verkehr.«

XIII

Jakob stand vor dem schmiedeeisernen Torbogen des märkischen Wolfszentrums und betrachtete gegen den Himmel die beeindruckende Silhouette von zwei heulenden Wölfen, deren Kehlen sich auf der höchsten Stelle des Tores trafen.

Er war froh, Berlin für die Recherche verlassen zu können, so weit hatte ihn die Gerichtsverhandlung schon getrieben. Er war aber auch erschöpft. Die ganze Nacht war er über ausgedörrte Grasflächen und durch dürre Kiefernwälder gerannt. Hechelnd vor Durst, erschöpft vor Hunger. Der Canide, der sich sein zukkendes Hirn zur Heimstatt gewählt hatte, nahm Jakob die Nachtruhe, schärfte seine Sinne und steigerte seine Triebe. Ununterbrochen war er durstig oder hungrig und mußte pinkeln. Ein Getriebener, der sich nie genug bewegte, schreckhaft und nervös. Jedes plötzliche Rascheln, Rumpeln oder Quietschen ließ ihn zusammenzucken, jede Duftnote überschüttete ihn mit Signalen, auf die er sofort reagieren wollte.

Hinter Jakob knatterte Gretes Bulli rückwärts die Zufahrt hinunter. Bei ihrer Ankunft war ein Haufen Grundschulkinder aus einem Reisebus gestürzt wie Wassermassen nach einem Dammbruch. Grete hatte gesagt, Menschen fingen für sie mit Beginn der Oberschule an, deshalb führe sie erst einmal picknicken. Wahrscheinlich fände Jakob sie nachher auf ihrem Campingstuhl unter dem schiefen Sonnenschirm hartgekochte Eier und Spreewaldgurken verdauend.

Die Horde stürzte an Jakob vorbei, er zwang sich, nicht mit angelegten Ohren und tiefer Rute zu flüchten, die schmiedeeisernen Wölfe über ihm bewahrten Haltung. Um einen weitläufigen Hof mit krumm abgenutztem Kopfsteinpflaster versammelten sich im Kreis knarzige Holzhäuschen. Sie waren reetgedeckt und frisch restauriert. Zwischen ihnen wiesen weitere geschmiedete Wölfe den Weg zu den einzelnen Gebäuden. Es gab eine Wolfsausstellung, einen Wolfsshop, Wolfstoiletten, eine Wolfsverwaltung, eine wölfische Futterkrippe und, etwas zurückliegend, die Wolfsforschungsstation.

Die Kinder spielten kreischend Fangen zwischen den Häusern, ruckelten an den geschmiedeten Wölfen und trampelten durch gemulchte Beete. Ein Junge stolperte auf dem Buckelpflaster, schlug hin und plärrte. Eine Frau in Outdoorjacke stürzte aus dem Ausstellungshaus, beugte sich zu ihm und inspizierte sein aufgeschlagenes Knie. Jakob ging zum Shop. Fand dort Wolfsbabys als Plüschtiere, Wolfsposter, -kalender, -geschirrtücher. Bücher über den Yellowstone-Nationalpark, wölfisches Verhalten und die Parallelen zwischen Hund und Wolf. MMs Mops Hektor gefielen Wölfe als Geschwister sicher. Jakob hob Wolfstassen hoch, betrachtete Wolfs-DVDs, eine Unterschriftenliste gegen Abschußrechte für Jäger irgendwo in Westdeutschland und unterschrieb. Jakob unterschrieb jede Liste. Für volkseigenes Leitungswasser, gegen die Abholzung des Regenwaldes, für billigere BVG-Karten, gegen Leinenpflicht, für den Bestand von Currywurstbuden, gegen Streusalz, Baumfällungen, für kostenloses Schulessen. Manchmal fragte er sich, wo all die Listen landeten, nachdem sie übergeben worden waren. Hoffentlich im Schredder, wenn die NSA sie alle abglich, glaubten die, Hagedorn sei ein altdeutscher Korinthenkacker.

Wolfsschlüsselanhänger, eine CD mit original Wolfsgeheul aus den Karpaten. Ein Autoaufkleber »Ich bremse auch für Wölfe«, Puzzle mit Wolfsszenen. Ein Buntstiftset mit Wolfsbildern zum Ausmalen. Kerzen mit Wolfskonterfei, die Ohren schmorten als erstes, ein Feuerzeug dazu in Lederhülle mit heulendem Wolf.

Jakob fragte sich, ob der Wolf neues deutsches Wappentier sei, was seiner Wandlung zum Caniden noch mehr Würze gäbe.

Er ging hinüber zur Holzkate mit den Ausstellungsräumen. Die Kinderhorde hatte sich um das aufgeschlagene Knie versammelt. Die Frau in der Outdoorjacke diskutierte mit einem Mann, der an seinem Handy nestelte. Jakob schlüpfte wölfisch elegant durch die Tür und genoß den ruhigen Moment. Wandte sich den Schautafeln über die Geschichte der Wolfsverfolgung und seine Ausrottung in weiten Teilen Europas zu. Er galt als böses Omen, Kinderfresser, Nahrungskonkurrent. Die Ausstellung zeigte Bilder, die den Wolf als Monster verzerrt hatten. Dracula war nichts dagegen. Er sollte Kleinkinder mit Haut und Haar verspeist haben. Rotkäppchen halt, der böse Wolf im Kleid der Großmutter. Heimtückisch und freßgeil.

Die Ausstellung ging über zu den Fakten. Erklärte, wie scheu Wölfe seien, daß sie vor den Menschen fliehen würden, was Jakob aus nächtlichen Träumen bestätigen konnte. Erklärte ihr Sozialverhalten, den guten Umgang untereinander. Am Ende der Ausstellung war Jakob überzeugt, es ginge weitaus friedlicher auf der Welt zu, wenn es sieben Milliarden Wölfe statt Menschen gäbe. Obwohl, keine Art vertrug ihre massenhafte Vermehrung. Platznot läßt Sitten entgleisen.

Warum ertrugen so viele Menschen nicht ein paar Wölfe? Die Ausstellung listete Abschüsse auf, zeigte von Autos überfahrene Tiere. Riß einer ein Schaf, gab es wütende Proteste, trotz des finanziellen Ausgleichs. Viele schienen nicht mehr zu ertragen, wenn es nicht überall menschengemacht zuging. Ein Hauch Wildnis, etwas Kontrollverlust, war das so schlimm? Ein einziger Kripokommissar in der gesamten Berliner Polizei, der Geister sah und zuckend aufs Linoleum fiel, war zu viel. Jakob dachte an Berliner Hundekacke, das Unkraut zwischen Pflastersteinen, die ungemähten Grünstreifen und Parks der klammen Stadt Berlin. Kamen paar Schmetterlinge mehr, gingen die Berliner eben Slalom um Kacke und wildes Kraut. Na und? Das Leben war kein rechter Winkel, keiner wußte das besser als er, der taumelnde Fallsüchtige und frischgebackene einsame Wolf.

Jakob betrat die Forschungsstation und Stille umfing ihn. Oskar hatte ihm, kraft seiner polizeilichen Aura, einen Termin bei der Leiterin verschafft. Vor zehn Minuten. Er schnupperte Kiefernharz und sah auf die frisch verlegten Dielen. Er schämte sich für seine verdreckten Schuhe, bis er Trittspuren mit Erdresten und Kiefernnadeln sah, die zwischen den einzelnen Räumen kreuzten. Hinter einer geöffneten Tür klackerte dezent eine Computertastatur. Er klopfte.

Eine sommersprossige Frau um die Vierzig sah zu ihm auf. Jakob hatte wirklich einen Hang zu Biologen. »Hagedorn«, sagte er, »wir haben eine Verabredung.«

Die Frau wirkte verwirrt, was ihr ausgezeichnet stand, legte die Stirn in Falten und sah an Jakob hinunter. Was konnte er dafür, daß er nicht aussah, wie man sich gemeinhin einen Kriminaler vorstellte. »Hauptkommissar Blum hat mich angemeldet.«

Den Sommersprossen ging ein Licht auf, sie leuchteten. »Na sicher, der Mordfall.« Sie streckte Jakob die schlanke, warme Hand hin. »Was kann ich für die Hauptstadt tun?«

Jakobs Blick wanderte über den Schreibtisch mit Bergen von Ausdrucken bis zum Regal, vollgestopft mit teuer aussehendem technischem Gerät. Er erkannte eine Nachtsichtkamera. »Sind Sie Biologin?«

»Susanne Mohr, Diplom-Biologin, Herr Kommissar, ich leite den Laden.« Sie befreite einen Stuhl von Jacke und Rucksack, fegte mit der Hand über den Sitz und bot ihn Jakob an.

»Ich wüßte gern mehr über Wölfe«, sagte er, nachdem er sich gesetzt hatte.

»Hat das mit dem Mord zu tun?« Jakob nickte. »Ohne daß ich weiß, worum es geht, muß ich ausholen.«

»Gerne«, sagte Jakob.

»Die Geschichte des Wolfes in Europa ist traurig. Bis zum Fall des Eisernen Vorhangs 1989 galt der Wolf in der EU als ausgerottet, und es gab fast niemanden, der ihm nachweinte.«

»Er soll kleine Kinder verspeist haben.«

Sie holte aus dem Regal einen Becher, sah hinein und goß Jakob aus einer Thermoskanne Kaffee ein. »Der Mensch hat sich an die Spitze der Nahrungskette gekämpft und Bären, Wölfe, sogar Luchse, alles Raubtiere wie wir, zur Unterstreichung der eigenen Überlegenheit ausgerottet.«

»Und dann fiel die Mauer.«

»Wölfe wanderten aus dem Osten ein, und man mußte entscheiden, was werden soll. Inzwischen gab es die Grünen in den Parlamenten und eine Menge Naturschützer. Das Bedrohungsgefühl war lange verschwunden, ...«

»... die Kinder in der Kita, die Grundstücke eingezäunt, ...«

»... und das Essen kam aus dem Supermarkt.«

»Der Mensch hatte gesiegt und brauchte nichts mehr zu beweisen.« Jakob nippte an seinem Becher. Erfreulicherweise kein magensaftzersetzendes Fairnessgebräu.

»Man sehnte sich in flurbereinigten westdeutschen Landschaften nach der verlorenen Wildnis und glaubte, sie auf dem Territorium der scheinbar unaufgeräumten ehemaligen DDR gefunden zu haben.«

»Eine Art Freilandgehege, dummerweise mit Menschen.«

»Und gar nicht mal so blöden. Kurz vor der Einheit ist es Umweltschützern der DDR noch gelungen, wichtige Flächen zu Nationalparks zu erklären.«

»Bevor der dicke Westbruder alles zu blühenden Landschaften macht.«

»Der Wolf wußte von alldem nichts. Er ist ein großer Wanderer. Und als keine undurchdringliche Grenze ihn mehr hinderte, schlüpfte er in das Freilandgehege DDR.«

»Die Naturschützer waren begeistert.«

»Aber nicht die übrigen Ossis. Es stellte sich heraus, daß ihnen die Natur genauso wurscht war wie den meisten Wessis. Sie wollten ungestört über Waldwege brettern, Pilze sammeln und ihr Holz machen. Und sie wollten bestimmt keine Wölfe in ihren Rabatten.«

»Kann ich verstehen«, sagte Jakob. Daß er im Schlaf an Gartenzäunen langstrich, verschwieg er lieber. »Rotkäppchen kennt jeder.«

»Und der böse Wolf wurde zum Sinnbild für alles Bedrohliche, Uneinschätzbare, das von der Natur ausgeht.«

»Und gegen diese Vorurteile arbeiten Sie an?«

»Wir gehen zu den Leuten, diskutieren, erklären. Treten ein für das Lebensrecht der Wölfe. Außerdem zahlen wir Schadensersatz, wenn Nutztiere gerissen werden.«

Also doch. Jakobs nächtlicher Wolfskumpel würde ihn lehren, wie sich Blutrausch anfühlt. »Wölfe reißen Rinder?«, fragte er.

»Schafe vor allem. Früher hatte man Herdenschutzhunde, die aufgepaßt haben. Das ist eingeschlafen, man fühlte sich sicher. Die Leute müssen wieder lernen, ihr Eigentum zu schützen.«

»Sie werden begeistert sein.«

»Es geht ja nicht nur um Wölfe. Die Rohstoffpreise gehen durch die Decke, neuerdings werden kupferne Regenrinnen abgerissen. Landwirtschaftliche Geräte konnte man früher über Nacht draußen stehen lassen, jetzt klauen Banden sogar olle Trecker.«

»Die grenzenlose Freiheit und das Wohlstandgefälle.«

Sie nickte. »Natürlich gibt es auch Leute, die einen Nebenverdienst wittern. Deshalb prüfen wir genau, wenn Wölfe Tiere gerissen haben sollen.«

»Machen Sie auch DNA-Tests?«

Sie winkte ab. »Zu teuer. Aber wir haben viel Erfahrung. Ich erkenne schon, ob das ein Wolf war.«

»Der Pfotenabdruck unterscheidet sich vom Hund?«

»Das Laufbild vor allem. Viele Spaziergänger glauben, Wolfsspuren entdeckt zu haben. Wir halten sie an, uns die Stelle zu melden und Photos zu machen.«

»So erfahren Sie etwas über deren Wanderungen?«

»Ist uns lieber, als sie mit Sendern zu versehen. Wir wollen ja, daß sie so ungestört wie möglich sind.«

»Könnte einer nach Berlin gegangen sein?«

Sie sah Jakob amüsiert an, die Sommersprossen kräuselten sich. »Nichts gegen den Charme Ihrer Stadt, aber für Wölfe ist das nicht verlockend.«

»Warum? Gibt doch jede Menge Futter.« Jakob dachte an das Fell auf den Rehohren. Sein Magen zappelte.

»Es stinkt, lärmt. Keine Rückzugsmöglichkeiten, keine Baue, Schlafplätze. Schwierig zu bejagen. Nee, der müßte bescheuert sein, wo er doch die mit Beutetieren vollgestopfte Mark vor der Tür hat.«

Das ist Geschmacksache, dachte Jakob, aufregender ist es auf alle Fälle. »Und im Grunewald?«

Sie lachte. »Bei allem Respekt, aber das Revier eines Wolfes erstreckt sich über hunderte Kilometer. Der Grunewald ist ein Vorgarten für ihn.«

»Wir haben an der Leiche Spuren eines Wolfes gefunden.«

»Da war ein Witzbold am Werk.« Sie schüttelte den Kopf. »Allein der Stadtring, wie sollte er da durchkommen, bei dem Dauerverkehr? All die Straßen, Häuser, Lichter, und niemand soll ihn gesehen haben?«

»Man könnte ihn für einen streunenden Hund gehalten haben.«

Sie überlegte. »Haben Sie noch etwas Zeit, ein Auto?« Jakob nickte. »Dann weiß ich jemanden, der Ihnen die Flausen austreibt. Wir retten verletzte Wölfe. Das ist umstritten, anderswo werden solche Tiere sich selbst überlassen oder getötet.«

»Aber man kann sie doch in Zoos bringen.«

»Deren Wölfe sind in Gefangenschaft geboren. Ein wilder Wolf hat es da schwer. Außerdem wollen wir ja freie Wölfe. Wir setzen sie wieder aus.« Sie suchte unter den Papierbergen ihr Handy und verschickte eine SMS. »Wir haben eine Auffangstation, in der die Wölfe gesund werden können. Sie bekommen Futter und sind geschützt, werden medizinisch versorgt. Sehen Sie sich die Tiere an, vergleichen Sie sie mit denen im Zoo, und lassen Sie sich dort alles erklären. Niemals würde ein Wolf so verrückt sein, nach Berlin zu gehen, glauben Sie mir.« Sie schob das Handy wieder unter die Papiere. »Ich habe Sie angekündigt. Warten sie noch, gehen Sie Schmorgurken essen in unserem Restaurant. Dann hat Janine sicher die SMS gelesen.«

»Ich kann doch auch einfach so hinfahren.«

»Das ist keine gute Idee. Janine ist eigen mit ihren Wölfen. Sie kommt aus Berlin, und das war auch für sie kein gesunder Lebensraum. Wir wollen doch nicht, daß sie Sie für einen Feind hält und eine Ladung Schrot in Ihnen verteilt.«

Dao hatte wirklich viel unternommen, um in Iris' Umgebung einen Menschen zu finden, der bedauerte, ihr nicht mehr begegnen zu können. Sie konnte nicht glauben, daß die Kindheitserinnerungen das einzige waren, was sie an einen anderen Menschen band. Dao hatte auf Anrufbeantworter gesprochen, E-Mails versendet, in der Nachbarschaft herumgefragt. Niemand hatte auch nur versucht, ihr näher zu treten. Keiner rief zurück.

Immerhin gab es ein paar einzeilige Anwortmails von um den Globus schwirrenden Bekanntschaften. Menschen, denen sie auf Kongressen und Fortbildungen begegnet war. MBA-Kommilitonen, Begegnungen an 5-Sterne-Swimmingpools, niemand, der etwas über Iris aussagen konnten, außer, daß sie ein *nice german girl* gewesen war. Austauschbar, verzichtbar im Windkanal der Globalisierung.

Dao trat auf die Straße und suchte ihr Auto. Neuerdings stellte sie es nicht mehr in die Tiefgarage und fuhr von dort mit dem Fahrstuhl in den fünften Stock, sie parkte unter freiem Himmel und ging zu Fuß, treppauf, treppab. Nachbarn begannen sie zu grüßen, sie lernte Zeitungsausträger und Paketdienstler kennen, Menschen, die ihre Hunde ausführten, und jede Menge Lieferanten, vor allem Essensboten. Gingen die Leute denn gar nicht mehr ins Restaurant?

Es war ihr gelungen, Manuel Adlers Spur zu finden. Er lebte noch immer in Berlin, arbeitete in Friedrichshain in einer senatsgeförderten Büroetage für Startups. Irgendwas zwischen Idealismus und erträumtem Silicon-Valley-Reichtum. Sie würde ihn sich ansehen, den Unscheinbaren, mit der zerfleischten ehemaligen Traumfrau.

Sie sah die Bescherung, als sie an die Fahrertür trat. Ein tiefer Kratzer zog sich durch den Lack die ganze Autoseite entlang. Sie ärgerte sich. Also doch wieder Tiefgarage. Was für Idioten wohnten hier? Ihr kleines schnuckeliges Volvo-Cabrio war doch wirklich kein Luxusauto, das die Minderwertigkeitskomplexe irgendwelcher Sandkastenmarxisten aktivierte.

Sie wollte den Wagen aufschließen, aber irgendetwas stimmte mit dem Zylinder nicht. Sie ging zur Beifahrertür, dort waren es sogar zwei Kratzer in Schlangenlinien. Ihr Zorn stieg. Sie schloß den Wagen auf und wollte zum Fahrersitz hinüberkrabbeln, als sie angeekelt zurückschrak. Es stank martialisch nach faulen Eiern. Sie warf die Tür wieder zu und starrte auf den Wagen. War das etwas Persönliches? Sonst hätte jemand wirklich einen ausgewachsenen Aggressionsstau auf das System gehabt. Ganz zu schweigen von der Planung, sich die Chemiebombe zu besorgen.

Dao rief ihre Werkstatt an, schilderte dem Anrufbeantworter das Problem, sagte, sie schicke einen Boten mit dem Autoschlüssel und ging zurück in ihre Wohnung. Sie würde einen Leihwagen brauchen, das Lackieren dauerte sicher eine Woche, wenn nicht zwei. Auf alle Fälle ein Cabrio, sie hielt kein Dach über dem Kopf aus.

Iris hatte sich alles bestellt. Sogar die Kühlschrankfüllung war aus dem Internet. Ihren Lieblingssushiladen hatte sie nie betreten. Auf den Kartons in Iris' Abfall stand nur eine Website, auf der ein Impressum aus London. Also sandte Dao eine E-Mail, protzte mit der Betreffzeile »Unnatürlicher Tod Ihrer Kundin« und erhielt nach einer Stunde Antwort und die gewünschte Berliner Adresse. Dao fuhr hin und bettelte um Daten. Ein Büro mit einem Berg Software, dahinter eine Küche, die die auf der Website eingegangenen Bestellungen abarbeitete, und flinke Rollerfahrer, die auslieferten. Alle trugen schwarze Uniformen und hatten Schlitzaugen. Dao konnte sie nicht auseinanderhalten.

Der Mensch am PC sagte, das hätte man doch auch elektronisch regeln können und schickte Dao alles in ihr Postfach. Jetzt hatte sie eine Menge Daten, bei deren Durchsicht es sie bleiern nach unten zog. Nur drei verschiedene Gerichte hatte Iris bei den trauergekleideten Asiaten bestellt, im Wechsel. Das Programm bot einen Stammessen-Button für solch eingefahrenen Geschmack, ein reichlich warmherziger Name.

Im Fitnesstudio sah es nicht viel besser aus. Iris hatte wie eine Marionette an den immer gleichen Geräten trainiert, mit gleichbleibenden Gewichten und minutengenauer Verweildauer. Sie bevorzugte die Stärkung von Bauch und Po, Schultern und Arme vernachlässigte sie. Dao erinnerte sich an die Tränen, die sie gelacht hatte, als Jakob von Oskars Knüppelaktion gegen den Waldarbeiter Hacke erzählt hatte. Muskulöse Frauenschultern brauchte Marie für ihren Hundeschlitten, nicht Iris für den Trolley der Karrierefrau. Kein Wunder, daß die Frauen aneinandergeraten waren, sie lebten auf unterschiedlichen Planeten.

Sicher hatte Jakob recht, daß Iris' Wohnung ihrer ähnelte. Trotzdem blieb ihr Iris fremd. Was trieb sie eigentlich um? Warum war sie auf der Welt gewesen, um Geld zu verdienen? War das nicht etwas dürftig für ein Leben? Um es Papa, dem Kaderschließer zu zeigen, den Wessis, Amis, daß es eine aus dem Osten schaffen kann? Errettung der DDR-Würde so lange nach deren Ableben? Bißchen große Last für die schmale Schulter.

Natürlich war Dao wie sie ungebunden, eine junge, erfolgreiche Frau. Sie lebte in Berlin und genoß ihre Freiheit. Aber sie wußte bei Gott, wofür sie das alles tat. Gerechtigkeit vor allem, anderen helfen, die sich nicht selbst helfen konnten, Arschlöcher vom Spielfeld kegeln. Wenn auch nicht bei der Kripo, dafür freier von Zwängen des Gesetzes und der Dienstaufsicht des armen Jakob. Außerdem hatte sie Freunde. Keine Sandkastenerinnerungen, entfremdeten Klassenkameraden aus Oldenburg, sondern echte Erwachsenenbindungen, für die sie einstand, wenn Schlachten zu schlagen, Tränen zu trocknen waren. Und um die sie sich zu wenig kümmerte, wenn ein Fall sie packte, aber ging das nicht allen so?

Gestern hatte sie sich ein paar Zimmerpflanzen bestellt und liefern lassen. Jawohl, liefern, sie konnte schließlich nicht irgendwelche Riesenpalmen mit ihrem Auto transportieren. Ratlos stand sie dann mit einer Flasche davor – leider hatte das Programm sie nicht daran erinnert, eine Gießkanne mitzubestellen – und wußte nicht, wohin mit wie viel Wasser.

Sie hatte Jakob angerufen, den Mann für solche Fälle. Schließlich hatte der sein Grünzeug seit Jahrzehnten, aber sein Handy war aus. Nach langem Grübeln, wen sie noch mit Pflanzen kannte, war ihr Grete eingefallen. Auch wenn die ihren grünen Daumen gern auf Cannabispflanzen drückte.

Grete kam mit dem Taxi, als handele es sich um einen Feuerwehreinsatz. Sie hatte verloren am Rand des Wohnzimmers gestanden, sich schließlich vorsichtig auf Daos weiße Ledercouch gesetzt und die riesigen Palmen angestarrt. »Du weißt aber schon, daß die noch wachsen?«, hatte sie gefragt.

»Das ist noch nicht raus«, hatte Dao kleinlaut geantwortet.

»Wer keine Ahnung hat, sollte klein anfangen, dann mißt die Enttäuschung nicht gleich einsachtzig.« Grete hatte die Flasche genommen und die Pflanzen angegossen. Sich umgesehen im Zimmer. »Genug Licht haben sie jedenfalls«, hatte sie gesagt.

Dao hatte sie durch die Wohnung geführt, immer mehr geredet, je stiller Grete wurde, und ihr nach einer Stunde ein Taxi gerufen.

Das war kein Ort für Alte, Pflanzen, Tiere. Und keiner für Jakob, den Blätterversteher. Erst jetzt fiel ihr auf, daß sie sich mit ihm, ihrem engsten, besten Freund, immer in Kneipen oder seinem Zuhause getroffen hatte.

Dao sah sich um, sah ihre Wohnung, auf die sie so stolz gewesen war, mit anderen Augen. Wem wollte sie eigentlich etwas beweisen? Sie nahm sich eine Flasche Whisky, ließ die Jalousien runter, wünschte ihren neuen Palmen eine gute Nacht und stieg ins Bett. Verfluchter Fall, und alles wegen dieser Ostschnepfe.

»Und Du bist sicher, daß wir hier richtig sind?« Grete hielt sich mit beiden Händen am Fellbezug des Lenkrades fest. Ihr alter kleiner Körper wurde durch die bucklige Sandpiste, auf der sie fuhren, hin- und hergeschleudert. Wieder blieb ihr nur die Wahl, von zwei Schlaglöchern das kleinere zu nehmen, ihr altes Auto ächzte, sie fluchte. »Wenn uns die Achse bricht, sind wir am Arsch.«

»Noch fünf Minuten«, sagte Jakob. »Wenn die Station dann nicht auftaucht, kehren wir um.«

»Und wo soll ich hier wenden?« Grete blickte starr auf die nächsten zehn Meter Wegstrecke.

»Als Dein Auto gebaut wurde, waren alle Straßen so.«

»Schwachsinn.«

Unvermittelt tauchte links des Weges eine Viehweide auf. Grete riß, als sie die Zufahrt entdeckte, das Lenkrad herum und folgte der Fahrspur, die ein Traktor hinterlassen hatte. Sie fuhr den ausgefahrenen Wendekreis, hielt am Ausgang der Weide an, machte den Motor aus und drehte sich zu Jakob um. »Also, was mich und meine olle Karre angeht, wir sind hier eindeutig falsch.«

Jakob sah die schweren Lider auf Gretes leuchtend blauen Augen. Sie war deutlich überfordert. Die Sprüche gingen natürlich als letztes unter, das hieß gar nichts. Sie hatte darauf bestanden, um fünf Uhr früh aufzubrechen. Mit einem gepackten Rucksack und Marschverpflegung, vollgetankt und frisch gewaschen. Jetzt war es halb drei, Grete hätte ein Nickerchen gebraucht und nicht die märkische Variante der Rallye Paris-Dakar. »Ich kann allein weiter«, sagte er. »Fahr Du nach Berlin zurück.«

»Ich finde es keine gute Idee, Dich allein durch diese komischen Gerippekiefern schleichen zu lassen.«

»Zur Not habe ich ja mein Handy.«

»Und damit rufst Du Dir hier ein Taxi, wenn Du nicht weiter weißt?« Grete tippte sich mit knochigem Zeigefinger an die Stirn.

»Oskar kann mich holen, wenn ich fertig bin.«

»Super Idee, die Neuköllner Pflanze findet in dieser Einöde nicht mal den Vorwärtsgang.«

Jakob legte Grete die Hand auf den Arm. »Es ist mein Ernst. Du hast genug für heute. Schließlich mußt Du noch nach Hause fahren.«

Sie sah Jakob prüfend in die Augen. »Also gut, junger Mann, aber erst rufst Du Oskar an, sonst fahre ich nicht.«

»Einverstanden, Chef.«

Oskar sah vom Oberdeck des Linienbusses auf die Menschenmenge unter sich. Der Adenauerplatz quoll über. Aus den Nebenstraßen strömten Menschen und vor allem Hunde auf den Kudamm. Sie waren überall. Groß, klein, dick, dünn. Kraftpakete und hibbelige Dürre, Kurzhaarige und Lockenträger, hochbeinig und o-beinig, hampelnd und staksend. Der Verkehr ruhte seit Stunden, alle Ampeln blinkten auf Achtung, der Lärm aus Bellen und Hupen, das dagegen Anbrüllen so vieler Menschen war ohrenbetäubend. Megaphone drangen lange nicht mehr durch.

Und mittendrin Oskar im M 29. Ihr Einsatzwagen wurde schnell zu klein, Oskar hatte den Linienbus okkupiert und saß nun wie ein hilfloser Feldherr oberhalb der Massen. Die Berliner und ihre verfluchten Köter drehten vollends durch.

Das Ganze hatte sich in Windeseile bei wirklich entzückendem Picknickwetter von einer unangemeldeten Demonstration für Berliner Hunderechte und gegen Mordverdächtigungen zu einem Massenauflauf entwickelt. Vor Oskar saß ein selbsternanntes Komitee der Demonstranten, fiel sich ständig gegenseitig ins Wort und erarbeitete gerade seine Forderungen. Die Abendschau und die Bild-Zeitung kamen öfter darin vor. Ausgerechnet die sollten Dinge geraderücken. Oskar hörte mit halb geschlossenen Ohren zu und fragte sich, ob er nachher bei Chefredakteuren um Reportagen über die grundsätzliche Friedfertigkeit der Berliner Hunde würde betteln müssen. Er sah aus dem Fenster auf Thies, der gerade etwas Großes, Langhaariges todesmutig von einem Boxer pflückte. Zum Dank bohrte dessen blondiertes Frauchen ihre rotlackierten Krallen in sein Gesicht. Wahrscheinlich hatte sie die grundsätzliche Friedfertigkeit von Thies bei dem Lärm überhört.

Jakob hatte Oskar empfohlen, Thies zu holen, damit der die Demonstranten überredete, den Kudamm freizugeben. Oskar seufzte. Da waren es vielleicht hundert Leute, die sich und ihre armen Hunde mit schwerem Gerät quer über die Straße angekettet hatten. Jetzt, fünf Stunden später, genossen Tausende die Nachmittagssonne. Kein Wunder, über die Demo berichteten Radio und Fernsehen, jeder zweite twitterte. Alle wußten inzwischen, daß das hier maximale Aufmerksamkeit verhieß.

Oskar hatte ja sonst nichts zu tun.

Um den Tierhasser Schröter zu überwachen, hatte er zu wenig Leute. Stichprobenartige Verfolgungen hatten einen öden Tagesablauf zwischen Schrippen holen und Ämterbesuchen ergeben. Hin und wieder machte der Scheißkerl sich über seine Verfolger lustig, indem er sie lachend zwei Mal im Kreis um das Mietshaus führte. Sie fanden keine Zweitwohnung, keine Garage, kein Versteck, konnten ihm weder eine Verbindung zu Iris nachweisen noch den Kauf von Rattengift.

Und ab übermorgen wurde er nicht einmal mehr gelegentlich überprüft, Fockemeyer bockte. Offiziell war er ja nur der Morde an Hunden verdächtig. Und Oskar sollte gefälligst endlich die Araber überführen, bloß wie, das hatte Focke nicht gesagt. Oskar schlug vor, sie in das begehrliche Ausland zu überführen, falls er ihnen die Morde nicht nachweisen konnte. Aber Focke wollte natürlich die Lorbeeren in der Stadt lassen.

Oskar verstand nicht, warum niemand die Opfer vermißt gemeldet hatte. Schließlich verlangte Allah doch von seinen Schäfchen, ihre Toten innerhalb kurzer Zeit unter die Erde zu bringen. Wenn er daran dachte, was für hysterisches Gekreisch er in der Keithstraße schon hatte ertragen müssen, wenn er erklärte, daß die Bestattungsriten wegen einer Obduktion verschoben werden müßten.

Immerhin hatte Cumloosen Oskar auf die Mailbox gesprochen, er hätte Neuigkeiten. Hoffentlich ging es nicht auch noch um Bärenhaare auf der Leiche. Aber erst einmal mußte der Irrsinn auf dem Adenauerplatz beendet werden. Oskar hoffte auf baldige Ermüdung aller Beteiligten. Zwar hatten sich Würstchenverkäufer eingefunden, auch belegte Schrippen und Kaffee gab es zu kaufen, aber die Hunde brauchten ja irgendwann Futter. Immerhin war er nicht der einzige Kriminale, der sich mit diesen Kötertypen beschäftigen mußte. Tanja war zurück aus Amerika. Hinten im Bus stand ihr Gepäck, sie war direkt vom Flughafen gekommen.

Oskar freute sich, sie zu sehen, sagte das auch, was Tanja die Tränen in die Augen trieb, woraufhin der über die Folgen seines Warmherzigkeitsanfluges gerührte Neuköllner sie schief an die Brust zog und ihr kräftig den Rücken klopfte. Begrüßung und Abschied gehörten nicht zu seinen Kernkompetenzen. Konnten die Leute nicht einfach da bleiben wie er?

Tanja sah klasse aus. Nach guter Luft, Sonne, Sport. Irgendwie ein bißchen schwanger. Ihre Augen leuchteten, und er hätte schwören können, ihr Busen wäre letztes Jahr kleiner gewesen. Aber Oskar war nicht wirklich kompetent in Frauendingen. Besser, er wartete auf Jakobs Kommentare.

Das Komitee hatte ein PDF-Dokument erstellt. Der blasse Wortführer wollte wissen, wohin er es senden sollte. Oskar verdrehte die Augen. War er die Auskunft? Er gab den Spinnern die Telefonnummer der Pressestelle, warf alle aus dem Bus und ging zu Tanja.

»Ganz schön irre was?« Er ließ sich auf die Bank plumpsen.

Tanja hatte immer noch feuchte Augen, ob das an der guten Berliner Luft lag? »Finde ich nicht«, sagte sie.

»Sag bloß, die in Amerika sind noch durchgeknallter?«

»Zumindest ebenbürtig.«

Oskar machte eine weite Armbewegung über den Adenauerplatz. »Hast Du eine Idee, wie wir das hier beenden? Nur von wegen der absolvierten Fortbildung.«

Tanja sah auf die Menschenmenge. »Freibier, auch ohne Fortbildung. Organisiert eine Futterspende und verteilt sie am Eingang der U-Bahn an jeden, der runtersteigt.«

Oskar lachte. »Schön, daß Du wieder da bist, kluges Mädchen. Lernt man so was in Amerika?«

»Woanders lernt man nur Heimweh, Blum.«

»Na, das werden wir Dir schnell vertreiben. Wenn die alle wieder zuhause auf der Couch sind, geht's zur Keithstraße, da warten drei durchgeknallte Araber mit Liebe zu Bullterriern und zwei tote Männer ohne Namen auf uns. Mal sehen, was Dir dazu einfällt.«

Der Weg tat Jakob gut. Auch wenn der Wald ringsum nicht gerade eine Dornröschenschönheit war, putzte ihm die Stille die Gedanken klar. Nach gut einer Stunde strammen Marsches erreichte er eine Wiese, unterhalb der die Wolfsstation verschlafen in der Nachmittagssonne lag. Er hatte sie sich professioneller vorgestellt, ein bißchen wie den Berliner Zoo im Miniaturformat, und grinste über seine falschen Erwartungen. Das Gelände paßte zum Wald ringsum. Sandpisten auch hier, struppige Rasenreste um eine Datsche herum, die aussah, als würde sie vor Altersschwäche demnächst ermattet zusammensinken. Die Wände hatte jemand vor vielen Jahren in magenkranken Farben gestrichen, die Dachpappe war geflickt, die Tür stand halb offen und war im unteren Teil durchlöchert. Die Witterung oder Ratten.

In keinem Verhältnis zu dem winzigen Hüttchen standen die Gehege ringsum. Riesengroß erstreckten sie sich bis an den Waldrand. Sie waren von hohen Zäunen umgeben, obenauf mit Stacheldraht gesichert, alle zehn Meter stabilisiert durch einen gewaltigen Betonpfeiler. Als Jakob genauer hinsah, bemerkte er auch in den Zäunen etliche geflickte Stellen. Der Spendenstrom floß an lahmen Wölfen vorbei und landete direkt im Schoß des berühmten Berliner Zoos.

Im Gehege dösten Wölfe. Eine einzelne, ältere Wölfin stand abseits und sah zu Jakob hoch. Als er die Wiese überquerte, heulte sie, die anderen Wölfe hoben die Köpfe. Jakob näherte sich langsam der Datsche. Jetzt liefen alle jaulend erregt auf und ab. Eine junge Frau trat auf die Türschwelle, in der Linken hielt sie entspannt und selbstverständlich ein Gewehr. Jakob blieb stehen und wartete ab.

Die Frau strotzte vor Dreck. Ihre abgetragenen Jeans waren durchlöchert. Sie trug ein kariertes Hemd und eine speckige Weste. Schwarze Haare standen in alle Richtungen. Ihre Lippen waren zusammengekniffen, die Augen finstere Schlitze. Sie hatte etwas von einem Punk, nur am völlig falschen Ort.

Jakob ging in die Hocke, nahm seinen Rucksack und packte Gretes restliche Stullen aus. Die Wölfe beruhigten sich, die Alte zog sich auf ihren Aussichtsplatz zurück. Die Frau stand reglos und sah Jakob beim Essen zu.

Als er sich schon fragte, was er nach dem Essen täte, stellte sie das Gewehr an die Hüttenwand und ging langsam auf ihn zu.

»Deine Chefin hat Dir eine SMS geschickt, daß ich komme«, sagte Jakob, ohne sie anzusehen.

»Mein Handy ist kaputt.« Sie stand jetzt direkt über Jakob. Der kontrollierte seine Atmung. Nicht knurren, nicht wegrennen jetzt.

»Magst Du ein Ei?« Er schlug es an der Thermoskanne auf. »Ist hartgekocht. Grete sagt, es hält sich besser. Ich weiß gar nicht, was sie geglaubt hat, wie lange wir weg sind. So ein Ei verdirbt ja erst nach Tagen. Aber so sind sie, die Berliner, fahren nach Brandenburg und denken, sie landen in Sibirien.« Jakob hatte das Ei gepellt und hielt es ihr hin. Sie nahm es, schob es in den Mund und sah ihn an. Nicht in die Augen. Wie ein Tier tastete sie sein Gesicht ab. Ging zu den Ohren, dem Hals, der Brust über. Als sie zu seiner Hose kam, wurde Jakob unwohl. Nach den Schuhen und schließlich den Händen kehrte sie ins Gesicht zurück. Jetzt wagte auch Jakob, sie direkt anzusehen. Ihre dunklen Augen huschten unruhig, ihr Gesicht zuckte. Aber es war sauber. So dreckig die ganze Erscheinung, so schwielig und rissig die Hände, schwarz umrandet und abgebrochen die Fingernägel, so blank war ihr Gesicht. In der rechten Augenbraue klemmte ein breiter Ring, im linken Nasenflügel blinkte ein Glassplitter, der ganze Hals war tätowiert. Jakob versenkte sich in ihre Augen. Er versuchte, dahinter zu sehen, aber da war Sperrgebiet.

»Du hattest schon mal mit Wölfen zu tun«, sagte Janine.

Wenn Du wüßtest, ich bin auf dem Weg, einer zu werden.

Eine tätowierte Schlange zog sich rings um Janines Hals. Vom Kehlkopf sah ihn ein Wolfsschädel an. »Ich muß mehr über sie wissen«, sagte er.

»Warum?«, fragte Janine.

»In Berlin wurde eine Frau ermordet, und wir haben Wolfsspuren am Tatort gefunden.«

Janine stand auf und winkte ihm, ihr zu folgen. Sie gingen zum Gehege. Sofort flüchteten die Wölfe. Alle, bis auf die alte Wölfin auf ihrem Aussichtsplatz. Janine wies auf die Geflüchteten. »Wölfe suchen nicht die Nähe von Menschen, sie meiden sie.«

»Und die eine Wölfin, die nicht geflohen ist?«

»Habe ich mal angefaßt, sie hält Menschen jetzt für ungefährlich.«

»Und wenn sie davon ein ganzes Rudel überzeugt? Und wenn das dann Menschen als Beute sieht? Haben in Kanada nicht Wölfe Menschen attackiert, sogar getötet?«

Sie trat auf ihn zu. Dicht schob sich ihr Gesicht vor seines. Sie unterschritt die Individualdistanz. Ein Grollen wollte sich aus seiner Brust emporrempeln. Er sah den Glassplitter in ihrem Nasenflügel blinken, roch ihren Atem. »Wie heißt Du?«, fragte sie.

»Jakob, Kommissar bei der Berliner Kripo.«

Sie lachte mit weit geöffnetem Mund. Jakob sah ihre Zungenwurzel. »So was wie Dich gibt's bei den Bullen?«

»Ich bin suspendiert.«

Sie trat einen Schritt zurück. »Wölfe würden nie freiwillig nach Berlin gehen, Ex-Bulle.«

»Und wenn der Hunger sie treibt?«

Janine schüttelte den Kopf.

»Was, wenn es ein einzelnes Tier ist, ausgesetzt vom Rudel?«

»Caniden sind sozial, da wird keiner ausgesetzt. Außerdem heißt es Familienverband, nicht Rudel.«

»Und wenn der Alpharüde schwach wird, und der Verband ein neues Tier wählt?«

Janine seufzte. »Es heißt Leittier, die Alphakiste ist Blödsinn. Omegas gibt es auch nicht. Und übrigens«, sie sah ihm flüchtig in die Augen, »das Leittier ist meist eine Wölfin.«

Schönen Gruß an die Berliner Kanadierin. »Kluge Tiere«, sagte Jakob und grinste. »Dann ist die Alte da oben die Chefin?«

Janine sah zu Laika. »Sie ist am längsten da. Das im Gehege ist kein Familienverband, sondern eine Notgemeinschaft auf Zeit, noch dazu in Gefangenschaft. Alle bemühen sich, einander nicht auf die Füße zu treten.«

»Sind das verletzte Tiere?« Jakob sah von einem zum anderen, sie sahen wohlgenährt und pumpelgesund aus.

Janine nickte. »Sobald sie der Freiheit wieder gewachsen sind, werden sie ausgewildert.«

»Und die Gesünderen attackieren die Kranken nicht?«

»Wäre das hier ein Familienverband, würden die Kranken gepflegt und mit Futter versorgt.«

Viele Vorurteile unterwegs, dachte Jakob. Und Wölfe brauchen für das gute Benehmen nicht mal Gottessohn und Neues Testament. »Aber was ist mit unserem Fund in der Stadt?«

»Kann jemand die Spuren gelegt haben?«

»Du meinst aus Haß gegen Wölfe?«

»Viele wollen die Wiederansiedelung nicht. Und ein Wolf in Berlin paßt zu alten Mustern, die Leute fürchten um ihr Leben.«

»Aber was, wenn es wirklich einen Wolf im Grunewald gibt, nur mal angenommen«, sagte Jakob. »Wir haben die Leiche im

Auslaufgebiet gefunden. Überall Rückzugsgebiete und viel Futter.«

»Ein Einzeltier, ohne Familie?« Janines Kiefer mahlten. »Das müßte ein Rüde sein, auf der Suche nach einem unbesetzten Revier, in dem er eine Familie gründen kann.«

»Ist es möglich, daß Wölfe Menschen reißen?«

Janine schwieg lange, Jakob sah ihrem arbeitenden Kiefer zu. Schließlich wandte sie den Kopf. »Ein Familienverband bewohnt ein Territorium von 250 Quadratkilometern. Ein erwachsener Wolf kann in einer Nacht 60 Kilometer zurücklegen, er braucht zwei, drei Kilo Fleisch am Tag. Sicher kann er auch mal zwei Wochen hungern und dann zehn Kilo auf einmal fressen, aber im Grunewald? Nein, das widerspricht allem, was ich über Wölfe weiß.« Ihre unruhigen Augen streiften immer wieder die seinen. Er hielt still, ihre Angst sprang zu ihm. Sie war groß und dunkel, zu dunkel für einen allein. »Wenn das bekannt wird, gibt es Krieg gegen die Wölfe«, sagte sie.

»Es wird bekannt werden«, sagte Jakob. »Das läßt sich in Berlin nicht verhindern. Aber Ihr seid doch hier abseits des öffentlichen Interesses, da wird schon nichts passieren.«

Jetzt trafen ihre Augen scharf auf seine. »Und wenn schon, wir werden uns verteidigen.« Sie hielt seinen Blick fest. »Und ja, wenn ein Rudel davon überzeugt ist, daß Menschen keine Gefahr sind, kann es sein, daß sie auch Menschen zu reißen versuchen. In Kanada ist das vorgekommen. Wölfe sind keine Kuschel-, sondern Raubtiere, man sollte sie sich niemals vertraut machen.«

XIV

Tanja glaubte sich auf einer Weltumsegelung, dabei waren sie nur auf dem Weg zum Berliner Tierheim im äußersten Nordosten der Stadt. Thies' Kastenwagen wich auf der schmalen Zufahrt entgegenkommenden Autos aus, Tanja inspizierte den Sand abseits des Sträßchens am Ende Falkenbergs. Sie kannte Berlin wirklich nicht.

Vor ihnen erstreckte sich ein flacher, endlos breiter Betonkomplex. »Mensch, ist das riesig«, sagte sie.

Thies bog auf den Parkplatz ein. Er öffnete für seine Hunde die Fenster und überzeugte sie, daß trotz ohrenbetäubenden Hundegebells alles in Ordnung sei.

»Ziemliche Einöde«, sagte Tanja und sprang aus dem Wagen.

»Kann wenigstens keiner meckern über die vielen Besucher, den Krach und die Gerüche. Das alte Westberliner Tierheim lag in Lankwitz, mittendrin. Da gab es öfter mal Ärger.« Er seufzte. »Aber auch viele helfende Hände, sich kümmernde Nachbarn.«

Tanja sah sich um. »Hier gibt's gar keine Nachbarn.«

»Aber dafür ist es auch das modernste Tierheim der Welt. Artgerecht, so weit es geht.«

Sie bogen auf das Gelände ein, im Innern der Trutzburg versuchten Rankpflanzen, das betonierte Grau einzunehmen, die Kargheit auflockernde Wassergräben machten aus der Trutz- eine Wasserburg. Alles leicht zu putzen und kein Mensch zu sehen.

»Es gibt Katzenhäuser und einen Bereich für Kleintiere. Die Hunde haben sogenannte Häuser, geflieste, helle Bereiche, direkt verbunden mit Außenflächen. Außerdem gibt es Spielwiesen, auf die sie außerhalb der Besuchszeit gelassen werden.« Thies bog zielstrebig vom Wassergraben aus rechts ab, Tanja fand, sie gingen im Kreis. »Alles ist sehr geräumig, sauber und tiergerecht.«

»Aber irgendwie auch etwas tot.«

»Besser wäre natürlich, alle Hunde hätten ein Zuhause.«

»Heimkind bleibt Heimkind.«

»Die Fluktation ist groß, die meisten Hunde sind schnell vermittelt. Es kommen nur immer wieder neue Tiere nach.«

Hinter einem Gitter fegte ein Mann gemächlich den Betonboden, Thies sprach ihn an, er wies ihnen den Weg.

Tanja hatte sich nach der erfolgreichen Räumung des Adenauerplatzes dem Weddinger Doppelmord gewidmet. Ali, den Baba der Sippe, hatten als Einziges immer wieder die Bullterrier interessiert. Deshalb hatte Tanja Thies gebeten, sie zu den Hunden zu begleiten, vielleicht fände der Profi heraus, was an den Hunden so interessant war. Sie glaubte nicht an Tierliebe.

Eine stämmige junge Frau mit Ring in der Nase war für die Listenhunde zuständig und ließ die drei Hündinnen auf den mit Rasen bewachsenen Innenhof des Hauses. Sofort rasten sie ununterbrochen im Kreis, jaulend und hechelnd. Immer noch trugen sie ihre Halsbänder, zwei schwarz, eins rot. Thies sah ihnen schweigend zu.

»Und, alles gut mit den Drei?«, fragte Tanja.

»Wieso, hat sich der Araber beschwert?« Die junge Frau hatte etwas silbrig Glitzerndes auf einem Schneidezahn.

»Welcher Araber?«

»Der hier war. Wären seine, hat er gesagt. Wollte sie auslösen. Hat mit einem Zweihunderter gewedelt.« Sie guckte streng. »Da gehen ja gleich bei mir die Lichter aus.«

»Logisch.«

Sie grinste. »Dann wollte er nur noch die mit dem roten Halsband und zum Schluß nur noch gucken.«

»Und durfte er?«

»So was sehen wir hier nicht oft. Russen schon. Suchen kleine Quietscher für die Frauen, die Kerle kommen zu mir. Aber Araber, nee. War mir nüscht. Hab' ich nich' reingelassen. Janz dunkler Typ, dicke Klunker. Weeß ick, was dem einfällt, wenn er mit mir alleene bei die Hunde is'?«

Thies drehte sich von den drei tollenden Hündinnen weg. »Waren die schon immer so?«, fragte er.

»Wie so? Stimmt was nich'?«

»Finden Sie nicht, daß die schon sehr viel rennen?«, fragte Thies.

»Noch dazu im Kreis«, sagte Tanja.

»Logisch. Ist ja 'ne runde Wiese. Außerdem sind sie hier total unterbeschäftigt. Obwohl«, sie verschränkte die strammen Arme vor der Brust, »wir tun, was wer können, aber so'n Bulli braucht schon viel Programm.«

»Hat der Tierarzt sie sich mal angesehen?«, fragte Thies.

»Der kommt nur, wenn's Probleme gibt.«

Thies sah Tanja an. »Wir müssen sie mitnehmen.«

»Stimmt was nich' mit denen?« Die junge Frau schien wirklich besorgt.

»Aber nein. Die drei sind Beweismittel. Wir brauchen sie für eine Gegenüberstellung«, log Tanja flüssig.

Thies räusperte sich.

»Wir bringen sie auch zurück.«

»Na gut«, sagte die junge Frau. »Aber Ihren Ausweis brauche ich noch mal, und unterschreiben müssen Sie auch.«

Dao stand ratlos in der riesigen Fabriketage. Sicher hundertfünfzig kleine Tische verteilten sich auf der Fläche, an ihnen saßen junge Männer mit gebeugten Rücken vor Computern. Spinnweben zwischen rostigen Stahlträgern, Kabelsalat am Boden. Vor hundert Jahren war das eine Weberei gewesen, jetzt klackerten PC-Tastaturen unter nervösen Fingern. Von der fernen Decke hingen Neonröhren und unterstützten das sich mühsam durch vergilbte Oberlichter zwängende Licht.

Dao fragte sich im Angesicht von hundertfünfzig Hinterköpfen, wie sie den Mann erkennen sollte, mit dem sie verabredet war. Sie ging die Tische entlang, hin und wieder sah ein Gesicht verschreckt zu ihr auf, wie aus tiefem Schlaf gestört. Den nächsten grüßte sie nickend und fragte nach Manuel, langsam, wie man mit Kindern spricht. Der deutete über seine Schulter zum Ende des Raumes und senkte den Kopf wieder. An der Wand stand ein Mann auf und grinste schief. Er trug ein schwarzes Kapuzenshirt, eine zerrissene Jeans und hellblaue Sneakers. Manuel, die neue Zeit ist Dir weit entgegen gekommen. Dao stellte sich und ihr Anliegen vor und setzte sich auf die nächste Tischplatte. Manuel klemmte sich wieder auf seinen Drehstuhl und sah sie mißtrauisch aus grauen Augen an.

»Wußten Sie, daß Iris tot ist?«, fragte Dao.

Manuel schüttelte den Kopf.

»Hatten Sie denn noch Kontakt?«

Er strich sich mit der Rechten die Haare hinter das Ohr und schüttelte wieder den Kopf. Zähe Sache, Dao, therapeutisch irgendwie. »Mögen Sie mir etwas über Ihre Beziehung zu Iris erzählen?«

Manuel räusperte sich. »Da gibt's nicht viel. Wir haben zusammen studiert.«

»Wissen Sie, wie erfolgreich sie war?«

»Ein Kommilitone hat mir erzählt, wie sie stolziert ist auf einem Alumnitreffen, ihre Klamotten, teurer Schmuck.«

»Das ist nicht so Ihre Welt?«

»Nee.« Er stellte die Füße in den hellblauen Sneakers exakt nebeneinander und setzte sich auf seine Handrücken.

»Aber damals mochten Sie sie?«

Manuel zuckte mit den Schultern.

»War sie nicht sehr ehrgeizig?«

»Kann man so sagen.«

»Sie galten aber auch als Überflieger.«

»Woher wissen Sie das?«

Jetzt zuckte Dao mit den Schultern.

»Na ja, stimmt schon, ich war nicht ganz schlecht.«

»Vordiplom im zweiten Semester, Diplomarbeit angemeldet im vierten, wirklich nicht so richtig schlecht.«

»Ich hatte es anscheinend eilig.« Manuel lachte. »Ehrlich gesagt, ich habe mich total gelangweilt.«

»Warum haben Sie dann nichts anderes studiert?«

»Hab' ich ja, Informatik nebenher. Als ich Iris kennenlernte, hatte ich gerade dort mein Diplom gemacht.«

Stille Wasser, dachte Dao. »Und warum haben Sie dann so lange gebraucht für das BWL-Diplom?«

Er stand auf, nahm eine Jacke vom Boden und ging zum Ausgang. Dao rannte ihm hinterher. Er zog die Kapuze über den Kopf, den Reißverschluß hoch und verließ das Gebäude. Er bog um zwei Ecken, steuerte eine Bank an der Spree an und drehte sich eine Zigarette. Dao setzte sich neben ihn, er nahm einen tiefen Zug und pustete den Rauch bis zur Spree.

»Bei Mädchen hatte ich es nicht so eilig, ich wußte nicht, was man von denen wollen kann. Genaugenommen konnte ich überhaupt mit Menschen nichts anfangen, habe nicht verstanden, wie man das macht, nach dem Wochenende fragen. Alles viel zu kompliziert.« Er zog ein Bein auf die Bank.

»Und dann kam Iris«, half Dao.

»Sie war wie ein virtueller Traum, als hätte sie jemand für mich erschaffen. Wie sie ging, lachte, redete, das war alles so abgefahren. Ich wollte ja keine Freundin oder so.«

»Sie haben nur geguckt?«

»Ich wollte verstehen, unter welchem Programm sie läuft.«

»Und haben Sie es rausgefunden?«

»Erst mal nicht. Was es nur immer spannender machte.«

»Dann sind Sie aber plötzlich doch an sie rangekommen, ohne es zu wollen. So richtig an den Kohlenstoff.«

»Plötzlich lief alles ganz anders. Sie sprach mit mir, faßte mich sogar an. Am Arm und so.« Er strich sich mit der Zigarette über den Oberarm. »Hat geknistert wie Strom.«

»Und warum auf einmal? Haben Sie darüber nachgedacht?«

»Dafür hatte ich keine Kapazitäten. Ich hatte einen Ständer, fast ununterbrochen.«

»Na, Sie werden ja auch mit ihr geschlafen haben.«

»Sie hat mich besucht. Roter Lippenstift, glitzernde Haare, wieder dieses Knistern. Doller Duft, hielt sich tagelang. Rote Pumps, roter Nagellack, nackte Beine, grüner Mini.« Er zog an der Zigarette, der Rauch zwängte sich durch den kaum geöffneten Mund ins Freie. »Ich habe sie an die Wand gedrängt, oder war sie das? Sie hat gelacht, so was wie »hehe« gesagt und ist ins Schlafzimmer. Mein Ständer hielt sich tapfer. Sie aufs Bett, zieht den Rock hoch und nix drunter, ich schau in ihre Muschi, darüber die roten Lippen, darunter die roten Pumps, mehr weiß ich nicht.« Er schwieg. Dao wartete. »Wieder zu mir gekommen bin ich allein im Bett. Meine Hose hing an einem Knie, Spermaflekken waren drauf. Ich habe gelauscht, im Bad lief das Wasser.« Er nahm einen tiefen Zug, die Glut leuchtete nah an seinen Lippen. »Wäre ich bloß liegengeblieben. Aber ich mußte ja hinterher. Mein Schwanz, der so lange gewartet hatte auf seinen Auftritt, rührte sich schon wieder.« Er schnipste die Kippe in Richtung Spree. »Sie stand in der Dusche, breitbeinig und sang leise. Den grünen Mini hatte sie bis zur Taille hochgeschoben. Sie wusch sich, überall war Schaum. Immer wieder fuhr sie mit dem Schaum in die Scheide, hielt den Duschkopf hinein, schäumte und schrubbte.«

Dao schwieg.

»Mein Ständer war schlagartig weg. Ich schlich rückwärts aus dem Bad. Dabei stieß ich an ihre Tasche, die umfiel. Ich hob sie auf, jetzt bloß nicht noch von ihr erwischt werden, da sah ich meine Diplomarbeit rausgucken.«

Dao schwieg.

»Sie war gerade fertig geworden. Ich wollte sie am nächsten Tag abgeben.« Er lehnte sich zurück und sah in den grauen Berliner Himmel. »Ich habe mich ins Bett verkrochen wie ein geprügelter Hund. Sie schlich sich aus der Wohnung. Meine Diplomarbeit hat sie mitgenommen.«

Dao holte tief Luft. »Haben Sie sie wiedergesehen?«

»Ein paar Wochen habe ich die Wohnung nicht verlassen, in der Uni war ich fast ein Jahr nicht.«

»Aber Sie mußten sich doch wehren!«

»Das liegt nicht in meiner Natur, das wußte sie.«

»Iris hat durch Ihre Arbeit mit Auszeichnung abgeschlossen.«

»Und mein Stipendium für den MBA in Amerika genommen.«

»Sie hatte Ihren Job, verdammt noch mal.«

»Das spielt keine Rolle mehr, ich habe meinen Platz gefunden.«

»Und wo ist der?« Dao schaffte es nicht, den Zorn ganz aus ihrer Stimme zu vertreiben.

Manuel lächelte sie aus seinen grauen Augen an, sah ihr warm ins Gesicht. »Ich baue Websites für NGOs, schütze sie vor Attacken der Großindustrie, mache die Buchführung für ein Projekt gegen Analphabetismus in Neukölln und entwerfe Computerspiele, in denen nicht getötet, sondern Bäume gepflanzt und Tiere gepflegt werden.«

»Verdammte Scheiße, Sie könnten viel mehr!«

»Ich brauche das Geld nicht, das ist schon okay.«

»Ach was, das Geld. Den Urwald in Guatemala hätten Sie retten können. Das wäre Ihr Job gewesen, Sie hätten das gekonnt, nicht Iris.« Daos Kiefer mahlten, sie platzte fast. Manuel sah sie mitleidig an. »Ich fürchte, Sie verstehen mich nicht.«

»Nee«, preßte Dao hervor, »echt nicht.«

»Iris konnte über Leichen gehen, um den Jackpot zu knacken. Sie schießt mich ab, dreht sich um und gewinnt, so einfach ist das. Ich kann so was nicht, das habe ich in den Wochen danach, allein in meiner Bude, verstanden. Ich bin einer, den man wegschießt auf dem Weg zum nächsten Level, ich bin weder der Supermann mit der Knarre noch der gute Engel, der Bonuspunkte verteilt.«

»Das müssen Sie doch auch nicht, aber ...«

»Wissen Sie, daß ich Iris sogar dankbar bin? Durch sie habe ich verstanden, daß ich nicht besser bin als all die anderen da draußen. Und seitdem langweile ich mich nicht mehr. Außerdem kann ich inzwischen nach dem Wochenende fragen. Das ist mehr, als bei meiner Persönlichkeitsstruktur zu erwarten war.«

Thies hatte auf dem einstündigen Rückweg der Weltumsegelung geschwiegen. Hinten im Auto rasten die drei Bullterrier von Ali-Baba über die anderen Hunde hinweg, die das stoisch hinnahmen. Ab und an stürzte einer der Terrier ab, schüttelte sich und raste weiter.

»Sind die auf Droge?«, fragte Tanja, als sie auf die Siegessäule zufuhren.

Thies zuckte zusammen, wie aus fernen Gedanken geweckt. »Irgendwie schon«, sagte er und sah in den Rückspiegel. »Wenn mich nicht alles täuscht, sind das nicht einfach Bullterrier.«

»Sondern?«

»Südafrikanische Miniaturpitbullkampfterrier.«

Tanja sah ihn entgeistert an. Wie konnte man so etwas nur in seinem Gehirn speichern?

»Kampfterrierzucht ist weltweit geächtet. Was eine Marktnische ergibt für Südafrika. In Afrika gibt es starke Tierkampftraditionen.«

»In Spanien auch.«

»Das Problem ist, die Hunde dürfen Südafrika nicht verlassen.«

»Offiziell.«

»Man verschickt sie als ganz normale Miniaturterrier, für die Dauer der Reise sediert, damit niemand stutzig wird, weil sie rumflippen.«

»Und wer kauft solche Tiere?«

»Gelangweilte Golfstaatler mit zu viel Ölgeld.«

»Wie viel ist denn ein Exemplar wert?«

»Das hängt von seinem Stammbaum, seiner Leistung und seinem Verwendungszweck ab.«

»Verwendungszweck?«

»Aktive Kämpfer, Deckrüden oder Zuchthündinnen.«

»Weibchen kämpfen nicht?«

Thies schüttelte den Kopf. »Die Eigentümer sind Männer. Weibchen dürfen werfen, Frauen nicht mal zugucken.«

»Gegen wen kämpfen die denn?«

»Gegeneinander. Eine illegale, unglaublich teure Art des Hahnenkampfes.«

»Und wieviel kosten die Hunde nun?«

»Stell' Dir vor, Du hetzt zwei Tiere aufeinander, die bis zu zweihunderttausend Dollar wert sind ...«

»Was?«

»... und Schluß ist erst, wenn einer oder beide tot sind.«

»Mein Gott, wie kaputt sind die denn?«

»Vor allem sehr reich und sehr gelangweilt. Was wahrscheinlich zusammenhängt.«

»Deshalb ist Ali-Baba so interessiert an dem Wohlbefinden der Drei. Nix Tierliebe, der hat Angst um sein Kapital.«

»Wenn die Hündinnen trächtig sind, würde das den finanziellen Ertrag noch erhöhen. Solche Geschäfte laufen per Vorkasse. Wenn er nicht liefert, hat er ein ausgewachsenes Problem.«

»Woher weißt Du das alles?«, fragte Tanja und sah nach hinten zu den Hunden. Eine der Hündinnen warf ihren Körper immer wieder gegen den Rücken des Vordersitzes und knurrte dabei. Eine andere zernagte den Korb, in dem Thies' Labrador lag und ihr gelassen zusah.

»Das sind die schwarzen Seiten der Hundehaltung. Es ist mein Beruf, davon zu wissen.«

»Und wo willst Du jetzt hin mit ihnen?«

»Zu einer Tierärztin, die ich kenne, wir müssen sie untersuchen lassen.«

»Dafür brauchen wir einen Amtstierarzt. Aber das dauert zu lange, ich habe eine bessere Idee. Fahr zur Rechtsmedizin der Charité, Cumloosen wird begeistert sein.«

Er verbarg sich am Waldsaum. Sie hatten ihn noch nicht bemerkt, obwohl er so nah war. Die vielen vergeblichen Jagdversuche der letzten Woche hatten ihn gelehrt, auf die Windrichtung zu achten, wenn er sich anpirschte. Was er tun mußte, nachdem er sich seiner Beute genähert hatte, wußte er allerdings noch immer nicht.

Das hätte ihn seine Familie lehren müssen, durch Vorbild, Ansporn, Warnung. Aber er war allein, ein junger Wolfsrüde ohne jede Erfahrung. Im Revier seiner Familie hatte es keine anderen Wölfe gegeben. Keine Grenzstreitigkeiten. Er wußte nicht, was man tat, wenn fremde Artgenossen den Weg kreuzten. So lag er jetzt am Waldsaum und sah über Stunden zehn Wölfen dabei zu, wie sie einen großen Hirsch verspeisten, sich hinterher gemeinsam im Kadaver wälzten, spielten und tollten und jetzt kugelrund gefressen in der Sonne dösten. Es waren Jährlinge dabei und noch nicht geschlechtsreife Tiere, Alte und kraftvolle Wölfe in den besten Jahren.

Er stand auf. Zu stark war seine Sehnsucht. Ihm zuckten die Beine, als er die Halbstarken spielen sah, Purzelbäume schlagen und einander an den Ohren ziehen, er konnte ein Fiepen kaum unterdrücken.

Und der Hunger trieb ihn, sein vertrauter Begleiter. Die Wölfe hatten die Krähen lange verscheucht, jetzt hinderte sie niemand mehr, am Kadaver zu reißen, auf seinem Brustkorb herumzustolzieren. Er roch Fleisch und Blut. Es zog ihn aus dem Wald hinaus.

Die Alten sahen ihn sofort und richteten sich auf. Unruhe kam in die verdauende Versammlung.

Er duckte sich, schlug mit der Rute flach auf den Boden. Legte die Ohren an und kroch seitlich voran.

Die Wölfe standen auf, die Jährlinge fiepten nervös.

Er legte sich hin und putzte sich den Bauch. Leckte, sah immer wieder verstohlen zu den Wölfen, dem Kadaver. Stand schließlich vorsichtig auf und näherte sich in großem Bogen von der

Rückseite dem Hirschen.

Der alte grauschnäuzige Rüde streckte sich, hob die Rute an und knurrte.

Er schwänzelte, fiepte, pullerte unter sich, ohne das Bein zu heben. Aber der Geruch des Kadavers war so stark. Zog ihn, führte ihn. Er robbte weiter darauf zu.

Der alte Rüde senkte den Kopf und fletschte die Zähne.

Er wandte sich ab, jaulte.

Der Alte knurrte und machte zwei Schritte auf ihn zu.

Da trug eine Windbö den Geruch des Kadavers zu ihm. Erfüllte ihn, schoß durch seine Glieder. Er hob Kopf und Rute und stürzte sich auf die Beute.

Die Krähen flogen auf, kreischten. Der Alte war bei ihm, noch bevor er in das Fleisch beißen konnte. Es war so nah.

Der Alte sprang ihm in den Nacken. Er wurde zornig. Fuhr herum, fletschte die Zähne. Da waren es auf einmal vier. Von allen Seiten drohten sie. Der Zorn stieg immer höher, füllte seine Brust aus. Er wollte diesen Kadaver. Sein Knurren grollte tief. Er stand vor dem Rest eines Hirschen und verteidigte seine Beute.

Von allen Seiten bedrängten ihn jetzt die Wölfe. Er schnappte nach ihnen. Rechts, links, vorn, hinten. Es waren so viele. Immer enger zogen sich ihre Leiber um ihn zusammen. Alle fletschten, knurrten.

Da biß ihn der erste. Durch seine linke Flanke schoß ein Schmerz. Er jaulte, fuhr jedoch sofort wieder herum, um einen anderen Angreifer abzuwehren. Er traf ihn auf dem Rücken, schmeckte Blut, riß ihm Fell aus. Jetzt jaulte der. Einen Moment zögerten die anderen. Er sah eine Lücke neben einem Jährling. In die stieß er hinein. Legte seine ganze Kraft in diesen Sprung und floh. Sie folgten ihm. Ihre Läufe trommelten, ihr Hecheln war direkt hinter ihm.

Er rannte um sein Leben, verfolgt von seinen Artgenossen. Er war schwach, zu lange hungerte er schon. Seine Lunge brannte, seine Zunge hing weit aus dem Maul. Sie kamen näher, waren neben ihm, bissen im Lauf nach ihm. Einer erwischte seine Rute, riß Fell und Haut ab.

Da liefen sie plötzlich aus, blieben zurück. Sie ließen ihn leben.

Er wußte nicht, daß er ihr Revier verlassen hatte, wußte nicht einmal, daß es eine Grenze gab, die er überschritt.

Er lief weiter, bis an das Ufer eines Sees. Stand dort, mit hängendem Kopf, hervorstehenden Augen, zitternden Beinen. Als sein Herz etwas langsamer schlug, sah er sich um, horchte, witterte. Er war allein. Wie zuvor. Wie immer. Er ging zum See und trank, stieg hinein bis zum Bauch. Durch seine Flanke fauchte der Schmerz. Er trank und trank. Stieg schließlich aus dem See. Das Wasser strömte an ihm hinab. Er schüttelte sich, fand eine bemooste Mulde unter einem Baum und fiel in einen unruhigen Schlaf.

XV

»Südafrikanische was?« Cumloosen sah zu den lautstark in ihren Transportkisten zaddernden Hunden.

»Miniaturpitbullkampfterrier«, sagte Tanja geübt.

Thies öffnete eine Kiste und zog die Hündin an der Leine heraus.

»Und wogegen kämpfen die, Sklaverei?« Cumloosen sah auf die beeindruckend stabilen Kisten, die unter den Springversuchen der anderen zwei Hunde wackelten.

»Nicht gegen Rechtsmediziner«, sagte Tanja und hob die Hündin hoch auf Cumloosens Schreibtisch. Sie hechelte mit weit aufgerissenem Maul, das rote Halsband leuchtete.

»Und was soll ich damit? Ich bin kein Veterinär, falls Sie das vergessen haben, Kommissarin Wehland.«

»Habe ich Dir nicht gesagt, daß wir hier falsch sind?«, sagte Thies.

»Aber Herr Professor, Sie werden doch einen Blick auf ihren Gesundheitszustand werfen und feststellen können, ob die drei trächtig sind.«

Cumloosen schwieg.

»Erinnern Sie sich an den Weddinger Doppelmord? Die Schweinedärme?«

»Machen Sie Witze? Seitdem esse ich zum ersten Mal im Leben keine Würstchen mehr.«

»Es sind die Hunde von Ali-Baba.«

»Ach nee. Das verändert natürlich die Sachlage.« Cumloosen beugte sich über die Hündin, die sich setzte und fiepte.

»Sie sind völlig harmlos«, sagte Tanja.

»Für Menschen«, ergänzte Thies.

Cumloosen sah der Hündin skeptisch in die Augen.

»Sie hat dem dicken Rudi in die Uniform gepinkelt«, sagte Tanja.

»Vor Angst«, sagte Thies.

»Ach Du warst das«, Cumloosen kraulte die Hündin hinter den Ohren, sie kullerte ihn aus schwarzen Augen an. »War lustig, sich das vorzustellen.«

»Ich helfe Ihnen«, sagte Thies, »ich verstehe viel von Hunden.«

»Es reicht schon, wenn Sie alle drei in ihre Boxen stopfen und vor der Tür warten. Ich kenne da eine alte Veterinärin, die ist mir noch einen Gefallen schuldig. Mit ihr hat das Ganze einen halbwegs professionellen Anstrich. Und bis sie da ist, vertiefe ich mich in die Hundeanatomie. Und damit das klar ist«, er wies mit dem Finger auf Thies, »nachher nehmen Sie die Viecher wieder mit. Auf keinen Fall bleiben die hier länger als unbedingt nötig. Und«, er beugte sich zu Tanja »Frau Wehland, Sie müssen Hagedorn in ihren Ermittlungsmethoden nicht noch übertreffen, ein Irrer bei der Kripo reicht uns allen völlig.«

Er war wieder da. Stand auf der Wiese, lauerte. Janine hatte ihre Arbeit fortgesetzt und ihn aus den Augenwinkeln beobachtet. Er kam nicht näher. Setzte sich, zog seine dünnen Jackenärmel herunter, versteckte die Hände.

Am späten Nachmittag war er kurz weggewesen. Pinkeln vermutlich. Danach hatte er die Kapuze übergezogen, das Kinn auf die Knie gelegt und ihr zugesehen. Als es dämmerte, hatte Janine zwei Klappstullen und eine mit Wasser gefüllte Flasche in ihren Schlafsack gepackt. Alles zu einem Paket geschnürt und zum anderen Ende der Wiese gebracht. Er hatte sich das Bündel mit gesenktem Kopf geholt und war an seinen Ausgangsplatz zurückgekehrt. Bei einbrechender Dunkelheit hatte sie ihn gierig essen sehen. Er hatte schon als Knirps nicht verstanden, wozu kauen gut sein sollte.

Im ersten Morgenlicht hatte sie ihn aus der Datsche mit dem Fernglas beobachtet. Er lag immer noch da, schlief. Auf seinen Haarspitzen lag der Reif. Die Kapuze war über einem Ohr zurückgerutscht. Die Morgensonne schien hindurch. So große Lauscher, ein Hase in seiner Mulde.

Sie frühstückte, schmierte einen Berg Stullen, kochte Kaffee und füllte ihre zwei Thermoskannen. Trug alles zu dem alten Lada. Füllte Öl nach, kontrollierte die Tankfüllung, verstaute zwei Reservekanister auf der Pritsche und versorgte die Wölfe.

Er stieg aus seinem Schlafsack, rollte ihn kinderheimgeschult sorgfältig zusammen, streckte sich vorsichtig, ging pinkeln. Kehrte zurück, stand da, sah ihr zu, die Hände tief in den Taschen.

Sie stieg in den Lada, ließ ihn an und fuhr vom Hof. Schloß sorgsam das Tor, legte die Ketten vor. Sie fuhr zur nächsten Biegung, hielt an mit laufendem Motor, sah in den Rückspiegel, sah das halbe Kind auf der Wiese stehen. Er zitterte in der feuchten Nässe.

Sie hupte. Der alte Lada quäkte. Einmal, zweimal. Er rührte sich nicht. Sie stieg aus, sah zu ihm hoch, wollte den Arm heben, ihn heranwinken, aber sie konnte nicht. Also hupte sie wieder und öffnete die Beifahrertür.

Da stolperte er los, den Schlafsack in der Hand. Die Hose flatterte, er rutschte aus, fing sich.

Janine stieg ein, ihr Herz schlug gegen das Autodach.

Er erreichte die Beifahrertür. Schob den Rucksack in den Fußraum, stieg ihm hinterher, vorsichtig wie eine scheue Katze. Sacht schloß er die Tür. Er sah sie nicht an. Sie sah auf seine blauen Fingernägel. Er roch. Nach Schweiß, Pickeln, Cola und billigen Chips. Immerhin nicht nach Rasierwasser. Sie drehte die Heizung auf und fuhr los. Beide sahen starr nach vorn. Bruder und Schwester.

Der Balkon war klein, ringsum Gitterstäbe. Sie hätte sich hindurchzwängen können, sie war dünn wie die Stäbe. Aber ein Vormieter hatte eine Sichtblende aus gewellter Plaste daran befestigt. Gelb, beschmiert mit Grünspan. Durch ein Loch konnte sie das Hochhaus gegenüber sehen. Wenn sie fror, zählte sie Fenster, bis zur anderen Wohnung, der anderen Welt.

Der Balkon war groß. So leer. Nur der Kasten mit dem Bier am anderen Ende, direkt neben der Tür. Manchmal machte einer der Männer die Tür auf. Eine Hand ging zum Kasten, zog zwei Flaschen heraus. Breite Armbanduhren, goldene Ketten, schwarze Haare. Die Tür wieder zu.

Sie hatte den Kleinen im Arm. Er durfte nicht schreien. Sonst kam die Mutter. Schickte die Männer raus. Weinen ging. Wie schnell er das raushatte. Weinte leise.

Wenn genug Zeit war, nahm sie die Decke mit. Versteckte sich und den Kleinen darunter, baute eine Höhle aus warmem Atem. Hielt die kleinen Händchen, Füßchen. Summte. Sie konnte keine Lieder, wußte keine Worte. Manchmal schlief er trotzdem ein. Schlief mit offenem Mund. So dünn. Immer hungrig. Aber sie hatte doch nichts. Nicht einmal Kekse.

»Wohin fährst Du?«

Janine erschrak über seine Stimme. Sie war so tief. Kein Kleiner mehr, der quengelte.

Sie fuhr auf die Autobahn. Kein Wort hatten sie bisher gewechselt. Sie sah auf seine Hände. Die Nägel waren weiß. »In der Tasche sind Brote. Und Kaffee«, sagte sie.

Er schwieg lange. Dann sagte er in unveränderter Tonlage: »Wohin fährst Du?«

»Nach Görlitz«, antwortete sie.

»Nein«, sagte er nach über fünf Minuten.

Sie zwang ihren Kopf, zu ihm hinüberzusehen. Sein Blick war starr nach vorn gerichtet. Die Hände lagen flach und reglos auf seinen Oberschenkeln. »Es ist besser als nichts«, sagte sie.

Er schien nicht einmal zu atmen.

»Woher willst Du das wissen?«

»Ich begleite Dich. Ich sehe sie mir an. Mehr kann ich nicht tun.«

»Du bist meine Schwester.«

»Wir sind aus dem gleichen Bauch gekrochen, das ist alles.«

»Ich kann draußen schlafen. Die Wölfe versorgen. Sauber machen, Brennholz hacken. Reparieren.«

»Nein.«

Zehn Kilometer schwieg er.

»Du bekommst Geld für mich vom Staat. Die in Görlitz kriegen viel. Mehr, als ich koste. Du kannst von dem Geld für mich ein Klo bauen.«

»Ich brauche kein Klo.«

Er schwieg.

Sie roch seinen Schweiß. »Ich will Dich nicht. Akzeptier' das. Und halt die Klappe, bis wir in Görlitz sind.«

Sie machte ihre Hausaufgaben auf dem Balkon. Der Kleine spielte mit einem Waschlappen. Kaute auf ihm herum, lutschte daran. Er zerrte an ihr. Ihrem Stift, dem Schulheft. Er nervte.

Da ging die Tür auf. Aber es war keine Hand, die Bierflaschen hervorzog. Ein Mann kam auf den Balkon. Hockte sich vor sie hin. Na, wer seid ihr denn? Warum kommt ihr nicht rein? Sie senkte den Kopf und schob sich zwischen den Mann und ihren Bruder. Der Mann streichelte ihr über das Haar. Sie duckte sich weg. Ihr Bruder streckte die Hand nach dem Mann aus, den dreckigen Waschlappen darin. Der Mann lachte und ging.

Als er wiederkam, durften sie bleiben. Er brachte ihr Stifte mit. Legte sie auf das Geld für die Mutter. Es war ein roter dabei, sogar ein violetter. Sag danke. Er hielt ihre Hand fest, wenn Janine nach den Stiften griff. Lachte. Nahm ihren Bruder auf den Arm. Nahm ihre Mutter in der Küche. Der Tisch rappelte über das Linoleum. Sie hielt dem Kleinen die Ohren zu. Der jauchzte.

Sie war noch nie in Görlitz gewesen. Überall herausgeputzte Häuser. Sie fuhr Richtung Zentrum. Wie ein Museum. Eine Altstadt, frisch gepflanzte Bäume, fröhliches Pflaster, freundliche

Farben, gut angezogene Menschen. Ein Paradies. Keine Platte, keine Graffiti, nirgends. Sie fuhr rechts ran mit ihrem dreckigen, grünen Lada. »Wo muß ich lang?«, fragte sie.

Ihr Bruder schwieg.

»Ich kann Dich auch hier rauswerfen«, sagte sie.

Er schwieg.

»Zeig mir, was so schlimm ist, daß Du nicht bleiben kannst. Schlagen Sie Dich?«

Er schüttelte den Kopf.

»Hast Du zu wenig zu essen?« Wieder ein Schütteln. »Lassen Sie Dich zur Schule?« Er nickte. »Dann ist es besser als nichts.« Sie sah ihn an. Scheiße, er hatte die Nase ihrer Mutter.

»Das Neubaugebiet auf der anderen Seite der Altstadt«, sagte er.

Sie fuhr los, er lotste sie. Eine Frau ging mit ihrem Terrier an der Leine aus. Ein Jugendlicher radelte vorbei. Ein Mann lud Einkäufe aus seinem Golf.

»Hier ist es«, sagte Bert. »Du mußt daran vorbeifahren und am Straßenrand parken. Sie mögen es nicht, wenn ein fremdes Auto vor der Tür steht.«

Janines Lada sah aus wie das Gefährt eines Außerirdischen. Sie fuhr vorsichtshalber um die nächste Ecke.

Bert zog die Kapuze über, steckte die Hände in die Taschen und ging langsam los. Janine folgte ihm. Reihenhäuser, Doppelhäuser. Ein Auto in jeder Auffahrt. Primeln, Osterglocken, Rasenflächen. Gardinen überall. Kinderfahrräder, aufgereihte Schuhe und Stiefelchen vor den Haustüren. Fußmatten davor, auf denen »Willkommen« stand. Keine Bäume, keine Büsche. Kein Müll, kein Staub. Ein Mann saugte seinen Wagen aus. Janine fragte sich, warum.

Bert blieb stehen. Ein Haus wie jedes andere. Keine Stiefelchen, Willkommen oder Fahrräder. Stattdessen ein kleiner BMW in der Auffahrt, ein Klingelschild aus Steingut, blau lackiert mit lustigen Wölkchen. Janine klingelte. Bert sah auf den Boden.

Die Tür wurde geöffnet von einer Frau um die Fünfzig mit kantiger Brille. »Ja?«, sagte sie zu Janine, ohne Bert anzusehen.

Janine stellte sich vor.

Die Frau sah in Berts Richtung und trat einen Schritt zurück. »Geh' auf Dein Zimmer«, sagte sie.

Janine schickte sich an, Bert zu folgen. Die Frau stellte sich ihr in den Weg. »Ich habe Sie nicht hereingebeten«, sagte sie.

»Ich möchte mir ansehen, wie mein Bruder lebt.«

Bert stand auf dem Treppenabsatz und beobachtete Janine.

Die Frau musterte sie. Von ihren Piercings über die Tätowierungen am Hals bis zu ihrer abgerissenen Hose. Janine fühlte sich nackt. »Das ist mir zu unhygienisch«, sagte die Frau. »Wahrscheinlich haben Sie ein ähnlich gestörtes Verhältnis zur Körperpflege wie Bertram.«

»Sein Name ist Bert«, sagte Janine.

Die Frau lehnte sich in den Türrahmen und sah sie spöttisch an. »Da, wo wir herkommen, gibt man seinen Kindern vollständige Namen. Wir nennen ihn Bertram.«

»Warum ist er weggelaufen?«

»Das müßten Sie doch am besten wissen. Ich kenne die Akten. Sie sind doch auch eine Streunerin. Haben Sie überhaupt einen festen Wohnsitz?«

Janine sah der Frau in die Augen. Sie konnte ihre Angst riechen. »Kümmern Sie sich um ihn? Wenn nicht, sollte das Jugendamt das wissen.«

Die Frau lachte hysterisch. »Er hat ein eigenes Zimmer. Ein Handy. Ich koche jeden Tag. Wir würden Nachhilfe bezahlen, wenn der Herr sie denn nehmen würde. Und zum Dank läuft er weg.«

Janine sah zu Bert auf dem Treppenabsatz. Sein Blick war auf seine Schuhe gerichtet. Aber er hörte zu. »Das würde er nicht tun, wenn es ihm gut ginge«, sagte sie.

Die Frau schnaubte. »Dem geht es besser als unsereinem damals. Ich bin aus dem Ruhrgebiet, mein Vater war im Schacht, falls Ihnen das was sagt. Sieben Geschwister waren wir, auf drei Zimmern. Da wird es ihm ja wohl mit eigenem Zimmer gut gehen.« Sie machte Anstalten, Janine aus der Tür zu drängen. »Zwei Pflegekinder hatte ich, bevor wir hierher gezogen sind. Die schreiben mir heute noch. Aber so was wie den ... und jetzt verschwinden Sie, sonst rufe ich die Polizei.« Sie beugte sich zurück und nahm ein Telefon von der Flurgarderobe hinter sich.

Bert sah sie an, prüfte Janines Blick. Dann senkte er den Kopf, drehte ab und stieg die Treppe hoch. Janine wollte sich von ihm verabschieden, aber sie brachte nichts heraus. Sie trat einen Schritt zurück, die Frau nutzte die Gelegenheit und schlug die Tür zu.

Sie durften jetzt im Bad bleiben, da war es warm. Bert spielte mit den Zahnbürsten. Janine kitzelte ihn damit auf der Nase, er quietschte fröhlich. Der Mann kam jedes Mal zu ihnen. Danach. Öffnete seine Hose und pinkelte im Stehen. Sah Janine dabei an. Sie schämte sich. Zog den Kleinen an sich, der anfing zu weinen. Sie schloß die Augen und hielt ihren kleinen Bruder fest. Summte, so laut sie konnte, bis der Mann spülte, endlich ging.

Heute hatte er keine Hose an, als er ins Bad kam. Er schloß die Tür hinter sich. Sah sie an, drehte den Schlüssel um. Janines Herz schlug laut. Sie kroch unter das Waschbecken, den Kleinen im Arm.

Der Mann hockte sich vor sie. Redete irgendwas. Janine wollte die Augen schließen, aber sie mußte hinsehen. Er streckte die Hand nach Bert aus, der jauchzend auf seinen Schoß hüpfte.

Der Mann sah Janine an und drückte Bert an sich. Bert wimmerte, wand sich in seinen Armen. Der Mann atmete schneller, Schweiß stand auf seiner Stirn. Bert weinte, sein Weinen kippte in Schluchzen. Leise sein.

Da griff Janine nach dem Arm des Mannes und biß hinein. Der Mann brüllte, ließ den Jungen los. Janine faßte ihn und rannte zur Badtür, versuchte den Schlüssel herumzudrehen.

Von draußen keifte ihre Mutter. Schlug mit der Faust gegen die Tür. Janine hielt sich an der Türklinke fest, jetzt schrie auch sie. Der Mann zerrte sie los und schlug ihr mit dem Handrücken ins Gesicht. Sie flog gegen die Dusche. Rappelte sich hoch, griff nach Bert und lief wieder zur Tür. Bekam den Schlüssel zu fassen, drehte ihn um und riß die Tür auf. Ihre Mutter fiel ins Bad. Janine duckte sich an ihr vorbei, den Jungen im Arm, rannte in die Küche, verschloß die Tür, stellte einen Stuhl davor und setzte sich darauf. Zitternd streichelte sie Bert, der weinte.

Sie hörte ihre Mutter schreien. Sie schimpfte mit dem Mann.

Dann sprach der. Dann war es still. Lange. Sie saß auf ihrem Stuhl und wartete. Bert war eingeschlafen. Er hatte sich die Hosen vollgemacht. Dreckiger Rotz verklebte sein bleiches Gesicht. Ihre Mutter lachte, gurrte. Lange nichts.

Janine zitterte nicht mehr, sie döste. Es klopfte an der Tür. Ihre Mutter. Lieb, sanft. Mach auf, meine Große, er ist weg. Laß Mama rein. Alles in Ordnung bei Dir? Sie horchte, schnupperte. Aber da war kein Rasierwasser mehr. So öffnete sie die Tür. Sie war doch ihre Mama. Schwer ging die Klinke, aber sie drückte sie hinunter.

Ihre Mutter stieß die Tür auf. Ihre Augen sprühten Funken, hinter ihr stand der Mann. Ihre Mutter zog sie an den Haaren, schrie. Gehst an meine Männer. Janine ließ Bert los, die Haare taten so weh. Da traf sie der erste Schlag. Sie fiel gegen den Küchentisch, die Tischkante bohrte sich in ihren Rücken. Ihre Mutter stand über ihr und schrie. Janine hob schützend die Arme, aber sie waren zu dünn. Janine kroch über den Linoleumboden, jammerte. Jetzt trafen die Schläge sie am Hinterkopf. Sie wimmerte, krabbelte, robbte, rief Mama. Aber die Mutter hörte sie nicht. An den Haaren zog sie Janine hoch, zerrte sie zur Wohnungstür und stieß sie hinaus.

Die Tür schlug zu.

Janine saß wimmernd auf der Schwelle. Lehnte sich an die Tür. Mama. Sie hörte Bert weinen, dann nichts mehr. Sie kratzte an der Tür, leise. Leise sein. Weinte leise. Mama. Nur der Balkon.

Irgendwann schlief sie ein. Nachbarn stiegen an ihr vorbei die Treppen hoch. Einer blieb stehen, schüttelte den Kopf, drohte mit der Faust in Richtung Wohnung und ging weiter.

Sie erwachte, als es dunkel war. Klopfte zaghaft an der Tür. Rollte sich ein auf der Türschwelle. Schlief wieder ein.

Im Morgengrauen streckte sie sich. Stand auf. Stieg die Treppen hinunter. Ging auf die Straße. Die tiefstehende Sonne blendete zwischen den Hochhäusern. Sie ging weiter. Rechtes Bein, linkes Bein. Sie summte leise. Ohne Melodie, ohne Sprache. Sie kannte keine Lieder.

Eine Amsel lief vor ihr her. Flog schimpfend auf, wenn sie näher kam, setzte sich ein Stück weiter wieder und pickte. Sie folgte der Amsel.

XVI

Tanja saß an seinem Küchentisch und schnitt Gurkenscheiben für den Salat. Jakob sah ihr dabei zu. Das war nicht die Kleine aus dem Münsterland mit dem Gummistiefelschritt, die er kannte. Die ab und an ins Stolpern geriet in der großen fremden Stadt, sich stieß an schroffen Kanten, nach Luft schnappte vor den heranbrandenden Wellen der Stadt, blinzelte in Berlins Schillern. Was war ihr widerfahren in Amerika?

Vorsichtig zu ihm aufblickend, ob man sich noch möge nach der langen Trennung, hatte sie auf der Schwelle zu seiner Wohnung gestanden. Jakob glaubte, ein verlorenes Entenjunges zu begrüßen, hatte sie herbeigeschnattert, quer über den ganz großen Ententeich, und sie war angepaddelt gekommen. Aber sie war kein Küken mehr. Hatte nach Wind gerochen, salzigem Schweiß, nach Sand, Pferd und Hitze. Und immer noch nach Rindern, aber weniger nach Mist. Eher Freiland als Stall. Er lächelte.

»Mache ich was Lustiges?« Tanja hob fragend das Messer.

Jakob schüttelte den Kopf. »Ich war in Gedanken«, sagte er.

Tanja beugte sich wieder über das Schneidbrett. »Geht Dir der Grunewaldfall nicht aus dem Sinn? Oskar hat mich informiert.«

»Wir haben einen auf die Karriereschwester neidischen Bruder, der sich nicht gescheut hat, für seine Kinder Iris' Geld zu nehmen. Einen Vater, der in untergegangenen Zeiten schwelgt und eine Mutter, die alles harmonisch bügelt. Im Wald gibt es Marie, eine Hundeausführerin mit gewalttätiger Vergangenheit, Gerhard Hacke, einen triebstarken Waldarbeiter mit Potenzproblemen, und dann ist da noch ein stadtbekannter Hundehasser namens Schröter.«

»Daß er Hunde haßt, macht ihn schon verdächtig?«

»Er hat Hunde in den Tod getrieben, verteilt vermutlich Rattengift im Auslaufgebiet und könnte Iris getötet und dort abgelegt haben, um den Mord Hundeleuten anzuhängen.«

»Wird er überwacht?«

»Focke findet das überflüssig. Aber die Hundeausführer behalten ihn im Auge.«

»Liebhaber, Freunde, Kollegen?«

»Dao hat einiges ausfindig gemacht. Es gibt eine alte Schulfreundin. Und einen Studienkollegen, dem sie übel mitgespielt hat.«

»Inwiefern?«

»Sie hat seine Masterarbeit geklaut, und mit Sex war auch was.«

»Sie stieg über Leichen?«

»Für die Karriere sicher. Aber das war lange her, aktuell führte Iris ein aseptisches Leben. Außer dem Beruf gähnende Leere. Und der bietet keinen erkennbaren Grund für Mord. Die Stiftung war gemeinnützig, das Projekt im fernen Guatemala noch gar nicht weit genug gediehen, um Feinde aus den Löchern zu lokken. Ihr Pendant der FU, ein Biologe, sagt, alles sei sehr harmonisch gewesen.«

»Ist er glaubwürdig?«

»Er ist total nett, hat eine bildschöne Hündin.«

»Habt Ihr ihn überprüft?«

»Jetzt fang Du auch noch an. Er rettet jede Pusteblume vor der nächsten Windbö, der bringt keinen um.«

»Wenn ich richtig verstanden habe, war Iris keine Pusteblume.«

»Ist ja gut, Oskar hat ihn überprüft. Im übrigen haben wir keinen exakten Todeszeitpunkt für mögliche Alibis. Wir wissen zwar, wann ihr Wagen und ihr Smartphone zuletzt bewegt wurden, aber das sind nur Anhaltspunkte.«

»Beides kann auch ein anderer benutzt haben.«

»Sogar Tatort und Todesursache fehlen bisher. Cumloosen quält sich durch die Spuren, setzt mühsam die übriggelassenen Leichenteile zusammen und rekonstruiert den Ablauf ihres Grunewaldaufenthaltes.«

»Sie ist nicht dort gestorben?«

»Sie war tiefgefroren.«

»Also hat sie jemand hingebracht, um sie den Tieren zum Fraß anzubieten. Eine sehr spezielle Leichenschändung.« Tanja schüttelte den Kopf. »Und wieso ist Dao mit im Boot?«

»Iris' Chef hat sie beauftragt, schneller als wir ... als die Kripo zu sein.«

»Wir war schon richtig.« Tanja sah Jakob in die Augen. Der sah einigermaßen tapfer zurück.

»Ich bin immer noch suspendiert.«

»Die Schwachköpfe.« Tanjas sonnenverwöhnte Stirn krauste sich zornig. »Was macht Deine Verhandlung?«

Jakob wusch die Radieschen. »Zieht sich. Der Richter hat Gedächtnisprobleme.«

»Und das heißt?«

»Daß noch nicht raus ist, ob Herr Alzheimer und mit ihm Staatsanwalt Samuel Herzl siegen oder die Gerechtigkeit.«

»Aber Du hast doch nichts unterschlagen!«

»Als ob es darum ginge.« Er legte die Radieschen auf Tanjas Brett, sie schnitt sie in hauchdünne Scheiben.

»Dann klär' mich auf, worum es geht, ich bin aus der Übung.«

»Erzähl lieber von Deiner Reise. Wolltest Du nicht längst zurück sein?«

»Es ist etwas dazwischen gekommen.«

Jakob streute die Gurkenscheiben über den Salat und wartete.

»Pferde zum Beispiel. Mustangs, falls Dir das etwas sagt.«

Jakob lächelte.

»Ein Haufen Rinder. Ein Kalb mit einer Blesse.«

Jakob nahm ein Schälchen für die Salatsoße aus dem Schrank und goß Balsamessig und Olivenöl hinein.

»Und die Sonnenuntergänge von Montana.«

Jakob zupfte Petersilie und hackte sie klein.

»Sonnenaufgänge auch.« Tanja seufzte.

»Wie heißt er?« Jakob streute die Petersilie in das Schälchen.

»Ihm gehört quasi die Hälfte von Montana mit nix drauf außer Gegend und Rindern. Und er will einen Haufen Tomtoms und kleine Tanjas zeugen.«

Jakob lachte. »Ein Cowboy, das paßt zu Dir.«

Tanja knurrte. »Berlin paßt zu mir.«

»Vielleicht.«

»Es gibt keine Rinderherden in der Stadt.« Sie seufzte wieder.

»Neulich hatte ich einen 1A einsamen Sonnenaufgang in einem märkischen Dorf. Besser können die Amerikaner das auch nicht. Ich lag allerdings an einer Bushaltestelle.«

Grete hatte recht gehabt. Als Jakob Oskar für die Abholung von der Wolfsstation aktivieren wollte, hatte er kein Netz. Janine beschrieb ihm eine Abkürzung zum nächsten Dorf. Dort gäbe es jedes Netz und einen Bus. Von dort sprach Jakob Oskar auf seine Mailbox, inzwischen war es nach zehn am Abend. Sein Magen knurrte, er hatte Durst. Ringsum duckten sich völlig dunkle märkische Häuser, eine einsame Straßenlaterne döste kurz hinter der Haltestelle. Gerade so weit entfernt, daß Jakob den Busfahrplan nicht erkennen konnte.

Oskar blieb aus. Und Jakob mußte die Nacht auf zwei Schalensitzen mit dem Versuch verbringen, seinen endlosen Körper auszustrecken. Er war eben noch nicht ausreichend Wolf geworden, um nach Stunden eingerollten Schlafes blendend erholt den neuen Tag voller Erlebnisse und erfolgreicher Jagden zu begrüßen.

Eine Stunde nach Morgengrauen kam der Bus. Jakob war der einzige Fahrgast. Er sprach Oskar wieder auf die Mailbox, bedankte sich gallig für das Natur- und Campingerlebnis der vergangenen Nacht und ergänzte, er fände nun allein nach Haus.

Sollte Hanna jemals aufs Land ziehen wollen, er würde sie schluchzend verlassen müssen. Oder vorbeugend einkerkern. Besser. Viel besser. In seinem Schlafzimmer. Dann konnte sie auch nicht mehr ihre schier endlose Anzahl an Schwestern an sämtlichen Arschbacken der Welt besuchen.

»War das an der Wolfsstation?«, fragte Tanja. »Oskar hat erzählt, daß Du dort einer Spur nachgegangen bist.«

»Einer Fährte.« Jakob schlug klappernd die Soße und goß sie über den Salat. »Und eine Frau habe ich kennengelernt, die macht Montana in der Mark.«

Tanja hatte auf der Fensterbank eine Knoblauchzwiebel entdeckt, drückte sie prüfend und hielt sie fragend hoch. Jakob schüttelte den Kopf. »Rettet verletzte Wölfe, pflegt sie gesund und wildert sie wieder aus.«

»Wow. Ganz allein?«

»Im Hintergrund hält die Wolfsstation schützend die Hand über das Projekt. Sie lebt am Ende der Welt auf einem abgerissenen Gelände nur mit den Wölfen.«

»Der Mensch ist des Menschen Wolf«, sagte Tanja und wusch das Messer ab.

»Sie wirkt wie ein Punk ohne Publikum. Etwas aus dem Zwischenmenschlichen gekippt.« Er wies auf seinen Kehlkopf. »Sie hat sich einen Wolfskopf tätowieren lassen. Und eine Schlange rings um den Hals.«

»Ist ein bißchen eng in Brandenburg für solche Existenz.« Tanja öffnete die Schränke und suchte Teller für ihr Essen.

»Nicht jeder flüchtet bis Montana.«

Tanjas Stirn krauste sich wieder. »Ich war auf einer Fortbildung.«

Jakob öffnete einen Oberschrank und wies auf die darin gestapelten Teller. Tanja wählte halbwegs zueinander passende aus und deckte den Tisch. »Wäre sie nicht die perfekte Täterin? Es ist ein kleiner Schritt vom Idealismus zum Fanatismus.«

»Warum sollte sie die Angestellte einer im Umweltschutz engagierten Stiftung töten?«

»Ich weiß nicht, laß es uns herausfinden.«

Jakob sah durch die Backofentür auf den Flammkuchen, drehte den Temperaturregler auf Null und wickelte sich ein Geschirrtuch um die Linke. »Janine ist reichlich eigen, aber gewalttätig?

Und was sollte sie in Berlin? Sie kann sich ja nicht einmal vorstellen, daß es einen Wolf in unsere charmante Metropole verschlägt.«

»Aber die Spuren am Tatort könnten von ihr sein. Sie hat ständig Kontakt zu Wölfen, Zugang zu genetischem Material.«

Jakob öffnete den Backofen und zog den Flammkuchen hervor. Seine Brille beschlug. »Wenn Du Dich näher mit ihr beschäftigen willst, nur zu. Ich kann sie ja nicht einmal durch den Polizeicomputer jagen, ohne daß die halbe Keithstraße mich auf die Straße und vor den nächstbesten Laster hetzt. Und jetzt gibt es was zu futtern, wenn auch nicht am Lagerfeuer unter Sternen sondern nur in Hagedorns Hütte.«

Der Hunger hatte sich überall in seinem Körper ausgebreitet. Er zog und zerrte an jedem Knochen, arbeitete in jedem Muskel. Sein Hirn bestand aus Hunger. Jeder Blick galt ihm, jedes Lauschen, Tasten, jeder Atemzug.

Der erfolglose Kampf mit dem Rudel hatte ihn verändert. Er kannte keine Vorsicht mehr, keine Regeln. Hatte keinen Halt, keine Familie, nur Hunger. Brennenden, beißenden, nagenden, bohrenden, zerrenden, fauchenden Hunger.

Ein Geruch zog ihn seit Stunden. Der Wind war umlaufend, so daß er ihn narrte, im Kreis führte. Immer zorniger wurde er, wenn er den Geruch wieder verlor. Er wollte nichts anderes mehr, bestand aus dieser Spur, der er folgen mußte.

Es dämmerte und der Geruch vestärkte sich. Rauch, der ihm hätte Angst machen müssen. Darunter aber Fleisch, brennendes Fleisch, das die Angst überdeckte. Seine Augen wurden schmal, seine Ohren waren in Richtung des Geruchs gerichtet. Er lief ihm entgegen, die Witterung wurde immer gewaltiger.

Er lief durch heranwehende Rauchschwaden, es wurde darüber Nacht. Der Wind legte sich, jetzt war es leichter. In der Ferne ein Lichtschein, blinkend zunächst, dann ruhiger, unbeweglich. Mehrere Lichter zusammen. Dazu der schwere Geruch, den er vom Strom und von den Hasen kannte und mied. Aber darunter das brennende Fleisch. Lockend.

Er duckte sich, knurrte, lief unruhig auf und ab.

Er hörte Stimmen. Keine Tiere, die er kannte. Um die Lichter war Bewegung. Er sicherte. Konnte nicht einschätzen, ob es Beutetiere oder Konkurrenten waren, denen man besser aus dem Weg ging.

Er pirschte sich langsam vor. Trat auf knackende Zweige, erstarrte, aber die Wesen vor ihm mit dem schweren Geruch reagierten nicht. Sie waren laut, sprangen auf und ab. Sie wehten die Rauchschwaden in seine Richtung.

Er hob den Kopf, hechelte. Der Geruch nach verbranntem Fleisch war so stark.

Da sprang er auf. Hielt direkt auf den Geruch zu.

Sie entdeckten ihn, als er in den Lichtschein der Gartenbeleuchtung trat und geblendet innehielt. Eine Frau schrie.

»Ins Haus«, brüllte ein kleiner Dicker. »Wo sind die Kinder?«

»Hol Deine Knarre, Norbert«, rief einer mit Brille.

Seine Frau warf eine Bierflasche nach dem Wolf und kreischte. Der sprang zur Seite, immer noch geblendet, erschrocken über das Geräusch. Geduckt stand er neben dem Grill und fletschte die Zähne. Schnappte wahllos in verschiedene Richtungen.

»Die Frauen zum Haus«, kommandierte der Bebrillte.

»Rührt Euch nicht.« Norbert stand breitbeinig in der Terrassentür und lud sein Gewehr durch.

Da warf Norberts halbwüchsiger Sohn aus dem Hintergrund in hohem Bogen eine Thüringer über den Wolf hinweg. Der reagierte auf die Bewegung und sprang zur Seite. Roch das Futter, suchte es und schlang es hinunter.

»Noch mehr und weiter weg«, sagte seine Schwester.

Da knallte ein Schuß.

Der Wolf schrak auf, fletschte die Zähne und sprang nach vorn.

»Scheiße, Du hast ihn nicht getroffen.«

»Norbert hat in die Luft geschossen«, sagte der Bebrillte.

»Kommt alle her. Wenn Ihr bei mir seid, knall ich ihn ab.«

Die ganze Grillgesellschaft zog sich zur Terrasse zurück. Der Wolf folgte ihnen mit gefletschten Zähnen. Bis zum Campingtisch. Da fand er die Tüte mit den Steaks. Zog sie vom Tisch, duckte sich über sie, knurrte grollend. Griff nach ihr, bekam ein Ende in den Fang, hob sie auf und rannte davon.

»Der haut ab, so schieß doch.«

Norbert schoß, als der Wolf aus dem Lichtkegel verschwand.

»Kein Wunder, daß Du nicht Schützenkönig geworden bist«, sagte der mit Brille.

»Mach's doch selber, Du Arsch.«

»Schade um die Steaks, die waren sauteuer.«

»Das müssen wir melden«, sagte der kleine Dicke.

»Du nun wieder. Ist doch nix passiert. Und auf den Ärger mit den Wolfstypen kann ich gut verzichten.«

»Aber wenn der wiederkommt. Immerhin hat er was zu essen gefunden.«

»Dann knall ich ihn ab«, sagte Norbert.

Seine Frau ließ sich auf einen Gartenstuhl plumpsen, griff sich eine Flasche Bier und starrte auf den Platz, wo eben noch die Steaks gelegen hatten. »Ich glaube, ich möchte doch einen Zaun.«

Dao war gereizt. Gestern hatte sie ihren Nachbarn angepflaumt. Dabei war er eigentlich süß. Niedlicher Hintern. Um sie auf sexuellem Weg von ihrem Frust zu befreien, vielleicht etwas zu smart. Also der Nachbar, nicht der Hintern, der war schon richtig. Was aber noch lange kein Grund war. Da trauten sich durch ihr neues Treppentraining in dieser Wohlstandseinöde schon ihre Nachbarn an sie ran, und dann gab sie die Zicke.

Die neuen Pflanzen gingen ihr auch auf die Nerven. Grete hatte gesagt, im Frühjahr reiche gießen zwei Mal die Woche. Ein halber Liter pro Pott. Hatte sie gemacht. Trotzdem standen sie im Wasser. Also die Wassermenge reduzieren. Sie ging auf einen Viertelliter und sie ließen die Wedel hängen. Anstrengend. Sie kam sich schon vor wie eine Botanikerin. Und das alles für ein bißchen Salat in der Wohnung.

Zeit, den Pflanzen über das Stämmchen zu streichen und ihnen Wiegenlieder zu singen, hatte sie ohnehin nicht. Sie hatte alle anderen Fälle gestoppt, um sich nur um Iris kümmern zu können. Schließlich wollte der Auftraggeber schnelle Resultate.

Manuel hatte ein Motiv. Dao wußte nicht, was sie getan hätte, wenn ihr jemand so übel mitgespielt hätte. Es war alles drin: sexuelle Frustration, als Mann von einer Frau bloßgestellt, der Diebstahl geistigen Eigentums. Wie lange er für sein Diplom gebraucht und wie schlecht es benotet worden war, zeigte, wie schwer sie ihn getroffen hatte. Vermutlich war er in Liebesdingen empfindsam wie ein Zwölfjähriger, so ohne jede Erfahrung. Und dann die lange angestaute Liebe und das Sperma abgeschrubbt wie eine Infektionsgefahr. Mancher erholte sich sein Leben nicht von solchem Knockout.

Und warum jetzt? Hatte sie Kontakt gesucht in einer alkoholgetränkten einsamen Nacht? Hatten sie sich getroffen, war sie überheblich geworden, hatte ihn gekränkt, Narben aufgerissen? Möglich. Sie mußte recherchieren, ob sie sich getroffen hatten.

Aber eigentlich glaubte Dao ihm seinen inneren Frieden, auch wenn der natürlich durch eine Wiederbegegnung hätte empfindlich gestört werden können. Zeit legt nur Firnis über fiese Wunden, pult einer dran, ist alles zurück.

Dao wußte nicht weiter. Iris hatte einfach keine aktuellen Beziehungen, die tief genug waren, um zu einem Mord zu führen. Der Ärger mit Marie im Wald, aber Eifersucht, Haß, Neid? Wie Daos smarter Nachbar, ein alertes, möglichst widerstandsfreies Leben, in dem der Beruf Mittelpunkt war.

Aber warum so viel Energie in den unwichtigen Kampf gegen Marie? Extra zur Polizei war sie gegangen, hatte sie angezeigt.

Ein Ventil, um die glatte Fassade aufrecht erhalten zu können? Als ob Iris alle Wut eingepackt hätte, zu der sie imstande war.

Manuel war eine echte Leiche auf ihrem Weg nach oben. Wer wußte, wie viele sie noch überstiegen hatte. Nicht jeder vertrug eine Demütigung so wie der sanfte Adler. Aber in den letzten Jahren gab es keine erkennbaren Kerben in Iris' Leben. Nur Arbeit, Reisen, Sport. Konsum natürlich. Schnelle Autos, teure Klamotten. Die allmonatliche Überweisung an den charmanten Stellvertreterbruder mit Häuschen, Weibchen und sabbernden Kindlein war der einzige Ausreißer aus diesem Plastikleben.

Klar hätte der Bruder sie abmurksen können. Der Frust, mangelnde Männlichkeit. Große Schwester läßt gönnerhaft Dukaten regnen, er schluckt die Galle runter und hält die Hand auf. Schon für die Bälger. Aber warum gerade jetzt? Und warum Auslaufgebiet, Tiefkühltruhe und kaltes Bufett für die Waldbewohner? Sie fand einfach keinen Ansatz, dem sie hätte folgen können. »Vollidiot! Kannst Du nicht aufpassen?« Dao schlug die Hupe und trat auf die Bremse. Ein Mini hatte ohne zu blinken die Spur gewechselt. Dao scherte aus, zog an ihm vorbei und zeigte ihm den steifen Mittelfinger. Der Mann am Steuer lachte nur. Schikker Anzug, gegeltes Haar, höchstens Achtzehn. Aus dem Kindergarten direkt ans Lenkrad.

Sie kam von einer Anwaltskanzlei am Gendarmenmarkt. Ihr Auftraggeber, dem sie alle zwei Tage telefonisch den Ermittlungsstand durchgab, hatte dort für sie Unterlagen über Iris' Arbeit hinterlegen lassen. Dao mußte eine Unterlassungserklärung unterschreiben, was ihr alles blühe, gäbe sie Interna davon preis. So viel wie in der letzten Zeit hatte sie noch nie unterschrieben. Sie fühlte sich immer eingeengter und versuchte sich einzureden, das läge am interessanten Fall und attraktiven Auftraggeber und nicht am vielen Geld. Das wäre auch eine völlig neue Entwicklung, Geld hatte sie immer frei gemacht, nicht nervös.

Jetzt lag eine Aktentasche mit Sicherheitsschloß auf dem Beifahrersitz. Darin CDs, DVDs, ein USB-Stick und erfreulicherweise auch ein paar altmodische Papiere. Vielleicht fand sie einen Ansatzpunkt.

Und Jakobs Wolfsspur? Ein echter Hagedorn halt. Inklusive Exotik, Einfühlung und Schrulligkeit. Wölfe, auch das noch. Sie stolperte auf sehr fremdes Territorium. Wo sie es doch schon mit Hunden nicht hatte. Rosen in der Vase waren ihr eindeutig genug Natur. Und jetzt überall diese Biester. Dafür war sie eben doch nicht deutsch genug.

Dao seufzte. Hätte sie sich bloß nicht auf diesen Fall eingelassen. Sie wurde schon paranoid, kam sich immer öfter beobachtet und verfolgt vor. Vielleicht ein Wolf. Sie lachte. Falls Du mich verspeisen willst, überleg's Dir noch mal. Du weißt schon, Asiaten und Glutamat.

Sie hatte überlegt, den Fall abzugeben. Sie fühlte sich unwohl. Zum letzten Mal, als sie den Sparkassenbruder abklopfen wollte und nur höfliches Desinteresse vorfand. Glitschige Oberfläche, an der sie herabsauste. Der eigene Bruder. Waren das die Deformierungen einer Kindheit in der Diktatur? Nicht, daß sie fand, jeder müsse eine Berühmtheit werden, aber ein paar Kratzspuren auf diesem Planeten durften es schon sein.

Die alte Zeit mit Susann, das war wenig. Die Kinder des Bruders würden kaum der tantlichen Zuwendung gedenken. Iris' beruflicher Erfolg war nichts wert, nach ihrem Tod aller Wohlstand verpufft. Von ihr schien nur der Tod zu bleiben: Aufregung in der Hundegemeinschaft, demnächst Hysterie wegen der anrükkenden Wölfe. Aber all das hatte ein anderer produziert, sie nur als Werkzeug mißbraucht. Es waren die Kratzer des Mörders, nicht ihre. Wenn Dao ihn finden würde, gälte die Aufmerksamkeit der Stadt ihm, nicht seinem Opfer.

»He, das war meiner!« Dao hupte. Ein Opel Corsa wendete direkt vor ihre Nase und klemmte sich in die Parklücke. Sie rollte auf seine Höhe und sah in das Auto. Eine blasse Frau arbeitete sich am Lenkrad ab. Ihre Brille war viel zu groß. »Schnepfe«, sagte Dao, gab Gas und sehnte sich nach Tiefgaragenzeiten.

Drei Nebenstraßen weiter fand sie eine enge Parklücke hinter einem polnischen Transporter. Sie griff sich die Aktentasche. Kleiner Spaziergang bis nach Hause. Würde ihr gut tun. Genervtheit ablaufen.

Wenn der Fall so weiterginge, würde sie noch das Joggen anfangen. Gott bewahre. Sie wich einem Haufen Hundekacke aus und fluchte. Wie konnte man hier nur Hunde halten? Kein Baum, kein Grünstreifen. Sie hob den Blick und sah sich mit Hundeaugen um. Was der Beruf an Erfahrung so alles mit sich brachte. Teure Neubauten der Neunziger. Keine Läden, Kneipen, keine Stühle auf der Straße. Keine Balkone, Mauervorsprünge, Winkel, Nischen. Nix zum dran schnuppern, pinkeln. Keine Geranien, Höfe. Keine Spatzen, Amseln, Karnickel, geeichte Hörnchen. Nur Glasfronten, Autos, hastende Menschen. Dao, wo wohnst Du?

Sie schüttelte den Kopf. Ein bißchen Wald, ein Auftraggeber unter Rotzedernstämmen, und sie verlor den Verstand. Das war eine Siegergegend. Teuer und praktisch. Keine nervenden Nachbarn, kein Pack. Wer hier wohnte, hatte es geschafft. Fragt sich nur, was geschafft, sagte der neue Kobold auf ihrer Schulter.

Sie dachte an Hannas und Gretes Wohnung. Schöne Gegend. Wuselig und unrasiert, bürgerlich trotzdem. Hanna fehlte ihr, die beginnende Freundschaft. Obwohl sie sich nicht sicher war, ob Hanna das auch so sah. Seit die ihre Schwestern sortierte, hatte Dao nichts von ihr gehört. Mein Gott, wenn die alle so waren wie Hanna, wie wäre dann ein Familientreffen? Nicht widersprechen, Sturzhelm und in Deckung. Adelige Weiber aus Frauenhaushalt, auch eine Erfahrung, die in Oldenburg nicht zu haben war. Dao lachte und schloß die Haustür mit ihrer Identitätskarte auf, warf einen Blick auf den Fahrstuhl und nahm die Treppe. Blitzblanke Stufen. Keine Tierhaare, kein Straßendreck. Dao war ehrlich, es war ihr angenehm.

Die Karte glitt in den Spalt der Wohnungstür, die sich mit einem Surren öffnete. Dao ließ ihre Handtasche auf die Garderobe fallen, streifte die Schuhe polternd im Flur ab und ging mit der Aktentasche ins Wohnzimmer.

Sie spürte die Anwesenheit von etwas Fremdem. Ein Geruch, die Restwärme von jemandem, der sehr zornig gewesen war.

Die Palmen waren umgestürzt, die Pflanztröge zerschlagen, Erde auf dem Teppich verstreut. Ein Sessel lag auf dem Rücken, das Polster aufgeschnitten, sein Inhalt herausgerissen.

Sie stellte die Aktentasche ab und atmete tief ein. Starrte auf die Identitätskarte, mit der sie eben die Tür geöffnet hatte, sah hoch. Die Fensterfront war mit etwas Rotem beschmiert, sie dachte an Blut. Eine rote Spur führte in die Küche. Es waren Tomaten. Er hatte passierte Tomaten auf den Fenstern verteilt, auf den Küchenboden damit »Fotze« geschrieben.

Die Kühlschranktür war geöffnet, der Inhalt überall in der Wohnung verteilt. Joghurt im Bett, Milch im Bad. Ein Mann mit Haß auf Milchprodukte. Ein Stück Butter hatte er auf ihrem Eßtisch verschmiert. Dao stöhnte.

Sie ging zurück ins Wohnzimmer, zu ihrer weißen Ledercouch. Sie sah unversehrt aus. Sie setzte sich. Ihre Hände faßten in etwas Klebriges. Sie hob sie mit gespreizten Fingern, roch daran und sprang auf. Er hatte ihre geliebte Couch bepißt. Und das daneben? Und an der Wand? Dao schluchzte. Hielt die Hände weit von sich. Sie starrte auf ihre Couch und die Wand dahinter. Weiß, beides, gestern noch. Jetzt stinkend und braun. Dao würgte.

Sie stand in ihrer Wohnung mit gespreizten Armen und Fingern – in ihrer teuren, hippen, schönen, kühlen Siegerwohnung – und starrte auf Urin, Sperma und Kot, die jemand in ihr verteilt hatte und schluchzte, heulte, jaulte wie seit Kindertagen nicht mehr. Sie fühlte sich ausgezogen bis aufs rohe Fleisch. Das hier war kein Hutschachtelpenthouse mehr am Potsdamer Platz. Dao trieb im südchinesischem Meer. Allein, ohne Mama, Papa, ohne Heimat. Ausgesetzt in einer Nußschale, ausgeliefert den riesigen Wellen, die sie hochrissen und niederschlugen.

XVII

Abdulrahman Zaid Al-Hussein Hemidi, in der Keithstraße Ali-Baba genannt, saß gelangweilt auf einem Stuhl und sah aus dem Fenster. Als Tanja den Verhörraum betrat, stutzte er, versank jedoch sofort wieder in seiner trainierten Gleichgültigkeit. Tanja ließ ihm die Handschellen entfernen und schickte den Justizbeamten, der ihn begleitet hatte, Tee holen.

Sie nahm Papiere aus ihrem Rucksack und stapelte sie zu zwei Haufen. Der Justizbeamte brachte Pappbecher mit Tee, Tanja schob einen zu Al-Hussein. Aus ihrem Rucksack zog sie ein schwarzes Hundehalsband und legte es neben den Teebecher. »Kommissarin Wehland«, sagte sie. »Wir kennen uns noch nicht.«

Al-Hussein sah auf das Halsband. »Wie geht es meinen Hunden?«

»Sie meinen die Hunde des Wohnungsinhabers Al-Ahmadi?«

Er sah Tanja an. »Ich habe versprochen, auf sie aufzupassen. Er hängt an ihnen.«

»Und jetzt sitzen Sie hier, das ist natürlich ungünstig.«

Al-Hussein trank von seinem Tee. »Mein Cousin ist Tierfreund. Bekommt viele Spenden.«

»Und führt ordentlich Buch. Eine Menge Eingänge aus den Golfstaaten.«

»Ist ein ehrlicher Mensch, mein Cousin.«

Tanja zog den ersten Papierstapel heran. »Wir haben in Ihrer Wohnung Frachtunterlagen gefunden, aus Südafrika.«

»Es ist die Wohnung meines Cousins.«

»Darauf steht Ihr Name.« Tanja schob die Papiere über den Tisch. »Sie haben die Hunde am Frankfurter Flughafen entgegengenommen. Da war Ihr Cousin schon im Libanon. Vierundzwanzig Stunden bevor im Wedding zwei Männer erst mißhandelt und dann erstochen wurden.«

Al-Hussein trank Tee.

»Die Hunde kamen aus Südafrika.«

Al-Hussein schwieg.

»So eine weite Reise für Bullterrier. Das Tierheim Berlin ist voll, Ihr Cousin, der Tierfreund, wäre dort fündig geworden, für viel weniger Geld.«

Tanja griff zum zweiten Stapel, Al-Husseins Augen folgten ihren Bewegungen. »Unser Rechtsmediziner ist ein aufmerksamer Mensch. Gründlich vor allem. Seine Familie stammt aus Mecklenburg, sturer Menschenschlag da oben.« Tanja hob ein Röntgenbild gegen die Deckenleuchte und legte es zurück. »Miniaturpitbullkampfterrier, schönes deutsches Wort. Wir haben eine Buchung in der Wohnung gefunden, Tiertransport per Lufthansa, der Flug war vor einer Woche. Wieviel hat man Ihnen gezahlt, damit Sie die Hunde in das Sultanat Oman bringen?« Tanja sah ihn an. »Viel nehme ich an. Die Kunden am Golf sind zu bequem für Drecksarbeit. Ganz zu schweigen vom Risiko, drei trächtige Hündinnen zu transportiern. Und was, wenn jemand bemerkt hätte, wie wertvoll die Fracht tatsächlich ist? Und wie illegal?«

Al-Hussein fluchte in seiner Muttersprache, Tanja lächelte.

»Aber unser Rechtsmediziner, wie gesagt. Hinter dem Offensichtlichen, wie groß es auch immer sein mag, läßt sich gut etwas verbergen, nicht wahr? Wer schaut schon zur Seite, wenn er die von Welpen gefüllten kleinen Kampfbäuche sieht?« Tanja schob die Röntgenaufnahme über den Tisch. »Sie müssen genau hinsehen, man bemerkt es nicht gleich. Das ist das Bäuchlein von der kleinen Kampfdame mit dem roten Halsband. Da ist mehr als bei ihren Kolleginnen, sehen Sie? Ein echter Wertgegenstand.« Sie tippte auf die Aufnahme. »Die Narben waren wirklich klein, Sie müssen einen geschickten Helfer in Südafrika haben. Aber bei dem Einsatz lohnt sich Qualität natürlich.« Sie zog eine Tüte mit Asservaten aus ihrem Rucksack und legte sie auf die Tischplatte. »Sagen Sie mir, was in den Beutelchen ist, die Sie unter die Haut der Hündin appliziert haben?«

Ali-Baba fluchte wieder, jetzt schon lauter.

»Drogen? Nein, zu wenig Ertrag. Wenn jemand wie Sie der Meinung ist, es sein nicht genung, drei Hunde für über eine halbe Million Dollar Reingewinn zu transportieren, dann sind Drogen zu billig. Wenn so jemand einer Hündin, die nicht nur wertvoll, sondern auch noch trächtig ist, Beifang unter die Haut appliziert, dann muß das sehr wertvolle Fracht sein.«

Tanja ließ den Inhalt eines Beutelchens auf die Tischplatte rollen. In Regenbogenfarben funkelte das Licht. »Rohdiamanten«, sagte sie, »darauf muß man erst mal kommen.«

Ali-Baba stieß eine Armada unverständlicher Flüche aus. Sein Speichel flog.

»Sind das illegale Blutdiamanten? Das käme dann noch zu den Waffen und Drogen aus Ihrer Wohnung. Aber darum bin ich eigentlich nicht hier. Ich suche einen Doppelmörder.«

Ali-Baba erdolchte sie mit Blicken.

»An Ihrer Schmutzwäsche im Bad war Blut der Opfer, zusammen mit Ihrer DNA, Herr Al-Hussein.« Tanja beugte sich vor. Speichelreste glänzten in seinem Gesicht. »Sie haben sie nicht getötet. Sie sind der Baba, das ist unter Ihrer Würde.«

Er schwieg.

»Wenn Sie uns sagen, wie die zwei Männer zu Tode gekommen sind, und wer sie getötet hat, wäre das sicher günstig für Ihr Strafmaß.«

Er sah sie an.

»Sie wissen, wer es getan hat. Möglicherweise auf Ihre Anweisung hin.«

Ali-Baba stand auf. »Ich will zurück in meine Zelle«, sagte er.

»Aber gern.« Auch Tanja stand auf. »Sie sollten wissen, daß die Hunde weiterhin im Tierheim untergebracht sind. Falls Sie bereits Nachfragen Ihres Käufer im Sultanat Oman hatten, vertrauen Sie auf dessen Geduld und eine robuste Gesundheit der wertvollen Hunde.«

»Herzlich willkommen zur Sondersendung des Rundfunks Berlin Brandenburg, liebe Zuschauer.« Die junge Moderatorin senkte den Kopf, blondierte Strähnen bedeckten ihr halbes Gesicht. »Wir alle sind in Gefahr.« Sie riß die Augen auf. »Berlin ist bedroht.« Sie holte tief Luft. »Von einem Wolf.«

Ihre Hand landete auf der Brust. Die Kamera fing ihre bebenden rotlackierten Fingernägel ein. »Noch vor einer Woche hielt ich so etwas für unmöglich. Ein Wolf, bei uns in Berlin. Das klingt nach Wildnis, dem zwanzigsten Jahrhundert.« Sie schüttelte sich. »Ich will ehrlich sein. Von solchen Dingen verstehe ich nichts. Sie machen mir Angst, wie sicher vielen von Ihnen auch. Aber«, sie strahlte in die Kamera, »gottseidank haben meine Kollegen Fachleute eingeladen, die wissen, wie wir uns vor dem Mörderwolf schützen können.« Die Moderatorin nickte, als müsse sie ihre Zuversicht unterstreichen.

»Als Vertreterin aus dem Abgeordnetenhaus ist Frauke Knapprodt von der Fraktion der Grünen zu uns gekommen.« Die Kamera schwenkte zu deren gelbgrün gestreiftem Seidenschal unter kantiger Brille. »Ein tragisches Schicksal verbindet sie mit diesem Fall.« Die Moderatorin schien den Tränen nah. »Ihr Kind hätte fast einen Finger beim Angriff eines bösen Hundes verloren.«

Die Kamera fing das Gesicht der Grünen ein, es blieb reglos.

»Weiterhin ist nämlich nicht ausgeschlossen, daß Hunde die arme Frau an der Krummen Lanke getötet haben. Aber wir berücksichtigen auch die Seite der Hundehalter.« Die Moderatorin nickte eifrig. Die Kamera schwenkte auf einen kompakten Mann. »Konrad Radikow vertritt einen neugegründeten Verband, der sich für die Rechte der Berliner Stadthunde einsetzt.«

Die Kamera schwenkte wieder auf die Moderatorin. Sie strich die Strähnen hinter die Ohren. »Und wir haben auch einen Vertreter der CDU eingeladen, Herrn«, sie sah hilflos in die Kamera, lächelte sofort wieder, »Clemens Matthias Schneider.« Die Kamera zeigte einen jungen Mann im Tweedsakko.

»Und nicht zuletzt freuen wir uns ganz besonders über den echten Förster des Grunewaldes in unserem Studio.« Der Förster schwitzte in seinem Anzug.

»Frau Knapprodt«, die Moderatorin senkte die Stimme, »wie geht es Ihrer Tochter?«

»Den Umständen entsprechend.«

»Erzählen Sie uns von ihr«, ermunterte sie die Moderatorin. »Immerhin ist das Ganze ein Trauma, auch wenn es bereits zwei Jahre zurückliegt. Ist sie in therapeutischer Behandlung?«

»Nu' komm mal runter, Mädchen«, sagte Radikow, »sie hat ja noch alle zehn.«

Der grüne Seidenschal vibrierte. »Hauptsache, dem Hund geht es gut, was?«

»Wird ihre Finger hingesteckt haben, wo sie sie besser hätte weglassen sollen. Mag nicht jeder, wenn so ein schmuddeliges Ökobalg an einem rumrupft.«

»Aber Herr Radikow«, die Moderatorin klimperte mit den Lidern, »so wollen wir doch nicht miteinander umgehen.«

»Wir sind hier nicht im Spielkreis«, antwortete der. »Ihr feiner Sender hat kräftig ausgeteilt. Maulkorbzwang für alle, kann ich mich erinnern. Seit Wochen behauptet die Presse, Hunde hätten die Frau im Grunewald zerfleischt. Das machen wir nicht mehr mit.«

»Für wen reden Sie überhaupt?«, fragte die Grüne. »Ich bin in einer ordentlichen Wahl von den Berlinern beauftragt worden, sie zu vertreten, aber Sie?«

»Ihre Wähler, wie viele mögen das sein? Wir haben 123.000 Besucher täglich auf unserer Website, werden von knapp 48.000 Usern gepostet, sogar aus Australien gehen Unterstützermails ein. Zehntausend Likes die Woche, haben Sie schon mal bei Ihren Wählern gefragt, ob man auch zufrieden ist mit Ihrer Arbeit?«

»Das führt uns doch nicht weiter«, sagte die Moderatorin dünn.

»Fakt ist«, die Grüne steckte ihren Schal fest, »die Berliner Hunde sind eine alltägliche Gefahr für uns alle.«

»Quatsch. Fast alle Angriffe von Hunden auf Menschen geschehen im häuslichen Umfeld. Und wahrscheinlich haben Sie dafür gesorgt, daß sogar Anspringen in die Statistik mit einfließt.«

Die Grüne schnaubte nur.

»Alltägliche Gefahr, daß ich nicht lache. Was ist mit dem Straßenverkehr, der schlechten Luft und zu viel Sonne auf dem Hirn?«

»Auch dagegen unternehmen wir Grüne etwas. Tempo dreißig, die Feinstaubverordnung und pädagogische Maßnahmen zum Sonnenschutz.«

»Na super, demnächst gehen wir alle nur noch zu Fuß, in Ganzkörperschutzanzügen. Ihr werdet uns schon pampern.«

Die Moderatorin wandte sich an den Förster. »Wollen Sie nicht auch etwas zur Diskussion beitragen?«

»Für den Grunewald sind die Hunde eine große Belastung.«

»Die Menschen etwa nicht?«, fragte Radikow.

»Das ist nicht unser Thema«, sagte die Moderatorin streng.

»Urin und Kot überdüngen den Wald«, sagte der Förster.

»Ach wirklich?« Die Moderatorin riß die Augen auf. »Die armen Bäume, was machen Sie denn da?«

»Die Pflanzen werden beschädigt«, sagte die Grüne. »Und damit der Erholungswert der Berlinerinnen und Berliner beeinträchtigt. Mal abgesehen davon, daß der kranke Grunewald schlechter die Berliner Luft reinigen kann.«

»Wegen der Hundepisse?«

Die Moderatorin hob den Zeigefinger. »Herr Radikow ...«

»Ich plädiere dafür, daß der Senat sich erneut mit dem Thema Leinenpflicht und Maulkorbzwang beschäftigt. Von Hunden geht Gefahr aus, das werden wir nicht dulden«, sagte die Grüne.

»Muß es denn immer gleich Zwang und Gebot sein?« Der CDU-Mann im Tweedsakko konnte sprechen.

»Sie sollten Ihre persönlichen Interessen nicht wichtiger nehmen als das Gemeinwohl, Herr Kollege. Haben Sie nicht einen Golden Retriever und wohnen in Zehlendorf am Auslaufgebiet?«

»Sozialneid zu schüren gehört ja bekanntermaßen zu den Kernkompetenzen Ihrer Partei. Sie leben am Kollwitzplatz?«

»Das finde ich nicht nett«, sagte die Moderatorin.

»Zehlendorf trägt die Hauptlast des Auslaufgebietes, da wollen wir nicht auch noch beschimpft werden.«

»Was sagt denn unser Förster zu Leinenpflicht und Maulkorb? Würde Ihnen das helfen?« Die Moderatorin lächelte einfältig.

»Na ja, die Hunde würden wenigstens die Wildschweine nicht mehr aufstöbern.«

»Supi, leben sie ruhiger, vermehren sich besser und schaffen es schneller, sämtliche Berliner Grünanlagen zu verwüsten.«

»Herr Radikow!«

»Meiner fachlichen Meinung nach wäre beides aber wirklich dringend angesagt, bis der Wolf gefunden ist«, sagte der Förster. »Auch zur Sicherheit der Hunde.«

»Um die kümmern wir uns schon alleine.«

»Es wäre das beste, wir durchkämmten systematisch den Grunewald. Am besten zusammen mit Jägern aus dem ganzen Bundesgebiet und mit Unterstützung von Polizeikräften. Ich würde mich bereiterklären, die Aktion zu leiten. Immerhin ist es mein Revier.« Der Förster zupfte seine Krawatte gerade. »Dazu müßte man das Auslaufgebiet natürlich für Hunde sperren.«

»Eine sehr gute Idee«, sagte die Grüne, »dann kann sich die Flora gleich erholen.«

»Wenn Hundertschaften jedes Blättchen umdrehen und wildgewordene Jäger durchs Unterholz stampfen?« Radikow lief rot an. »Ja spinnen denn jetzt alle?«

»In dem Zusammenhang sollten wir auch noch einmal über eine generelle Leinenpflicht für Berlin diskutieren.« Der Förster öffnete sein Jackett. »Die bisherige Regelung ist ja nur ein Übergang, an deren Ausarbeitung das Forstamt nicht beteiligt war.«

»Hundert Jahre Übergang? Geht's noch?«

»Meinen Sie denn, Sie mit Ihrer Erfahrung als Förster finden den Wolf?«, fragte die Moderatorin.

»Selbstverständlich. Fehlt nur die Abschußgenehmigung.«

»Sie sind ja als schießwütig bekannt«, sagte Radikow.

»Was wollen Sie damit sagen?«

»War doch ganz deutlich.«

»Dem muß ich aber energisch widersprechen.« Frau Knapprodts Stimme kiekste. »Sie werden nicht einfach Wildtiere ermorden. Der Wolf darf höchstens betäubt werden.«

»Wenn es ein Hund wäre, wäre der Abschuß in Ordnung, was?« Radikow lachte höhnisch.

Die Grüne zupfte ihren Seidenschal. »Ein Hund, der Menschen anfällt, muß eingeschläfert werden.«

»Sie sortieren sich Ihre Tiere ja hübsch in gut und böse ein. Hühner befreien und Hunde an die Leine. Katzen zwangskastrieren und Fledermäuse päppeln. Wie lebt es sich in solchem Labyrinth? Stelle ich mir anstrengend vor. Was machen Sie zum Beispiel mit alten Hunderassen, die vom Aussterben bedroht sind? Werden die gefördert wie das Wollschwein?«

»Unser Thema ist eigentlich ein anderes«, quengelte die Moderatorin. »Deshalb zum Schluß eine Frage an jeden Teilnehmer: Wie schützt man sich vor dem bösen Wolf? Herr Abgeordneter?«

Clemens Matthias Schneider sah direkt in die Kamera. »Die Berliner haben schon ganz andere Gefahren bewältigt. Das wichtigste ist, Ruhe zu bewahren und die Ordnungskräfte bei ihrer schwierigen Arbeit zu unterstützen.«

»Frau Knapprodt?«

»Es gibt keinen Grund, ein Wildtier zu fürchten. Lassen Sie sich von Naturschutzverbänden erklären, wie friedfertig und für den Menschen völlig ungefährlich Wölfe sind. Alternativ finden Sie auf unserer Website ein Infoportal für alle wichtigen Fragen. Dort können Sie sich auch melden, falls Sie glauben, den Wolf gesehen zu haben.«

Die Moderatorin nickte dem Förster zu.

»Die Berliner müssen gar nichts tun. Vertrauen Sie auf Ihr Forstamt. Wir sorgen dafür, daß Ihnen in den Wäldern nichts geschehen kann. Sollte sich dort ein Wolf herumtreiben, werden wir ihn erlegen. Beachten Sie die Verbotsschilder, und hören Sie auf das, was der Förster Ihnen sagt.«

»Herr Radikow?«

»Schaffen Sie sich einen Hund an. Auch wenn es viele gibt, die uns das Wasser abgraben wollen, noch ist Berlin das Paradies für Hundehalter. Wenn Sie ihn artgerecht halten, wird er Ihr Freund sein und Sie gegen ein ganzes Wolfsrudel verteidigen, selbst wenn ihn das sein Leben kostet. Und wenn Sie keinen Hund halten können, wandern Sie in Begleitung eines Nachbarhundes. Hundehalter sind nette Menschen. Sie sind bei Wind und Wetter an der frischen Luft, begegnen den alltäglichen Anfeindungen mit Humor, übernehmen Verantwortung für ein abhängiges Wesen und lassen regelmäßig fünfe gerade sein.«

Natürlich war Tanja kein Ersatz für Jakob, aber war das schön, mit ihr zu arbeiten. Sie war allerdings eine echte Jakobschülerin, ging schon reichlich quer an die Fälle und blieb gern für sich.

Hauptsache, das Araberding kam demnächst vom Tisch. Tanja hatte schlichter als sie alle gedacht. Oskar war das weder peinlich noch neidete er ihr den Erfolg. Vor lauter Exotik und Europa hatten sie sich nicht darum gekümmert, warum der schweigsame Ali-Baba ausgerechnet wegen der Hunde den Mund aufmachte. Nach dem schönen Beifang suchte sie jetzt in der Nachbarschaft der Araberwohnung im Wedding Identität und Arbeitsplatz der Mordopfer. Etwas Handfestes für schwielige Hände und herzhaft schlichte Kleidung jenseits von Ballonhosen.

Oskar und Tanja standen neben der Stahlwanne, sahen auf den durch die Schneidwerkzeuge der Rechtsmedizin noch mehr verunstalteten Körper von Iris Gerber. Cumloosen hatte sie gerufen, die Obduktion war endlich abgeschlossen.

»Stellen Sie sich vor, sie wäre nur einen Teil der Nacht in der Truhe gewesen und im Kern zwar gefroren, aber, sagen wir, nicht unter acht, neun Grad minus«, erklärte Cumloosen, warum er ihnen keinen Todeszeitpunkt lieferte. »Oder aber, der Täter hätte die Schockfrostung angestellt, dann geht es schnell auf minus achtzehn Grad. Oder sie lag zwei Wochen tiefgekühlt, vielleicht auch vier oder acht.«

Oskar hob abwehrend die Hände.

»Immerhin wissen wir über den Türcode, wann sie zum letzten Mal ihre Wohnung verlassen hat«, sagte Tanja.

»Jetzt laßt das doch«, sagte Oskar, »woran ist sie denn nun gestorben?«

Cumloosen holte tief Luft. »Am besten, wir fangen von außen an. Wie Sie ja bereits wissen, war als letzter ein Wolf an der Leiche, seine Spuren überlagern alle anderen.«

»Den letzten beißen die Hunde«, sagte Oskar.

»Nicht so vorschnell, Herr Kommissar. Vor dem Wolf haben Marder sich an dem Leichnam gütlich getan, zwei mindestens, einer hatte eine erstaunliche Zahnlücke.«

»Wollen Sie uns jetzt auch noch erzählen, was der durch die Lücke gezogen hat?«

»Gern.« Cumloosen sah auf seine Notizen. »Etwas Leber, Muskelgewebe aus dem Hüftbereich.«

Oskar stöhnte.

»Vor ihnen war eine Wildkatze da, auch etwas Leber, und habe ich schon gesagt, daß Rinderschlund auf dem Leichnam lag?«

»Wenigstens keine muslimische Geschichte.«

»Und Pansen, wir haben Reste von beidem sichergestellt.«

»Hundefutter, was soll das?«, fragte Tanja.

Cumloosen legte die Notizen ab und faltete die Hände vor der Brust. »Wenn Sie mich als Wissenschaftler fragen, um möglichst schnell viele Beutetiere anzulocken.«

»Was hat das mit Wissenschaft zu tun?« Oskar verstand ja nichts davon.

»Es ist faszinierend, in wie kurzer Zeit sich verschiedene Tierarten bedient haben. Zum Beispiel, warum hat die Wildkatze nicht die ganze Leber genommen?«

»Vielleicht war sie satt?«

»Haben die Marder sie verjagt? Artübergreifendes Beuteverteidigen ist spannend, wie an einem Wasserloch in Afrika. Da lernen Sie alles über Hierarchie und Duldung.«

»Afrika?« Oskar sah Cumloosen in die Augen. »Können wir bitte weitermachen? Sie waren bei der Wildkatze stehengeblieben.«

»Waldmäuse und ein Igel, das sind die Zaungäste. Beider Pfotenabdrücke haben wir an einer Blutlache gefunden. Dürften ein paar Schluck genommen haben.«

»Wie in der Serengeti«, sagte Oskar.

»Ratten nahmen die Nase, wann weiß ich nicht. Kein anderes Tier fand sie interessant, deshalb ist eine zeitliche Einordnung schwierig.«

»Und auch nicht nötig.«

»Wildschweine waren natürlich da, vor der Katze. Eine ganze Rotte, Keiler, Bachen, Überläufer, Frischlinge, alles zertrampelt. Oberschenkel, Unterschenkel, eine Brust, alles Schweine. Überhaupt kann man von Arbeitsteilung sprechen. Ratten haben auch die Finger genommen und das Ohr.«

»Keine Hunde?«, fragte Tanja.

»Keine Hunde.«

»Getötet wurde sie aber nicht von den Schweinen und den Ratten, richtig?«, fragte Oskar.

»Sie sagen es. Die hinterließen nur postmortale Fraßspuren. Sie hatte ein Loch im Schädel.« Cumloosen wies auf Iris' Hinterkopf. »Dreieckig, auf halber Höhe des Hinterhauptbeins. Tischkante, schlage ich vor, inoffiziell.«

»Also wurde sie erschlagen?«

»Sie sind zu ungeduldig, Herr Blum. Hätte ich mir so viel Zeit genommen, wenn es so einfach wäre?«

»War es ein Unfall?«, fragte Tanja mit konzentriertem Blick auf das an der Wand hängende Röntgenbild.

»Schwach ausgeprägte Hämatome auf der Brust, über den Schlüsselbeinen, symmetrisch.« Cumloosen stieß Oskar leicht mit den flachen Händen vor die Brust. »Gestoßen würde ich sagen, unter Vorbehalt.«

»Geht es auch klarer?«, fragte Oskar.

»Gewürgt wurde sie vor der Tischkante.« Er deutete auf Iris' Nacken. »Vorne haben die Tiere alle Spuren weggefressen, aber im Nacken haben wir sehr schön ausgeprägte Hämatome von zwei großen Daumen.«

»Also von hinten gewürgt.«

»Und zwar stark und lange. Viel Wut oder Haß, scheint mir. Sie war sicher bewußtlos, als er von ihr abließ.«

»Oder sie«, sagte Tanja.

»Das müßte eine sehr kräftige Dame sein, mit ausgearbeiteten Händen.«

»Gut trainiert und kampferfahren seit Kindertagen.« Tanja sah zu Oskar.

»Sie meint eine Hundeausführerin.«

Cumloosen zuckte mit den Schultern. »Das müßt Ihr entscheiden. Aber es kommt noch einiges mehr, was Körperkraft erfordert.«

»Ist sie dann erstickt?«

»Langsam, Kommissar. Ich sagte nur, sie war bewußtlos. Mag sein, der Täter«, er sah zu Tanja, »oder die Täterin hat gedacht, sie wäre tot. Auf alle Fälle wurde sie mit Paketklebeband zusammengeschnürt. Wir haben Reste an ihren Schienbeinen gefunden, was darauf hindeutet«, er ließ sich auf den Boden sinken und zog die Knie vor die Brust, »daß er sie möglichst klein und kompakt haben wollte.« Er stand wieder auf und klopfte sich die Hose ab. »Dann hat er sie in eine Tiefkühltruhe gepackt. Was bedeutet, getragen und verstaut.« Er sah zu Tanja. »Sie wog circa fünfzig Kilo.«

»Geht's nicht genauer?«, fragte Oskar.

»Das ist eine Hochrechnung. Wie Sie wissen, fehlte einiges.«

»War sie da schon tot?«, fragte Tanja.

»Ungeduld scheint ansteckend zu sein, Frau Wehland, in Ihrem Alter sollten Sie noch ... «

»Cumloosen!«

»Wir haben es gleich, Herr Blum. Sie landete also in einer Truhe und ist dort innerhalb von vier bis ungefähr zwanzig Stunden erfroren.«

Oskar schluckte. »Scheiße, so langsam?«

»Bei einer Körpertemperatur von schätzungsweise 36°C dauert es zu erfrieren. Da sie zusammengeschnürt war, dauerte es noch etwas länger. Genauer bekommen Sie es nur, wenn ich die Truhe habe.«

»Könnte es nicht ein Kühlraum gewesen sein?«, fragte Tanja.

»Warum hätte er sie dann verschnüren sollen?«

»Für den Transport.«

»Interessanter Gedanke, aber es war trotzdem eine Truhe.« Er suchte nach einem Photo in seinen Unterlagen. »Sie hatte Druckstellen, so eng war es. Sie kennen das von Ihrem eigenen Gefrierfach, das Weiche gibt nach. Das Muster der Truhenwand hat sich beim Frosten in ihre Haut eingedrückt, an der Schulter, ich finde es jetzt nicht ... «

»Es reicht, sich das vorzustellen«, sagte Oskar.

»Haben Sie Sperma gefunden?«, fragte Tanja.

Cumloosen sah in seine Notizen. »Keinen Tropfen. Auch keine Spuren eines Kondoms, kein Gleitmittel, keinen Schaum, nichts. Sexuell inaktiv vor ihrem Tod, würde ich sagen.«

»Hacke bleibt dem Grunewald erhalten«, sagte Oskar. »Die Hundeleute werden enttäuscht sein.«

»Ich bin noch nicht fertig«, sagte Cumloosen.

»Noch eine Todesursache?«, fragte Oskar. »Oder war sie schwanger, hatte Aids?«

»Die Wolfsspuren ... «

»Nicht schon wieder. Sie klingen wie Jakob.«

»Der Wolf ist äußerst wichtig zur Lösung des Falles.«

»Hat er sie in die Truhe gescheucht, oder was?«

»Er war der Letzte am Kalten Bufett. Seine Fraßspuren sind zuoberst. Und da ist noch was.«

Oskar verdrehte die Augen.

»Sie ist ihm vor ihrem Tod begegnet.«

»Ich verstehe nur Bahnhof.«

»Sie hatte Wolfshaare im Reißverschluß ihres Minis.«

»Die haben Sie hinterlassen, um mich zu ärgern.«

Cumloosen sah ihn finster an. »Und in die Fußsohle hatte sich auch eins gebohrt. Sie sollten mir für meine Sorgfalt danken.«

Oskar stöhnte. »Ich will das nicht.«

»In ihrer Schambehaarung hing auch eins.«

»Hatte sie doch Sex, bloß mit einem Wolf?«

»Vielleicht hat sie sich mit kontaminiertem Klopapier abgewischt?«, fragte Tanja.

Cumloosen nickte. »Danke.«

»Das heißt«, sagte sie, »jemand würgt sie, stößt sie gegen eine Tischkante. Haben Sie Aufprallspuren des Tisches in der Wunde gefunden, Metallpartikel, ein Splitter Holz, ein Stück Resopal?« Cumloosen schüttelte den Kopf. »Er denkt, sie ist tot, verschnürt sie, friert sie ein, weil er erst einmal nicht weiß, wohin mit ihr.«

»Und dann überlegt er sich, das Auslaufgebiet wäre hübsch, fährt da raus mit seinem Fünfzig-Kilo-Bündel, wirft sie den Wildtieren zum Fraß vor und bringt die Hundehalter in Schwierigkeiten?« Oskar tippte sich an die Stirn.

»Und dieser Jemand hat Kontakt zu Wölfen?«, fragte Tanja.

Cumloosen nickte. »Sieht so aus.«

»Wer soll das sein«, fragte Oskar, »ein Pfleger aus dem Zoo?«

»In Brandenburg gibt es eine Wolfsstation, geführt von einer Punkerin«, sagte Tanja. »Aber Jakob meint, sie ist harmlos.«

»Der lernt es nie. Wir müssen sie überprüfen, sofort.«

XVIII

»Wo ist mein Anwalt?« Der kleine Fiffi, angeblich Bürger des Sultanats Oman, drückte die Brust raus.

»Dein Pflichtverteidiger läßt sich entschuldigen, ein Trauerfall in der Familie.« Tanja wies auf den Stuhl ihr gegenüber. »Ich soll Dich grüßen und daran erinnern, daß Du zu den Vergewaltigungsvorwürfen an einer Elfjährigen in Portugal keine Angaben machst.«

»Die kleine Fotze.« Fiffi ließ sich krachend auf den Stuhl fallen und sortierte mit Blick auf Tanja seine Eier.

»Allerdings weiß Dein Anwalt nichts von der neuesten Entwicklung.«

»Wer hat Dir erlaubt, mich zu duzen?«

»Leider konnte ich ihn nicht erreichen, um ihm die Ermittlungsergebnisse mitzuteilen.« Sie schob Fiffi ihr Handy zu. »Möchtest Du es versuchen?«

Er verschränkte die Arme über breitgestellten Beinen.

»Ich habe mich ein wenig in Eurer Nachbarschaft umgesehen. Es gibt da einen Gemüseladen, geführt von Syrern. Ihr wart oft da, die ganze Familie.«

Fiffi zischte abfällig.

»Stammkunden, die nie bezahlten. Mächtig und gefährlich, da gibt man Tomaten und Knoblauch, ohne den Blick zu heben.«

Fiffi reinigte seine Zähne mit dem kleinen Fingernagel.

»Vor zwei Wochen hast Du dort eingekauft. Falls man das einkaufen nennen kann. War es so?«

»Baba ist ein Ehrenmann, der hat überall Kredit.«

»Hast Du deshalb den Hund mitgenommen? Wolltest Du Deinen ererbten Kredit auskosten?«

Fiffi inspizierte seinen Fingernagel.

»Ausgerechnet den mit dem roten Halsband, hat Dir Dein Baba nicht gesagt, daß der besonders tabu ist? Sicher hat er das.

Und was machst Du? Greifst Dir das Schmuckstück und gehst eine Runde protzen im Kiez.«

Fiffi zischte wieder, gefolgt von einer Reihe fremdländischer Flüche.

»Die Frau aus dem Gemüseladen sagt, er hat sich plözlich losgerissen. Du wußtest nicht, wie wild diese Hunde eigentlich sind, wenn die Beruhigungsmittel, die sie für den Flug bekommen haben, nachlassen.«

»Ich weiß nicht, wovon Sie reden.«

»Die Frau sagt, der Hund hätte die ganze Einrichtung demoliert. Ist durch das frische Obst gerast, hat die Mangos zermanscht, in die Oliven gepinkelt, sich durch die Erdnüsse gewühlt.«

Fiffi lachte.

»Der Ladenbesitzer fand das nicht witzig. Er wollte den Hund einfangen, aber der ist zur Tür raus. Und Du wolltest hinterher.« Tanja beugte sich vor. »Da hat der Sohn des Inhabers Dich festgehalten. So ein kleiner Rotzlöffel wie Du demoliert ihm nicht den Laden.«

Fiffi sprang auf und machte einen Schritt auf Tanja zu.

»Setzen!«, brüllte sie. Er fiel zurück auf seinen Stuhl.

»Du hattest also jetzt ein Problem: der Hund war weg, und der Ladenbesitzer wollte seinen Schaden ersetzt haben, von Dir.«

»Ich hab' keine Probleme«, sagte Fiffi, »ich hab' Familie.«

»Und, seid Ihr zusammen zu Baba?«

»Der doch nicht, der hat viel zu viel Schiß. Das sind Christen, die Wichser.«

»Also bist Du allein zu Baba?«

»Logo, Baba hilft.«

»Aber Baba war sauer.«

»Woher weißt Du das?«

»Er hat es mir erzählt.«

»Baba, Dir?« Fiffi machte große Augen. »Nee, Du lügst. Baba redet nicht mit Frauen.«

Tanja lehnte sich zurück. »Er ist immer noch sauer. Der Hund ist richtig viel Geld wert. Und er hat ihn schon verkauft. Der Kunde wartet. Und dann ist da noch der Tierarzt. Er soll den Hund mit dem roten Halsband operieren, in Eurer Wohnung.«

»Das hat er auch erzählt? Oh Mann.«

»Alle warten und Du kommst nach Hause, ohne den Hund.«

»Ich konnte doch nichts dafür, daß der Köter sich losgerissen hat! Ich habe Baba gesagt, daß der scheiß Aramäer aus dem Gemüseladen ihn auf die Straße gehetzt hat.«

»Du bist ein Lügner.«

»Nein, verdammt, so war's, genau so war's.«

»Aber Baba hat Dir nicht geglaubt.«

»Er hat mich losgeschickt mit drei Cousins, den scheiß Köter suchen. So wütend war er noch nie.«

»Und dann?«

»Stand auf einmal der Sohn von dem Christen in der Wohnung. Scheiße Mann, Baba war so wütend. Sie haben gestritten. Der Sohn, der Irre, hat mit Baba über seine Scheißmangos gestritten. Und dann kam auch noch sein Vater an. Hat voll rumgeschleimt, sich vor Baba auf die Knie geworfen, ihm Geld angeboten.«

»Und dann?«

»Sind wir los, den Köter suchen. Bis zum Abend haben wir gebraucht, so eine Scheiße.«

Tanja goß Fiffi ein Glas Wasser ein und schob es ihm hin. »Baba erzählt das anders.«

Fiffi leerte gierig das Glas.

»Er sagt, Du warst es. Bist wütend geworden, hast die zwei Männer verprügelt und erstochen, auf einem Hinterhof. Sie hätten Deine Ehre verletzt.«

»Das ist nicht wahr.«

»Sieht aus, als wollte Deine Familie Dich über die Klinge springen lassen.«

Fiffi schüttelte den Kopf. »Du lügst.«

»Schließlich verdanken sie Dir den ganzen Ärger. Mal ganz zu schweigen von Portugal.«

»Man verrät seine Familie nicht.«

»Ihr seid gar nicht verwandt.«

»Was?«

»Die DNA, erinnerst Du Dich? Dein Baba und Du, Ihr seid nicht vewandt.«

»Was für eine fiese Nummer.«

»Du kannst natürlich auch allein für einen Doppelmord in den Bau gehen. Wenn Du Glück hast, kriegst Du Jugendstrafe. Der Nachteil ist der Psychologenkram dazu, von wegen der Besserung. Und dann wäre da noch Portugal. Weiß gar nicht, was dort auf die Vergewaltigung von Kindern steht.«

»Kinder, spinnst Du?«

»Die Gefängnisse sind nicht so schön wie in Berlin, aber was soll's, dafür ist das Wetter besser. Wie zuhause in Syrien.«

»Libanon.«

»Aha.«

»Meine Familie, die ist eigentlich aus dem Libanon. Wir sind Flüchtlinge, also gewesen.«

»Und was geht Dich dann der Baba aus Syrien an und was der Mann an der Shisha?«

Fiffi sah sich um. »Also gut, was habe ich davon, wenn ich Ihnen sag', wie's war?«

»Hängt davon ab, ob Du es auch beweisen kannst.«

Fifi grinste von einem Ohr zum anderen. »Wie wäre es mit den Messern? Mit Fingerabdrücken.«

»Sieh an, der Fiffi ist doch nicht so blöd.«

Er lehnte sich zurück und verschränkte die Arme hinter dem Kopf. »Bißchen Kapital auf der Kante ist nie schlecht.«

»Und, wer war's?«

»Der Mann an der Shisha und zwei Cousins.« Er zögerte. »Also, angeblich sind das Cousins. Mußt erst DNA.« Er strahlte. »Ich war dabei. Die Schweinedärme war ich. Für die Scheißchristen. Aber getan hab' ich ihnen nix. Hab' ich aufgepaßt, bin ja nicht blöd.«

»Und Baba?«

»Weiß von nix.«

»Das glaubst Du doch selbst nicht.«

Er lachte. »Nee, aber ich will noch ein paar Jahre älter werden. Den Baba laßt laufen, ist gesünder für uns alle.«

Janine war auf Ravioli umgestiegen. Beim Discounter waren die Bohnen aus, also nahm sie zwei Paletten Ravioli und eine Nasi goreng. Jetzt saß sie am späten Nachmittag auf ihrem Stammplatz, hatte den Ärmel ihres Pullovers über die Hand gezogen, mit der sie die heiße Büchse hielt. Sie blies über den aufsteigendem Dampf und rührte mit dem Löffel um.

Seit den Jahren auf der Straße war ihr egal, was sie aß. Heiß mußte es sein, die Straße war kalt. Ihr wichtigster Besitz war ein Tauchsieder aus dem Müll gewesen, sechzehn Tage lang, dann hatte ihn jemand nachts in der Notunterkunft aus ihrer Jacke geklaut. Sie war eben kein Wolf, schlief zu tief, schon damals.

Sie blickte zufrieden auf ihr Werk der letzten fünf Tage. Sie hatte eine Höhle für die Wölfe gegraben. Zumindest den Anfang, den Rest mußten die Tiere selbst machen. Laika hatte als erste interessiert ihr Werk inspiziert. Überall ihre Witterung aufgenommen, schließlich neben den Eingang uriniert und sich davor eingerollt.

Sie nahm einen Löffel, die Ravioli rutschten brennend in ihren Magen. Damals hatte sie keine Steckdose, mit der sie den Tauchsieder hätte nutzen können. Nicht mal einen Topf. Aber der Diebstahl hatte sie schwer getroffen. Inzwischen wußte sie, daß ein Gaskocher viel besser war. Zumindest für ihr Wasserbad. Ravioli im Wechsel mit Nasi, ping pong.

Dieses Mal fuhr der lange Dünne. Sein Kopf schien bei jedem Schlagloch gegen das Autodach zu stoßen. Der Dicke hüpfte neben ihm auf und ab.

Dieses Mal fuhren sie durch das geöffnete Tor direkt auf ihr Gelände. Der Dicke stieg mühsam auf einem Bein aus dem kleinen Polizeiauto, der Dünne reichte ihm Krücken. Gemeinsam näherten sie sich langsam Janine. Sie löffelte geduldig ihre Dose aus, kratzte die Reste vom blechernen Boden, wischte sich den Mund ab und betrachtete die humpelnde Ordnungsmacht. Der Dicke kam schnaufend vor ihr zu stehen, der Dünne sah sich fürsorglich nach einer Sitzgelegenheit um. Janine stellte zwei Kisten aufeinander und bot sie dem Dicken an, der sich ächzend fallen ließ.

»Sportunfall«, sagte er schwer atmend, »Fußball mit der E-Jugend.«

Janine sah auf seinen monströs bandagierten Fuß. »Hat sie mich etwa angezeigt? Frage mich nur, weswegen. Mir fällt nichts ein, aber ich bin auch aus der Übung.«

Der Dicke fand langsam seinen Atem wieder. »Keine Ahnung, von wem Sie reden. Ihren Bruder suchen wir.« Er rieb seinen Fuß. »Ist abgehauen, aber dieses Mal hat er etwas mitgenommen.«

»Hoffentlich wärmere Kleidung. Die Nächte sind kalt.«

»Sie müssen es ja wissen«, sagte der Dünne.

»Sich mit der Witterung auszukennen, gehört zu meinem Beruf.«

Der Dünne lachte. »Beruf, ja?«

Janine sah auf seine riesigen Schuhe. Die Uniformhose war zu kurz, seine blauen Socken leuchteten.

»Kreditkarten«, sagte der Dicke, »Eine teure Armbanduhr, ein niegelneues Smartphone und reichlich Bargeld.«

Janine schwieg. Sie hatte damals nichts, nicht mal eine Jacke.

»Das ist jetzt ernst, junge Frau.« Er wies mit dem Zeigefinger auf sie. »Beihilfe wird das, wenn Sie nicht ganz doll aufpassen.«

»Sehen Sie sich um. Hier ist er nicht.«

»So blöd sind Sie nicht«, sagte der Dünne, stellte die Beine breit und hängte seine Daumen in die Gürtelschlaufen seiner zu kurzen Uniformhose. Janine musterte ihn und sah dem Dicken an den Hals. »Ich bin nicht mal blöd genug, ihm zu helfen.«

»Sie waren mit ihm in Görlitz. Weiter Weg dafür, daß es Ihnen wurscht ist.«

»Abgeliefert habe ich ihn, mehr nicht.«

»Sie waren unverschämt, sagt seine Pflegemutter. Sie fühlte sich bedroht, hätte fast die Polizei gerufen.«

»Hätte ich ihr mal was getan, dann gäbe es wenigstens einen Grund für den Aufmarsch.«

»Nu wern se nich frech.« Der Dünne legte die Linke auf sein Pistolenhalfter. Janine sah ihm dabei zu. »Was dann?«

»Nehmen wir Sie gleich mit«, sagte der Dünne.

»Ohne Grund?« Janine stand auf, stellte sich direkt vor ihn.

»Der find' sich«, sagte der Dicke.

»Versuchen Sie es«, sagte Janine und wich zum Gehege aus.

»Nee«, sagte der Dicke, »da weiß ich was Besseres.« Er streckte vorsichtig sein lädiertes Bein aus und griff sich seine Krücken. »Wir machen Ihre Bude dicht. Wie wäre das?« Er grinste Janine an. »Können die Leute ringsum sowieso nicht ab, was Sie hier veranstalten. Gefällt keinem, so eine wie Sie hier in der Gemeinde zu haben.«

»Ah ja?« Janine schätzte die Schritte bis zur Hütte ab, zum Gewehr. Mindestens fünfundzwanzig. Zu viele für des Dünnen Pistolenhalfter, trotz des geschlossenen Druckknopfes.

Der Dicke stützte sich auf die Krücken und stand ächzend auf. »Von den Jugendstrafen will ich mal gar nicht reden. Auch nicht davon, wie Sie aussehen.«

»Das ist ein freies Land.«

»Für Sie nur so lange, bis wir Ihren Bruder in Ihrer Nähe erwischen. Und das werden wir. Wo soll er sonst hin? Zwei Fliegen mit einer Klappe. Er fährt in den Jugendknast und Sie zu den Großen.«

»Feierabend mit der Wolfsscheiße«, sagte der Dünne und rotzte in den Sand.

Der Dicke schwenkte mit seiner Krücke zum Gehege. »Die werden weggeschafft, und wir können wieder ruhig schlafen.« Er winkte dem Dünnen. »Wir behalten Sie im Auge, bis es so weit ist. Und damit Sie nicht glauben, wir sind zu unterbesetzt für das kommende Wochenende, die Nächte oder sonstwie nicht zu gebrauchen«, er wies mit der Krücke auf seinen Fuß, »ich habe eine große Verwandtschaft und mein Kollege auch. Ganz zu schweigen von den Nachbarn.« Er lachte. »Um die erste Schicht morgen früh haben sie sich gerissen. Das Los mußte entscheiden, wer Sie überwachen darf.« Er wandte sich zum Gehen, der Dünne folgte ihm. »Ach so«, rief er über die Schulter, »Sie dürfen natürlich auch von alleine verschwinden.«

Janine stand starr und sah ihnen hinterher. Sah den Dicken auf einem Bein an der Beifahrertür stehen und rückwärts auf den Sitz plumpsen. Sah den Dünnen die Krücken hinter dem Fahrersitz verstauen, sah ein letztes Mal, als er ins Auto stieg, seine dürren Beine mit den blauen Socken. Hörte den Motor aufjaulen, roch die Abgase, sah den Wagen von Schlagloch zu Schlagloch davonhoppeln. Sah seine immer wieder aufleuchtenden Bremslichter kleiner und kleiner werden und schließlich in der Sandwolke, die der Wagen hinter sich ließ, verschwinden.

Langsam drehte sie den Kopf zum Gehege. Alle Wölfe standen, verstreut auf erhöhten Plätzen. Alle sahen sie an. Janines Augen brannten. Ihr Herz schlug laut in der Stille.

Sollte sie sich an die Chefin wenden? Nein. Es war ihre beschissene Kindheit, waren ihre Geschwister. Sie mußte das lösen, allein wie immer.

Sie ging zur Hütte. Öffnete die Kiste, in der sie ihren Besitz verstaut hatte, und zog den Seesack heraus. Sie öffnete die Kordel und kippte den Inhalt auf den Boden. Sortierte heraus, was sie unbedingt brauchen würde. Es war ein kleines Häufchen, leichtes Gepäck auf der Straße. Lange nicht gesehen, lange nicht berührt, aber aufgehoben, falls die schlechten Zeiten zurückkehren. Schien, es wäre so weit. Sie nahm das Gewehr, wog es. Nein. Die Taschenlampe. Das Messer. Ja. Sie zog die alte schwarze Mütze über den Kopf, wickelte das Tuch um den tätowierten Hals, zog die schwarzen Schnürstiefel an und band das Messer um die Wade. Sie brachte das Gewehr zum Auto, schloß es zu. Kontrollierte die Gehegetüren, sah auf den hohen Zaun.

In der Nacht würden sie es nicht wagen zu kommen. Sie fürchteten die Wölfe, das war gut. Und die Naturschutzbehörde, das war noch besser. Solange sie Janine nicht hatten, würden sie es nicht riskieren. Aber sie konnten ein Loch in den Zaun schneiden. Nichts leichter als das. Die Wölfe töten, nein, aber sie befreien, das schon.

Sie würde den Wagen zurücklassen, Licht in der Hütte, ein Tuch vor dem Fenster. Vielleicht reichte das. Erst einmal nur für zwei Tage. Die Wölfe hatten Futter und Wasser genug. Danach würde sie kommen und sie versorgen. Und wieder aufbrechen. Es konnte lange dauern, vieles war in Unordnung. Sie drehte ihre Runde auf dem Gelände, sah nach Westen auf die tiefe Sonne, dachte an die Amsel, die ihr damals den Weg gewiesen hatte, schloß ihre Jacke, warf einen letzten Blick auf ihr Zuhause, auf die Wölfe, schwor, zurückzukommen, wenn alles erledigt war, und stieg hoch in den Wald.

»Legen Sie den Baseballschläger weg!« Oskar stand vor einem schnaufenden Buchhändler, dessen schmale Finger sich fest um das Holz schlossen. Der Mann hob den hölzernen Prügel über den Kopf und starrte Oskar an. Tanja, die in der geöffneten Tür zur Buchhandlung stand, zog ihre Waffe.

»Es geht um Fledermäuse, ich bitte Sie. So kleine Tiere. Schlafen den ganzen Tag.« Oskar zog die Schultern hoch und drehte die Handflächen nach oben.

»Scheiß Viecher«, schrie der Mann.

»Sind durch die offene Tür geflattert und haben es sich in Ihren Regalen bequem gemacht. Nichts spricht dagegen, daß sie in der kommenden Nacht auf dem gleichen Weg wieder verschwinden.«

Die Luxussanierung eines Dachgeschosses im Nachbargebäude hatte die armen, vom Aussterben bedrohten und ergo streng geschützten Tiere aus ihrem angestammten Zuhause vertrieben. Exakt um zehn Uhr zwanzig am Freitag, als der Buchhändler seinen Laden aufschloß und bei weit geöffneter Tür pfeifend seinen Arbeitstag begann, drang mit der Frühlingsluft die Fledermauskolonie ein und besetzte die Belletristik von K bis O. Zumindest hatte der Buchhändler sie in der Ecke zuletzt gesehen.

Da er ein korrekter Mensch war, hatte er, als sich die Fledermäuse um halb zwölf immer noch nicht daran machten, seinen Laden zu verlassen, die Feuerwehr angerufen. Die wiederum verwies ihn an die Untere Naturschutzbehörde. In einer Stunde Telefonierens quer durch die Stadt hatten etliche Beamte Kübel von Drohungen über ihm abgeladen, nähmen die kleinen Vampire in seiner Buchhandlung Schaden. Als letztes landete er in der Berliner Wildvogelauffangstation, wo man ihm versicherte, die Tiere zögen in der kommenden Nacht von allein weiter, da die Unruhe einer Buchhandlung nicht ihren Vorstellungen eines Erstwohnsitzes entspräche. Bis dahin sei er verpflichtet, sie vor Belastungen, Lärm und zu großer Wärme zu schützen. Bei Beginn der Abenddämmerung habe er sämtliche Lichter zu löschen, die Fenster zu verdunkeln und bei geöffneter Tür möglicherweise die ganze Nacht auf den Auszug der sterbensbedrohten Art zu warten.

Der Buchhändler hatte daraufhin seinen sanftmütigen geisteswissenschaftlichen Stil verlassen und den Telefonpartner mit wüstesten Beschimpfungen übergossen, sowie das kommende Massaker an den Einbrechern in grellsten Farben ausgemalt.

Der ehrenamtliche Wildretter am Telefon war Werner, Jakobs total sympathischer biologischer neuer Busenfreund. Er verständigte aus Sorge um das Leben der Einbrecher mit Verweis auf Iris' Leiche und Oskar, dessen Namen er von Jakob aufgeschnappt hatte, die Kripo. Dabei vergaß er zu erwähnen, daß es nur um Minivampire ging. Vermutlich war ihm der Unterschied zwischen Mensch und Tier in seinem biologischen Glastürmchen abhanden gekommen. Also bretterte Oskar mit Martinshorn durch die halbe Stadt, um Menschenleben zu retten und fand Fledermäuse im Tiefschlaf.

Und das nach dem Araberfrust. Natürlich hatte Tanja das wunderbar auseinandergefummelt. Ganz zu schweigen vom abgekochten Verhör des chauvinistischen Nachwuchses. Gott, hatte sie den Kleinen reingelegt. Die Auslieferungsanträge waren alle abgelehnt. Erst der Doppelmord in Berlin, danach, in zehn oder mehr Jahren würden sie die Brut über halb Europa verteilen, bis auf das Familienoberhaupt. Eine Weste weiß wie Schnee und plötzlich, überbracht von einem Anwalt, hatte er eine Aufenthaltsgenehmigung für England. Keine Auslieferung wegen Steuerbetrugs nach Polen, Diebstahls nach Rumänien und schon gar nicht wegen sexueller Nötigung nach Schweden. Morgen würde der mutmaßliche Auftraggeber des Doppelmordes zurückkehren in seine Wohnung im Wedding. Und in wenigen Tagen nach England ausreisen. Das hing Oskar bis auf weiteres säureproduzierend im Magen und würde beizeiten in einen mit Jakob genossenen Vollrausch versenkt werden müssen.

Jetzt war es kurz vor drei am Nachmittag, Dämmerung und Auszug von Fledermäusen noch fern, und der Buchhändler drohte, mit seinem für den Einsatz gegen zweibeinige Räuber zugelegten Sportprügel die eigenen Regale zu zertrümmern, um darin verborgene Tiere zu verscheuchen.

»Schauen Sie«, sagte Oskar und behielt den über ihm schwebenden Baseballschläger im Auge, »Sie sind doch ein Mann der Literatur. Was würden Ihre Autoren dazu sagen, wenn Sie deren Werke zertrümmern.« Oskar sehnte Jakob herbei, der würde den Mann auf einen ganz bestimmten Text zwischen K und O festnageln, als sei es eine Bibelstelle. Wer ließe da nicht alle Waffen sinken und begänne ein Gespräch unter Fachleuten.

»Das ist Notwehr, verflucht noch mal.«

Aus dem Hintergrund drang Applaus, irgendjemand rief. »Genau, verdammte Scheiße.« Vor dem Laden hatte sich eine Menschenmenge versammelt, informiert von den Kunden des Buchhändlers, die während dessen Telefonorgie in den Laden getrödelt waren.

Oskar fuhr herum. »Maul halten da draußen, sonst nehmen wir Euch alle mit.«

»Unverschämtheit. Jetzt kümmern sich sogar die Bullen mehr um die blöden Viecher.« Tanja schloß die Ladentür, steckte ihre Waffe ein und ging zum Regal von K bis O.

Oskar sah den Buchhändler an und streckte die Rechte aus. »Den Schläger.« Der Mann fuchtelte damit zwischen ihnen herum. »Was wird das, wollen Sie jetzt mich aus Ihrem Laden prügeln statt der Tiere?«

»Ich mache von meinem Recht auf Selbstverteidigung Gebrauch«, schrie der Mann und stürzte auf Oskar zu.

In diesem Moment traf ihn die gesammelte Essayistik von Alfred Kerr im hölzernen Schmuckschuber am rechten Schulterblatt. Der Mann ließ den Schläger fallen, der über den Dielenboden des Ladens rumpelte. Dem Kerr folgte Tanja, die ihr Knie ins Kreuz des Buchhändlers rammte, seinen rechten Arm auf den Rücken drehte und mit einer Handschelle sicherte.

Der Mann schrie wie am Spieß, und aus der Lücke, wo der Schmuckschuber gestanden hatte, stob die Fledermausfamilie ohne Obdach auf. Der Laden war erfüllt von ihrem Flattern und Fiepen.

Oskar sprang zur Ladentür, riß sie auf und brüllte nach draußen »Weg da!«, als ihn von hinten die Vampire erreichten. Oskar hielt sich die Arme über den Kopf, Männer und Frauen sprangen kreischend zur Seite, ein Witzbold rief »Fliegeralarm!«. Plötzlich war es still.

Oskar nahm die Hände herunter und sah sich um. Keine Tiere. Der Baseballschläger machte vor dem Tischchen mit Stövchen und Gebäck für die Kundschaft letzte schwankende Bewegungen. Unter der Kanne flackerte das Teelicht. Tanja kniete auf dem wimmernden Buchhändler, ihre Oberarmmuskulatur zuckte.

Oskar beugte sich hinunter. »Na, Nachbar, geht's wieder?«

Der versuchte den Kopf zu drehen, was Tanjas Klammergriff verhinderte. »Lassen Sie mich bitte aufstehen?«, piepste er.

Oskar nickte, Tanja zog ihn hoch. Vorsichtshalber hielt sie die halbe Handschelle noch fest.

Oskar klapste dem Mann auf die Schulter. »Alles wieder verträglich?«

Der Mann blinzelte ihn an. »Sind sie weg?«

»Ab durch die Mitte«, sagte Oskar. »Hab' ich es nicht gesagt? Buchhandlungen sind viel zu unruhig.«

Der Mann hielt sich mit der freien Linken die rechte Schulter und stöhnte.

»Alfred Kerr«, sagte Oskar.

»Gute Wahl.« Der Buchhändler grinste schief. »Kann ich Ihnen sonst noch was empfehlen?«

XIX

Dao trat auf eine Getränkedose auf dem Gehsteig. Krachend sank das Aluminium in sich zusammen, es hallte in der Nebenstraße. Sie war am Hotel vorbeigelaufen, zum ersten Mal. Sie sah sich um. Hier war sie noch nie gewesen. Sie seufzte und trat den Rückweg an. Es war teuflisch dunkel, abseits der Hauptstraße. In der Ferne brauste die Stadt, um sie herum schien alles zu schlafen. Kein Wunder, es war schon wieder nach eins. Der Nachtportier kannte sie besser als die Tagesschicht. Was die wohl dachten, womit sie ihr Geld verdiente.

Natürlich ließ sie die Verwüstung ihrer Wohnung nicht auf sich sitzen. Hatte nach stundenlangem Warten auf dem Abschnitt bei zwei gelangweilten Beamten Anzeige erstattet. Dao mußte sie auf das Sperma hinweisen, darauf bestehen, daß sie eine Probe nahmen für den späteren DNA-Abgleich. Die Zwei fanden das völlig überflüssig. Jeden Tag würde in die Hälfte aller Berliner Wohnungen eingebrochen. Ein Zettel der erstatteten Anzeige für die Versicherung und gut is'. Wer will denn gleich den Täter suchen, auch wenn das hier schon originell war und nach einer Beziehungstat aussah. Ob denn auch was geklaut sei?

Dao quiekte, als unter ihrem rechten Schuh etwas Weiches nachgab. Hundescheiße, auch bei trüber Straßenbeleuchtung unverkennbar.

Die Scheiße von dem Mistkerl hatte sie selbst eingetütet. Photos gemacht, Sperma- und Urinproben genommen, Fingerabdrücke auf Ketchupflaschen gesichert. Wenn die Bullerei der Fidschi nicht hilft, hilft die Fidschi der Bullerei. DNA-Pröbchen verarbeiten auch andere Labore. Der Typ würde sich noch oft an seinen Fehler erinnern, Daos Wohnung verwüstet zu haben.

Sie beugte sich im nahezu Finstern zu ihrem Schuh und hielt angeekelt die Luft an. Hellbraun quackerte die unvollständig verdaute Masse seitlich am Schuh hoch. Sie würde sie wegwerfen müssen, das zu reinigen dauerte entschieden zu lange für ihren ausgeprägten Brechreiz.

Er kam von hinten.

Ausgerechnet diese schicken, total bequemen Schuhe, so ein Mist. Schon beim Anziehen im Laden hatte sie gewußt, daß das Lieblingsschuhe werden würden.

Er stand direkt hinter ihr.

Sie versuchte sich zu erinnern, wo sie sie gekauft hatte. Potsdamer Platz? Die genervte Ostverkäuferin mit dem Kaugummi?

In einer schnellen Bewegung zog er ihr die Plastiktüte über den Kopf. Sie schlug um sich, versuchte sich zu befreien. Er schloß seine Hände von hinten um ihren Hals, sie atmete hektisch, die Tüte zog sich in Nase und Mund, ein Hand löste sich und drehte ihren rechten Arm nach hinten. Dao stöhnte, der Schmerz nahm ihr die Luft, aber die Tüte hatte sich etwas gelokkert, sie atmete gierig, die zweite Hand löste sich von ihrem Hals, drehte auch Daos linken Arm auf den Rücken. So standen sie hintereinander. Der Mann senkte seinen Kopf an Daos Hals. Dao würgte, er stank nach Bier. Eine Messerklinge drückte Daos Kehlkopf. Todesangst, die Welle wieder, das Meer. Sie wurde gegen eine Hauswand gestoßen, er war jetzt vor ihr. Das Messer kehrte zurück an ihren Hals. Feuer auf ihrer Haut, Panik in ihrer Lunge, das Meer, überall das Meer. Da riß sie mit aller Macht ihrer Panik das Knie hoch. Er schrie, sie stürzte nach vorn, die Hände voraus, sie ging zu Boden, er riß sie an den Haaren, seine Faust traf ihr Kinn, ihr Kopf schlug auf das Pflaster, sie sah Sterne, dann nichts mehr.

Es roch streng nach Hund. Etwas schnupperte an der Tüte über Daos Kopf, ging über zu ihrer Hose, blieb hängen an ihrem Schritt, schnoberte an ihren Hosenbeinen. Es plätscherte, dann wurde ihr Knöchel feuchtwarm. Sie wollte schreien, ein schiefes Quietschen kratzte in ihrem Hals, der Hund ließ von ihr ab, sie hörte seine sich entfernenden Krallen.

Sie tastete mit der Hand nach ihrem Hals und zog die Tüte vom Kopf. Sie blinzelte. Rollte sich auf die Seite, legte den hämmernden Kopf auf ihren Oberarm und ruhte sich aus. Atmen, nicht kotzen. Sie drehte sich vorsichtig auf den Bauch, stützte die Hände auf, hockte auf allen Vieren, richtete den Oberkörper auf, schwankte, hielt sich den Kopf. Sie tastete ihr Gesicht ab. Ein schmerzender Kiefer, aber kein Blut. Dieser Gestank. Urin, Hundescheiße, sie hob den Arm zur Nase und würgte, nicht schon wieder. Sie taumelte in den Lichtschein der nächsten Laterne und sah an sich hinab. Sah, daß die Hose zu war, der Gürtel unbeschädigt und schluchzte.

Jakob würde aufpassen müssen. Samuel schreckte nicht einmal vor einer Überwachung zurück, um ihn auf frischer Tat mit Wladis Handy festzunehmen und es dann unauffällig verschwinden zu lassen. Oder wenigstens Fockes Abdrücke abzuwischen. So viel zum Thema moralische Eignung für den Dienst an der Gerechtigkeit.

Als beim letzten Gerichtstermin Dr. med Johanna von Bredow, seine Hanna, von ihrem schmierigen Kollegen Pansel von der Gynäkologie im Zeugenstand unwidersprochen als mordende Irre dargestellt wurde, hatte Jakob die Beherrschung verloren. Komme ich nicht an den Feind, beleidige ich seine Frau, Mutter, Tochter. Bewährt vom Neandertal bis zur Neuköllner U-Bahn. Jakob reagierte testosterongesättigt wie beabsichtigt.

Er verbat sich, seine Lebensgefährtin als Bekloppte zu diskreditieren, nur weil sie über zu viel Mitgefühl für diesen Scheißjob im Krankenhaus verfügte. Sie hatte sich für eine Patientin eingesetzt, deren Lebenslicht mit über neunzig flackerte. Als dieses olle Kerzchen mit Starkstrom auf einem OP-Tisch ins Leben zurückkatapultiert worden war, hatte Hanna einen Krankenhausflur verwüstet und mit teurem medizinischem Zubehör um sich geworfen. Ganz ohne Testosteron und Neandertal. Hanna sagte eben gern deutlich, wann etwas genug war.

Samuel rief den Angeklagten Hagedorn mit maliziösem Grinsen zur Mäßigung auf und stellte fest, Jakob zeige Verständnis für einen versuchten Mord. Nur für das Protokoll. Richter Schneiderhahn fiel ihm ins Wort und fragte Jakob, ob er wisse, wo das Handy sei, dessentwegen sie sich die Tage um die Ohren schlügen.

Jakob bot sich an, es zu suchen, worauf der Richter unverzüglich die Verhandlung vertagte und hastig den Saal verließ. Dabei entdeckte Jakob an seinem linken Fuß eine sehr dicke graue Socke, in der das Hosenbein steckte, der andere Fuß war nackt im Schuh. Schneiderhahn verlor zu immer mehr Zimmern den Schlüssel, was für einen Erfolg Fockes und seines staatsanwältlichen Handlangers Samuel Herzl sprach.

Jakob seufzte. Er hatte Grund, sich über die Schrulligkeiten seiner Nachbarn zu amüsieren. Letzte Nacht hatte er wieder einen Hungertraum gehabt. War gelaufen, hatte schwer geatmet, den Kopf tief gesenkt, die Nase am Boden. Tausende Gerüche und nagende Leere im Bauch. Er erwachte eingerollt wie ein Hund. Auf dem Weg zum Klo überkam ihn das dringende Bedürfnis, seinen Hoden zu lecken. Als er das heute früh im Gerichtsflur Oskar am Telefon erzählte, fragte der nur entsetzt, ob er etwa rankäme an seine Eier.

Beängstigender als die sonderbaren Träume von endlosen Wegen unter Mondlicht, vergeblichen Jagden und gierigem Herabschlingen halb verwester Kadaver war seine wachsende Hilflosigkeit im Berliner Alltag. Neuerdings schrak er bei vertrauten Geräuschen auf, sicherte in alle Richtungen, sondierte Fluchtmöglichkeiten und hatte ständig Harndrang.

Vielleicht sollte er an Laternenpfählen Marken setzen. Eingeschlossen wurde man für so etwas in Berlin nicht, ganz normale Menschen pinkelten, wenn die Blase Alarm gab, an die erstbeste Senkrechte. Seine Heimatstadt wurde immer mehr zum Zoo. Bloß die Wärter fehlten. Jede Tierart machte, was ihr paßte, die in Uniform feierten Krankenstandsrekorde und duckten sich weg.

Seitdem die Wolfsspur bekannt geworden war, folgte der übliche mediale Irrsinn. Alle hackten aufeinander ein, man entblödete sich nicht einmal, eine wildtierfreie Stadt zu fordern. Die Ratten der Berliner Unterwelt bekamen vor Lachen Bauchmuskelkrämpfe.

Jakob stieg in den U-Bahnschacht, strenger Rüdengeruch wehte heran, seine Nackenhaare kribbelten. Etwas zog ihn am Schnürchen nach links, seine Blase pochte. Er zwang sich, nicht abzubiegen und legte einen Zahn zu. Das immerhin brachte seine Wandlung zum Caniden mit sich, er war deutlich schneller zu Fuß, erreichte eine Art Paßgang, knapp unterm Schweben.

Die U-Bahn fuhr ein, er zuckte vor dem Luftzug zurück, drehte sich weg, als scheppernd die Türen aufgingen. Sein Gehirn schickte als Protestnote schießende Schmerzen von Ohr zu Ohr, er schlich vorsichtig ins Abteil.

Und jetzt hatte Cumloosen auch noch wölfische Fraßspuren an Iris' Leiche gefunden. Speichel und Haare waren das eine, die ließen sich mitbringen, aber Fraßspuren? War ein Wolf der Täter?

Er setzte sich auf eine leere Bank, überprüfte die anderen Fahrgäste auf Bedrohungspotential und lehnte sich an das Fenster. Das kühle Glas tat ihm wohl. Eine Frau sah von der gegenüberliegenden Bank herüber und gleich wieder weg.

Es mußte ein Wolf sein, der in ihm herumstieg. Warum sollte ein Hund Jakobs Instinkt vergrößern können? Bei aller Liebe, Thies, sie sind irrsinnig intelligent, treu und lernfähig, aber könnten sie ihn lehren, schlafwandlerisch die Gerichtsverhandlung durchzustehen? Mit einem in demenzielles Dunkel absinkenden Richter kurz vor dem Ruhestand, den Jakob mit warmem Kakao hätte trösten mögen. Mit einem Staatsanwalt, der ihn hinter Gittern sehen, einer Behörde, die ihn aussondern, Kollegen, die ihn grillen wollten? Und das alles nur, weil er Geister sah, in Vorzeiten einmal einen Magister gemacht hatte und nicht bei ihren Lagerfeuern saß.

Wie hatte er nur glauben können, in einer Behörde zurecht zu kommen. Öffentlicher Dienst. Sein Vater hatte recht, auch ohne dessen 68er Attitüde war das ein Witz. Er war Einzelgänger. Freundlich, höflich, aber nur dem eigenen Urteil verpflichtet. Für einige Menschen würde er alles tun, aber nicht für eine Institution, das Gesetz.

Sein Vater sagte auch, das Tier habe ihn ausgesucht, weil sie sich etwas zu sagen hätten. Schieb nicht alles auf Deine Zappelei. Du hattest schon immer Kanäle, die andere nicht mal kennen. Erbe Deiner Mutter, die hat das ins Cello gepackt. Und Ende des Gespräches. Vaters Tränen, Jakobs rauhe Stimme. Scheiß Telefon. Sein Vater war auch jemand für einen heißen Kakao. Alte Männer wurden gerade sein Spezialgebiet. Schwach, sentimental, trauernd. Er sollte Grete vorbeischicken, die führte ihnen allen vor, wie man die Nase im Wind hielt mit Trümmerbergen im Rücken.

Die U-Bahn legte sich quietschend in die Kurve, Jakob steckte, schon geübt, die Finger in die Ohren. Der Kopfschmerz wich in die Mitte des Hirns aus und richtete sich dort ein. Die Frau von gegenüber sah vorsichtig zu ihm. Jakob überlegte, eine Runde Wolfsgeheul anzustimmen. Vermutlich war sie frisch zugezogen aus Baden-Württemberg. Er sah eine Schlachteplatte, der Speichel sammelte sich, die U-Bahn fuhr wieder in die Gerade, er nahm die Finger aus den Ohren.

Warum ließ er sich nicht gleich in die Wildpflegestation aufnehmen, zu der er gerade unterwegs war? Man würde ihn päppeln und auswildern. Aber nee, nicht mal als Wolf wollte er runter von seiner Wildbahn Berlin.

Er fuhr zum Biologen Werner, Iris' potentiellem Arbeitskollegen mit geplatztem Weltrettungsprojekt im Dschungel von Guatemala. Jakob ging Janines Bemerkung nicht aus dem Kopf, mit den Wolfsspuren narre sie jemand. Von Oskar, der Jakob von seiner Fledermausrettung erzählte, erfuhr er, daß Werner ehrenamtlich in der Wildvogelauffangstation am Rand Berlins arbeitete. Die Stadt trug ihre Meinungsverschiedenheiten neuerdings vorzugswcisc auf den Rücken von Meisen und Tauben aus.

Jakob wollte wissen, was Werner von Janines These hielt, mit den Wolfsspuren würden sie genarrt. Vielleicht kannte der in allen Lebenslagen der Stadt beheimatete Biologe und Umweltschützer jemanden, der für solchen Irrsinn infrage kam – mit überdimensioniertem Tiefkühlschrank in der Küche und einem Wolfskieferknochen im Keller, um Fraßspuren vorzutäuschen.

Das Obduktionsergebnis war so widersprüchlich. Mit eingedrücktem Kopf erfroren, zusammengefaltet auf Tiefkühlmaß, waren da andererseits die Fraßspuren, der Auffindort unter freiem Himmel. Wie paßte das zu den bisherigen Verdächtigen? War Iris zu Besuch bei ihrem gedemütigten Bruder im Reihenhaus gewesen, im Zorn erschlagen worden und in der familiären Truhe zwischen Pizza und Fischstäbchen gelandet, weil die Kleinen aus der Schule kamen?

Zum gestörten Hirn des Tierhassers Schröter paßten Auffindort und die Inszenierung, aber es gab keine Verbindung zu Iris. Zumindest hatten sie bisher keine gefunden. Und da sie ihn nicht mal überwachen konnten, würden sie auch keine finden.

Und Marie, die hinter der vermeintlichen Resozialisierung ihre Gewaltbereitschaft hatte weiter köcheln lassen? Sie hatte Iris schon einmal geschlagen. War eine weitere Auseinandersetzung entgleist? Aber warum sollte Marie sie in eine Tiefkühltruhe hieven und Iris' Bruder sie mit Pansen und Schlund bedeckt in den Wald bringen? Und wie sollten beide Wolfsspuren hinterlegen und vor allem warum?

Am ehesten schien Jakob Waldschrat Hacke zu passen. Iris' Kopfwunde könnte Folge einer spontanen sexuellen Annäherung, sein, die sie brüsk, vielleicht unter Beleidigungen und Androhung von rechtlichen Folgen, abgewehrt hatte. Zu einer solchen Szene paßte ihre Aufmachung: Aufsteigerin erwartet den Förster, will ihn mit Mini und teuren Pumps beeindrucken und zugleich auf Distanz halten. Stattdessen erscheint Försters Kampfhund mit mangelndem Stehvermögen und Pornosozialisation, versteht das genaue Gegenteil, wird zudringlich und schon wieder abgewiesen, schlägt zu und stopft Iris in eine Forstamtstruhe, angeschafft für geschossene Keiler und Amselleichen. In einem unbeobachteten Moment schleift er sie zu der Lichtung, lenkt so den Verdacht auf verhaßte Grunewalder Hunde und ihre verachteten Aupairs. Dazu noch Wolfsspuren, damit das Forstamt sich als Retter Berlins aufspielen und hintenrum Leinenpflicht im Wald durchsetzen kann.

Eine brutale Folge falscher Schuhauswahl. Aber Cumloosen hatte kein genetisches Material Hackes an der Leiche gefunden, und der wäre niemals so vorsichtig gewesen, alles bei sich zu behalten. Zu viel Druck im Blut und in der Hose. Es war zum Haare raufen, er konnte Hacke biegen, wie er wollte, auch er paßte nicht ins Raster.

Jakob wechselte in den Bus. Zwei Stationen vor der Endhaltestelle mußte er schon wieder pinkeln und stieg aus. Sein neurotischer Kopf mochte die Frischluft gar nicht, wütend hämmerte sein Hirn an die Schädeldecke. Jakob bog ab in ein Wäldchen, nestelte nervös an seinem Reißverschluß, erleichterte sich fluchend und folgte den winzigen Hinweisschildern der Naturschutzorganisation. Werner fand er in einer Voliere, wo er das Bein eines jungen Bussards untersuchte. Als er Jakob erkannte, lächelte er flüchtig.

»Ich habe Schrippen mitgebracht.« Jakob wedelte mit der Bäckertüte. Werner ging zu einer Baracke, in der sie Ronja empfing, und bot Jakob einen klapprigen Stuhl an. Der Raum war winzig, es roch nach DDR-Staub.

»Darf Ronja nicht raus?«, fragte Jakob.

»Hunde sind Jäger, ihre Nähe macht die Vögel unruhig.« Werner goß aus einer mit Vogelbildern beklebten Thermoskanne Kaffee ein.

Jakob entleerte seine Bäckertüte auf einen angeschlagenen Kuchenteller.

»Käse und Ei«, sagte er, »dachte mir, vielleicht bist Du Vegetarier.«

Werner nickte.

»Du siehst müde aus«, sagte Jakob.

»Die Berliner sind völlig aus dem Häuschen. Vorgestern hat jemand in Pankow eine Ente erschlagen, die die Straße mit ihren Jungen überquerte. Jetzt haben wir sechs Küken ohne Mama.«

»Und warum hat er das getan?«

»Mußte ein paar Minuten mit dem Auto warten, bis die Ente ihre Brut zum Seeufer geführt hatte.«

Er brach sich eine Ecke von einer Schrippe ab und kaute darauf herum. Den Käse ließ er liegen. »Es ist Krieg gegen die Natur. Als ob die letzte Schlacht angebrochen sei, Berlin rein menschlich zu machen. Mit Knüppeln ziehen sie auf gezottelte, zerraufte Wildvögel los, um sie zu vernichten. Hilflose Tiere in auswegloser Lage, starr vor Panik, die nicht wissen, was man in geschlossenen Räumen tut, auf asphaltierten Straßen, von Scheinwerfern beleuchtet, von Hupen umlärmt, von menschlichem Gestank betäubt. Diese Tiere dürfen nicht einmal in der Not den Weg des Menschen kreuzen. Sie werden überfahren, vergiftet, mit spitzen Fingern auf den Müll geworfen.«

»Aber es gibt doch auch noch andere Menschen.«

»Wenige. Sie halten einbeinige Eichhörnchen in ihren Wohnungen und füttern Meisenjunge geduldig mit Insekten. In Pankow ist jemand dem Mann in den Arm gefallen, bevor er die Küken auch noch ermorden konnte. Hat ihnen einen Karton gebaut, mit Gras und Luftlöchern und den weiten Weg zu uns hierher auf sich genommen.«

Ronja zuckte im Schlaf.

»Bringt Euch nicht die Polizei oder die Feuerwehr die Tiere?«

»Haustiere werden von Tierheimmitarbeitern eingefangen, Wildtiere müssen wir abholen. Und alles ehrenamtlich.« Werner wies auf das auf dem Tisch liegende Handy. »Früher konnte man dabei Berlinern begegnen, die mit erhobenen Händen LKW zum

Stehen brachten, rotweiße Absperrbänder um hilflose Vögel zogen und sich mit von Hygiene und Vogelgrippe schwadronierenden Nachbarn anlegten. Heute ist das ein einziges Schlachtfeld.«

»Du wirst gebraucht.«

Werner lächelte müde. »Meine Arbeit würden andere übernehmen. Aber Guatemala ...« Er schwieg lange.

»Vielleicht klappt es ja doch noch.« Jakob versuchte es schon wieder mit Kakao.

Werner schüttelte energisch den Kopf. »Ich habe Mails an die Adresse geschickt, die Du mir von der Stiftung besorgt hast, ohne Reaktion. Weltrettung ist abgeblasen.« Er sah Jakob an. »Und was kann ich für Dich tun? Ich nehme nicht an, daß Du den weiten Weg hierher gefahren bist, nur um mich zu besuchen.«

»Es geht um die berühmt gewordene Wolfsspur. Du kennst Dich gut aus mit Feinden der Berliner Wildtiere. Glaubst Du, es könne jemand absichtlich die Spuren gelegt haben, um die letzte Schlacht, wie Du sie nennst, auszulösen?«

Werner überlegte. »Das sind gleich vier Fliegen mit einer Klappe: er diskreditiert die Wildtiere, eröffnet die Jagd auf Hunde, leert das Auslaufgebiet und, nicht zuletzt, er zerstört unser Projekt, indem er Iris tötet.«

»Ein Mensch, der die Natur haßt?«

Ronja knurrte unterdrückt im Schlaf.

»So sehr, daß er vorsätzlich tötet? Würden die so weit gehen?«

»Wer sind die?«

»Wer wie ich sein Leben dem Umweltschutz widmet, bleibt nicht lange Menschenfreund. Du fühlst Dich umzingelt und wünschst Dir in schlaflosen Nächten ein Maschinengewehr. Nimm es als Paranoia eines Don Quichote, der um jeden zertretenen Käfer weint.«

»Schlechte Zeiten für Käferfreunde.«

»Zur gewohnten Zerstörung, der Überbevölkerung, kommt seit der Jahrtausendwende noch die Gier, nicht nur alles zu verbrauchen, sondern auch noch Geld damit zu scheffeln.«

Das Handy auf dem Tisch klingelte. Werner meldete sich und hörte geduldig zu. »Fassen Sie sie nicht an. Nein, sie sind viel zu angespannt, um zu fressen. Lassen Sie sie einfach in Ruhe. Ich schicke sofort jemanden vorbei. Wo sind Sie? Das ist in Mitte? Gut, es dauert sicher eine halbe Stunde. Und danke, daß Sie sich kümmern.« Werner beendete das Gespräch, wählte und holte einen Helfer aus dem Feierabend.

»Was ist es denn?«

»Mauersegler im Getränkekeller. Einer vermutlich am Bein verletzt. Gottseidank hat die Frau nicht die Feuerwehr gerufen.«

»Ich denke, die kommt nicht.«

Ronja erwachte und leckte schmatzend ihr Maul.

»Doch, es geht ja um von Menschen genutzte Räume. Aber sie machen die Tiere unruhig und es wird schwer sie einzufangen.« Er legte das Handy auf den Tisch. »Aber zurück zu Deinem Täter. Das mit der Wolfsspur würde ich nicht so wichtig nehmen. Es ist schon erstaunlich, daß die Öffentlichkeit auf das Naheliegende nicht kommt: ein Mensch hat Iris getötet. Ihn zu finden ist die einfachste Methode, die Mordlust der Berliner wieder auf die eigenen Artgenossen zu lenken.«

»Ein Mörder, der davon träumt, unsere Stadt umzubauen.«

Werner schüttelte sich. »Kennst Du diese Bereiche am Potsdamer Platz, wo kein Blättchen auf den Bürgersteig fällt? Und wohin sich kein Vogel verirrt?«

»Tauben scheißen überall hin.«

Werner lachte. »Natur ist anarchisch, und Berlin weit davon entfernt, eine Stadtwüste zu sein. Außerdem kehrt seit zwanzig Jahren die Wildnis unaufhaltsam zurück.«

Jakob sah Werner in die müden Augen. »Meine Kollegen verdächtigen einen Mann, Giftköder im Auslaufgebiet ausgelegt zu haben. Er ist als Hundehasser aktenkundig und vorbestraft.«

»Die Stadt ist voller Arschlöcher.« Werner starrte auf die Schrippen. »Scheint, ohne Menschen wäre die Welt besser dran.«

Er brach auf zu seiner allabendlichen Runde um den Hof. Jeden Nachmittag zog es ihn früher zu seinem Warteplatz. Geschützt von den dichtstehenden Stämmen einer jungen Fichtenschonung beobachtete er die Umgebung.

Er hatte den Rehen zugesehen, wie sie auf der Wiese gelassen ästen. Inzwischen wußte er, daß ihnen hinterherzujagen sinnlos war. Vor einer Woche hatte er zwei Stunden weiter südwärts die Reste einer Treibjagd gefunden und sie gierig heruntergeschlungen. Seither waren es wieder nur Gras und Erde gewesen.

Immer unleidlicher reagierte er auf die Rückkehr des Hungers, immer zorniger und riskanter suchte er nach Futter. Jede menschliche Behausung umkreiste er, witterte, wartete, ob sich der angebrannte Geruch des Grillfestes wieder einfand. Dieser Hof war anders. Als er ihn eines Nachts entdeckte, sah er einen Fuchs sich durch den löchrigen Zaun winden. Das verhieß Beute.

Er war an dem Zaun entlang gestrichen und hatte dahinter Tiere gewittert. Sie waren viele, und sie waren aufgeregt. Dann bellte ein Hund, und er flüchtete.

Jetzt kehrte er jede Nacht zu dem Zaun zurück. Der Hund gab immer Laut, ein Rasseln begleitete ihn, aber er kam nicht. Also wagte er sich über den Zaun. Ein Satz und er war auf dem Hof. Witterte nach den aufgeregten Tieren, blieb dem bellenden Hund fern. Schnell fand er das Gebäude, in dem die Tiere verborgen waren. Aber er fand keinen Zugang. Gereizt und zornig vor Hunger sprang er wieder über den Zaun. Löste sich daran und strich zu seiner Schonung. Grub eine Kuhle und legte sich hinein. Wartete auf eine Gelegenheit.

Am Tag waren die Tiere draußen auf dem Hof. Er konnte sie sehen. Es waren Vögel, die nicht aufflogen. Mit kleinen Schritten gingen sie über den Hof. Er speichelte, als er ihnen dabei zusah, fiepte vor Erregung. Es waren so viele. Der Hund war am Tag frei, nur zur Nacht rasselte es, wenn er sich bewegte. Der Wolf sah ihm zu, wie er über den Hof strich, um ihn die Vögel. Warum riß er sie nicht?

Eine Frau kam aus dem Haus, einen Eimer in der Hand. Sie gurrte wie eine Taube, die braunen Vögel rannten aufgeregt heran, sie warf ihnen etwas zu und gurrte dazu. Der Hund bewegte seine Rute und folgte ihr, als sei sie sein Rudel. Die Frau leerte den Eimer, drehte ihn um und klopfte ihn aus. Sie strich dem Hund über den Kopf, gemeinsam gingen sie ins Haus. Die Frau schloß die Tür.

Die braunen Vögel pickten auf dem Hof. Einer krähte. Der Wolf stand auf, fixierte sie und rannte los. Ein Pfeil von der Schonung abgeschossen zischte direkt auf den Hof zu. Er sah nichts rechts, nichts links, flog über die Wiese, nahm lautlos den Zaun in einem Sprung und war inmitten der braunen Vögel.

Zwei tötete er sofort. Faßte sie mit dem Fang und biß in ihre Kehlen. Das Blut schoß ihm ins Maul, warm und köstlich. Er ließ die Beute los, sprang auf das nächste Tier zu und tötete es. Die übrigen Vögel schrien, schlugen wild mit den Flügeln, versuchten zu entkommen, es stoben Federn, Blut spritzte.

Er riß das vierte, schlug seine Zähne in das warme, zuckende Fleisch und schlang es herunter, mit Federn und Knochen.

Der Hund bellte im Haus wie von Sinnen. Er schlang das zweite Tier herunter, den Kopf, die Brust. Der Rücken zerbrach krachend unter seinem starken Kiefer.

Die Haustür öffnete sich, der Hund schoß heraus.

Aber der Wolf wich nicht aus. Er erinnerte sich an den Jagdhund und seine Feigheit. Breitbeinig stand er über seiner Beute, fletschte die Zähne.

Da stoppte der Hund, bellte hektisch mit angelegten Ohren, klemmte den Schwanz ein.

Der Wolf fraß weiter. Sprang über den Hof, riß einen fünften Vogel, da kam die Frau aus dem Haus, schrie, und warf den Eimer nach ihm. Der Wolf sprang zur Seite, fixierte sie knurrend.

Die Frau lief wieder ins Haus, es rumpelte und krachte darin. Der Wolf sah sich um, alle Vögel waren verschwunden. Der Hund bellte weiter, die Frau kam zurück. Sie trug ein Gewehr, lud es durch, auf der Türschwelle stehend. Ihre Hände zitterten, zwei Patronen hüpften über das Kopfsteinpflaster.

Der Wolf griff sich ein totes Huhn, verlor es wieder, griff es erneut, und lief vom Hof. Nahm den Zaun in einem eleganten Satz, rannte über die Wiese. Er war fast an der Schonung, als ein Schuß das Bellen des Hundes übertönte.

Sie traf ihn am Hinterlauf. Der Wolf knickte zusammen, ließ seine Beute fallen und jaulte.

Da krachte ein zweiter Schuß, der ihn verfehlte.

Auf dem Bauch robbte er zu seiner Schonung, die Beute wieder im Maul. Legte das Huhn in seine Kuhle und winselte.

Keine Schüsse mehr. Er wartete.

Leckte vorsichtig seinen Hinterlauf. Das Blut der Hühner mischte sich mit seinem eigenen. Winselnd stand er auf, versuchte aufzutreten. Auf drei Beinen humpelte er davon, das Huhn im Fang. Hielt immer wieder inne, ließ die Beute fallen, winselte, sah auf seinen Hinterlauf.

Schließlich ließ er die Beute zurück. Lief auf drei Beinen durch den Wald, hechelnd, erschöpft, nur immer weiter.

Als der Förster am nächsten Tag nach ihm suchte, fand er die zwei Hühner, eine Blutlache und eine Spur, die sich nach drei Kilometern an einem Bach verlor.

Tanja las sich in Janines Leben ein. Sie dachte an den Besitz von Toms Familie, an seine riesigen Rinderherden und fragte sich, ob es Janine wohl als Tochter einer haltlosen Mutter in den Weiten Montanas besser ergangen wäre. Heilte die Natur Wunden auch bei verlorenen Kindern?

Sie war abgehauen, mit vierzehn. Die Mutter damals schon in der DDR aktenkundig als freischaffende Prostituierte, die jeden Kerl in die Wohnung ließ. Für ein paar Münzen, eine Flasche Korn. Zwei Kinder hatten das ertragen müssen, es gab noch einen kleinen Bruder. Wie hatte Janine ihn nur zurücklassen können? Tanja schüttelte den Kopf. Ein hilfloses Kleinkind. Aber was erhob sie sich über andererleuts Entscheidungen. Natürlich hatte dieses Umfeld Janine seelisch verwahrlosen lassen.

Auf der Straße war sie in Windeseile abgerutscht. Obdachlos in Berlin. Aufgegriffen mit Pillen, breit von Klebstoff. Ladendiebstahl, versuchter Handtaschenraub bei einer fränkischen Touristin. Widerstand gegen die Staatsgewalt, Körperverletzung im Streit um einen warmen U-Bahn-Schlafplatz. Hausverbot von BVG und Zoo.

Ein halbes Jahr betreute Wohngemeinschaft, wieder Körperverletzung. Diebstahl von Geldbörse und Handy der Gruppenleiterin. Ein halbes Jahr Jugendarrest, anschließend eine Wohngruppe in der Nähe von Neuruppin, also doch heilende Natur.

Dort war sie zwei Mal abgehauen, hatte mit gezogenem Küchenmesser in einer Tankstelle Kekse geklaut, war zu Fuß acht Stunden zu einem Tierpark gelaufen, über den Zaun ins Wolfsgehege geklettert und dort schlafend aufgefunden worden.

Vielleicht hätte Montana ihr doch geholfen.

Kein fester Wohnsitz für zwei Jahre, dann tauchte sie in Südbrandenburg in einer männlichen Aussteiger-WG auf. Ziegen melken, Kartoffeln von Hand anbauen, qualmende Holzheizung, undichte Dächer, Plumpsklo. Wieder Körperverletzung, sogar schwere dieses Mal, an einem Mitbewohner. Aber kein Knast, ein milder Richter ließ sich den Alltag in der Kommune schildern, hatte Verständnis im Angesicht der ungewaschenen Aussteiger und schickte Janine in das Wolfszentrum zur gemeinnützigen Arbeit.

Nach einem halben Jahr wieder Körperverletzung, an einem Besucher des Wolfszentrums. Der Gymnasiallehrer aus Halle zog seine Anzeige aber drei Monate später zurück. Sah nach der schützenden Hand der Leiterin aus. Erstaunlich, der Mann war immerhin vier Wochen dienstunfähig. Die Leiterin gründete die Auffangstation für Wölfe, fern der Menschen, und gab sie Janine, wohl, damit sie nicht als nächstes jemanden tötete. Dort kam sie zur Ruhe. Keine Anzeigen mehr, keine Gewalt.

In Montana wäre das das Ende der Geschichte, wenn nicht jemand käme und die Wölfe und sie bedrohte. Den würde sie mit Schrot durchsieben und nicht einmal dafür angeklagt. Dort nannte man das subjektive Bedrohung. Mein Haus und Grund.

In Berlin war der Nachbar zu nah für solche Lebensentwürfe. Obwohl, die Toleranz stieg meist proportional zur Einwohnerdichte. Brandenburg war zwar leer, aber die Hirne zu eng, um Vielschichtigkeit zu ertragen.

Aber abgesehen von den Wolfsspuren an Iris' Körper, wo war die Verbindung? Nie hätte die Karrierefrau aus dem Osten sich mit so einer wie Janine abgegeben. Aufsteigerin meidet Absteigerin. So eng das Elternhaus von Iris gewesen war, seine Starrheit hatte auch Sicherheit geboten, ein Absprungbrett für ihre Träume. Bei Janine war da nichts. Kein Halt, kein Schutz, nur die Hölle. Die sie nicht lange genug ertragen hatte, um einen halbwegs guten Schulabschluß hinzulegen.

Was war eigentlich mit ihrer Mutter? Tanja blätterte in den Akten. Der letzte Beischlafdiebstahl lag acht Jahre zurück. Sie gab den Namen von Janines Mutter in den Computer ein. Sie war tot. Anonym bestattet vom Staat in Marzahn. Hättest Du Dich nicht um die Beisetzung Deiner Mutter kümmern müssen, Janine? Konntest Du ihr nicht vergeben? Das verfolgt Dich Dein Leben. Als die Mutter starb, warst Du ohne festen Wohnsitz, hast vermutlich nichts davon erfahren. Wärst Du im Knast oder einer Wohngruppe gewesen ...

Woran starb die Mutter? Es war ermittelt worden. Ein Fenstersturz, Suizid oder Unfall unter Alkoholeinfluß. Drei komma acht Promille, hallelujah. Aber zwei Kinder. Wer waren eigentlich deren Väter?

Zu Janines Geburt war ihre Mutter Buchhalterin gewesen, in Ostberlin. Kein Grund, im Arbeiter- und Bauernstaat wegen eines unehelichen Kindes abzustürzen. Was hatte die Mutter vom Weg abgebracht?

Da fand sie es.

Das gibt es doch nicht.

Hektisch suchte sie die Akte von Iris.

Kein Zweifel. Die Verbindung. Die Wolfshaare, natürlich, das war sie. Sie hatte die Täterin. Janine hatte Iris getötet. Jakob, sie mußte Jakob anrufen, sofort. Er hatte sich geirrt. Aber woher hätte er das auch wissen sollen. Mein Gott, sie hatte so lange nichts von ihm gehört, wenn er nun zu ihr gefahren war, allein, querköpfig wie immer. Wenn sie sich bedroht gefühlt hatte.

Langsam Tanja, sie atmete tief durch. Er ist erwachsen und hat einen guten Instinkt. Aber krank ist er auch, und nicht im Dienst, und ohne Waffe. Sie tippte seine Handynummer mit zitternden Fingern, es war ausgeschaltet. Sie wählte seine Nummer zuhause, der AB sprang an. Sie warnte ihn vor Janine, erklärte die Verbindung, bot an, mit dem Haftbefehl zu warten, bis er sich gemeldet hatte, und bereute es sofort. Sie nahm ihre Jacke, verließ die Keithstraße und fuhr zu seiner Wohnung. Klingelte, klopfte, setzte sich auf die Türschwelle. Sie haßte diesen Chef, seine Unerreichbarkeit und seine Alleingänge. Sie haßte es, sich um Jakob sorgen zu müssen.

XX

Jakob und Werner hatten die beginnende Freundschaft mit schrecklichem Ostfusel begossen. Jetzt saß Jakob nach drei Doppelten innerhalb von vier Stunden in der U-Bahn und alles um ihn bewegte sich. Wölfe und epileptische Hirne vertrugen keinen Schnaps, das stand mal fest.

Er hatte gehofft, der endlose Fußweg zur U-Bahn würde sein Gehirn freiblasen, aber vergeblich. Gegen seine nervöse Zappeligkeit hatte es auch nicht geholfen. Wie war das, sechzig Kilometer in einer Nacht? Er war seit Tagen unter seinem Mindestauslauf. Suspendierter und geisteskranker Kripokommissar will es allen beweisen, keine artgerechte Haltung für einsame Wölfe.

Der U-Bahn-Waggon war leer, abgesehen von einem abgerissenen älteren Mann, der ein Gespräch mit seinen Händen führte. Auf runde zehn Meter Entfernung witterte Jakob dessen Uringeruch.

Jakob zählte die Sitzplätze, um sein Gehirn auf die Realität zu fixieren, blieb aber bei 18 immer wieder hängen. Draußen rauschten Tunnellichter vorbei. Das war nicht gut. Jakob stöhnte. Der Mann unterbrach seine einseitige Unterhaltung und starrte ihn an. Jakob hob die Rechte und tippte an eine imaginäre Hutkrempe. Der Mann erwiderte den Gruß, indem er majestätisch den Kopf senkte, und setzte das Gespräch mit seinen Händen fort. Die Linke ballte er immer wieder zur Faust und schlug mit ihr auf sein Knie.

In Werner hatte Jakob einen Bruder gefunden, was sein ausuferndes Mitgefühl mit jeder Kreatur betraf. Schon als Schüler hatte Werner sich geprügelt, wenn Kameraden Frösche aufbliesen, Regenwürmer zerteilten oder Vogeleier aus Nestern warfen. Werner redete sich, unterstützt vom Fusel, in Rage, forderte Parkbanknächte für Pelzträger, Besserungsanstalten hinter Stacheldraht für Fleischesser und schließlich, Jakob widersprach so vehement, wie sein in Alkohol eingelegtes und stur an die Decke pochendes Hirn zuließ, Folter für Tiermörder.

Nur die sich leerende Flasche verhinderte, daß sie aneinandergerieten. Für Jakob machte es, bei allem tierschützerischen Verständnis, einen Unterschied, ob Mensch oder Kreatur. Er setzte keine erschlagene Ente mit Iris gleich.

Einig waren sie sich wieder über die aktuelle Dummheit der neuesten Medienauswüchse. Hatten die alle keine Schulen besucht, nie Biologieunterricht gehabt? Die Tollwut, von der jetzt ständig die Rede war, war in Deutschland ausgerottet. Seit Jahrzehnten lebte es sich unkompliziert mit Mäusen und Ratten, Flöhen und Wanzen, Tauben, Mardern und Kaninchen – die, nebenbei gesagt, weit reinlicher waren, als die meisten Mitmenschen. Auf einmal sollte all das eine Bedrohung sein?

Der Wildtierbeauftragte der Berliner Forsten, einer von Werners Kampfgenossen, beschwichtigte in Talkshows, kämpfte gegen Vorurteile und rief dazu auf, Wildtiere nicht zu füttern. Da hatte er noch mehr Menschen gegen sich: Berliner, die Brotreste auf Waldparkplätzen an Wildschweine verteilten, an der Havelchaussee Schwäne mit Schrippen mästeten, und deren Terrassen übersät waren von Schälchen und Tellern mit Haferflocken und Milch, Nüssen und Rosinen.

Jakob dachte an Grete, die so professionell wie stur die Vögel am Rüdesheimer Platz versorgte und, falls es Zugezogene wagten, sie dafür zu kritisieren, jeden anfauchte. Wer als Kind Krieg, Hunger und Not erlebt habe, teile seine Krume, solange er lebe. Wem das nicht passe, der solle nach Schwedt oder Wuppertal ziehen. Weiß der Himmel, wieso ausgerechnet Schwedt.

Jakob zuckte zusammen, als sich die Waggontür öffnete. Ein Jugendlicher sprang in die U-Bahn und ließ sich auf Sitz 14 fallen. Überall an ihm hingen dicke silberne Ketten, sein Gesicht war entstellt durch Reifen und Ringe. Aus der Jacke lugte eine Ratte. Jakob witterte neuen Uringeruch. Dazu Schweißfüße, scharfen Achselschweiß, Bier und den milden Geruch von Milchschokolade. Zu seinen Kopfschmerzen gesellte sich Schwindel.

Die U-Bahn fuhr an, die Ratte klammerte sich am Jackenkragen fest und sah Jakob an. Na, auch Ostfusel gehabt? Die Ratte grinste, krabbelte am Hals des Jugendlichen entlang, schwang sich über eine von seinem Ohr herabhängende Kette auf dessen Schulter und verschränkte die Arme. Jakob blinzelte, aber es blieb dabei. Fasziniert starrte er das Tier an, das sich ausgiebig putzte und dabei immer wieder zu Jakob hinübersah.

Die vertraute nächtliche Leere nagte an Jakobs Magen. Ratte gleich Beute. Speichel sammelte sich, ihm wurde warm, er wollte hecheln. Was die Ratte wohl in ihm sah? Verstohlen linste er in die gegenüberliegende Scheibe, hinter der der dunkle Tunnel vorbeizischte. Alles gut, Jakob Hagedorn wie immer.

Ob der Jugendliche mit seinem offensiven Haustier unter der aufgeheizten Stimmung in der Stadt zu leiden hatte? Wenn er nur nachts unterwegs war, schliefen die Haustierfeinde, brav bürgerlich und müde von den vielen Demos, die die Stadt verstopften. Den Hundebesitzern am Adenauerplatz waren Wildtierfütterer gefolgt, die statt mit Konfetti zum Protest mit Haferflocken warfen, dicht gefolgt von Spatzenschwärmen, die gar nicht wußten, was ihnen diesen mästenden Regen beschert hatte.

Diese Woche gab es schließlich eine Demo von Jägern aus dem ganzen Bundesgebiet, die sich selbstlos anboten, dem Förster bei seiner geplanten Grunewaldbefreiungsaktion knallgewaltig zu Hilfe zu eilen. Die gestrige Krönung boten Neuberliner, die sich als Steinstädter bezeichneten und für Hygiene und die Ausrottung aller nichtmenschlichen Lebewesen in Berlin über die Straße des 17. Juni marschierten. Sahen erstaunlicherweise alle ganz normal aus.

Die U-Bahn füllte sich, die Ratte kehrte zur Sicherheit unter Herrchens Jacke zurück. Neben dem ließ sich ein schwarzhaarig gegelter Junge nieder, der mit breiten Beinen seine Eier zur

Schau stellte. Der Rattenherr schickte einen finsteren Blick auf dessen einengende Hosennaht. Der Junge zog den Rotz hoch und öffnete knallend eine Coladose.

Jakob hörte die Kohlensäure zischen, sie prickelte ihm in der Nase, er nieste. Alle sahen hoch, der abgerissene Alte hob die Linke an seine imaginäre Hutkrempe und rief laut »Prost Neujahr«. Der Breitbeinige antwortete »Halt's Maul, Alter«. Jakob nieste ein zweites Mal, sein Hirn schimpfte wütend. Die Ratte lugte aus der Jacke und pfiff ein Lied. Irgendwoher kannte Jakob die Melodie. Er hatte es fast, als die U-Bahn in die nächste Station einfuhr.

Die Tür wurde aufgerissen, eine Gruppe in Kampfanzügen und mit vermummten Gesichtern sprang in den Waggon. Unschlüssig blieben sie stehen, machten dann eine Gasse für das Wildschwein, das ihnen folgte. Grunzend suchte es den Boden nach Eßbarem ab. Jakob nieste ein drittes Mal, fand in seiner Tasche die zerknüllte Bäckertüte und hielt sie dem Schwein hin, das sich wedelnd und schmatzend seiner Hand näherte. Die Ratte quiekte und sprang dem Wildschwein auf den Rücken. Das drehte sich verblüfft um und bekam die eingeschnürten Eier des Gegelten in den Blick. Der schützte sein Gemächt wie ein Fußballer vor dem Freistoß. Das Schwein nahm Anlauf und rammte den Jungen, der schrie, als würde er gekeult. Jauchzend vor Begeisterung sah sich das Schwein nach seinem nächsten Opfer um.

Die Ratte biß dem Wildschwein ins Ohr. Quiekend fuhr es herum. Der Jugendliche wollte seine nagende Familienangehörige retten und stürzte sich kettenrasselnd auf die Sau, die unter dem Gewicht zusammenbrach. Jakobs Nase kribbelte. Irgendjemand mußte etwas tun. Er fingerte nach dem Nothalt. Die Männer in den Kampfanzügen hinderten ihn, indem sie ihn brüllend ansprangen.

Er fiel zurück auf seinen Platz, überrascht lag er auf dem Rükken und konnte plötzlich von 19 an weiter zählen. Die Ratte flitzte über alle Sitze und fluchte dabei wie ein alter Seebär. Der abgerissene Alte beugte sich über Jakob und inspizierte seine Hände. Jakob nieste in sein Gesicht. Die Ratte hatte den Nothalt erreicht und wippte auf dem Griff.

»Zieh«, rief Jakob und zog den Rotz hoch. Das Wildschwein öffnete knallend eine Coladose. Der Alte legte Jakobs Hände zwischen seine und drückte zu. »Auf Deine Verantwortung«, sagte die Ratte und zog den Nothalt.

In Jakobs Kopf quietschte ein Philharmonisches Orchester. Der Alte fiel auf den Boden, die Kampfanzüge stolperten übereinander, Jakob krabbelte über sie hinweg zur Tür. Er öffnete sie und sprang aus dem Wagen in den dunklen Tunnel. Fiel hin, schlug sich die Knie auf. Als er sich hochrappelte, flüchteten zwei Ratten vor ihm. Gut gemacht, rief er. Ein Fuchs fauchte ihn an. Jakob kippte zur Tunnelwand, duckte sich und holte Atem. Seine Kopf platzte, seine Blase pochte, sein Bauch war grölend leer, er hechelte. Weiter, dachte er, immer weiter. Er stemmte sich hoch, schüttelte sich und verfiel in seinen Wolfstrab. Neben ihm quietschte die U-Bahn, über ihm brauste die Stadt, unter ihm rauschte das Abwasser Berlins. Er roch Urin, Metall, Staub, Schimmel. Er lief, schlug hin, lief. Die Welt schwankte, sein Atem schlug klatschend von einer Wand zur gegenüberliegenden. Plötzlich war alles still. Er lief langsamer, blieb schließlich stehen, horchte und sah in die Finsternis.

Da knipste jemand die Scheinwerfer an. Grell leuchteten sie jeden Tropfen aus, der sich an den Tunnelwänden ausruhte. Jakob wollte sie zählen, streckte sich bis an die Decke, es waren so viele wie Sterne. Dann fiel er. Sah Augen, dunkel und hart, die auseinander liefen, schmal wurden, heller und heller, gleißend wie der Mittelpunkt der Sternentropfen. Sah einen heulenden Wolf, um den sich eine Schlange ringelte. Sah in seine Kehle, in seine Augen. Er fiel in diese Augen, fiel in diese Nacht.

Zügig ging er an der Einfahrt vorbei. Die Straße war menschenleer, alle fünfzig Meter funzelte eine Laterne vor sich hin. Bei der dritten bog er in einen Hausflur ab. Las die Klingelschilder und lauschte. Fast nur deutsche Namen, trotz der gammeligen Gegend, wer hätte das gedacht. Er hörte nichts, nicht einmal Hunde bellten. Gut ausgewählt, er war zufrieden. Vorsichtig steckte er den Kopf aus dem Hauseingang. Die Straße schlief. Sonntag früh um halb drei, selbst die Bullerei brauchte Pausen. Trotzdem wartete er noch fünf Minuten.

Eine Ratte flüchtete, als er in den Garagenhof abbog, ihr Schwanz zuckte über die Betonplatten. Mitten auf dem Hof blieb er wieder stehen und horchte. In der Ferne brausten Autos. Bässe wummerten, ein Baby schrie, sonst nichts.

Lächelnd ging er zu seiner Garage und schlüpfte durch das Tor. Er knipste die von der Decke baumelnde Glühbirne an und blinzelte. Alles an seinem Platz. Der Computer schlief unter seiner Decke verborgen, die Kartons mit den Drucksachen waren ordentlich zu einem Turm gestapelt, seine kleine Lebensmittelnische sauber.

Er griff nach dem Desinfektionsmittel und sprühte sorgfältig seine Hände ein. Verharrte mit gespreizten Fingern, hin und wieder pustend. Er packte das mitgebrachte Weißbrot aus, verteilte die Scheiben auf der Arbeitsplatte und korrigierte immer wieder ihre Ausrichtung. Die Leberwurst war nicht angeschnitten, er ärgerte sich. Versuchte das Messer, aber es war zu stumpf.

Widerwillig drückte er seinen Daumennagel in die Pelle. Es knackte, Wurst quoll hervor. Er lutschte an seinem Nagel und verzog das Gesicht. Nahm ein Kosmetiktuch aus dem Spender und säuberte den Nagel. Roch an ihm, desinfizierte ihn, wartete, pustete und bestrich das Weißbrot mit Leberwurst. Begann links oben, hatte rechts unten noch Wurst übrig, also begann er erneut links oben, bis alles verteilt war. Er reinigte das Messer mit Desinfektionsmittel und Tuch, entfaltete eine Mülltüte und legte die Wurstpelle hinein.

Er hob eine Kiste auf die Arbeitsplatte, zog den Schlüssel hervor und öffnete sie. Es lag nur die Dose darin. Sie hatten den

Verschluß geändert. Kindersicherung. Er knurrte verärgert. Drehte, drückte und zog zugleich. Nichts. Unter der Glühbirne nahm er die Brille ab. Es gab einen Ring aus Kunststoff, den man abreißen mußte. Mit dem Daumennagel gelangte er unter die Lasche. Jetzt ließ sich der Deckel öffnen. Er schnupperte. Harmlos, neutral wie immer. Zehn Perlen pro Scheibe. Gleichmäßig streute er sie auf die Leberwurst, betrachtete zufrieden sein Werk. Er verschloß die Dose wieder in der Kiste.

Er klappte je zwei Stullen zusammen und kontrollierte die Ränder auf überschüssige Leberwurst. Korrigierte wieder die Ausrichtung, schnitt jede Scheibe in sechs Stücke, nahm eine Brotdose und häufte die Scheiben hinein. Er reinigte Messer und Arbeitsplatte. Faltete die leere Weißbrottüte und steckte sie in den Müllbeutel.

Alles an seinem Platz. Drei Uhr zwölf. Zeit genug bis zur Morgendämmerung. Er nahm Müllbeutel und Brotdose und löschte die Glühbirne, sofort war es zappenduster. Es roch penetrant nach Leberwurst. Er öffnete das Garagentor weit, um zu lüften, und trat ins Freie.

Immer noch ausgestorben. Sogar die Ratten schliefen.

»So spät noch auf?«

Das war unmöglich. Ihm stockte der Atem.

»Und noch dazu am Sonntag.«

Die Brotdose fiel ihm aus der Hand.

Ein Hund knurrte.

»Willst Du nicht sehen, wer zu Besuch ist?«

Eine Taschenlampe wurde angemacht. Der Lichtkegel schwenkte auf sein Gesicht, blendete ihn.

»Sieht gar nicht aus wie ein Arschloch, was meinst Du?«

Ein zweiter Hund knurrte, wesentlich tiefer als der erste.

»Ist aber eins«, sagte eine Frauenstimme.

Vor seinen Füßen landeten klirrend ein Paar Handschellen.

»Nur zu.« Der Mann senkte den Lichtkegel auf seine Hände.

»Aber erst auf die Knie«, sagte die Frau.

Er hockte sich umständlich hin und hob die Handschellen auf. An ihnen hing eine Hundeleine. Er schloß die Handschellen um seine Handgelenke.

»Der kniet nicht«, sagte die Frau.

»Laß doch.«

»Konsequenz ist alles«, sagte die Frau. »Bruno!«

In den Lichtkegel trat ein riesiger brauner kurzhaariger Hund. Mit gesenktem Kopf schlich das Tier auf ihn zu.

Er sank auf die Knie, seine Hose wurde schmutzig.

»Geht doch«, sagte die Frau. »Bruno, sitz.«

Der Hund senkte sein Hinterteil ab. Die breite Brust hob und senkte sich genau vor seiner, der Hund hechelte ihm ins Gesicht.

»Wo bleibt Dein Asthma?« Der Mann lachte und trat in den Lichtkegel. Er trug eine Obama-Maske vor dem Gesicht und dunkle Handschuhe. Obama hob die Dose auf und verstaute sie in der Tasche. Er schloß das Garagentor, griff die Hundeleine, schaltete eine zweite Taschenlampe ein und zeigte ihm, wer vor ihm stand.

In einem Halbkreis lauter Köter. Er atmete schwer. Ein Rottweiler, ein schwarzer Schäferhund und jede Menge düsterer und bedrohlicher Mischlingshunde. Zwischen ihnen eine schwarz gekleidete Frau, ebenfalls mit Maske und Handschuhen.

Obama schaltete die Taschenlampe aus. »Auf geht's«, sagte er und zog ihn an der Leine hoch. »Und schön bei Fuß, wir haben einen weiten Weg und ich fürchte, die U-Bahn nimmt uns nicht mit.«

Das war kein Kater. Jakob öffnete vorsichtig ein Auge. Fahles Licht. Schnell wieder zu.

Es war nicht nur der Kopf. Sein Rücken tat weh, durch die linke Schulter peitschten Schmerzen.

Also doch. Ein verfluchter Anfall. Kein Ende, kein Phönix, nur Asche überall, Spontanheilung ausgefallen. So viele Monate. Ihm stieg ein Knoten den Hals hoch, bis in die Augen. Da hing er und stieß gegen den falschen Kater in seinem Hirn.

Jakob witterte altes Holz. Staub wie immer, Schweiß. Etwas Lösungsmittel, aufgeplatzten Lack. Bohnerwachs sehr dezent. Er öffnete konzentriert beide Augen. Eine Decke mit Strahlern, Asbestdämmung. Unter ihm Linoleum, schwarze Fußleisten, hoch und angeschlagen. Viele Türen ringsum, Lichter über jeder. Das Linoleum war stumpf, in den Ecken hatte sich Staub gesammelt. Jakob roch schon wieder Urin, seine Blase reagierte sofort. Er stellte die Beine auf. Hob den Kopf. Alarm aus allen Rohren, fauchende Schmerzattacken bretterten durch seine Hirnwindungen. Er zwang sich, weiter hoch zu kommen, setzte sich langsam auf. Der Schulter gefiel das, die Peitsche ruhte.

Er sah an sich hinunter. Sie hatten ihm ein grünes Hemd angezogen, seine Beine waren nackt. Er war eine jämmerliche Figur. Epileptiker halt. Wieder der Knoten, zu trocken für Tränen.

Es war kalt. Krankenhaus, schon wieder. Immerhin ein Flur, keine Intensivstation. Aber wo waren seine Sachen?

Vorsichtig stand er auf. Seine Füße patschten auf Linoleum, undefinierbare Krümel bohrten sich in seine Sohlen. Er wickelte sich das Laken um, mit dem sie ihn zugedeckt hatten. Erst mal ein Klo.

Es war schon die vierte Tür. Ächzend erlöste er seine Blase. Endlos plätscherte sein Urin in das Becken. Der Ostfusel fiel ihm ein. Wie lange war das her? Kein Fenster nirgends, nur dieses fahle Licht.

Jemand in weißem Kittel riß die Tür auf. »Ach hier sind Sie!«

Jakobs Strahl versiegte augenblicklich. Er ließ das grüne Hemdchen wieder hinunter und wickelte sich das Laken um.

»So können Sie doch nicht rumlaufen«, sagte der weiße Kittel. »Kommen Sie, wir suchen Ihre Sachen.« Eine Männerhand schloss sich um Jakobs schlaffen Oberarm. Er fühlte sich nicht in der Lage zu diskutieren. Der Kittel führte ihn zu der Liege und klopfte darauf. »Nur zu«, sagte er, »ich fahre Sie.«

Jakob stieg hoch, setzte sich im Schneidersitz hin und bestaunte seine schwarzen Fußsohlen. Der Pfleger drehte die Liege, sie fuhren rückwärts, Jakob mußte sich festhalten. Das Laken rutschte ihm von den Schultern. Sie passierten eine Wanduhr, halb vier.

Der Pfleger folgte Jakobs Blick. »Sonntag früh, falls Sie das auch noch interessiert.« Er zwinkerte seinem halbnackten Fahrgast zu. »War wohl ein bißchen viel Schnaps gestern?«

Jakob schmeckte an seiner pelzigen Zunge. Er wollte dem Pfleger von der Epilepsie erzählen, aber aus seinem Mund kam nur »Pffffft«.

»So kann man es natürlich auch sehen.« Der Pfleger lachte. Auf seinem Eckzahn blinkte ein Brilli. Es war ein scharfer Eckzahn. Und ein langer. Er wuchs. Jakob stöhnte.

»Fahre ich zu schnell?« Der Pfleger bremste die Liege mit seinen breiten Händen. »Nicht, daß Sie mir hier noch alles vollkotzen. Putzen ist nicht so meins, wissen Sie.«

Jakob konzentrierte sich, schluckte gründlich den Speichel hinunter und versuchte zu sprechen. »Wie ...«. Seine Zunge war zu dick, genau wie beim letzten Mal, »... hier ...«.

»Das wissen Sie nicht mehr?« Der Pfleger grinste frech. »Hackevoll, ich sag's ja.« Er stieß eine Schwingtür mit der Liege auf, fing den zurückschnellenden Türflügel auf und schoß den Flur hinunter. Jakob verfluchte ihn und faßte sich an den Kopf.

»Das wird schon wieder«, sagte der Pfleger. »Der Alkohol will abgebaut werden. Sagt auch der Notarzt, der Sie hier eingeliefert hat. Sonst ist alles paletti, soweit er das sehen konnte.«

Menschen zogen an Jakob vorbei. Alle in Gegenrichtung. Mit lädierten Armen, Köpfen, geschient und gewickelt.

Der Pfleger folgte seinem Blick. »Notaufnahme«, sagte er und bog scharf um die Ecke. Jakob klammerte sich an die Liege. »Ist der Bär los. Deshalb waren wir froh, daß wir Sie nur irgendwo zum Ausnüchtern abstellen mußten.«

Jemand schrie gellend. »Das ist der Schärfste«, sagte der Pfleger. »In meinem Beruf sieht man so allerlei, aber einen vom Keiler Aufgespießten hatte selbst ich noch nicht. Da reißt Du die

Augen auf, was? Selbst schuld der Depp, wenn Du mich fragst.« Jakob dachte an den Jungen mit den engen Hosen und versuchte, seinen Mund zu überreden, U-Bahn zu sagen, aber er folgte nicht. Der Pfleger sah an ihm vorbei den Flur vorwärts, ganz in seine Geschichte vertieft. »Ist auf den armen Dicken los mit einer Schaufel, wollte ihn von seinem Grundstück vertreiben.« Er schüttelte den Kopf. »Hat der Keiler sich gesagt, nerv nich', Alter, erst Frühstück fertig machen. Und als der Kerl nicht aufgeben wollte, hat er ihn eben hops genommen.« Er nahm die Hände von der Liege und streckte die Zeigefinger aus. »Einer in den Unterleib, einer in die Hüfte.«

»Aua«, sagte Jakob, der Mann schrie dazu von weiter hinten.

»Deine Geschichte ist aber auch nicht schlecht.« Er beugte sich vor zu Jakob, in rasender Fahrt. »Der Doc sagt, jemand hat Dich aus dem Tunnel auf den Bahnsteig gezerrt. Ganz in schwarz, Gesicht auf den Überwachungsvideos nicht zu erkennen. Hat Dir Deine Jacke unter den Kopf gelegt, den Notarzt gerufen und ist wieder im Tunnel verschwunden.« Er schüttelte den Kopf. »Vielleicht haste mit besoffenem Kopp den Bahnsteig nicht gefunden, oder Dich im Dunkeln auf den Schienen schlafen gelegt.« Er stieß mit der Liege eine Zimmertür auf, Jakob sah Kacheln ringsum, grelles Licht. Auf einer Ablage seine Sachen. Er hätte heulen können vor Wiedersehensfreude.

Der Pfleger stellte die Liege ab, ging zu einem Schrank und wühlte im weißen Inhalt. »Wer immer das war, solltest beizeiten Danke sagen. Ist nicht schön, was so eine U-Bahn mit 'nem Körper anstellt, wenn der im Weg ist.« Der Pfleger hielt einen Slip hoch und sah Jakob an. »Deiner ist vollgepuschert, so blau warst Du. Wenn Du mir versprichst, bis zum nächsten Besäufnis etwas zu warten, schenke ich Dir den hier, als Erinnerung. Ist ein Krankenhausschildchen drin, als Mahnung.« Er warf ihn Jakob in den Schoß. »Anziehen mußte Dich alleine, der Keiler braucht ein Zimmer.« Er schlug Jakob auf die Schulter. »Alles Gute dann. Hoffe, wir sehen uns nie wieder.«

XXI

»Ich hab hier was für Dich, Blum.« Oskar lag in seinem kuschelwarmen Bettchen, es war Sonntag, nicht mal neun Uhr früh, und Kollege Treitschkes Telefonstimme zerrte ihn aus seinen Träumen.

»Ick steh' uff 'n Friedhof über 'ner Leiche.«

»Da gehört sie hin«, sagte Oskar.

»Also, wenn das nicht mit Deinem Krumme-Lanke-Ding zu tun hat, sollte es mich sehr wundern.«

Oskar zog die Decke hoch bis zum Kinn. »Glaub' ich nich', so ganz ohne Wasser.«

»Aber ging es nicht um Wildtiere?«

Oskar stöhnte. »Laß mich schlafen.«

»Also, paß uff. Hier hat einer eine Frau erschlagen.«

»Auf dem Friedhof, wie originell.«

»Heute früh um sechse.«

»Abartig.«

»Sie war wohl auch joggen, wie Deine.«

Oskar zog die Decke über den Kopf und hoffte, der Empfang litte darunter.

»Bist'e noch da, Oskar?«

»Nee«, sagte er.

»Also weiter. Neben ihr liegt ein toter Fuchs. Auch erschlagen, wie es aussieht. Mit dem selben Stein.«

Oskar dachte an Jakobs Idee vom Naturhasser. »Fehlt der Frau was?«, fragte er in die Decke hinein.

»Keene Ahnung.«

»Ist sie angeknabbert?«

»Ach so, nee.«

Oskar holte tief Luft, schlug die Decke hoch und schwang seine Beine aus dem Bett. »Laß alles, wie es ist, ich komme.«

»Warte, warte. Die Hälfte fehlt ja noch …«

Aber Oskar hatte das Gespräch schon beendet und die putzmuntere Tanja informiert. Sie war mit dem Rad da. Es lehnte an einem hünenhaften Nadelbaum am Hauptweg des Reinickendorfer Friedhofs. Tanja selbst lag flach auf dem Boden und hatte ihren Arm wie eine Schlange bis zum Anschlag im Fuchsbau versenkt. Ab und an zuckte ein Bein, die Jeans spannte über ihren schmalen Hüften. Oskar seufzte. Tanja würde sich bedanken, von Opa Oskar angemacht zu werden. Erst recht nach ihrem USA-Aufenthalt. Wenn sie eins dort gehabt hatte, war es guter Sex. Oskar hatte Abstand von der Schwangerschaftsthese genommen. Tanja stand voll im Saft und hatte eine erstaunliche Beweglichkeit in den Hüften entwickelt. Konnte natürlich auch vom Reiten kommen, aber wo hätte sie während ihrer Fortbildung schon reiten sollen.

Die Leiche lag unter einem hundertjährigen Ehrenmal im Dreck. Oskar sah auf die trauernden Engel, die in den vergangenen Jahrzehnten einiges gesehen hatten, und von dort auf die tote Frau. Mittleres Alter, verschwitztes Haar, in Heimarbeit blondiert. Keine Schminke, bunt lackierte Fingernägel mit aufgeklebten Sternchen. Slip und Jogginghose waren runtergeschoben bis unter die Knie. Er schüttelte den Kopf. Was war bloß aus seiner Stadt geworden, nicht mal mehr die Friedhofsruhe war den Totschlägern heilig.

Tanja zog ihren Arm langsam aus dem Fuchsbau. Sie hielt zwei Tüten in der Hand, die sie Oskar gab. »Die müssen ins Labor«, sagte sie und klopfte sich die Berliner Friedhofsunterwelt aus dem Ärmel.

Oskar starrte auf die Tüte, deren Inhalt verdächtig nach alter Kotze aussah und die auch so stank und winkte einem Uniformierten, dem er sie mit spitzen Fingern übergab.

»Jemand hat sie gefüttert«, sagte Tanja.

»Wer wen?«

»Die Fähe, jemand hat sie gefüttert.«

Oskar hatte es satt. Was zum Teufel war eine Fähe?

»Sie war schon alt, und die Kollegen sagen, sie haben vier wohlgenährte Junge aus dem Bau geholt. Das kann sie unmöglich allein geschafft haben.« Tanja kniete sich über die tote Füchsin und deutete auf ihren linken Vorderlauf. »Das ist eine alte Verletzung. Sie hat sicher gelahmt, was ihre Jagdgeschwindigkeit verringert hat. Und guck mal, ihr Gesäuge.«

Wie ausgewrungene Lappen hing es von ihr herab. Erinnerte Oskar an den Busen seiner Großmutter, wenn sie mit ihm gebadet hatte. Die einzige Wanne der ganzen Nachbarschaft, jeden dritten Sonntag im Monat. Heute war der zweite, er noch nicht mal geduscht und Omas Grab zu lange nicht gegossen.

»Füchse leben im Rudel. Normalerweise hätten andere Tiere hier sein und ihr helfen müssen.«

»Wie Hunde und Wölfe?« Oskar hatte dazugelernt.

»Auch Füchse sind Caniden.«

»Woher weißt Du das alles?« Oskar sah auf ihren braungebrannten muskulösen Unterarm. Scheiß Amerika. »Ich denke, Du bist aus der Stadt.«

»Die Blumen«, sie deutete auf einen ausgelegten Kranz, »hat der Mörder hier gepflückt.« Ringsum wuchsen tatsächlich die gleichen. »Er hat sie um die Füchsin drapiert, als täte es ihm leid, daß sie tot ist.«

Oskar sah auf die Frau, die mit heruntergelassener Jogginghose und verdrehten, speckigen Beinen auf dem Boden lag. Keine Blumen für sie.

»Und was vielleicht noch wichtiger ist, er hat, von dem Kranz um die Füchsin ausgehend, eine Fährte aus Blumen gelegt, direkt zu ihren Jungen.«

Oskar sah den von Polizeistiefeln zertretenen Blüten hinterher, bis zum Eingang des Fuchsbaus, an dem Tanja eben noch bäuchlings gelegen hatte.

»Er wollte, daß wir sie finden.« Tanja stand auf. »Er wollte unbedingt, daß sie überleben.«

»Dann ist der Fütterer unser Mörder«, sagte Oskar.

»Und warum sollte der etwas mit der Krummen Lanke und der Wolfsspur zu tun haben?«

Oskar seufzte. Er sehnte sich nach einem hübschen mörderischen Eifersuchtsdrama. Am besten in geschlossenen Räumen und ohne Haustiere.

»Vielleicht hat er die Leiche nur gefunden, als er sein allmorgendliches Hilfsfutter vorbeibrachte«, sagte Tanja.

»Oder es war alles ganz anders.« Oskar sah auf die trauernden Engel, die mehr wußten als er. »Jemand hat sie vergewaltigt.« Die Engel schwiegen. Er hätte Jakob anrufen sollen, dem flatterten sie dann kommende Nacht auf die Fensterbank und erzählten alles. Geistersehers Nachtprogramm. »Oder sie hat sich hier mit ihrem Liebhaber getroffen, mit dem sie Schluß machen wollte.«

»In Joggingklamotten?«

»Vielleicht brauchte sie eine Begründung zuhause für ihren frühen sonntäglichen Ausflug.«

»Hat sie allein gelebt?«

Oskar zog die Schultern hoch.

»Vielleicht war sie beim Joggen nicht allein.« Tanja sah auf die tote Frau. »Fit sieht sie nicht gerade aus. Bestimmt 15 Kilo Übergewicht, und die Schuhe sind auch neu.«

»Es ist Sonntagvormittag, da sind alle zuhause. Laß uns herausfinden, wer sie war.« Oskar stieg über den Blümchenkranz. »Und Tanja, Jakobs Wolfsklamotte bleibt draußen, Cumloosens Obduktionsergebnis inklusive. Es gibt zigtausend joggende Frauen in Berlin. Diese hier ist nicht mal zerfleischt, und das da ist einfach nur ein oller toter Fuchs.«

Sein Wohnungsschlüssel war weg. Weiß der Teufel, in welch zuckendem Zustand er ihn verloren hatte. Vielleicht blinkte er einsam zwischen den Gleisen, wenn die Lichter der vorbeisausenden U-Bahn ihn streiften. Jakob hatte Mitleid mit seinem Schlüssel. Er stützte sich am Türrahmen der Nachbarin ab und klingelte mit letzter Kraft. Er war so unendlich müde.

Seine Nachbarin öffnete und zog besorgt die Augenbrauen zusammen. Sie bat ihn herein, aber er wollte nur seinen Schlüssel. Weibliche Fürsorge war gerade das letzte, was er brauchte.

Er schloß seine Wohnung auf, sah den Anrufbeantworter eine zweistellige Zahl Nachrichten anzeigen, drückte die Wiedergabetaste und wankte ins Bett. Das Piepen am Ende jeder Nachricht drang noch zu ihm durch, die Texte dazwischen nicht. So erfuhr er nichts von Oskars Sorge wegen seines plötzlichen Verschwindens. Erfuhr nichts von der zweiten Leiche auf dem Friedhof. Nichts von Tanjas Rechercheergebnissen, nichts von ihrer Warnung vor Janine. Jakob schlief.

Zwei Namen auf dem Klingelschild. Oskar kramte seinen Dienstausweis hervor, Tanja klingelte. Kinderbeine bollerten über Dielen. Ein kleines Mädchen riß die Wohnungstür auf, strahlend, dann enttäuscht über die zwei fremden Menschen.

Sie trug Leggings, darüber dicke Strümpfe und ein graues T-Shirt mit einem großen Smiley darauf. Ihre Händchen hielten die Tür fest, ihre kleinen Fingernägel waren lackiert.

Sie sah von Tanja zu Oskar und schließlich zwischen ihnen hindurch in den Hausflur. Keine Mama.

»Ist Dein Vater zuhause?«, fragte Tanja.

Das Mädchen drehte den Kopf in die Wohnung und rief »Papa«. Sie trug die Haare zu einem Zopf zusammengebunden, hinter der Schläfe war eine Haarspange befestigt, auf der ein hellblauer Schmetterling schwebte.

Aus der Wohnung näherten sich schwere Schritte. Große Hände landeten auf den Schultern des Kindes. Auch der Vater trug einen Zopf, einen Bart dazu und über ledernen Motorradhosen das gleiche T-Shirt wie seine Tochter. Fragend sah er Oskar an. »Wir sind von der Polizei«, sagte der und sah zu dem Mädchen.

Der Vater öffnete die Tür und beugte sich zu seiner Tochter hinunter. »Magst Du der Frau mal Dein Zimmer zeigen?«

Die Kleine nickte und rannte in die Wohnung, Tanja folgte ihr.

Der Mann ging mit Oskar ins Wohnzimmer. Überall Spielzeug, verstreute Kinderkleidung, halb zusammengelegte Wäsche, auf dem Couchtisch Berge von Schulheften, eine offene Tüte mit Chips, eine leere Schokoladenpackung, drei Fernbedienungen. Der Mann räumte einen Sessel frei, indem er alles auf die Couch warf, und bot ihn Oskar an, der sich setzte.

»Sonntags lassen wir es gern etwas ruhiger angehen«, sagte der Mann.

Oskar nickte und betrachtete ihn, wie er sich schwer setzte. Seine Motorradkluft war eine Nummer zu klein.

»Was gibt es denn, daß Sie an einem Sonntagmorgen bei uns klingeln? Irgendwas mit den Nachbarn?«

»Ihre Frau ...«

»Lebensgefährtin, wir sind nicht verheiratet.«

»Aber das ist Ihre Tochter? Sieht Ihnen zumindest ähnlich.«

Er strahlte. »Das will ich meinen.«

»Es geht mich ja nichts an, aber ...«

»Das haben Sie schön gesagt.« Er lehnte sich zurück und streckte die Beine aus. Seine großen Füße steckten in Lederstiefeln. Jakob erinnerte sich an drei Motorradhelme unter der Flurgarderobe, zwei große und ein kleiner. Der Mann folgte Oskars Blick. »Wir wollten eine Tour machen, nur läßt meine Lebensgefährtin auf sich warten.« Er lächelte. »Aber ihre Unzuverlässigkeit hat mich nicht am Heiraten gehindert. Eher meine Dummheit.« Er kratzte sich am Kopf. »Ich bin nicht stolz drauf, aber während der Schwangerschaft habe ich sie verlassen. Bin mit dem Motorrad los, bis nach Marokko. Als ich zurückkam, war die Kleine schon geboren.«

»Hat Sie die Verantwortung geschreckt?«

Er winkte ab. »Nee, die Erfahrung. Sie müssen wissen, ich habe schon drei Kinder aus älteren Beziehungen.«

»Sie sind nicht zum Vater geboren?«

Er lachte. »Wirklich nicht. Bin jedes Mal abgehauen vor diesen kleinen Monstern.«

»Aber jetzt sind Sie hier.«

»Und, ehrlich gesagt, so schlecht stelle ich mich nicht an.«

»Das ist gut.«

»Warum?«

»Ihre Lebensgefährtin, sie war zum Joggen?«

Er verzog das Gesicht. »Zum ersten Mal in ihrem Leben. Sie fand, sie müsse was gegen ihr Gewicht tun. So ein Quatsch. Aber bitte, soll sie durch Berlin rennen. Lange hält sie das nicht durch. Aber woher wissen Sie das überhaupt?«

»Wir haben sie gefunden.«

Oskar haßte das, er haßte, haßte, haßte das. Wie aus dem Gesicht die Farbe verschwand, das Lächeln vertrocknete, die Augen groß wurden.

»Jemand hat sie erschlagen.«

Der Mann atmete laut und gepreßt.

»Wir wissen noch nicht, wer und warum.«

Der Mann nahm die Hände hoch und hielt sich die Stirn.

»Es tut mir sehr leid«, sagte Oskar und meinte es.

Die Hände sanken in den Schoß. Er wimmerte.

Tanja trat in die Tür, das Kind an der Hand. Sie beugte sich zu ihm hinunter und flüsterte etwas in sein Ohr. Die Kleine tappelte zu ihrem Vater auf die Couch und streichelte ihm den Rücken. Der Mann jaulte und zog sein Kind an sich.

Tanja holte eine Visitenkarte hervor, schob die Sachen auf dem Couchtisch zur Seite und legte sie hin. »Bitte rufen Sie uns an«, sagte sie leise. Die Kleine hob den Kopf und nickte.

Es war halb drei in der Nacht, Janine schlich die Treppen hoch. Verharrte auf jeder knarzenden Stufe. Sie schloß Jakobs Wohnungstür auf, stellte ihre Schuhe auf die Fußmatte, ließ die Tür behutsam ins Schloß fallen. Sie horchte, alles still. Auf Socken tastete sie sich den Flur entlang, sah die Bücherwände hoch. Küche, Bad, am Ende ein Zimmer. Noch mehr Bücher, eine Couch, Sessel, ein Schreibtisch. Sie drehte um, fand am anderen Flurende das Schlafzimmer zum Hof. Im Bett Jakob, tief atmend. Sie beugte sich über ihn, schnippte mit dem Finger vor seinem Ohr. Die Polizei fuhr mit Martinshorn vorbei, er rührte sich nicht.

Sie sah sich im Zimmer um, öffnete den Kleiderschrank, schaute unter das Bett. Verließ das Schlafzimmer, schloß die Tür. Im Vorbeigehen drückte sie auf die Wiedergabe des Anrufbeantworters. Sie ging zur Küche, sah in die Schränke. Fand angeschlagene Mokkatassen, betastete eine Wasserpfeife, drehte einen Spargelschäler von rechts nach links, blätterte in Kochbüchern, hob den Deckel von der Kaffeemühle und roch an ihm.

Im Wohnzimmer nahm sie Bücher aus dem Regal. Sie las konzentriert einzelne Stellen. Mit einem Lyrikband von Rilke ließ sie sich in den Lehnsessel fallen und legte ihre Füße auf einen Hocker. Mit den Fingern folgte sie den Zeilen. Ihre Lippen bewegten sich stumm. Plötzlich sprang sie auf und lief zum Anrufbeantworter. Hörte Tanjas Stimme, ihren eigenen Namen, ihre Vorstrafen, ihr altes Leben. Hörte Tanja von der Mutter sprechen, Vater, Geschwistern. Janine schlug auf den Anrufbeantworter und löschte alle Nachrichten.

Sie ging zurück in die Küche, suchte eine Mokkatasse aus und steckte sie ein. Nahm eine Kuchengabel, einen angelaufenen Serviettenring mit Monogramm ganz hinten aus der Schublade und eine gläserne Zitronenpresse von der Fensterbank. Im Wohnzimmer hob sie den heruntergefallenen Rilke auf und stellte ihn zurück ins Regal. Zog den schmalen Insel-Band daneben mit einer Gedichtauswahl heraus und steckte ihn ein. Sie öffnete die Schlafzimmertür und beugte sich über Jakob. Sein Mundwinkel zuckte. Er winselte. Sie schlich sich aus der Wohnung. Den Schlüssel nahm sie mit.

Er querte die Dorfstraße und bog ab zum baufälligen ehemaligen Schweinestall. Die alte Schroth fegte den Vorplatz, jeden Freitag seit Untergang der LPG. Sie hielt inne, als sie seinen jaulenden Handwagen hörte.

Die Kinder flüchteten vor ihm, wenn er mit Beute aus dem Wald zurückkam, warfen Steine gegen seine schmutzigen Fenster, legten tote Mäuse auf seine krumme Türschwelle, riefen ihm Waldschrat hinterher. Er stellte Beeren in einer Schale für die Kinder auf den Stein vor seinem Haus. Manchmal nahmen sie sie. Schnell, im Vorbeilaufen. Wahrscheinlich war es eine Mutprobe, die Beeren vom Waldschrat zu nehmen.

Er nickte der alten Schroth zu. Die tat, als sähe sie ihn nicht und fegte weiter. Er zuckelte mit seinem Wägelchen in den Wald. Vielleicht waren die Himbeeren schon so weit. Auf alle Fälle würde er Fichtentriebe sammeln. Die gingen gerade noch. Sprit drüber, acht Wochen ruhen, 1A gegen steife Glieder.

Wieder stand der Pickup im Weg, er stieß mit seinem Handwagen gegen die Seitentür. Auf dem Beifahrersitz lagen ein Karton mit Schrotmunition und eine Sprühdose Waffenöl. Auf der Pritsche eine Wanne für das erlegte Wild. Er sah auf das Jagdabzeichen, stieß mit dem Schuh gegen das Berliner Nummernschild und spuckte seinen Priem auf die polierte Motorhaube. Mit seinem Wägelchen folgte er dem Weg, den der Pickup versperrte, Richtung Hochsitz. Kurz vor der Lichtung schob er seine Sachen ins Gebüsch.

Der Förster hatte Mais ausgestreut, damit es der Städter nicht so schwer hatte, aber die Rehe waren schlau. Der Waldschrat grinste. Aus dem Sehschlitz des Hochsitzes ragte die Spitze des Gewehrlaufes beschäftigungslos in den Vormittagshimmel. Dahinter zappelte der verhinderte Jäger, daß der Hochsitz schaukelte. Der Förster hätte das Holz längst erneuern müssen. Aber er war ein vielbeschäftigter Mann. Vielleicht hatten die Rehe Glück und der Hochsitz brach unter dem Zappler zusammen.

Die Sonne war über die Baumwipfel gekrabbelt und beschien die Lichtung. Aus dem Augenwinkel sah er eine Bewegung am Bachlauf. Ein Fuchs? Buschige Rute, der Rest war verdeckt. Das Tier trank mit gesenktem Kopf. Zu groß für einen Fuchs.

Der Jäger nieste.

Das Tier hob den Kopf. Mein Gott. Der Waldschrat sah zum Hochsitz. Vollständige Ruhe. Er sah zum Bach. Was für ein schöner Rüde. Er trabte auf die Lichtung. Jung, stark, groß. Hinten lahmte er leicht. Mitten auf die freie Lichtung.

Der Waldschrat sah zum Gewehrlauf, der sich langsam senkte.

Zehn Meter bis zum Hochsitz.

Mit tänzelnden Schritten querte der Wolf die Lichtung, die aufmerksamen Ohren nach vorn gerichtet.

Die Mündung senkte sich weiter.

Acht Meter bis zum Hochsitz.

Das Gewehr folgte dem Lauf des Wolfes.

Fünf Meter.

Der Wolf hatte den Waldschrat gesehen. Er drehte den Kopf in seine Richtung. Stand reglos. Die perfekte Zielscheibe.

Zwei Meter.

Das Gewehr lag, zielte.

Mit aller Kraft warf er sich gegen den Hochsitz. Das Holz ächzte, knirschte. Ein Schrei hoch oben, ein Schuß, der Hochsitz schwankte, Holz barst, stürzte in eine Kiefer, riß Zweige mit, polterte auf den Waldboden, eine Sandwolke hüllte alles ein.

Der Waldschrat atmete schwer.

Der Sand legte sich.

Er hustete. Drehte den Kopf, weg von den Trümmern des Hochsitzes, hin zur Lichtung.

Der Wolf war weg.

Der Waldschrat suchte die Wiese mit den Augen ab. Er sah am Waldrand entlang, langsam. Seine Augen brannten. Keine Bewegung, kein Schatten, nichts.

Er sah auf die Trümmer des Hochsitzes. Unter einem Balken lugte das Gewehr hervor, weiter links sah er ein Bein in grüner Hose über neuen Wanderstiefeln. Keine Bewegung. Weit ab lag ein Lodenhut mit einer Fasanenfeder an der Krempe.

Er spuckte aus und holte seinen Handwagen aus dem Gebüsch. Seine Schulter tat weh, so ein oller Hochsitz ist schwer für einen

Mann. Genau das Richtige für Fichtentriebe. Und nach den Himbeeren mußte er auch noch sehen.

Der Friedhof trug seinen Namen zurecht. Vögel zwitscherten, der Wind taumelte durch majestätische Bäume, Dao entspannte, endlich.

Sie hatte nicht gewußt, wohin. Ins Hotel wagte sie sich nicht zurück. Keine Ahnung, wie der Scheißkerl sie gefunden hatte. Falls es denn derselbe war, der ihre Wohnung verwüstet hatte.

Ihr Kopf brummte, obwohl der Arzt gesagt hatte, es sei alles in Ordnung. Nichts war in Ordnung. Als ihr schließlich Grete einfiel, der alte klapprige Kompaß für torkelnde Nachgeborene, war sie vor Erleichterung in Tränen ausgebrochen. Sonntag früh um sechs strandete sie, zu Fuß von Mitte kommend, immer noch stinkend wie ein räudiger Marder, bei ihr. Grete ließ eine heiße Wanne ein und half ihr wortlos beim Ausziehen. Diese kleine alte Schachtel, die nie um eine Antwort verlegen war, niemals zurückzuckte mit ihrer großen Klappe, schwieg.

Nach dem Bad erwartete Dao ein großes Glas Single Malt und das gerichtete Gästebett. Grete hörte sich ihre Geschichte an, stopfte Daos stinkende Kleidung in eine Tüte, warf sie auf den Küchentisch, sah Dao aus funkelnden blauen Augen an und sagte, das wird er bereuen bis ans Ende seiner Tage.

Dao hatte zwei vietnamesische Kampfsportler als Bodyguards für Wege in einsame Nebenstraßen engagiert und Gretes Angebot angenommen, erst einmal bei ihr zu wohnen. Dem Arschloch widmeten sie gemeinsam einen Schlachtplan. Als erstes hatten sie seine DNA sichergestellt und untersuchen lassen.

Auf den Friedhof konnten ihre Bodyguards nur in großem Abstand folgen, aber außer einer alten Frau, die mit steif in die Höhe gerecktem Hinterteil an einem Grab Unkraut jätete, war ohnehin niemand zu sehen. Vor allem keine Männer. Dao wurde noch zur Emanze. Immerhin verspritzten Frauen kein Sperma auf andererleuts Einrichtung.

Obwohl Dao Berliner Friedhöfe bisher gemieden hatte, weil ihre schiere Größe sie erschlug, fand sie das Ehrenmal mit den trauernden Engeln sofort. Riesige Bäume, so weit das Auge reichte. Zwei Eichhörnchen spielten Fangen quer über den Hauptweg, hüpften von Grabstein zu Grabstein und keckerten dabei. Dao borgte sich von einem Urnengrab eine Gießkanne, falls der alte Kopf zu dem Hinterteil sich irgendwann erheben sollte, und ging zum Tatort.

Vor dem Absperrband blieb sie stehen. Das Blut des Fuchses und der Frau waren deutlich zu sehen. Vertrocknete Blüten lagen verstreut herum, der Wind hatte sie vor den Eingang des Fuchsbaus geweht. Dao sah auf die Kopien der Tatortphotos, die sie sich von Tanja besorgt hatte. Das Mordopfer lag verdreht und mit verschobenen Joggingklamotten im Dreck.

Karin Neuman hatte keinen schönen Körper gehabt. Die Beine waren zu kurz für ihren Oberkörper, die Finger krumm und fleischig, der Busen winzig. Speckrollen umgaben die Hüften, Wulste schoben sich über die Knie. Die tote Füchsin dagegen war trotz des hängenden Gesäuges und eines verkrümmten Beines selbst im Tod noch ästhetisch. Dao schüttelte den Kopf. Was war das, Totenkult für Gaia? Aber es war offensichtlich, es hatte mit dem Mord an Iris Gerber zu tun. Sie seufzte.

»Schrecklich, was?«

Dao versteckte die Photos und drehte sich um. Hinter ihr stand die alte Frau mit einer Kinderharke in der Hand. »Ja«, sagte Dao, »und das ausgerechnet auf dem Friedhof.«

Die Frau winkte ab. »Den Toten ist das wurscht.« Sie ging mit ihrer kleinen Harke zur Wasserstelle, drehte mühsam den angefressenen Hahn auf und reinigte Hände und Gerät unter dem Strahl. »Stellen Sie sich mal vor: ganzes Leben Berliner Programm von früh bis spät und dann Friedhof und nüscht mehr.« Sie schüttelte die Hände aus. »Da wird jeder Fuchs, der aufs Grab puschert, zur willkommenen Sensation.« Sie legte die Harke auf den Beckenrand, lehnte sich dagegen und spreizte die Finger zum Trocknen. »Ham Sie geseh'n, die alte Füchsin hat es auch erwischt.« Sie schüttelte den Kopf. »Die arme Kreatur.«

»Die arme Frau vor allem, sie hatte eine achtjährige Tochter«, sagte Dao.

Die Alte sah konzentriert ihren Fingern beim Trocknen zu. »Bekommt schon seit Jahren ihre Jungen unter den Engelchen, wußten Sie das?«

Dao schüttelte den Kopf.

»Sie sind wohl neu hier? Welches Grab ist es denn?«

Dao wies vage in eine Richtung. »Meine Großeltern.«

»Ach was, gab es damals schon ... « Sie legte den Kopf schief. »Ich weiß jetzt nicht, wo ich Sie hinstecken soll.«

Oldenburg, dachte Dao, auch wenn es nicht so aussieht. »Japan«, sagte sie, weil sie das länger nicht gehabt hatte. »Ich bin von Deutschen adoptiert, deren Eltern hier liegen, und erst nach Berlin gezogen. Konnte mich um das Grab nicht kümmern.«

»Ach so.« Die Frau fand die Geschichte glaubwürdig und verlor schlagartig jedes Interesse an Daos genetischer Ausstattung. »Die Füchsin hatten wir alle hier gern. War so süß, wie die ihre Babys versorgt hat.« Sie lachte. »Ist schon anders im Tierreich.«

»Es soll sie jemand gefüttert haben, habe ich gehört.«

Die Frau schien überrascht. »Wir nicht, das wüßte ich. Natur ist Natur, da sollte man nicht zwischenfummeln. Gibt ja massenhaft Futter. Mäuse, Ratten, jede Menge Vögel, Eichhörnchen. Ich sag's Ihnen, irgendwann stellen diese dusseligen Ökos die Berliner Friedhöfe unter Naturschutz.« Sie lachte wieder, stieß sich vom Wasserbeckenrand ab und nahm ihre Harke. »Vielleicht hat einer von denen die Frau erschlagen. Für mich sieht das so aus, als sei sie unserer Füchsin zu nahe getreten, und das können sie gar nicht ab, die Ökos.«

»Und wer hat dann die Füchsin erschlagen?«

»Stimmt, das paßt nicht.« Die Frau überlegte. »Waren es vielleicht doch die Jugendlichen. Machen sich einen Spaß daraus, nachts über die Mauer zu klettern.« Sie wies in Richtung von

Daos imaginierten Großeltern. »Dabei könnten sie es viel einfacher haben, da hinten ist ein Riesenloch. Kein Mensch kümmert sich darum. Immer wieder haben wir uns beschwert, aber Sie kennen das ja, kein Geld da.«

»Und was machen die Jugendlichen?«

»Blödsinn, wie es ihre Art ist. Grölen, saufen, Grabsteine beschädigen, sich wahrscheinlich gruseln mit all den Toten. Und wenn sie dann einer stört, sei es Fuchs oder Frau«, sie hob die kleine Harke hoch, »bumm«, und ließ sie runterstoßen. »Ihre Bierflaschen sammeln wir morgens immer auf, vielleicht haben sie damit zugeschlagen.«

Friedhofsruhe, dachte Dao, so viel dazu.

XXII

Tanja steckte den Kopf durch Oskars Bürotür. »Störe ich?«

Oskar winkte sie herein und wies auf den einzigen Stuhl.

»Ich dachte, wir schließen uns kurz, wenn Du schon soweit bist«, sagte sie.

Oskar nickte. »Viel hab' ich noch nicht. Karin Neuman hat beim Landesverwaltungsamt gearbeitet, verbeamtet seit sechs Jahren. Ihre Vorgesetzte und die Kollegen mochten sie.«

»Logisch, wenn die Kripo sie als Mordopfer präsentiert.«

»Sie war wirklich beliebt. Locker, stolz auf ihre Kleine, kollegial.«

»Einträge in die Personalakte?«

Oskar schüttelte den Kopf. »Nach einem Motorradsturz war sie acht Monate krankgeschrieben. Die Kollegen grummelten, weil sie in der Zeit schwanger wurde und noch länger ausfiel. Nach dem Mutterschutz landete sie in einer anderen Abteilung. Im selben Flur noch zwei Alleinerziehende, dazu drei Väter mit erwachsenen Kindern.«

»Viel Verständnis fürs Zuspätkommen, Übermüdetsein.«

»Und Freude, als der Kindsvater zurückkam.«

»Und die Arbeitsinhalte, gab es da böses Blut?«

»Sie war bei der Beihilfestelle, Antragsbearbeitung Buchstaben F und G. Laut Aussage der Kollegin im selben Zimmer gab es eine renitente Veterinärin im Ruhestand, die um jeden Cent gefeilscht hat.«

»Schon wieder Viecher.«

»Nee, Lebensmittelkontrolle, da braucht's auch Tierärzte.«

»Für ein Mordmotiv ist mir das zu mickrig.«

»Zumal Karin ein offenes Ohr für die sparsame Zehlendorferin mit Doktorgrad hatte. Und die Familie, was hast Du?«

»Sie war gebürtige Tegelerin, hat ihr Leben in einem Radius von 11 Kilometern verbracht.«

»Berliner sind nun mal kieztreu.«

»Die jetzige ist eine Genossenschaftswohnung mit viel Verständnis für Kinder und Tiere. Ihr Freund hat damals alles renoviert, sie als Beamtin bekam den Mietvertrag. Kita und Schule in der Nähe, friedliche Spielplätze, nahe Grünanlage, Garage für die Motorräder, ein ruhiges, bescheidenes Leben auf der Etage. Ein ganz anderer Charakter als Iris, die so hoch hinaus wollte.«

»Die Fälle haben nix miteinander zu tun«, sagte Oskar.

»Na ja, beide Leichen lagen in der Natur ...«

»Ein Friedhof ist kein Auslaufgebiet.«

»Tiere in der Nähe ...«

»Es gibt überall Viecher in der Stadt. Nicht jede Ratte ist gleich ein Hinweis.«

»Sollte Cumloosen nicht nach Wolfsspuren suchen?«

»Auf gar keinen Fall.« Oskar sah richtig sauer aus.

Tanja hatte Oskar noch nicht erzählt, daß sie die Verbindung zwischen Janine und Iris gefunden hatte. Sie wollte erst mit Jakob reden, nicht, daß Oskar sie sofort zur Fahndung ausschriebe und so Jakob auf seinen Alleingängen gefährdete.

»Was sagt Jakob dazu?«

»Keine Ahnung.« Oskars Lippen wurden schmal.

»Ich war bei Karins Eltern. Die Mutter ist Schlesierin, der Vater Ostpreuße. Keine Geschwister, die Eltern sind alt. Die Todesnachricht habe ich in Begleitung ihres Lebensgefährten überbracht. Keine Konflikte, sie lagen sich heulend in den Armen. Der Vater sagte immer wieder, es sei nicht recht, daß Kinder vor den Eltern sterben.«

»Stimmt.« Oskars Stirn lag immer noch in Falten.

»Sie hatte einen Kreis Freundinnen noch aus der Schulzeit. Trafen sich alle zwei Wochen bei ihrem Stammjugoslawen.«

»Und was sagen die?«

»Eine stand ihr näher, die habe ich nach einem Liebhaber gefragt, mit dem sie sich auf dem Friedhof hätte verabredet haben können. Fand sie, Zitat, eine total schwachsinnige Idee.«

»Und warum das Joggen auf einmal?«

»Vor einigen Jahren sind alle nacheinander vierzig geworden und haben an Gewicht zugelegt. Sie planten einen gemeinsamen Urlaub nächstes Jahr. Wer als Erste zehn Kilo abgenommen hatte, sollte von den anderen eingeladen werden. Es war eine Wette.«

»Zehn Kilo?«

»Keine der Frauen verstand, warum sie über den Friedhof gelaufen ist.«

»Wegen der Ruhe, der schönen Natur?«

»Von ihren Eltern hatte sie ein bäuerisches Verhältnis zu Feld und Flur geerbt. Vierbeiner sind Nutztiere. Und Stille hat sie nervös gemacht.«

»Vielleicht wollte sie nicht beobachtet werden, so am Anfang ihres ersten Kilos, schnaufend wie eine Dampflok.«

»Guter Gedanke.«

»Also auch kein Motiv weit und breit.«

Tanja schüttelte den Kopf. »Sieht nicht aus, als habe sie ihren Mörder gekannt.«

»Falsche Zeit, falscher Ort. Vielleicht ein Psychopath.«

»Und der wartet Sonntag früh auf einem Reinickendorfer Friedhof, ob ein Opfer vorbeikommt?«

»Stimmt, das ist Quatsch.« Oskar seufzte.

»Vielleicht hat sie etwas getan, das ihn gereizt hat?«

»Die Friedhofsruhe gestört? Einen Obdachlosen geweckt?«

»Und der erschlägt sie gleich? Ziehen die nicht eher eine Parkbank weiter oder stellen sich erst mal taub?«

»Und die Füchsin? Ich meine, was, wenn der Fütterer sich gestört gefühlt hat? Irgendein durchgeknallter Öko, der den Friedhof unter Naturschutz stellen will? War nicht neulich was im Radio?«

»Da ging es um aufgelassene Gräber«, sagte Tanja. »So viel Areal wie früher wird nicht mehr gebraucht ...«

»Urnenbeisetzungen sind billiger.«

»... deshalb hat sich ein Verein gebildet, der die Flächen als Brache erhalten will. Wie den Flughafen Tempelhof.«

»So verkehrt finde ich das nicht«, sagte Oskar, «kostet ja nix, nicht mal gießen müssen die Ökos.«

»Warte, bis Du die kennenlernst. In der Abendschau war ihr Sprecher. So was von aggressivem Oberlehrer.«

»Aber er meint es doch nur gut.«

Tanja runzelte die Stirn. »Das sind die Schlimmsten. Veganer halten sich für die besseren Menschen.«

»Aber Tanja, ich denke, Du bist hier die aufgeschlossene Junge.«

»Muß ich deshalb jeden Schwachsinn ertragen?«

Oskar lachte. »Kann es sein, Du bist auch auf Nutztiere sozialisiert?«

Tanja brummte.

»Dann laß uns überprüfen, ob der Friedhof zu ihrem Programm gehört, und was der Vorsitzende am Sonntag früh gemacht hat.«

»Tofu eingelegt.«

»Oder eine alte Füchsin gefüttert.«

»Wenig los bei Ihnen.« Oskar sah sich im Café um. War das nicht vor kurzem noch eine verräucherte Eckkneipe am Rand von Neukölln gewesen? Rappelvoll, mit gelegentlichem Polizeibesuch, wenn zwei Gäste sich über die Gründe für Herthas Versagen in die alkoholisierte Wolle bekamen. Hieß die Wirtin nicht Susi? Und jetzt? Weiße Wände, stählerne Theke, kahle Holztische, nicht mal Primelpöttchen darauf. Woher kamen auf einmal bloß all die Autisten in die Stadt? Und was wollten sie hier?

Der Inhaber, ein Mittdreißiger mit glattem Gesicht, dem ein gestriegelter Bart Männlichkeit verleihen sollte, stellte einen Teller vegane Häppchen und zwei Gläser Gemüsesaft zwischen Tanja und Oskar. »Ab Nachmittag ist es voller.«

»Ich denke, bei Ihnen gibt es Frühstück«, sagte Oskar.

Der Mann lächelte. »Hier verdient man sein Geld nicht mehr in der Frühschicht.« Wie ein Aal glitt er auf das Stühlchen gegenüber.

»Körperliche Arbeit verbraucht auch zu viel Eiweiß«, sagte Oskar. Dieser Möhrenhäcksler aus Westdeutschland beleidigte seine Neuköllner Kindheit. »Fürs Kinderwagen Schieben und im Netz Daddeln reicht natürlich Ihr Gemüse.«

Oskar fragte sich, woraus dessen Klamotten bestanden. Wolle ging nicht, Lederschuhe nicht, blieb eigentlich nur Kunststoff, oder Baumwolle? Aber was war mit den armen Parasiten, durfte man denen ihr Mittagbrot nehmen?

»Wie gesagt, der Friedhof in Reinickendorf«, sagte Tanja mit einem Seitenblick auf Oskar. »Könnten Sie nachsehen, ob er Bestandteil Ihres Projektes ist?«

»Das habe ich im Kopf. Es ist ein riesiges Gelände mit altem Baumbestand. Die Südhälfte und Teile des östlichen Areals liegen seit Jahren brach. Im März hat die Friedhofsverwaltung eigenmächtig dort aufgelassene Gräber planiert. Jemand aus unserer Community rief deshalb die Polizei.«

»Sie haben Leute, die Friedhöfe überwachen?«

»Selbstverständlich. In dieser Stadt werden gern Tatsachen geschaffen, zur Not illegal und am Sonntag früh.«

»War am vergangenen Sonntag jemand von Ihnen dort?«

»Nicht, daß ich wüßte, warum?« Er sah Tanja mißtrauisch an. »Will die Gegenseite uns was anhängen?«

»Wer soll das sein?«

»Der Senat, die Friedhofsverwaltung, die Anwohner und Grabbesucher, die das Unaufgeräumte hassen.«

»Und in Reinickendorf, geht es etwas konkreter?«

»Seitdem wir das Bürgerbegehren betreiben, hängen dort unsere Plakate maximal zwei Tage.«

»Die Leute wollen Sie nicht«, sagte Tanja.

»Sie lassen sich einreden, wir brächten die Anarchie. Außerdem ist ihnen alles Neue suspekt.«

»Das ist ihr gutes Recht«, sagte Oskar.

»Wir haben ja Verständnis. Unser Anliegen sollte besser kommuniziert werden. Man muß die Leute ins Boot holen.«

»In Ihr Boot.«

Er lächelte wieder. »Ich möchte nur, daß der richtige Weg beschritten wird.«

»Und Sie wissen, was der richtige Weg ist?«, fragte Tanja.

»Wir sind auf der Seite der Vernunft.«

»Und wenn die anderen keinen Bock auf Ihre Vernunft haben?«, fragte Oskar.

»Werden wir sie überzeugen.«

»Indem Sie ihnen den Schädel einschlagen?«

»Wie meinen Sie das?«

»Auf dem Reinickendorfer Friedhof wurde eine Frau ermordet.«

»Wir brauchen keine Gewalt, wir argumentieren.«

»Auch, wenn jemand eine Fähe tötet?«

»Was?«

»Jemand hat eine säugende Füchsin erschlagen.«

»Das wundert mich nicht. Paßt zu dem irrationalen Verhältnis der meisten Menschen zu Tieren.« Er schlug ein Bein über. »Wir Veganer füttern keine Wildtiere, das wäre ein Eingriff in die Natur. Und wir halten keine Nutztiere, denn für die Mitgeschöpfe ist da kein Nutzen. Auch keine Haustiere, denn sie leben in Gefangenschaft. Wir suchen keine Verbindung zu Tieren, es sei denn, das Tier nimmt Kontakt auf.«

»Zecken zum Beispiel«, sagte Oskar, »Kakerlaken, Läuse.«

Der Mann sah ihn an und schwieg.

»Sie würden also keine Füchsin füttern, damit sie ihre Jungen durchbringt?«, fragte Tanja.

»Wir wissen, daß gerade in Reinickendorf viele die Wildtiere versorgen und so von sich abhängig machen. Nistkästen, Vogelfutter, Nüsse für Eichhörnchen.« Er schüttelte den Kopf. »Und hinterher braten sie sich ein Schnitzel.«

»Wissen Sie jemanden, der die Füchsin gefüttert haben könnte?«, fragte Oskar.

»Die einsamen Omis. Besuchen die Gräber und mästen Wildtiere aus Ermangelung von Enkeln. Auch eine Art Nutztierhaltung.«

»Was sind Sie für ein eiskaltes Arschloch. Wird man das, wenn man sich nur von Gemüse ernährt und alles besser weiß?«

Er lächelte. »Mit Ihrer Aggressivität verdecken Sie nur abwesende Argumente, Herr Kommissar. Sie sollten das Schweinefleisch reduzieren, Tofu ist hormonfrei.«

»Und Sie sollten schleunigst ein Alibi für den vergangenen Sonntagmorgen vorweisen, sonst können Sie sich bald an die Kost im Untersuchungsgefängnis gewöhnen. Moabit, da dürfte es mit veganer Küche schwierig werden.«

Jakob fühlte sich um zwanzig Jahre gealtert. Alles war so unendlich schwer. Er hatte wieder lange geschlafen. Es war dunkel, irgendwas nach drei.

Immerhin hatte er sich nicht auf die Zunge gebissen dieses Mal. Genau. Ein weiteres Mal. Kein Zufall mehr, eine Perle auf einer unendlich langen Kette. Keine Spontanheilung, keine Begründung, Entschuldigung. Höchstens der Ostfusel. Quatsch. Die Aura hatte er längst vorher gehabt. Die ganze Hundescheiße in seinem Hirn. Gratwanderung für Epileptiker. Ich-Welt-Grenze zappelt, weg ist der Grat, flach liegt der Hauptkommissar. Ein U-Bahn-Tunnel. Wie war er da bloß hineingeraten, und wer hatte ihn von den Gleisen runtergezogen? Ein Mensch in Schwarz, na ja. Lebensretter, der unerkannt bleiben wollte. Der wußte gar nicht, in was er Jakob da zurückschickte. Alles neu lernen. Die Enttäuschung nach so langer anfallfreier Zeit.

Er verkroch sich auch dieses Mal. Seine Wohnung, sein Schutzraum. Erst wieder einfinden in den komplexen Berliner Alltag, dafür waren zwei Zimmer, Küche, Bad eine angemessene Übung. Anziehen, wie geht das? Wie heißen die Dinger, die in den Schuhen stecken? Irgendwie sollten Hose und Hemd zusammenpassen, aber was bedeutet das? Er nahm die gleichen Farben, nur fürs Erste.

Brot schmieren, Kaffee kochen. Duschen und hinterher geschafft sein wie nach einem Wettkampf. Keiner sollte das sehen, sollte ihn so sehen. Hagedorn, auf den wieder die Axt Epilepsie niedergefahren war. Er war eine Torte, seine epileptischen Anfälle schnitten ihn zu. Mein Gott, wenn Hanna das mal erlebte. Scham, ein neues, immer häufigeres Gefühl.

Es klapperte an der Wohnungstür. Jakob horchte. Wenn er sich nicht irrte, schloß gerade jemand auf. Den Schlüssel seiner Nachbarin hatte er, MM war im Salon, also wer zum Teufel brach da ein? Er lief in die Küche und suchte eine Waffe. Ratlos stand er vor der offenen Schublade, als die Wohnungstür geöffnet wurde. Er griff sich eine Gabel und hielt sie drohend hoch. Ging so in den Flur, mit erhobener Hand.

Es war die schwarze Gestalt, er erkannte sie wieder. Sie legte den Schlüssel auf die Kommode neben der Tür und ging langsam auf ihn zu. Jakob hielt die Gabel und wußte nicht weiter. Sie trug ein Tuch um den Kopf gewickelt, sah aus wie ein Pirat. Der Hals dagegen war frei. Er sah eine Schlange sich winden, in ihrer Mitte einen Wolf, hörte die U-Bahn quietschen, wurde geblendet vom grellen Lichtschein.

»Leg die Gabel weg, Hagedorn, ich bin es«, sagte die Schlange mit dem Wolfskopf.

Jakob atmete aus, hielt aber sein Besteck noch fest. »Was willst Du mitten in der Nacht in meiner Wohnung und woher hast Du meinen Schlüssel?«

Sie schob ihn zurück in die Küche und auf einen Stuhl. »In der U-Bahn dachte ich, Du verfolgst mich.« Sie nahm ihm die Gabel ab und warf sie in die offenstehende Schublade. »Immerhin bist Du Polizist.«

Schön zu hören, dachte Jakob, erst recht in dem Zustand.

»Ich dachte, die suchen mich und Du hilfst ihnen. Dann habe ich Dich, nachdem Du auf einmal zusammengeklappt bist, durchsucht und Deinen Schlüssel gefunden.«

»Wer sucht Dich?«

»Die Bullen wollen meine Station vertreiben und dafür mir und meinem Bruder einen Mord anhängen.«

Jakob schwindelte. Zu viel, zu schnell.

»Hast Du vielleicht ein Bier?«, fragte Janine.

»Sieh nach.«

Sie öffnete den Kühlschrank, nahm sich eine Flasche und entkorkte sie am Rand der Tischplatte. Jakob gefiel das nicht, aber er wußte nicht, warum.

»Was war das da in der U-Bahn?« Sie sah ihn an wie ein neugieriges Tier.

»Epilepsie.«

»Ich war schon mal hier, Du hast geschlafen wie tot.«

»Das gehört dazu.«

Sie trank von ihrem Bier und sah auf die Küchenuhr. »In zwei Stunden muß ich zurück.«

»Wohin?» Jakob hatte wirklich keine Ahnung.

»Zur Wolfsstation, bevor sie etwas merken. Ich kann nur nachts nach Berlin.«

»Und was willst Du hier?«

»Meinen Bruder suchen.«

»Verstehe ich nicht.«

»Er ist abgehauen, aber er weiß nicht, wie man auf der Straße überlebt. Er will mir was beweisen, der Idiot.«

Jakob hielt sich den Kopf.

»Stimmt was nicht?«

»Sag mir, wie Du heißt.«

»Janine, aber das weißt Du doch. Du warst doch bei mir, mit hartgekochten Eiern von einer Grete.«

»Also gut, Janine, ich weiß nicht, wo Dein Bruder ist und was das alles mit mir zu tun hat.«

»Gehört das auch dazu, wie der Leichenschlaf?«

Jakob nickte. »Ich muß jetzt dringend wieder ins Bett und halte es für eine ausgesprochen gute Idee, wenn Du wieder aufbrichst.«

»Aber Du mußt mir helfen! Die Kripo sucht mich, ich soll eine Mörderin sein. Und dabei suche ich doch meinen Bruder, weil es sein kann, er hat sie getötet. Obwohl meine Mutter eigentlich schon viel zu kaputt war, als daß sie ihm von ihr hätte erzählen können. Und dann ist sie ja auch bald aus dem Fenster gesprungen, und er war im Heim, bis diese Schnepfe aus Görlitz ihn übernommen hat.«

Jakob stand mit geschlossenen Augen auf, tappte zur Spüle, drehte den Hahn auf und trank aus der Leitung. Er wischte sich mit der Hand den Mund ab und ging ins Bett. Hörte nicht mehr, was Janine sagte, daß sie hinter ihm herging, ihn zudeckte. Als es hell wurde, die Vorhänge zuzog, sich auf den Boden gegenüber von seinem Bett setzte und wartete, daß dieser komische Polizist wieder erwachte.

Es wurde vier, es wurde fünf, Janine sah immer wieder auf die Küchenuhr. Kaute an den Nägeln, brabbelte vor sich hin. Um sieben Uhr acht klingelte das Telefon, der Anrufbeantworter sprang an.

Oskar warnte Jakob, Focke habe einen Haftbefehl gegen ihn erwirkt, weil er nicht zur Verhandlung erschienen sei. Was ihn geritten habe, denen das Handy zu versprechen? Jetzt behaupte Focke, er verstecke sich vor dem unvermeidlichen Urteil. Und der vertrottelte Richter unterschreibe ihm alles. Er solle sich sofort auf dem nächsten Revier melden, um alles aufzuklären. Und endlich auch bei ihm. Warum er denn seinem besten Freund nicht erzählt habe, wie schief das alles laufe, und ob er denn von allen guten Geistern verlassen sei, Oskar nicht um Hilfe zu bitten?

Janine tigerte durch die Wohnung. Nahm ihr Handy, tippte und steckte es wieder ein. Redete mit sich selbst und sah nach Jakob.

Um kurz vor Neun klingelte es an Jakobs Wohnungstür. Einmal, zwei Mal, immer länger, dringlicher. Janine schlich zur Tür und lauschte. Wollte gerade durch den Spion sehen, da schlug jemand mit der Faust gegen die Tür. Janine zuckte zurück. »Aufmachen, Hagedorn, hier ist die Polizei.«

Janine lief den Flur hinunter.

»Wir haben einen Haftbefehl, Hagedorn.« Die Faust kehrte zurück. »Machen Sie auf.«

Jakob erschien in der Schlafzimmertür und rieb sich die Augen.

»Wenn Sie nicht öffnen, müssen wir die Tür eintreten.«

Janine kam mit einem Regenschirm in der erhobenen Hand zurück. Jakob schüttelte den Kopf und hielt den Zeigefinger vor die Lippen. Sie warteten.

»Also gut. Ich schiebe den Haftbefehl unter der Tür durch. Schlage vor, Sie lesen ihn. Wir kommen in zwei Stunden wieder und dann gehen wir zusammen friedlich auf den Abschnitt.«

Schritte entfernten sich auf den Treppen. Jakob sah durch den Spion. Hob den Brief auf und öffnete ihn in der Küche. »Gib mir ein Bier«, sagte er.

»Es ist kurz nach neun in der Früh«, sagte Janine.

»Dann koch' Kaffee, ich glaube, ich muß untertauchen.«

Janine tigerte durch die Küche wie eine Wölfin in zu kleinem Gehege. »Könntest Du Dich setzten?«, fragte Jakob, »ich muß nachdenken.«

Janine fuhr herum. »Seit sechs Stunden mache ich das.«

Jakob stand auf und kochte den Kaffee selbst.

»Du solltest mir helfen«, sagte sie und kaute wieder an den Fingernägeln. »Ich schaffe das beides nicht allein, meinen Bruder und den Mörder finden.«

Jakob blies über seinen Kaffee und schwieg.

»Ich sollte längst bei meinen Wölfen sein.« Sie sah ihn an. »Was, wenn sie merken, daß ich nicht da bin?«

Das Telefon klingelte, Oskar brüllte auf den Anrufbeantworter. »Wo bist Du, verdammt noch mal? Ich habe es satt, verstehst Du? Also gut, dann eben über Deine verfluchten Weiber. Ich lasse jetzt einen Haftbefehl raushauen für Deine Wolfsfrau in Brandenburg. Tanja hat mir endlich erzählt, daß sie dringend tatverdächtig ist, aber das ist ja nix Neues für Dich, oder? Wahrscheinlich weißt Du alles wieder mal besser als alle anderen. Scheiße, ich will mir nicht immer Sorgen machen um meinen besten Freund, Du Arschloch. Ich mach' det, und Du rufst mich endlich an, hast Du verstanden?«

»Der hat schon mal angerufen«, sagte Janine, »ich habe das alles gelöscht.« Sie sah ihn an. »Ich wußte nicht, ob ich Dir trauen kann.«

Jakob blies über seinen Kaffee.

»Lieferst Du mich jetzt aus?«, fragte sie.

Er trank von seinem Kaffee, das Schlucken ging noch nicht richtig, er hustete. »Sieht aus, als sollten wir untertauchen. Auch ich muß einen Mörder finden.« Er goß den Kaffee aus und spülte den Becher ab. »Kennst Du ein gutes Versteck? Ich muß ein bißchen ausruhen.«

»Und meine Wölfe?«

»Ruf Deine Chefin an, sie wird jemanden hinschicken.«

Janine zögerte.

»Du mußt anfangen, anderen Menschen zu vertrauen.« Jakob stieg in ihre Augen. Sie ließ ihn. »Und in dem Versteck erzählst Du mir von Deinem Bruder und wen er ermordet hat.«

»Du hast es immer noch nicht verstanden, Superkommissar.«

»Was?«

»Deine Leiche im Auslaufgebiet, die Frau, die ein Wolf getötet haben soll, ausgerechnet ein Wolf, und deren Leiche die Wildtiere angefressen haben, ausgerechnet Wildtiere, Iris, die smarte, erfolgreiche, sportliche, coole Frau mit dem tollen Job aus Amerika, sie war meine Schwester.«

XXIII

Tanja war wütend. Sie polterte mit der BZ morgens um halb acht in Oskars Büro. »Hast Du denen das gesteckt?« Sie knallte die Zeitung auf den Schreibtisch. »Nur, weil er ein Arschloch mit Schichtarbeiterverachtung ist, hat er Karin noch lange nicht erschlagen.«

Oskar hob die Zeitung auf und las den Artikel.

»Veganer ermordet junge Mutter aus Tegel, die sich gegen tollwütige Füchsin wehrt.« Tanja schnaubte. »Davon stimmt ja gar nichts.«

»Wieso?«, sagte Oskar, »sind doch alle Beteiligten erwähnt.«

»Und bist Du zufrieden?«, zischte Tanja. »Jetzt ticken wieder alle aus, und wir klemmen dazwischen. Genau wie bei der Hundehysterie.« Sie stellte sich krachend einen Stuhl zurecht und ließ sich fallen. »Ganz zu schweigen von der Familie, die werden an der Nase herumgeführt, nur wegen eines Rachefeldzugs Currywurst gegen Tofuburger.«

»Jetzt reicht es aber«, sagte Oskar. »Für wie dämlich und unprofessionell hältst Du mich?« Er schob ihr die Zeitung rüber. »Frag' Dich lieber, wem diese Berichterstattung nützt.«

»Der BZ.«

»Geschenkt.«

»Den Hundeleuten, die geraten aus dem Beschuß.«

»Und wem noch?«

Sie überlegte. »Das wäre aber sehr dreist.«

»Wie Du sagtest, er ist ein Arschloch, und wenn er Karin nicht ermordet hat, kann es ihm nur nützen.«

»Seine Friedhofskampagne wird gepusht.«

»Er kriegt Aufmerksamkeit, um sein Anliegen zu erläutern.«

»Und sein Café gewinnbringend ins Bild zu setzen.«

»Und am Ende ist er das bemitleidete Opfer.« Tanja warf die BZ in den Papierkorb. »Entschuldige, Oskar.«

»Sprossen mümmeln macht keinen besseren Menschen.«

»Und können wir ihm die Suppe versalzen? Damit darf er doch nicht durchkommen.«

»Wird er auch nicht. Bisher ist es ja nur die BZ. Und die lesen zu viele Schichtarbeiter. Um sein Ziel zu erreichen, muß er in andere Kreise, und es gibt sehr viele Medienprofis in der Stadt, die das Ganze genauso durchschauen wie wir.«

»Die haben den Salzstreuer für die Suppe?«

»Sogar Streufahrzeuge. Wir müssen nur abwarten.«

Sie hatte ihn sofort erkannt. Wie vor zwanzig Jahren ging er zum Konsum. Die leere Beuteltasche hielt er fest in seiner Linken. Vielleicht war es sogar dieselbe. Was hatte sie ihm damals hinterhergesehen, sehnsüchtig, mutlos.

Sie ging um den Block und erwartete ihn auf dem Rückweg. Sein Beutel war jetzt halb gefüllt, er sah konzentriert auf den Bordstein, sie stellte sich ihm in den Weg. Er stoppte abrupt und sah sie finster an. Ein alter Mann, der Feinde wittert, überall. Er erkannte sie nicht. Zwanzig Jahre seit ihrer letzten Begegnung. Janine war ein kleines Mädchen gewesen. Wehrlos. Schutzbedürftig.

Er sah auf ihren Hals und versuchte auszuweichen. Sie stellte sich ihm erneut in den Weg.

»Was wollen Sie?« Er faßte die Beuteltasche fester.

»Hallo Papa.« Sie schaffte kein Lächeln.

Er sah in ihre Augen, auf ihre Nase, den Mund, mißtrauisch.

»Das mit Iris«, sagte sie, »es tut mir leid für Dich.«

»Hast Du sie umgebracht?« Er sah ihr in die Augen.

»Das würde Dir gefallen, was?« Sie lachte. »Hast Du der Polizei schon von Deiner mißratenen zweiten Tochter erzählt?«

Er deutete auf ihren tätowierten Hals. »Findest Du das schön?«

»Es erfüllt seinen Zweck.«

»Und der wäre?«

»Mir die Leute vom Hals zu halten.«

Er war alt geworden. Das Hemd bis oben hin geschlossen, der Kragen altmodisch groß. Er trug einen Pullunder darüber.

»Und Deine Mutter?« Er sah sie aus alterstrüben Augen an, hart wie eh und je.

»Sag nicht, daß Dich das interessiert.«

»Sie war eine Hure.«

»Du hast sie dazu gemacht.«

»Entweder eine Frau ist eine Hure, oder sie ist keine.« Seine Halsfalten wackelten unwirsch. Er hatte schon immer hinterher alles vorher gewußt.

»Und Du?«

Sie lachte wieder. »Meinst Du, ich bin auch eine?«

»Wundern würde es mich nicht.«

Sie machte einen Schritt auf ihn zu. Es tat doch tatsächlich immer noch weh. Er wich zurück, schwankte, ein alter Mann. Sie hatte Mitleid. Scheiße, mit diesem Arschloch. Dem Kader, dem Schließer beim Staatsrat, der ihr Vater war.

»Ich möchte nach Hause«, sagte er. »Meine Frau wartet.« Er sah sie an. »Laß mich durch.«

»Weißt Du, wer meine Schwester Iris umgebracht hat?«

»Deine Schwester.« Er schnaubte.

Sie sah ihm in die trüben Augen. »Also?«

»Wenn Du es nicht warst, keine Ahnung. Sie hat für einen Bonzen gearbeitet, im Westen.«

»Und der hat sie umgebracht?«

»Was weiß ich.«

»Weißt Du überhaupt was von ihr?« Sie sah an ihm hinunter. »Natürlich nicht. Was für eine Schnapsidee, ausgerechnet Dich zu fragen. Sie hat zwar bei Dir gelebt, aber beachtet hast Du sie nicht.«

»Das ist nicht wahr.« Seine Stimme zitterte.

Ihr Vater, den sie so gefürchtet und verehrt hatte, von dem sie sich erhofft hatte, er lasse seine Verbindungen zur Partei spielen, den wichtigen Leuten, er hole sie raus aus dem Elend, weg vom

Balkon, weg von ihrer Mutter, dieser Mann war ein alter Waschlappen. Wohin jetzt mit dem Haß?

Sie drehte sich auf dem Absatz um und ging.

»Warte, Jana, Deine Mutter ... «

Sie blieb stehen. Nicht einmal ihren Namen konnte er sich merken.

»Lebt sie noch?«

Janine drehte sich zu ihm um. »Sie ist in einer Entzugsklinik aus dem Fenster gesprungen, vor acht Jahren.« Sie sah den alten Mann an, der ihr Vater hätte sein sollen. »Sie liegt in Marzahn, anonym. Gab kein Geld für was Besseres.«

»Willst Du jetzt Geld von mir? Ich habe damals ... «

Janine baute sich vor ihm auf, sie atmete schwer. »Weißt Du, was ich wirklich will?« Sie spuckte vor ihm aus. »Du hast das Leben meiner Mutter zerstört, meins und das meines kleinen Bruders. Ich habe sie gehaßt, dabei konnte sie nichts dafür.« Seine Augen schwammen, er tat sich selbst leid. Janine ballte die Fäuste. Tief bohrten sich ihre Nägel in die Handflächen. »Vielleicht hast Du Iris umgebracht. Wie uns alle.« Jetzt zitterte die Beuteltasche an seiner Hand. Janine beugte sich nah an sein Ohr. Sie flüsterte. »Und wenn Du für den Rest Deines Lebens noch einen einzigen guten Moment haben solltest, dann sorge ich dafür, daß er kurz wird, das verspreche ich Dir, im Namen der versoffenen Hure, die meine Mutter war.«

»Komm zur Sache, Mädchen«, sagte Oskar.

»Schmeckt es nicht?«, fragte Marie. »Wir können auch noch was anderes bestellen. Die haben super Flammkuchen.«

Oskar fand die Hundeausführerin Marie, gemessen an ihren bisherigen Begegnungen, erstaunlich nervös. Außerdem war sie ohne Hunde in ihr Stammlokal gekommen. Irgendwas stimmte da nicht. »Sie wollten, daß ich komme, da bin ich. Aber ich habe nicht ewig Zeit. Hat es mit dem Mord an Iris zu tun?«

»Irgendwie schon.«

Oskar seufzte. Er hatte den Fall quasi an Jakob übergeben und saß jetzt da, ohne seinen untergetauchten Freund. Gestern hatten die Kollegen seine leere Wohnung gestürmt. Als Oskar, benachrichtigt von MM, mit Martinshorn dazukam, um das Schlimmste zu verhindern, verwüsteten sie gerade das Wohnzimmer. Er hatte brüllen müssen, damit sie aufhörten. Würde ihn einiges an gegrilltem Schweinekamm vor seiner Laube kosten, daß die Kollegen ihm zuliebe wieder abgezogen waren. Schwieriger war es mit Staatsanwalt Samuel Herzl gewesen, der die Rotte entspannt von der Zimmertür aus beobachtet hatte und Oskar mit einer Dienstaufsichtsbeschwerde drohte. Woraufhin Oskar ihn warnte, die Zerstörung einer Wohnung tatenlos mit anzusehen, sei für ihn weitaus gefährlicher, und er riefe jetzt alle Nachbarn zusammen, um mit ihnen gemeinsam den Schaden zu dokumentieren.

So langsam wurde es eng für Jakob, und Oskar hatte keine Möglichkeit es ihm zu sagen. »Ich warte«, sagte er.

Marie kaute auf ihrer Unterlippe. »Da war doch dieser Tierhasser.«

»Der die Hunde auf die Straße gehetzt hat?« Oskar winkte ab. »Kein Motiv.«

»Doch, er wollte uns eins reinwürgen. Also allen Hundeleuten.«

»Und deshalb mordet er?«

»Wir dachten, wir fühlen ihm auf den Zahn.«

»Was heißt das?«

»Das mit dem Rattengift, das war er. Wir haben die Köder bei ihm gefunden, vor seiner Garage.«

»Welche Garage?«

Sie kaute an den Fingernägeln.

»Mädchen!«

»Wir wollten es aus ihm rausholen. Daß er die Frau ermordet hat.«

»Ich versteh' nur Bahnhof.«

»Wir haben ihn mitgenommen.« Sie sah Oskar vorsichtig an.

»In eine Hundeschule mit angeschlossener Pension im Fläming.«

»Wovon redest Du?«

»Er hat, wie soll ich sagen, eine Art Praktikum gemacht.«

»Ihr habt ihn entführt?«

»Wir wollten ihn sensibilisieren für Hunde. Aber er konnte jederzeit gehen.«

»Und warum ist er geblieben?«

»Wir hatten seine Giftköder.«

»Also auch noch Erpressung.«

»Du verstehst das nicht, wir wollten Euch helfen.«

»Ach nee.« Oskar bestellte noch zwei Bier. «Und sehe ich das richtig, daß nichts dabei herausgekommen ist?«

»Nicht, was wir wollten«, sagte sie kleinlaut. »Als Ihr die Leiche gefunden habt, war er nicht da.«

»Wir wissen nicht, wann sie ermordet wurde.«

»Abgelegt haben kann er sie auf alle Fälle nicht.«

»Warum?«

»Er hat einen Nebenjob.«

»Der arbeitet?«

»Schwarz, auf dem Bau. Er war auf Montage, zwei Wochen lang. Jede Menge Zeugen.«

»Und was willst Du jetzt von mir?«

»Wir wollen ihn zurück nach Berlin schaffen, aber er soll auch bestraft werden für das Rattengift.«

Oskar nahm einen tiefen Zug vom Bier und überlegte. »Habt Ihr alle Köder?«

»Nur, was er bei sich trug.«

»Und die Garage?«

Marie grinste.

»Laßt ihn frei, vernichtet in seinem Beisein die Köder, sagt, er darf das nie wieder tun und entschuldigt Euch glaubhaft. Echt zerknirscht, verstehst Du. Er wird auf direktem Weg zu seiner Garage gehen, um Beweismittel zu vernichten.«

»Und da wartet Ihr.«

»Darauf kannst Du Gift nehmen.«

Sie atmete tief durch. »Verfluchte Scheiße, bin ich erleichtert.«

»Eins noch, vergangenen Sonntag früh, wart Ihr da alle im Fläming? Weil, da gibt es noch eine zweite Leiche.«

»Wer alle?«

»Die Ratte, Du und der Historiker Thies. Ich nehme doch stark an, der ist mit von der Partie?«

»Aber nein, das ist alles allein meine Sache.«

»Und, wart Ihr?«

»Sonntag früh war Fütterung und Fellpflege, er sollte ja was lernen.«

»Ihr seid wirklich durchgeknallt. Was, wenn der Euch anzeigt?«

»Wir waren immer maskiert, und auf der Fahrt im Hundetransporter waren seine Augen verbunden.«

»Hoffentlich kommt Ihr damit durch.«

Dao parkte am Rand der Siedlung und sah auf das Dreißigerjahreidyll sich reihender Vorgärten.

Es war so naheliegend gewesen, daß ihr ihre Angst nachträglich peinlich erschien. Nur er konnte ihre Wohnung verwüstet haben, schon wegen der passierten Tomaten.

Ein Mann mit verschlafenem grauem Haarkranz öffnete seine Haustür und schlurfte auf Pantoffeln zum Gartentor. Er sah die Straße hinunter und öffnete den Briefkasten. Die Zeitung fiel klatschend auf den Boden. Er hob sie ächzend auf. Eine fette Katze zwängte sich durch den Haustürspalt an ihm vorbei und sprang über den Zaun. Der Mann drohte ihr mit der Zeitung in der Hand.

Dao schüttelte den Kopf. Dorfszenen mitten in der Stadt.

Die DNA hatte ihn verraten. Er war verwandt mit Iris, das war sein Problem. Ein Leichtes, das zu entdecken.

Er hatte sie von Anfang an verabscheut. Ihre Schlitzaugen, die Ausdünstung von Erfolg, ihre Herablassung natürlich auch. Ein

Fehler, ja, sie konnte sich zu schlecht beherrschen. Supermarktvizes, die sich für Halbgötter hielten, das war etwas für Dao.

Die Gorillas hatte sie nach Hause geschickt und ließ Iris' Bruder stattdessen von einem Kollegen beschatten. Sie wußte noch nicht, wie sie sich an ihm für die Plastiktüte über dem Kopf und ihre zerstörte Wohnung rächen würde. Aber das hatte Zeit, sie konnte in Ruhe die Entwicklung abwarten. Im Moment holte er gerade seine Kinder von der Kita ab und Dao konnte tun, wofür sie bezahlt wurde, den Mörder von Iris suchen.

Sie stieg aus und ging die Straße hinunter. Vor der Nummer siebenundzwanzig hielt sie an und betrachtete das Haus. Ein Eckgrundstück. Wuchernde Pflege in geschmackvoll abgestimmten Farben im Vorgarten, hinten Bäume. Apfel, Linde, Esche. Schön. Sympathisch vielfältig und unaufgeräumt. Der Schein trügt eben doch.

Das Haus war lange nicht renoviert. Alte Fenster, eine immer wieder überstrichene Ursprungstür, rostige Dachluken. Keine nachträglichen An- oder Ausbauten, der Platz im kleinen Haus hatte über sechzig Jahre gereicht. Keine gestiegenen Ansprüche, keine zappelnde Kinderschar. Ein beständiges Leben.

»Suchen Sie was?« Eine übergewichtige Frau um die Sechzig sah Dao mißtrauisch an. Knackige Sozialkontrolle, dachte Dao und knipste ein freundliches Lächeln an.

»Ich schaue mich um, wie es sich hier wohnen läßt.«

»Und warum geht Sie das was an?«

»Man hat mir ein Haus angeboten.«

»Wer?«

»Der Eigentümer wird nicht wollen, daß ich Ihnen das sage.« Dao sah sie treuherzig an. »Soll ja kein Gerede geben, Sie wissen schon.«

»Ich glaube ich weiß, wer verkaufen muß.« Sie winkte ab. »Will Sie nicht in Schwierigkeiten bringen, junge Frau.«

»Schöner Garten«, sagte Dao und wies auf die Siebenundzwanzig.

»Am Haus wär' einiges zu tun. Der Eigentümer hat's nicht so dicke.« Sie seufzte. »Netter Kerl, hat hier schon mit seiner Mutter gewohnt. Aber im Garten macht er alles. Zuppelt und buddelt immerzu. Baut alles selbst an, sogar Zwiebeln und Kartoffeln. Sollte finanziell bergauf gehen, hat seine Freundin erzählt. Ne große Sache, hat sich aber zerschlagen. Die Freundin auch. Gab einen Riesenkrach, dann ist sie weg, mitten in der Nacht. Hatte wohl gehofft, demnächst sprudeln die Euros. Ostfrau, wissen Sie. Oh, Entschuldigung, nicht, daß Sie ... «

»Ich bin aus Oldenburg«, sagte Dao, froh, mal wieder die Wahrheit verwenden zu können.

»Dann ist ja gut. Und wohnen Sie schon in Zehlendorf?«

»Mitte bisher.«

»Na, das wird aber ein Sprung.« Sie wies auf Daos Bauch. »Brauchen Sie demnächst mehr Platz?«

»Sieht man es schon?« So viel zur Wahrheit. »Soll sich keiner beschweren können, wenn der Kleine nachts schreit.«

»Dann sind Sie hier richtig. Alles Privatstraßen, da kann Ihr Kind noch ungestört toben. Krumme Lanke schön nah, U-Bahn auch. Gute Luft und kurze Wege.«

»Und man paßt aufeinander auf.«

Sie nickte. »Gibt viele Hunde hier, da traut sich keiner. Seit fünf Jahren nicht ein Einbruch in der ganzen Anlage.«

»Aber die Leiche im Auslaufgebiet, war das nicht hier?«

»Dafür können wir nüscht. Ist ja öffentliches Gelände, der Grunewald, die Lanke. Was willste machen.« Sie beugte sich zu Dao. »Sollen ja Ökos gewesen sein, ham Se schon gehört?«

»Nee, wer sagt das?«

»Die BZ. Erst sollten sie ja die armen Fiffis zerfleischt haben. Typisch, wenn man nich' weiter weiß, waren es immer die Hunde. Aber es gab doch noch 'ne Leiche, in Reinickendorf oben. Deshalb sind sie drauf gekommen. Sagt der Baumann von der FDP.«

»Woher will der das denn wissen?«

»Ist doch schon seit Jahren auf den Barrikaden gegen Grüne, wissen Sie das nicht?«

»Keine Ahnung.«

»Sagt meine Schwester, die war jahrelang seine Nachbarin. Und jetzt hat er den Vorsitz im Ausschuß, wo die Lottogelder an die Vereine verteilt werden.«

»Ach was.«

»Und seit der Leiche auf dem Friedhof, die ihr Leben lassen mußte, weil sie sich vom Fuchs nicht Tollwut ins Bein beißen lassen wollte, schmettert er alles ab, was für die Natur ist.« Sie lachte. »Fledermäuse im Spandauer Wasserturm, Ringelnatterschutz im Tegeler Fließ, allet nese. Gibt nur noch Geld für Menschen. Freies Schulfrühstück für arme Kinder zum Beispiel.«

»Mutiger Mann.«

»Wieso?«

»Beliebt macht er sich bei den Fledermausfreunden so nicht.«

Sie riß die Augen auf. »Meinen Sie, die wollen ihm ans Leder?«

»Allein im Dunkeln auf Friedhöfe würde ich an seiner Stelle erst mal nicht gehen.«

»Dafür hätten Sie sich nicht gleich zu zweit herbemühen müssen«, sagte Cumloosen.

»Ihre Ausführungen sind immer so plastisch, das wollte sich niemand entgehen lassen«, sagte Tanja.

Cumloosen verbeugte sich dankend. »Es ist alles wie erwartet: Karin Neuman wurde erschlagen.«

»Unkompliziert ist auch mal schön.«

»Vorher allerdings hat sie die Füchsin erschlagen, und zwar gründlich. Nachdem ich am Körper der Toten Fuchsblut fand, habe ich mir den Kadaver der Fähe kommen lassen.«

»War der etwa asserviert?«, fragte Oskar.

»Das gehört sich auch so«, sagte Cumloosen. »Wenn sie jeden Krümel einsammeln, wird sich ja wohl für die alte Mutter auch ein Tütchen finden.«

Oskar knurrte.

»Sie hat den Schädel des armen Tieres regelrecht zermalmt. Schulter und Hüften auch. Insgesamt zwölf Schläge.«

»Warum denn bloß?«, fragte Tanja.

»Das weiß ich nicht, Frau Wehland. Allerdings, wie Sie sich erinnern, die Frau hatte die Hosen unten.«

»Ein Sexualstraftäter?«, fragte Oskar.

»Keine typischen Hämatome an den Oberschenkeln, keine Verletzungen der Vagina, kein Sperma.«

»Und warum hatte sie sonst auf dem Friedhof die Hosen unten?«

»Ihre Blase war auffallend leer, nur zehn Milliliter Urin. Ein gutes Schnapsglas voll, nur zur Vorstellung«, sagte Cumloosen. »Außerdem haben Ihre Kollegen eine Erdprobe hinter dem Grabmal genommen, direkt unter den Engelsflügeln, weil dort das Blattwerk auffallend zertreten war.«

»Heißt das, sie hat gepinkelt?«, fragte Oskar.

Cumloosen nickte. »Und, wenn ich Ihrer Ermittlung vorgreifen darf, fühlte sich davon die Fähe bedroht, hat ihren Bau verlassen, die Frau vermutlich fauchend zu vertreiben versucht ...«

»... die kriegt einen Mordsschreck als gebürtige Großstadtpflanze, greift sich den erstbesten Knüppel ...«

»Es war ein Stein«, sagte Cumloosen.

»... und erschlägt das wilde Tier«, sagte Oskar. »Mit runtergelassener Hose.«

»Sie hochzuziehen war keine Zeit.«

»Und das alles lesen Sie aus einer zu leeren Blase.«

»Falls das ein Lob sein soll, Herr Hauptkommissar, gern geschehen. Hätte sie auch nur eine Stunde früher uriniert, wäre sie voller gewesen.«

»Und der Mörder?«, fragte Tanja.

»Kam genauso unerwartet wie die Füchsin.«

»Die Hose blieb unten.«

»Wahrscheinlich war er Zuschauer der Szene, ein Tierfreund, brach schreiend hinter einem Busch hervor, von dem aus er den Fuchsbau beobachtet hatte, konnte das Unglück nicht mehr verhindern, sah die tote Füchsin, nahm den Stein und erschlug die Frau.«

»Ein Leben für ein anderes«, sagte Oskar.

»Ich bin beeindruckt«, sagte Tanja. »Und das nennen Sie wie erwartet.«

Oskar knurrte wieder.

»Und da wäre noch etwas.« Cumloosen kramte in einer Kiste.

»Was suchen Sie?«, fragte Oskar.

»Ihr Kollege Hagedorn ...«

Oskar lief rot an und schnaufte.

»... hat mich angerufen und beauftragt, nach Wolfsspuren zu suchen ...«

»Der ist suspendiert«, blaffte Oskar.

Cumloosen sah ihn mit hochgezogenen Augenbrauen an. »Und wird per Haftbefehl gesucht, ich weiß. Seine gute Nase hat ihn aber nicht verlassen.« Er hielt ein Tütchen hoch. »Da sind sie. Wolfshaare. Und es kommt noch besser.« Er sah von Oskar zu Tanja. »Es sind die gleichen wie bei Iris Gerber.«

»Was heißt das?«, fragte Tanja.

»Es ist derselbe Wolf, genetisch identisch. Hagedorn hat recht, die Fälle hängen zusammen.«

Cumloosen lächelte. »Ist das nicht schön, Hauptkommissar Blum? So haben Sie weniger Arbeit. Und, ach ja«, er klopfte Oskar auf die Schulter, »ich soll Sie schön grüßen von Hagedorn, wir haben telefoniert. Sie sollen sich keine Sorgen machen, er hat alles im Griff.«

XXIV

»Geht's Dir gut, Kommissar?« Wladimir sah besorgt auf Jakob, der nickte. »Ich kann Dir noch mehr Kissen besorgen, damit Du es bequemer hast. Oder soll ich Dir was zum Essen vorbeischikken? Mußt nur bestellen, Wladi kriegt alles. Gute russische Aufbaukost, was meinst Du?«

»Du hast schon mehr als genug getan mit dem Versteck«, sagte Jakob.

Wladi winkte ab. »Wer mir hilft, dem helfe ich. Aber Du siehst einfach Scheiße aus, Kommissar.«

»Ich brauche nur ein bißchen Ruhe, Wladi.«

»Haste schon mal gesagt. Biste wieder umgefallen wie damals?«

Jakob nickte.

»Brauchste nicht 'nen Arzt? Besorg' ich Dir.«

Jakob schüttelte den Kopf. »Sieh einfach nur zu, daß uns keiner stört. Und Janine müßte was essen.«

Wladi sah auf Janines offensiv gestalteten Hals, ihre abgerissenen Klamotten und dreckigen Hände. »Vielleicht auch was zum Anziehen?«

Janine schüttelte den Kopf.

»Das Bad ist da hinten«, sagte Wladi. »Ist nicht das Ritz, aber alles da.«

»Alles gut, Wladi, Du kannst uns alleine lassen.«

»Sicher, Kommissar?«

Jakob nickte.

»Ein Kumpel steht vor der Tür, ist nur da für Dich. Rufst Du ihn, macht er, was Du willst. Alles klar?« Wladi verschwand.

»Der mag Dich aber sehr«, sagte Janine.

»Ich ihn auch«, sagte Jakob. »Hat viel Anstand.«

»Ist aber vorbestraft, oder?«

Jakob sah Janine an. »Das hat mich noch nie gestört.«

»Das ist gut«, sagte Janine »ich bin es auch.«

»Erzähl.«

Janine sah ihn schweigend an.

»Wir sind allein und in Sicherheit. Es ist an der Zeit.« Jakob zog die Decke hoch und lehnte sich an Wladis russische Kissenberge. »Ich höre zu.«

Nie hatten sie ein Wort miteinander gewechselt. Ihre große Schwester Iris Gerber auf dem Schulhof. Janine rauchte, prügelte sich, knutschte, aber ihre Halbschwester sah durch sie hindurch. Janine paßte sie ab, im Flur, auf dem Hof, an der Bushaltestelle. Iris wich aus und schwieg.

Janine strengte sich an, lernte auf dem Balkon, um auf die gleiche Oberschule wie ihre große Schwester zu kommen. Sie schaffte es. Iris, die Schöne, die gute Schülerin, war drei Klassen über ihr. Umgeben von gut angezogenen Mitschülern. Janine Roschkowski stand am Rand, in billigen Hosen, mit schüchternem Blick.

Zwei Jahre später warf ihre Mutter sie aus der Wohnung und damit vom Zuschauerrang auf das Leben ihrer Schwester. Janine erfuhr nichts von deren Überflugabitur, wußte nichts vom Studium, bis eines Tages ihr Handy klingelte. Sie erkannte Iris nicht, kannte ja kaum ihre Stimme. »Hallo«, sagte die, »hier ist Deine Schwester.«

Da hatte Janine es schon längst runter von der Straße und in die Wolfsstation geschafft. Eine Woche nach dem ersten Telefonat wollte Iris sie in einem Charlottenburger Café treffen. Janine kam direkt von ihrer Station, in ihren besten Sachen. Iris redete ununterbrochen. Von ihrer Arbeit, dem tollen Penthouse, dem Chef aus Kanada. Dann wies sie auf Janines Hals. »Du solltest ein Tuch tragen, wenigstens in der Stadt.«

Iris ging mit ihrer kleinen Schwester shoppen, direkt vom Café aus. Kaufte Halstücher, neue Jeans, Schuhe für die Stadt. Suchte aus, bezahlte mit Kreditkarte.

Beladen mit großen Plastiktüten, grell bedruckt und vollgestopft, blieb Janine vor der Tür des fünften Ladens stehen. »Ich will nach Hause«, sagte sie. Iris lachte, lud Janine und die Tüten in ihren Roadster und fuhr sie zur nächsten S-Bahn-Station.

»War sie mal bei Dir und den Wölfen?«, fragte Jakob.

»Ein paar Wochen später.« Schweigend hatte sie alles betrachtet, das Wolfsgehege, die olle Datsche, den Hof, den Wald ringsum. Danach trafen sie sich nur noch in Berlin. Iris erzählte von ihrem Leben, Janine schwieg. Iris machte Janine Geschenke, die sie liegen ließ.

»Hat sie sich denn nie nach Deinem Leben erkundigt?«, fragte Jakob.

»Nach meiner Mutter, ein Mal. Sie dachte, sie wäre eine Nutte gewesen. Dabei war sie Buchhalterin. Eine ganz normale junge Frau, bis sie unseren Vater traf.«

»Hat sie ihn geliebt?«

Janine zuckte mit den Schultern. »Er sie sicher nicht.«

»Er war verheiratet.«

Janine kaute auf ihrem Zeigefingernagel. »Er hat ihr die Neubauwohnung besorgt, ganz in seiner Nähe. Die ersten Jahre hat er uns dort noch besucht. Er wollte sie vögeln, das war bequem so.«

Schließlich kam er seltener, die Mutter weinte. Janine mußte lernen, auf der Straße so zu tun, als kenne sie ihn nicht. Dabei wußte die ganze Nachbarschaft, daß er ihr Vater war.

Dann knutschte ihre Mutter im Hausflur des Vaters mit seinem Kollegen. Vor dem Konsum. Der Vater ignorierte sie.

Der Kollege brachte seinen Cousin mit, der seinen Bruder, der seinen Kumpel, der seinen Nachbarn. Immer mehr, immer öfter, immer lauter. Auf der Straße, in der Kneipe, zu Hause. Sie fing das Trinken an, verlor die Arbeit.

Janines Vater kam nicht.

Ihre Mutter blieb immer öfter die ganze Nacht weg. Janine wartete, klingelte eines Nachts beim Vater, es war doch nur einen Block weiter. Niemand öffnete.

Die Polizei brachte die Mutter nach Hause, sie kotzte auf den Küchenboden, heulte und zog wieder los. Brachte die Männer mit, die den Schnaps. Wurde schwanger, trank sieben Monate lang ohne Pause, bekam Blutungen, brüllte nach Janine, die rief die SMH, hörte sie schreien auf der Entbindungsstation, hörte das dünne Krähen ihres kleinen Bruders, trug ihn nach Hause, das Frühchen, den kleinen Alkoholiker. Sie fütterte ihn, windelte ihn. Sie sterilisierten die Mutter.

Janine summte für ihn, schaukelte ihn, so gut sie konnte. Die Mutter trank und hatte Kerle. Nur vormittags nicht, da ging Janine zur Schule. Weckte vorher die Mutter, setzte sie an den Küchentisch, den Kinderwagen mit Bert daneben. Gab ihr die Flasche in die Hand, schloss den Schnaps weg und die Wohnung ab. Hastete nach Hause mittags. Meist schrie der Kleine, Windeln voll, die Mutter hatte die volle Babyflasche noch in der Hand.

Überlebt hatten sie es alle drei. Mit achtzehn Monaten kam Bert in die Krippe, Janine brachte ihn morgens vor der Schule, holte ihn mittags ab. Das Jugendamt war's zufrieden.

»Wie alt war Bert, als Deine Mutter Dich hinauswarf?«

Janine schwieg lange. »Wir sind zehn Jahre auseinander. Er war vier.«

»Weißt Du, was aus ihm wurde?«

»Nach Mamas Tod kam er in ein Heim.«

»Hast Du das alles Iris erzählt?«

»Warum sollte ich? Sie war mit sich beschäftigt.«

»Vielleicht wollte sie ihre Fehler wiedergutmachen.«

Janine lachte. »Es ging nur um ihr tolles Leben, sie hat einen Müllkübel gesucht für ihre Geschichten, da war ich perfekt.«

»Vielleicht warst Du die Einzige, mit er sie reden konnte. Sie war wohl ziemlich einsam.«

»Sie hat viel Gift versprüht. Ganz der Papa. Wer außer mir hätte sich das schon angehört. Ich habe mich trotzdem immer wieder mit ihr getroffen. Es war wie ein Sog. Meine große Schwester.«

»Gift? Ich denke, es war alles ganz großartig?«

»Sie hatte den völlig falschen Job.«

»Wieso?«

»Das Projekt an der FU, sie wollte es platzen lassen. Nur so, weil sie es konnte. Sie war ein boshaftes, unzufriedenes Weib mit dickem Bankkonto.«

»Übertreibst Du nicht?«

»Sie hat eine Hundeausführerin angezeigt, sie hätte sie verprügelt, was frei erfunden war. Das fand sie witzig.«

»Marie«, sagte Jakob.

»Ich hätte mich gern geirrt. Eine Zeitlang habe ich mich sogar für mein Leben und meine kranken Wölfe geschämt, stell Dir vor. Aber dann habe ich verstanden, wie hohl sie war. Hat von ihrem Chef geredet, als hätte er einen Gendefekt, nur weil der die Welt mit seinem Geld gerechter machen und der Natur etwas zurückgeben wollte.« Sie schüttelte den Kopf. »Der Biologe an der FU war auch so ein Typ. Raupenretter hat sie ihn genannt. Verachtet hat sie ihn, als sie erfuhr, daß er sich seine fast fertige Doktorarbeit hat klauen lassen. Sie hat ja ihre Abschlußarbeit selbst geklaut, wußtest Du das?«

»Der Biologe von der FU wollte promovieren?«

»Über den Urwald in Guatemala, genau das Gebiet, in das Iris' Chef so viel Geld stecken wollte. Kurz vor Abschluß hat ein mitgereister Kollege ihm alle Unterlagen abgenommen und damit woanders seinen Doktor gemacht.« Janine schüttelte den Kopf. »Diesem Verlierer wollte sie den Rest geben, hat sie gesagt. Er hat sich irrsinnig Mühe gemacht mit dem Projekt. Alles neben der Arbeit aufgebaut. Hat nur eine halbe Stelle an der FU, der Schwachkopf, hat sie gesagt. Sie wollte ihn aus dem Projekt rauswerfen, wenn er alles fertig gehabt hätte. Und dann wollte sie den Dieb seiner damaligen Doktorarbeit als seinen Nachfolger ankündigen. Bevor sie das ganze Projekt hätte platzen lassen.«

»Mein Gott.« Jakob stöhnte.

»Sie war ein Monster.«

»Hast Du sie umgebracht?«

»Nein, aber die Luft ist deutlich sauberer, seit sie tot ist.«

Jakob schloß die Augen. Gut, daß Werner die Entwicklung erspart geblieben war. Ein paar Nischen für gute Menschen mußten doch übrigbleiben. Er war schon wieder mit Kakao unterwegs. »Und jetzt denkst Du, es ist Dein Bruder?«

»Wer sonst?«

»Hat er sie überhaupt gekannt?«

»Wenn er sie getötet hat, dann für mich.«

»Wußte er denn, daß sie Deine Schwester war?«

»Keine Ahnung. Wir hatten keinen Kontakt, seit er vier war.«

»Er wird zu Dir kommen«, sagte Jakob. »Fahr zur Station.«

»Und der Haftbefehl? Die Dorfpolizei ist gefährlich.«

»Ich kümmere mich darum, bis morgen. Hier bei Wladi findet uns niemand und ich muß noch nachdenken. Aber morgen kannst Du zurück und auf Bert warten.«

Janine sah ihn an.

»Vertrau' mir, Janine. Wladi wird Dir jemanden mitgeben, der Dich begleitet. Schon dessen russischer Blick wird dazu führen, daß die Dorfpolizisten sich benehmen.«

Der fühlte sich sicher, na klar. Keiner hatte ihn auf der Rechnung. So was von harmlos, aber ein zweifacher Frauenmörder. Völlig entspannt latschte er quer durch die Stadt. Ging einkaufen, fuhr Bus und U-Bahn.

Ab sofort verfolgt von Berlins teuerster Privatdetektivin.

Dao ärgerte sich. Warum war sie nicht eher darauf gekommen? Die Unterlagen von Iris' Chef lagen schon so lange ungelesen da. Sie hatte nur die Gesprächsprotokolle und die E-Mails lesen müssen. Lag alles nur an dem Mistkerl, der ihre Wohnung verwüstet und sie angegegriffen hatte. Sie war abgelenkt gewesen. Abgelenkt und angeschlagen. Aber der kriegte sein Fett auch noch ab, keine Sorge.

Jetzt sah es so aus, als bekäme sie doch noch das viele schöne Geld. Sie durfte Jakob und Oskar nur nichts von ihrem Verdacht erzählen. Erst mußte sie es ihm nachweisen. Es gab einige offene Fragen, die komische Wolfsspur zu Beispiel. Das kalte Buffet, die grausame Zurschaustellung von Iris, sie den Waldtieren zum Fraß vorzuwerfen, das paßte nur zu ihm. Aber die Wolfsspur?

Dao stand auf dem Bahnsteig und sah ihm beim Einsteigen in die U-Bahn zu. Das war doch sinnlos, was sie hier machte. Er schien Zeit totzuschlagen oder im Kreis zu fahren. Sie wartete, bis die Türen sich schlossen und sah dem abfahrenden Zug hinterher. Kurz schien ihr, er sähe sie aus dem vorbeisausenden Fenster an. Blödsinn.

Sie würde recherchieren müssen. Hintergrund, Vorgeschichte, irgendwo gab es die Stelle zum Einhaken. Als erstes würde sie sein Heim durchsuchen. Das war zwar logistisch schwieriger wegen der knackigen Sozialkontrolle, aber sie würde im Dunkeln anfangen. Der Mann mußte ja mal abends ausgehen.

Irgendwo hatte er Spuren hinterlassen, der war auf einer Mission und Missionen brauchen Zeugenschaft. Notizen, Aufnahmen des Kalten Buffets. Dahinter steckte ein krauser wissenschaftlicher Anspruch, den Dao allerdings nicht verstand. Wenn sie ihn erst mal hatte, durfte Jakob mit seiner Geisternummer das aus ihm herausdröseln. Und Dao lag von ihren schönen kanadischen Dollar irgendwo am Strand unter Palmenwedeln.

Sie stieg am Rüdesheimer Platz aus der U-Bahn. Schöne Gegend, könnte sie sich dran gewöhnen. Gretes Nähe war nett, endlich mal nicht mehr allein zu wohnen auch. Aber was war mit ihren sexuellen Bedürfnissen? Zu den Kerlen oder ins Hotel zu müssen, gefiel ihr nicht. Sie schlief gern in ihrem eigenen Bett und warf Sexualpartner lieber selbst aus der Wohnung, anstatt sich auf leisen Socken davonzuschleichen. Nichts war perfekt, auch Hannas und Gretes Wohnung nicht.

Sie machte den Umweg durch die Grünanlage. Kinder kreischten auf dem Spielplatz, genauso viele Eltern lümmelten sich auf den Spielgeräten. Ließen die ihre Blagen denn nicht mal auf ihren eingezäunten Kernbereichen allein? Dao drehte sich abrupt um und bog auf die Wiese ab. Vom Weg hinter ihr sprang ein Mann ins Gebüsch. Der mußte aber sehr dringend. Sie überquerte die Wiese.

Das Zwergenpenthouse war verbrannt. Nie wieder würde sie sich dort zuhause fühlen. Gab schönes Geld, die Preise stiegen gerade für solche Autistendomizile in ungeahnte Höhen. Sie mußte sich eine neue Wohnung suchen. Das hier war allerdings zu gutbürgerlich. Aber weniger Status als bisher am Potsdamer Platz, mehr Gemütlichkeit, das auf alle Fälle. Würde auch mehr Platz bedeuten, wenn sie sich finanziell nicht so strecken mußte. Vielleicht Schöneberg, wie Jakob.

Sie blieb stehen und sah zurück über die Wiese. Ein Pudel hoppelte einem quietschenden Spielzeug hinterher, eine Frau machte chinesische Kampfsportübungen. Wo war der Mann aus dem Gebüsch? Sie schüttelte den Kopf. Ihre vietnamesischen Helfer hätten ihr längst Bescheid gegeben, wenn der Kerl, der ihre Wohnung verwüstet hatte, in der Nähe wäre. Trotzdem fühlte sie sich verfolgt, albern. Wie gesagt, der bekam noch seine Rechnung. Vielleicht hätte sie erst dann wieder die gewohnte Sicherheit in ihrem Rücken.

Dao schloß die Haustür auf. Wurde Zeit, daß Hanna wiederkam, mit ihr würde sie gern auf Wohnungssuche gehen. Und mit Jakob, wenn der denn wieder auftauchte. Aber erst mal den Mörder einsacken. Und die schöne Belohnung aus Kanada.

»Hallo Oskar.«

»Ach nee, der Freigänger. Nett, daß Du Dich auch mal bequemst, von Dir hören zu lassen.«

»Es tut mir leid«, sagte Jakob und meinte es.

»Kannst froh sein, daß sich überhaupt noch einer um Dich sorgt.«

»Ich hatte wieder einen Anfall. Im U-Bahn-Tunnel.«

»Soll ich Dich jetzt bedauern?«

»Ich konnte nicht reden, habe endlos geschlafen.«

Oskar schwieg.

»Es ging wirklich nicht.«

Oskar knurrte.

»Du bist der erste, den ich anrufe.«

»Abgesehen von Cumloosen.«

»Der zählt nicht.«

Oskar seufzte. Dieser elende Spinner war nun mal sein bester Freund. »Und, alles wieder auf der Reihe in Deinem Hirn?«

»Halbwegs.«

»Hat sich einiges getan während Deines Tauchgangs. Zum Beispiel gibt es einen Haftbefehl gegen Dich.«

»Ich weiß.«

»Du hättest Dir wenigstens eine Krankmeldung von Cumloosen besorgen können.«

»Dafür war ich dann doch zu lebendig.«

»Nimm das nicht so leicht, Jakob. Kann gut sein, sie schließen Dich weg.«

»Dazu müßten sie mich erst mal kriegen.«

»Gibst Du jetzt den Outlaw, der sein Leben im Untergrund verbringen will? Kann es sein, daß Du spinnst?«

»Ich habe noch was zu erledigen.«

»Was kann wichtiger sein als Deine Verhandlung? Erinnerst Du Dich, Deine, unsere berufliche Zukunft hängt davon ab. Du mußt da hin, Jakob.«

»Erst muß ich einen Mörder finden.«

»Das kann ja wohl ich für Dich erledigen.«

»Der Wolf ist zu mir gekommen.«

»Dein Hirn scheint wirklich geschädigt. Was für ein Wolf?«

»Er zeigt mir den Mörder. Wie die Geister sonst.«

»Ach, ist er tot?«

»Das weiß ich nicht. Ich bekomme ihn ja nicht mal zu Gesicht. Er zeigt es mir von innen, verstehst Du?«

Oskar stöhnte. »Mann, habe ich diese sinnlosen Dialoge vermißt.«

»Es tut mir leid.«

»Bullshit. Du lügst.«

Jakob lachte.

»Sag mir lieber, Du Geisterhauswirt, wie ich Dich bewegen kann, Dich zu stellen.«

»Erst den Mörder.«

»Wer ist es denn?«

»Netter Versuch.«

»Spricht Dein Wolf kein Berlinerisch?«

Jakob schwieg.

»Also gut, was soll ich tun?«

»Laß den Haftbefehl gegen Janine aufheben.«

»Ach nee, hat es doch funktioniert. Rufst Du deshalb an?«

»Sie hat mir das Leben gerettet, im U-Bahn-Tunnel. Mich von den Gleisen gezogen während des Anfalls.«

»Wenigstens eine, die auf Dich aufpassen darf. Richte ihr meinen Dank aus. Was aber nicht heißt, daß sie ihre Schwester nicht getötet hat.«

Jakob schwieg.

»Aber klar, Du weißt es mal wieder besser. Deine Weiber bringen Dich noch um.«

»Es gibt einen Bruder.«

»Elende Sippschaft. Hat der Iris ermordet?«

»Weiß ich noch nicht.«

»Iris ist übrigens erfroren, sagt Cumloosen. Sie wurde niedergeschlagen und dann in eine Truhe gepackt.«

»Und die Leiche vom Reinickendorfer Friedhof?«

»Der wurde der Schädel eingeschlagen. Keine mampfenden Wildtiere an der Leiche und kein Frost.«

»Und hat sie dann mit Iris zu tun?«

»Frag' Deinen Geisterwolf.«

»Oskar.«

»Cumloosen hat dieselben Wolfsspuren wie bei Iris gefunden. Er sollte doch danach suchen. Genetisch identisch, Du hattest recht.«

»Scheiße.«

»Sie hat vor ihrem Tod eine säugende Füchsin erschlagen. Wir sind jetzt auf Ökos aus. Gibt da einen widerlich militanten Veganer.«

»In der Zeitung stand was von einem Typ von der FDP.«

»Der gibt sich gerade als Zielscheibe aus und übertreibt es mit seiner Geltungssucht. Hetzt gegen alles Ökologische in der Stadt und bekommt jede Menge Beifall. Viele sind genervt von immer größeren Dreißigerzonen und Helmträgern auf Fahrrädern. Eben diese ganze moralinsaure Besserwisserscheiße.«

»Hat was Religiöses.«

»Eklig missionarisch.«

»Gibst Du mir eine Kopie der Akten des zweiten Opfers?«

»Und wie willst Du da rankommen?«

»Ich schicke Dir jemanden in die Keithstraße, ein Kumpel von Wladi.«

»Ach nee, der Yakfreund darf Dir also auch helfen?«

»Er hat mir ein Versteck besorgt. Ich finde nicht, daß das etwas für meinen besten Freund bei der Kripo gewesen wäre.«

»Dann schick' ihn lieber heute Abend zu mir nach Hause. Nicht, daß die Kollegen ihn aus der Keithstraße mit einem Berg Papieren verschwinden sehen.«

»Und der Haftbefehl gegen Janine?«

»Wenn Du mir versprichst, Deinen eignen nicht so leicht zu nehmen ...«

»Ich habe noch nie etwas leicht genommen.«

Oskar seufzte. »Ich erinnere mich.«

XXV

Vor einer Stunde hatte er das Haus verlassen. Schick gemacht, als hätte er Großes vor, stieg er in ein Taxi. Das Haus lag dunkel. Nur über der Eingangstür funzelte eine altersschwache Glühbirne.

Dao hatte eine Stunde gewartet, ob er wiederkäme. Sie hatte sich einen dunkelblauen japanischen Kleinwagen geliehen und an seiner Heckscheibe einen Anti-AKW-Aufkleber befestigt. Wie ein Ureinwohner wirkte der Wagen in seiner Straße.

Seit drei Stunden stand sie dort, kein Fußgänger kam, die wenigen Auto- und Radfahrer ignorierten sie. Sie stieg leise aus dem Auto und ging am Grundstück vorbei. Auf der Rückseite grenzte es an eine Grünanlage, von dort gelangte sie unbemerkt in den Garten. Der Zaun war so alt und baufällig wie das Haus. Sie sicherte ruhig und geduldig. Kein Licht am Haus, keine Bewegung. Es gab eine Gartentür, aber die lag im Schein des Wohnzimmerlichts vom Nachbarn. Eine Außentreppe schien zum Keller zu führen. Es gab zwei unvergitterte Fenster daneben. Dao schlich sich von Baum zu Baum zur Treppe. Sie war voll mit altem Laub, es raschelte. Dao verharrte und horchte. In der Ferne ein Martinshorn und hupende Autos, im Fernseher des Nachbarn wurde zu dramatischer Musik geschossen. Sie stieg die Treppe hinunter und drückte vorsichtig die Klinke der Kellertür. Sie war unverschlossen. Bei aller Entspanntheit, ob sich bulgarische Einbruchsbanden davon abhalten ließen, daß das Haus seit Jahrzehnten unrenoviert war?

Dao betrat vorsichtig den Keller und schloß die Tür hinter sich. Sie tastete sich die Wand entlang. Es roch muffig, staubig und nach schimmelndem Putz. Sie zog die kleine Taschenlampe aus der Jacke und schaltete sie ein. Zwei Türen links, eine offenstehende rechts. Sie faßte auf die erste Klinke links, verschlossen, auch die zweite. Sie schlich sich weiter. Es roch anders. Irgendwie scharf, fremdartig. Mäuse, Ratten? Sie leuchtete auf den Boden. Fußspuren, nee, Kratzspuren, ein Tier mit Krallen. Igitt, sie hätte doch die Gartentür nehmen sollen. Das war schon sehr anders als ihr Penthouse.

Die Treppe nach oben sah ganz schön steil und krumm aus. Sie nahm ihre kleine Taschenlampe zwischen die Zähne und hielt sich mit beiden Händen an der Wand fest. Die Taschenlampe wackelte, fiel zu Boden und ging aus. Tolle Detektivin, hinterläßt Spuren beim Einbruch. Was soll's, wenn sie die Beweise hätte, würde sich kein Schwein für eine kleine Lampe im Keller des Mörders interessieren. Mann, das war aber wirklich dunkel. Sie tastete sich die Treppe hoch. Ihre Handschuhe waren bestimmt total verdreckt. Sie spürte eine Tür am Ende der Treppe. Komische Klinke, sie ruppelte und drückte. Es klemmte. Und dann ging die Tür auch noch zur Treppe hin auf. Dao trat zwei Stufen tiefer, um sie öffnen zu können und fluchte. Oberhalb der Treppe war nur Dunkelheit. Und wieder dieser scharfe Geruch, was war das bloß?

»Guten Abend.« Eine Deckenleuchte ging an. Direkt vor Dao stand ein riesiges Tier und grollte. Dahinter der Mann, der Mörder, in schicker Abendgarderobe, aber ohne Taxi. »Ich kann mich nicht erinnern, Sie eingeladen zu haben.«

Dao starrte von ihrer Stufe auf das Tier, die Tür hatte sie immer noch in der Hand. »Scheiße, das ist ein Wolf.«

Der Mann lachte. »Aber nein, das ist ein Hund.«

»Halten Sie mich für bescheuert?« Dao schrie.

Das Tier fletschte die Zähne. Dao brach der Schweiß aus, sie spürte die Plastiktüte über ihrem Kopf, das Meer unter sich, die Nußschale um sich. Sie machte einen Schritt nach hinten, die Kellertür rutschte ihr aus der Hand, sie strauchelte.

»So geht es natürlich auch.« Der Mann ging auf sie zu, Dao versuchte zurückzuweichen, aber da war keine Stufe. Sie fiel ins Leere, fiel in die tosenden Wogen, ihr hinterher sprang der Wolf.

Janine war noch nie so bequem zu ihrer Wolfsstation zurückgekehrt. Wladi hatte ihr einen kühlschrankgroßen Bodyguard mitgegeben und sein Lieblingsauto, einen Geländewagen mit russischem Kennzeichen. Boris führte die deutsche Wertarbeit mit liebevoller Hand, sanft schaukelten sie von Schlagloch zu Schlagloch.

Kein postsozialistischer Dorfpolizist würde Boris aus der Bahn werfen. Und er schwieg, was Janine, in deren Kopf so viele Strippen zu entwirren waren, sehr recht war.

Sie rollten auf Janines Zuhause zu. Das Tor stand offen, die Wölfe waren nicht zu sehen. Janine sprang aus dem Wagen und lief zur Futtertonne. Griff mit beiden Händen in graugrüne, stinkende Fleischberge und warf sie über den Zaun. Ihr Herz schlug laut. Keine Wölfe. Da rief sie Laika. Zum ersten Mal seit damals. Gurrte, schnurrte, lockte.

Ihre Schnauze erschien im Höhleneingang, Janine faßte erneut in die Futtertonne, warf Geschlinge in ihre Richtung. Laika legte die Ohren an. Geduckt schwänzelnd kam sie auf Janine zu.

Sie war so mager. Bis auf den prallen Bauch, den der Tumor ausfüllte. Janine biß sich auf die Lippen. Laika hob den Kopf, schnupperte in Richtung des Fleisches, sah zu Janine. Die anderen Wölfe kamen aus der Höhle. Vorsichtig sichernd. Ein junger Rüde stürzte sich auf das Fleisch, dann eine erfahrene Wölfin, schließlich der Rest. Sie waren alle da, Janine lächelte.

Boris stand in der Auffahrt, erfaßte das Gelände, die Gebäude, die Wölfe, Janines Zuhause. Sie sah ihn an.

»Sieht aus wie bei mir zuhause in Karelien. Waren als Kinder im Sommer bei Großeltern. Ist schön da, wild, einsam. Kannst alles machen als Junge. Jagen, Fischen. Darfst nur nicht zu weit fort vom Dorf, wegen der Bären und wegen der da.« Er zeigte auf die Wölfe.

»Willste Kaffee?«, fragte Janine und ging auf die Hütte zu.

»Die Bullen, vor denen ich Dich schützen soll, trauen die sich überhaupt her?« Boris schob Janine zur Seite, öffnete vorsichtig die Hüttentür, sah sich um und nickte Janine zu. »Wissen die nicht, wie gefährlich Wölfe sind?«

»Sie suchen einen Vorwand, sie zu töten.« Janine füllte Kaffee und Wasser aus einer Flasche in einen Topf.

»Und Du willst das nicht?«

Janine sah ihn an, diesen karelischen Schrank. »Sie sind meine Familie.«

Boris nickte ernst. »Dann mußt Du sie verteidigen.«

»Und Du hilfst mir.«

»Wladi hilft Dir. Ist Familie, wie Deine Wölfe. Alleine geht nicht. Wladi sagt, der Kommissar ist Dein Freund?«

»Weiß nicht. Ich hatte so was noch nie.«

»Freunde?«

»Familie auch nicht.«

»Wenn Du willst, haste jetzt Familie. Wladi ist gute Familie, Wolfsfrau.«

Sie hörten Autos. Boris sprang zur Tür und zog seine Waffe. Auf den Hof rollte ein Kleinwagen von der Polizei, hinter ihm stauten sich in der Auffahrt fünf Zivilfahrzeuge, aus jedem sprangen vier Männer, alle mit Jagdgewehren bewaffnet. »Zwanzig zu eins«, sagte Boris und steckte die Waffe zurück in das Holster. Langsam ging er in seiner beeindruckenden Kühlschrankbreite auf die Besucher und seinen russischen Wagen zu.

Aus dem Polizeiauto schälte sich der lange Dünne, hielt die Beifahrertür auf und der Dicke wälzte sich hoch, ohne Krücken. Sie gingen zum Geländewagen und inspizierten das Kennzeichen. Boris stand reglos da, die Männer mit den Jagdgewehren warteten am Gehegezaun.

»Lange nich' geseh'n«, sagte der Dicke zu Janine. »Und guck, die Viecher sind auch wieder aus ihren Löchern gekrochen.«

Einer der Jäger ruckelte am Zaun. »Vorsicht«, sagte Janine.

»Sonst was?«, fragte der Mann und rotzte auf den Boden.

»Zeige ich Sie an wegen Sachbeschädigung von öffentlichem Eigentum.«

Der Jäger lachte.

Boris ging zu Wladis Geländewagen, öffnete die Heckklappe, setzte sich auf die Ladefläche und tippte in sein Telefon. »Tag Chef«, sagte er, »wir haben hier eine neue Situation.« Langsam sah er in die Runde. »Zwanzig Männer mit Jagdgewehren und zwei Polizisten.«

Er fixierte das Polizeiauto. »Nur das eine?«, fragte er und gab das Kennzeichen durch. Er wechselte ins Russische, sah auf die Uhr, nickte immer wieder, sah in die Runde und wechselte zurück ins Deutsche. »Mein Chef sagt, die Hilfspolizisten verstauen jetzt alle die Jagdwaffen in ihren Autos.« Er behielt die Jäger im Auge, zog mit der freien Hand seine Waffe aus dem Holster und legte sie neben sich.

Der Dünne lachte heiser. »Ihr Chef hat hier nüscht zu sagen«, sagte er.

Boris sah ihn an.

Der Dünne machte einen Schritt auf Boris zu, der Dicke hielt ihn am Arm zurück. »Wer sind Sie?«, fragte er.

»Russe«, sagte Boris und sah dem Dicken in die Augen. »Mein Chef sagt, seine Geduld ist begrenzt.«

Der Dünne lachte.

Boris wies auf die Waldhänge ringsum. »Und die meiner Brüder auch.«

Der Dicke sah hoch zum Wald. Kniff die Augen zusammen, versuchte etwas zu erkennen. Boris sprach wieder russisch in sein Handy. »Zwei Minuten, sagt mein Chef. Wir haben nicht ewig Zeit.«

Der Dicke winkte den Jägern. Zögernd warf einer nach dem anderen sein Gewehr ins Auto.

Boris nickte. »Und jetzt einsteigen und nach Hause fahren. Die Jagd ist abgesagt, meint mein Chef.« Boris sah zum Waldrand und schüttelte langsam den Kopf.

Der Dicke sah zu den Jägern. »Nu' macht schon.«

»Aber wir … «

»Fahr' nach Hause, Walter.«

Autotüren schlugen, Motoren heulten, Sandwolken stoben, dann war es still. Nur das kleine Polizeiauto stand noch auf dem Hof.

»Ja, Chef«, sagte Boris in sein Telefon, »ich erklär' es ihnen.« Er sah vom Dünnen zum Dicken.

»Wir sind im Dienst«, sagte der Dünne.

»Das hoffe ich doch nicht«, sagte Boris.

»Wir müssen die Bude hier überwachen.« Der Dünne zog die Hose hoch.

»Zusammen mit der Bürgerwehr?«

»Laß mal jetzt«, sagte der Dicke zum Dünnen. Schweiß rann ihm über die Schläfen.

Boris legte das Telefon weg, nahm seine Waffe in die Hand und legte sie entspannt auf dem Oberschenkel ab. »Dann muß ich nichts erklären?«

Der Dicke stieg in sein Polizeiauto. »Das ist alles ein Mißverständnis«, sagte er.

»Kann schon mal vorkommen«, sagte Boris.

»Sagen Sie das Ihrem Chef.«

Boris nickte.

Der Dicke sah aus dem Polizeiauto auf die Waldhänge. »Und nix für ungut.«

Der Kleinwagen rumpelte vom Hof, Janine sah ihm mit offenem Mund hinterher. Da knallte ein Schuß, zischend entwich Luft aus dem rechten Hinterreifen des Polizeiautos. Schlingernd kam es zum Stehen. Boris hielt Janine, die zu dem Wagen laufen wollte, am Arm fest. Das Auto setzte sich wieder in Bewegung. Eiernd, mit flappendem Platten und aufjaulendem Motor verschwand es vom Hof.

»Spinnen Deine Leute?«

Boris sah reglos der sich auflösenden Sandwolke des Polizeiautos hinterher.

»Wieso schießen die denn auf die Polizei?«

Boris rührte sich nicht. »Welche Leute?«, fragte er.

»Na die am Waldrand.«

»Da ist nur einer. Rechts oberhalb der Wiese. Sieh nicht hin. Er hat ein Gewehr und ich habe ihn noch nie gesehen.«

»Soll das heißen, Du hast das alles erfunden? Bist Du irre?«

»Komm langsam zu mir, Janine, Du bist genau in seinem Schußfeld.«

»Was redest Du da, Du Spinner?«

»Er zielt auf uns.«

Janine sah ihn an. »Wie sieht er aus?«

»Dürr, zu große Klamotten, jung und ziemlich große Ohren.«

»Das ist mein Bruder«, sagte Janine und drehte sich um.

Boris warf sie zu Boden, ein zweiter Schuß zerriß die Stille.

»Kommissar, Du hast Besuch. Chinesen.« Wladi gab die Tür frei für zwei muskelbepackte Männer.

»Vietnamesen«, sagte einer.

»Soll ich hierbleiben?«, fragte Wladi.

Jakob nickte.

»Mrs Nguyen hat uns beauftragt, sie zu beschützen«, sagte der Vietnamese.

»Ich kenne sie aber als äußerst wehrhaft«, sagte Jakob.

»Ihre Wohnung wurde verwüstet und sie angegriffen.«

Warum wußte er nichts davon?

Jakob schämte sich. Erst Oskar, jetzt Dao. Er vernachlässigte vor lauter Mördersuche, Wolfsgeheul und Gerichtsverhandlung seine Freunde.

»Und warum seid Ihr jetzt nicht bei ihr?«

»Sie hat uns weggeschickt.«

»Dafür wird sie einen Grund haben.«

»Sie ist verschwunden.«

»Woher wißt Ihr das?«

»Sie fühlte sich verfolgt. Wir glauben, zu Recht. Wir durften den Kerl aber nicht bestrafen. Das wollte sie selbst machen.«

»Sieht ihr ähnlich.«

»Geht aber gegen unsere Ehre.«

»Berufsehre als Bodyguards?«

»Wir haben einen Blumenladen.«

Wladi kicherte.

»Und sind Thai-Boxer.« Wladi hörte auf zu kichern.

»Keine Frau sollte sich selbst schützen.« Er sah zu seinem Kollegen. »Wir haben unseren Auftrag eigenständig verlängert.«

»Viel Spaß, wenn Dao das rausbekommt.«

»Sie ist weg. Ihre Wohnung ist leer.«

»Ihr wart in ihrer Wohnung?«

»Da gab's einen Anrufbeantworter. Ihr Auftraggeber will sie sprechen, ein Mann aus Kanada. Er hat seine Telefonnummer hinterlassen.«

»Ihr seid wirklich bei ihr eingebrochen.« Jakob schüttelte den Kopf. »Das gibt richtig Ärger.«

»Er hat immer wieder angerufen. Und beim letzten Mal gesagt, der Name sei genug, sie müsse nicht den Mörder stellen. Das Geld sei überwiesen, er selbst kümmere sich um den Rest.«

Jakob zog die Augenbrauen zusammen. Das war seine Schule. Alleine regeln, keinen mit hineinziehen. Meine Geister, Wölfe, mein Job. »Klingt nicht gut«, sagte er.

Der Vietnamese zog ein Handy aus der Tasche. »Du mußt den Typ anrufen, in Kanada. Wir brauchen den Namen des Täters.«

»Und warum habt Ihr das nicht längst getan?«

»Er redet nicht mit uns. Wir sind nur die Bodyguards. Aber Du bist Kommissar.«

Wladi kicherte wieder.

Na ja, dachte Jakob, suspendiert, per Haftbefehl gesucht, untergetaucht, mit einem ungezogenen Gehirn, bevölkert von Wölfen. »Gib her«, sagte er und beförderte sich zum Zuarbeiter der Detektei Nguyen, voller Sorge um seine Chefin, »für Kanada wird's schon reichen.«

Janine lag auf dem Boden, Boris auf ihr. Keuchend versuchte sie ihn wegzustoßen.

»Nicht bewegen«, sagte Boris, »ich kann ihn nicht sehen.«

»Geh sofort runter von mir, sonst beiße ich Dir die Kehle durch«, fauchte Janine.

Boris sah sie überrascht an und rollte sich neben sie.

Janine ging in die Hocke und sah um das Auto herum.

»Vorsichtig, er hat ein Gewehr. Der trifft auf die Entfernung.«

Janine sah ihn zornig an. »Das ist mein Bruder, verdammt. Der schießt doch nicht auf mich.«

»Dann war das ein Versehen, oder was?«

Sie schwieg.

»Brüder tun Schwestern noch ganz andere Sachen an.«

»Karelischer Klugscheißer.«

Boris lachte.

Janines starrte vor sich hin. Boris studierte ihre Tätowierung. Dann lächelte sie. »Er hat Dich gemeint«, sagte sie.

»Das beruhigt mich aber jetzt wirklich.«

»Er dachte, er muß mich vor Dir beschützen. Deshalb hat er auch meine Schwester getötet.«

»Er hat was?«

Janine sah ihn unwirsch an. »Sie war ein Stück Scheiße.«

»Na dann.«

Janine faßte Boris am Oberarm. »Steh' einfach auf, wenn er dann auf Dich schießt, habe ich recht.«

»Steh' doch selber auf.«

Janine lachte verächtlich, hob den Kopf und sah zum Waldrand. Nichts geschah. »Er ist weg«, sagte sie.

Boris faßte sie am Hosenbund. »Der kann überall sein, komm runter.« Janine schlug nach seiner Hand.

»Finger weg«, sagte eine Stimme in seinem Rücken. »Und ganz langsam die Hände hoch.«

Janine drehte sich um. »Hallo Bert«, sagte sie. Er hatte das Gewehr auf Boris gerichtet.

Ihr Bruder warf ihr ein Seil zu. »Fessele ihn.«

Sie legte das Seil auf die Motorhaube. »Er ist mein Bodyguard, ein Freund hat ihn mir mitgegeben.«

Bert hob das Gewehr und richtete es auf Boris' Kopf. Seine großen Ohren leuchteten. »Du brauchst keinen Bodyguard. Ich passe auf Dich auf.«

Boris lachte dröhnend.

»Nimm das Gewehr runter, Bert«, sagte Janine, »es ist alles in Ordnung.«

»Hör' auf Deine große Schwester«, sagte Boris.

Janine machte einen schnellen Schritt auf Bert zu und nahm ihrem Bruder das Gewehr ab. Boris stand auf, musterte ihn von den Ohren bis zu den Füßen und verpaßte ihm einen Kinnhaken. Bert klappte nach hinten und blieb bewußtlos liegen. Seine weiten Hosen flatterten im Wind. Boris rieb seine Faust und beugte sich über ihn. »Mein Gott«, sagte er, »das Arschloch ist ja noch nicht mal ausgewachsen.« Er hob Bert hoch und legte ihn sich über die breite Schulter.

Janine nahm zwei Patronen aus dem Gewehrlauf. »Schrot«, sagte sie. »Eine reinhauen mußtest Du ihm trotzdem nicht.«

XXVI

»Na, Kleiner, geht's wieder?« Boris tätschelte Berts Wange, der wischte die Hand weg und sah ihn finster an. »Ich wußte nicht, wie empfindlich Du bist. Sonst hätte ich Dir natürlich keine reingehauen.« Bert rappelte sich hoch, er schwankte. »Immerhin hattest Du ein Gewehr.«

Janine kam aus der Hütte. »Woher überhaupt?«, fragte sie. Sie trug in jeder Hand eine dampfende Büchse Ravioli, umwickelt mit alten Lappen. In jeder Büchse steckte ein Löffel.

»Geklaut«, sagte Bert, »aus einer Datsche.«

Boris lachte. »Guck' an, der Knirps.«

Bert machte mit finsterem Blick einen Schritt auf den kühlschrankbreiten Russen zu.

»Setz' Dich, Bert«, sagte Janine und stellte die Raviolibüchse auf den klapprigen Campingtisch.

Bert schielte sie schräg an und zog sich die Raviolibüchse heran. Gierig löffelte er.

»Zum Essenklauen hat es wohl nicht gereicht.«, sagte Boris.

»Jetzt laß ihn doch.«

»Wenn Du mir versprichst, Deiner Schwester nichts zu tun, kann ich wohl für heute Feierabend machen.«

»Bist Du sicher, daß die Bullen nicht zurückkommen?«, fragte Janine.

»Hundert Pro. Die machen sich jetzt noch in die Hosen vor dem Brudervolk. Mal abgesehen davon, daß deren Aktion hochgradig illegal war. Außerdem ist der Haftbefehl gegen Dich längst aufgehoben.«

»Sah nicht aus, als kämen sie deswegen.«

Boris nickte. »Frieden wirst Du hier keinen mehr finden.«

Janine sah zum Wolfsgehege.

»Wenn Du einen Job brauchst, Wladi findet was für Dich. Bist ja jetzt Familie.«

Janine sah zu Bert.

»Richtig, für den Knirps muß uns auch noch was einfallen.«

»Nenn' mich nicht Knirps, Du russisches Arschloch.« Bert drohte mit dem Löffel.

Boris lachte. »Mut hat er jedenfalls.«

»Der braucht noch keinen Job, der muß noch zur Schule gehen«, sagte Janine.

»Schule is' für'n Arsch.«

»So jung und schon so schlau.« Boris schlug ihm auf die Schulter. »Wenn Du weißt, auf welche Schule, bring ich ihn persönlich hin. Nur, damit ihm unterwegs nicht was Besseres einfällt.«

Bert deutete auf den russisch-deutschen Geländewagen. »Mit dem da?«

»Der gehört Wladi.«

»Ist das auch ein Freund von Dir?« Janine nickte.

»Aber vorher müssen wir noch was klären.« Sie sah ihren kleinen Bruder an. »Weißt Du, daß ich eine Schwester habe?«

Bert zuckte mit den Schultern und machte sich an die zweite Büchse Ravioli. Boris schlug mit der flachen Hand auf den rappeligen Tisch. »Antworte«, sagte er.

»Nee«, sagte er mit Blick auf Boris. »Ich dachte, Du hättest nur mich.«

Janine beugte sich vor. »Sieh mich an, Bruder«, sagte sie. »Und jetzt nicht lügen, davon hängt Deine Zukunft ab.« Bert sah tapfer in ihre dunklen Augen. »Hast Du Iris getötet?«

Bert fiel der Unterkiefer runter. Er sah von Janine zu Boris. »Spinnt Ihr?«

Janine faßte ihn am Kinn und zog es zu sich. »Antworte«, sagte sie und fixierte ihn.

Tränen schossen ihm in die Augen. »Ich habe zwar keine Eltern mehr und eine durchgeknallte Schwester, die mitten im Wald mit Wölfen lebt, aber ich bringe doch keinen um!«

Werner bog vom Einkaufen auf sein Grundstück ein, Jakob saß auf seiner Türschwelle. Er öffnete das Gartentor, Ronja lief schwanzwedelnd zu dem unerwarteten Besuch. Jakob streichelte sie. »Ich brauche noch mal Deine Hilfe, Werner«, sagte er.

Werner schloß die Haustür auf, Ronja rannte voraus in die Küche, Werner stellte seine Einkäufe auf den Küchentisch. »Du wirst gesucht, Jakob, es kam in der Abendschau. Soll ich Dich verstecken?« Jakob schüttelte den Kopf. »Ich würde Dich nie in so etwas hineinziehen.«

»Was also dann? Setz' Dich doch, ich mußt erst mal auspakken. Willst Du was trinken?«

»Bier wäre super.«

»Hab' ich im Keller, ich bin gleich zurück.«

»Nee, laß mal, was anderes tut es auch.«

Werner öffnete den Küchenschrank. »Lauwarme Weiße?«

Jakob nickte. Werner füllte Weißbier in zwei Gläser und goß Himbeersirup darüber. »Jetzt erzähl' endlich, was soll ich machen?«

»Der Mord an der Krummen Lanke, ich weiß, wer der Täter ist.«

»Ist doch gut, und?«

»Er hat eine Geisel.«

»Oh.« Werner holte eine Büchse Hundefutter aus dem Schrank. »Entschuldige, ist ihre Zeit nach Feierabend.« Er füllte mit einem Löffel den Doseninhalt in eine Schüssel, kippte Gemüseflocken aus einer großen Tüte darüber und übergoß das Ganze mit warmem Wasser. Ronja sah ihm wedelnd dabei zu. »Erzähl' weiter«, sagte Werner, »was ist das für eine Geisel?«

»Eine Privatdetektivin. Sie wollte den Mörder allein stellen.«

»Mutig.«

»Blöd eher, stolz auch. Meine Schule leider.«

»Du kennst sie?«

»Sie ist eine enge Freundin.« Jakob nahm einen Schluck der zu warmen Weißen. »Ich fühle mich verantwortlich.«

»Sie wird erwachsen sein und selbst wissen, was sie tut.« Er stellte Ronja das Futter auf den Boden, sie verschlang es gierig, der ganze Körper zuckte.

»Das schon, aber ich hätte den Täter vor ihr finden müssen.«

»Als ihr Lehrmeister?«

»Ich war blind. Sympathie verstellt manchmal den Blick.«

»Das ist wahr, erst recht, wenn sie den Falschen trifft.«

Ronja rülpste.

»Meinst Du Iris?«

»Ich mochte sie.«

»Aber Ihr wart doch sehr verschieden.«

Er setzte sich vor sein Glas. »Sie war, was mir gefehlt hat: zielstrebig, erfahren in Gelddingen, kühl kalkulierend. Es hätte ein großes Projekt werden können in Guatemala.«

»Und dann hat sie Dich enttäuscht.«

»Ich hatte mich in ihr getäuscht, das ist etwas anderes.«

Ronja leckte sich das Maul und rollte sich ein.

»Und was soll ich jetzt für Dich tun, Jakob?«

Jakob sah in seine Augen, fand Müdigkeit, Schwere und Verzweiflung. Hörte die Klänge des Urwaldes, eine schöne Welt ohne Menschen. »Sag' mir, wo sie ist«, sagte er.

Werner sah zurück in Jakobs blaue Tiefsee, bat um Freundschaft. »Wer?«, fragte er.

»Wo ist Dao?« Jakob hielt Werners Augen fest.

»Sie hat sofort gesehen, daß Ronja eine Wölfin ist. Iris wußte gar nicht, was das ist, Natur.«

»Wo ist sie, Werner?«

»Im Keller«, sagte er. »Wo sollte ich denn sonst hin mit ihr?«

Jakob ging zur Haustür und schickte Oskar und Tanja in die Küche. Er selbst stieg in den Keller. Dao saß in einem fensterlosen Raum, gefesselt und geknebelt. Im Gesicht und am Kopf klebten Blut und Dreck.

Jakob öffnete die Fesseln und nahm ihr vorsichtig den Knebel aus dem Mund. »Es ist vorbei«, sagte er.

»Dieser gottverfluchte Scheißkerl«, schrie sie mit kippender Stimme, »wo ist er?« Sie wollte aufstehen, aber ihr knickten die Beine weg. Jakob hielt sie. »Wie es hier stinkt«, sagte sie, »ich könnte ununterbrochen kotzen. Dieser elende Drecksack.«

»Es ist vorbei, Dao«, sagte Jakob sanft.

»Hast Du den Wolf gesehen? Mitten in Berlin hält dieser Irre einen Wolf.« Sie versuchte wieder, aufzustehen, Jakob hielt sie zurück. »So ein Wahnsinniger, der gehört weggesperrt.«

Jakob nahm ihren Kopf, hielt ihn zwischen den Händen. Inspizierte die Wunden, tastete sie ab. Dao sah ihn aus weit aufgerissenen Augen an. »Es ist vorbei, Dao«, sagte er wieder.

Ein Zittern ging durch ihren Körper, sie schluchzte. »Er hat mich hier ganz allein gelassen.«

»Ja, Dao.«

Sie weinte. »Es war so dunkel«, flüsterte sie.

»Es ist vorbei«, sagte er und hielt sie.

Da kam die Woge zurück. Das südchinesische Meer begrub sie unter sich. Dao schnappte nach Luft, schluckte Wasser, atmete Wasser, war Wasser, wurde hoch- und niedergeworfen, aber Jakob hielt sie.

»Du mußt den Draht umeinanderwickeln. Schau, so.« Janine zeigte Bert, wie er die Zäune des Wolfsgeheges flicken mußte. Sie hatte ihm Arbeitshandschuhe gegeben, nachdem er sich zwei Mal geschnitten hatte.

Sie seufzte. Es war so viel zu entscheiden. Sie brauchte das Sorgerecht für Bert, zumindest eine Pflegschaft. Dafür mußte ein fester Wohnsitz her. Fester als die Station. Ihre Chefin bot ihr eine Wohnung in der nahegelegenen Kleinstadt an, aber Janine wollte zurück nach Berlin. Nicht gerade nach Lichtenberg, aber Schöneweide, Friedrichsfelde vielleicht, eine ruhige Wohnung.

Sie würden zusammen das Grab der Mutter suchen, zumindest die Wiese, auf der sie anonym vergraben lag. Er würde zur Schule gehen und Janine zur Arbeit. Wenn das Amt ihnen half, würde sie eine Lehre machen, ihre Chefin hatte Tierarzthelferin vorgeschlagen.

In den nächsten Wochen würde sie nach und nach die Wölfe freilassen. Sie waren gesund und fast bereit für die weite Reise gen Osten, in menschenleere Gegenden. Janine sah zu der neuen Wölfin, die Jakob ihr hatte schicken lassen. Bevor er in den Knast eingefahren war. Sein Freund Oskar hatte ihn wie verabredet verhaftet. Die neue Wölfin Ronja hatte beim Mörder ihrer Schwester Iris gelebt. Sie kannte die Wildnis nicht, keine Artgenossen. Im Zwinger hielt sie sich zurück, beäugte die anderen, fraß das ungewohnte Futter abseits, strich immer wieder am Zaun entlang und suchte Janines Nähe.

»Du wolltest mir von Mama erzählen«, sagte ihr Bruder.

Wie sollte Ronja nur in Freiheit zurechtkommen?

»Janine?«

»Hmmh.«

»Mama, Du wolltest mir erzählen, wie sie war.«

Janine sah Bert an. Er hatte Farbe bekommen von der vielen frischen Luft. Die Pickel waren unter leichter Bräune verborgen. Seine Augen hatten sich geklärt, neugierig und offen auf ein neues Leben gerichtet. Eine versoffene Hure würde sie verdunkeln für den Rest seines Lebens.

»Was willst Du wissen?«

»Sind wir zusammen auf einem Spielplatz gewesen? Was hat sie mit uns gemacht? Sind wir verreist?«

»Zum Verreisen hatten wir kein Geld. Aber wir waren am Müggelsee.« Sie räusperte sich. »Du hast mit Mama Burgen gebaut.«

Bert guckte ernst. »Ich kann mich nur an zwei Sachen erinnern. Ein Bad und einen Balkon. Und Du bist immer da, sonst niemand.«

Janine ging zum Zaun und nahm Berts Arbeit auf. »Mama hat immer für uns gesungen, weißt Du.«

»Kinderlieder?«

»Und gekocht hat sie.«

Er lachte. »Aber keine Ravioli.«

»Wir hatten kein Geld, deshalb hat sie viel selbst gemacht. Auch Kleidung hat sie genäht. Strampler für Dich und so.« Sie sah ihn an. »Und gestillt hat sie Dich.«

Bert sog jedes Wort auf. Etwas Liebe, sonst nichts.

»Sie war sehr glücklich, als Du geboren wurdest. Du warst ein Wunschkind. Ein Sohn, sie wollte so gern einen Sohn.«

»Die Frau in Görlitz hat gesagt, Mama war Alkoholikerin.«

»Das ist eine Krankheit, sie konnte nichts dafür. Und sie hat versucht, davon runter zu kommen.« War er bereit für ein kleines bißchen Wahrheit? »Weißt Du, wie sie gestorben ist?«

»Eine Frau vom Jugendamt hat gesagt, es war ein Unfall. Sie ist aus dem Fenster gefallen, in einem Krankenhaus.«

»Es war eine Entzugsklinik. Sie hatte es fast geschafft.«

»Hast Du ihr geholfen?«

Janine schwieg.

»Du bist weggegangen.«

Janine reparierte ein Loch nach dem anderen. »So ähnlich.«

»Und mein Vater?«

Janine schwieg.

»Warum ist er nicht da?«

»Morgen, ich erzähle Dir morgen von ihm«, sagte Janine.

»Bitte, wenigstens seinen Namen.«

Ihre Stimme kratzte. »Otto«, sagte sie, »er hieß Otto.«

»Das überlebt sie nicht.« Werner Rombart, der Biologe von der FU, saß im Verhörzimmer und starrte zum Fenster.

Oskar sah zu Tanja. »Wer überlebt was nicht?«, fragte er.

Werner deutete auf die Pflanze, die auf der Fensterbank stand. »Das ist eine Ctenanthe oppenheimiana. Ihr Zuhause sind die tropischen Regenwälder Südamerikas. Sie verträgt keinen Berliner Sonnenschein. Den Standort überlebt sie nicht.«

»Finden Sie nicht, daß Sie andere Sorgen haben?«

»Hohe Luftfeuchigkeit braucht sie auch.«

»Hier bricht vielen beim Verhör der Schweiß aus.«

Werner sah zu Tanja. »Darf ich sie hier auf den Tisch stellen?«

»Vielleicht erkundigen Sie sich erst einmal nach dem Wohlbefinden von Frau Nguyen«, sagte Oskar. »Der ist der lichtarme Standort in Ihrem Keller nicht gut bekommen.«

»Ich habe ihr nichts getan.«

»Abgesehen davon, daß Sie sie die Treppe runtergestoßen haben.«

»Sie ist gefallen.« Er sah wieder zur Fensterbank. »Dafür kann ich nichts.«

»Immerhin haben Sie sie eingesperrt, ohne ihre Verletzungen zu versorgen.«

»Von Medizin verstehe ich leider nichts.«

»Aber vom Wegsperren.«

»Wo sollte ich denn hin mit ihr?«

»Mit Iris Gerber wußten Sie auch nicht, wohin? Deshalb die Gefriertruhe?«

Er nickte.

»Ist die auch bloß gefallen?«

»Eigentlich schon.« Er sah wieder zur Fensterbank, dann zu Tanja. Sie stand auf und holte die Pflanze auf den Tisch.

»Und warum haben Sie sie dann so eng zusammengeschnürt?«

Er sah Oskar an. »Ich habe kein Auto.«

»Und?«

»Ich mußte sie auf dem Fahrradanhänger transportieren und der ist nicht so groß.« Er zupfte alte Blätter aus der Pflanze und fegte sie mit der Handkante zusammen. »Er ist ja eigentlich für Ronja, wenn wir in der Stadt unterwegs sind. Da gibt es Gegenden, die sind zu gefährlich für einen freilaufenden Wolf.«

»Und warum die Gefriertruhe?«, fragte Tanja.

»Da war so viel zu planen, den Anhänger hatte ich ja zuhause. Außerdem sollte uns keiner sehen. Ich habe zwar Decken über sie gelegt, aber man weiß ja nie. Deshalb sind wir nachts in den

Wald.« Er lächelte. »Ronja war ganz aufgeregt. Obwohl Iris gefroren war, hatte sie Witterung. Ist aber trotzdem neben dem Rad gelaufen wie am Schnürchen.«

Janine erwachte von den ersten Sonnenstrahlen in ihrem Gesicht. Sie lag vor der Hütte, Bert hatte sie ihr Bett überlassen.

Sie öffnete die Augen nur leicht. Durch die Wimpern brach sich das Licht und zerfiel in tausend Sterne. Das würde sie in Berlin vermissen. Sie streckte die steifen Glieder.

Wie immer ging ihr erster Blick zu den Wölfen. Drei waren noch übrig. Ihre Laika war vor zwei Nächten gestorben, in Janines Armen. Auf Konsequenz kam es nicht mehr an. Janine wollte sich von diesem Leben verabschieden, keine Pokale wegen artgerechter Haltung gewinnen.

Mit Laika hatte alles angefangen, ihr Blick würde Janine für immer bleiben. Sie hatte den vom Krebs ausgemergelten toten Körper weit in den Wald getragen und zusammen mit Bert an einem Bachlauf begraben. So tief und in eine Decke gewickelt, daß kein Wildtier sie fressen würde. Geschissen auf die Natur, es ging um ihre Laika.

Die Wölfe waren unruhig, tänzelten auf und ab. Nur Ronja stand still, die Rute hoch erhoben, den Hals gestreckt, Augen geradeaus. Janine folgte ihrem Blick zum oberen Waldrand. Im Morgenlicht, sie hielt den Atem an, stand ein Wolfsrüde auf der Wiese. Ein Prachtexemplar. Schlank, groß, buschiges Fell, eine kräftige Rute. Er fixierte Ronja. Streckte sich schließlich, machte ein paar Schritte über die Wiese, präsentierte seine Seite. Eine Narbe zog sich über den Hinterlauf. Janine kniff die Augen zusammen. Eine Schußwunde. Der Rüde setzte sich in Bewegung. Im Trab überquerte er die Wiese, leicht lahmend. Am Rand blieb er stehen und sah zurück. Ronja lief am Zaun auf und ab, ließ ihn nicht aus den Augen. Als er schließlich abdrehte und im Wald verschwand, stand sie lange am Zaun und sah hinterher.

»Sie hat noch gelebt«, sagte Tanja.

Werner sah sie überrascht an. »Wie meinen Sie das?«

»Sie haben Iris nicht erschlagen.«

»Sie ist gestürzt.«

»Nachdem Du sie gewürgt hast, Du Pfeife«, sagte Oskar.

Werner schwieg.

Oskar beugte sich zu ihm vor. »Weißt Du, wie lange es dauert, als Paket verschnürt zu erfrieren?«

»Das tut mir leid, ich dachte, sie wäre tot.«

»Und wolltest Du Dao auch einfrieren?«

»Aber nein, die zwei Frauen können Sie nicht vergleichen.«

»Warum?«, fragte Tanja.

»Die Frau bei mir im Haus, die Asiatin, hatte einen Bezug zur Natur. Sie hat sofort gesehen, daß Ronja eine Wölfin ist.« Er sah Oskar an. »Ich hoffe, Sie wissen, daß Sie sie nicht töten dürfen?«

»Ach, würde Sie das stören?« Oskar verschränkte die Arme. »Neuerdings interessieren sich Kriminelle nur noch für Köter.«

»Wo ist sie jetzt?«

»In einer Wolfsstation«, sagte Tanja.

Werner riß die Augen auf. »Das kann sie nicht. Sie weiß nicht, wie man sich unter Wölfen benimmt.«

»Es geht ihr gut«, sagte Tanja.

Werner nickte. »Ich vergesse immer wieder, wie anpassungsfähig die Natur ist. Iris war die Natur scheißegal.«

»Das ist ihr gutes Recht«, sagte Oskar.

»Sie wollte alles zerstören.«

»Wollte sie nicht vor allem einen altbekannten Kollegen an Ihre Stelle setzen? Ausgerechnet den, der mit Ihren Forschungsergebnissen aus Guatemala promoviert hat, den Dieb?«

»Das war mir egal.«

Oskar schnaubte.

»Iris hat es auch nicht geglaubt. Sie hat triumphierend auf meine Kränkung gewartet. Aber da kam nichts.«

»Das glaubt doch kein Mensch.«

»Es ging nicht um mich oder sie.« Er sah Oskar ernst an. »Es geht um die Rettung der Natur.«

»Geht's 'ne Nummer kleiner?«

»Sie verstehen das nicht. Wenn wir jetzt nicht umdenken, ist alles zu spät.«

»Jaja, seit ein paar hundert Jahren ist alles zu spät.«

»Bis 2100 wird die Hälfte der noch lebenden Arten ausgerottet sein.«

»Und deshalb soll ein Blättchenversteher wie Du zwei Frauen umbringen?«

»Menschen gibt es zu viele.«

»Wenn Du die Überbevölkerung beenden willst, mußt Du viele Gefriertruhen füllen.«

»Iris Gerber war ein schlechter Mensch.«

Oskar stöhnte, Tanja sah ihn mit gerunzelter Stirn an.

»Sie kannte nur Zerstörung. Schrecklich, daß ausgerechnet so eine Frau unser Projekt betreuen mußte. Ihren Auftraggeber hätte ich gerne kennengelernt. Was für eine phantastische Idee, Natur aufzukaufen und die Menschen zu vertreiben.«

»Wirklich phantastisch.« Oskar schüttelte den Kopf.

»Die Natur kann sich ungestört entfalten.« Werners Augen leuchteten. »Und wir schauen zu.«

»Haben Sie den Wildtieren, die Iris zerfleischt haben, auch zugesehen?«, fragte Tanja.

»Ich habe alles aufgeschrieben. Sie finden die Notizen in meinem Arbeitszimmer. Iris Gerber dachte, die Natur sei eine lästige Fußnote, die sie auf ihrem steilen Aufstieg nur abschütteln müßte.« Werner lächelte. »Ich habe sie zurückgeholt in den Schoß der Natur.«

»Und die Frau auf dem Friedhof?«, fragte Tanja.

»Hat die Fähe getötet. Haben Sie gesehen, was sie ihr angetan hat? Tapfer hat sie Junge großgezogen, in feindlicher Umwelt.«

»Die Leute in den Gräbern werden sie schon nicht gestört haben«, sagte Oskar.

»Ich habe sie im Auge behalten, ihr ab und an Futter gegeben, damit sie es schafft.« Werner beugte sich zu Tanja. »Es war Zufall, daß ich sie entdeckt habe. Durch einen Notruf in der Wildvogelstation. Ein Eulenjunges war aus dem Nest gefallen, Friedhofsbesucher hatten es entdeckt.« Er lachte. »Der Altvogel hat mich angegriffen.« Er faßte sich ins Haar. »Hat richtig geblutet. Dabei habe ich das Junge nur ins Nest zurückgesetzt.«

»Und dabei haben Sie die Fähe entdeckt?«

Er nickte. »Sie sah erbärmlich aus.«

Er war zurück. Janine hatte ihren frühmorgendlichen Gang zum Plumpsklo unternommen. Halb im Schlaf war sie aus ihrem Schlafsack gekrabbelt und losgetapert. Auf halber Strecke sah sie ihn. Er lief über das Gras, mit ausgreifenden Schritten. Das tiefe Licht der Sonne tanzte in seinem feuchten Fell. Oberhalb des Geheges wartete er. Die drei Wölfe schliefen eingerollt, Ronja hob den Kopf in seine Richtung und stand auf. Er lief vor ihr hin und her, wie auf einem Laufsteg. Sie ging zum Zaun, ihr Kopf folgte seinen Bewegungen.

Janine schlich zum Gehege, gezogen wie von einer Schnur, und öffnete das äußere Tor.

Die drei Wölfe schliefen reglos. Langsam hoben und senkten sich ihre Brustkörbe.

Janine sah zu dem Rüden und zu Ronja. Der Rüde jaulte leise, Ronja winselte und peitschte mit tiefliegender Rute.

Janine öffnete das innere Tor und trat zur Seite.

Ronja lief los. An Janine vorbei auf die Wiese.

Der Rüde hob Kopf und Rute. Breitbeinig stand er in der Morgensonne. Ronja lief mit angelegten Ohren zu ihm. Der Rüde wedelte. Sie kroch auf ihn zu. Er schnupperte auf ihrem Rücken, hinter ihren Ohren. Trat einige Schritte zur Seite. Ronja stand vorsichtig auf, schlich ihm hinterher. Der Rüde markierte, sie schnupperte an seiner Marke. Er lief über die Wiese. Ronja machte einen Sprung zur Seite und bellte hell. Der Rüde stand am oberen Wiesenrand und rief sie. Ronja lief zu ihm und sie verschwanden im Wald.

Janine sah zu den drei Wölfen, sie schliefen weiterhin tief und fest. Sie schloß die Tore, zog den Rotz hoch, wischte sich mit dem dreckigen Ärmel die Tränen aus dem Gesicht, hatte vergessen, daß sie eigentlich hatte pullern wollen und kroch zurück in ihren Schlafsack.

»Und Karin Neuman?«, fragte Oskar.

»Wer?«, fragte Werner.

»Die Frau, die Sie erschlagen haben«, sagte Tanja.

»Sie hat neben den Fuchsbau gepinkelt. Die Fähe konnte gar nicht anders, sie mußte ihre Jungen verteidigen.« Werner schüttelte den Kopf. »Die Frau schrie, nahm den Stein und schlug auf die Fähe ein. Dabei hat sie nur den Eingang des Baus verteidigt.«

»Sie wird Angst gehabt haben.«

»Natürlich.«

»Ich meine die Frau. Sie hatte Angst.«

Werner schnaubte.

»Und was haben Sie gemacht?«

»Ich habe gebrüllt, sie soll aufhören, aber sie hat weiter auf die Fähe eingeschlagen.« Er senkte den Kopf. »Richtig zermalmt hat sie sie.« Er schwieg. Tanja legte die Hand auf seinen Arm, Oskar hob den Kopf zur Decke und verdrehte die Augen. »Ich habe sie hochgehoben, wollte ihr helfen, aber es war zu spät.«

»Und Karin Neuman?«

»Hat weiter geschrieen. Ich sollte das Vieh nicht anfassen, das hätte Tollwut.« Er lachte. »Blöde Kuh. In ihrer runtergelassenen Hose.«

»Und dann?«

»Habe ich ihr den Schädel eingeschlagen. Ein Leben für ein anderes. Gut«, er nickte, »bei ihr war es nur eine Fähe und ihre Jungen, bei Iris der Urwald Guatemalas. Aber prinzipiell war es richtig.«

»Prinzipiell?« Oskar sprang auf, die Ctenanthe oppenheimiana wackelte.

»Wir müssen endlich den Kampf aufnehmen. Seit Jahrzehnten appellieren wir an die Vernunft. Klären auf, bitten, betteln. Und der Erfolg?« Er wies auf die Ctenanthe. »Zerstörung, Zerstörung, Zerstörung.«

Oskar sah ihn mit offenem Mund an.

»Wir können nicht mehr nur protokollieren, wie der Mensch die ganze Welt vernichtet. Wir müssen etwas unternehmen.«

»Und den fand Jakob sympathisch.«

Werner sah Oskar lächelnd an. »Jakob ist ein Seelenverwandter, das verstehen Sie nicht mit Ihrem Bürokratengehirn.«

Oskar setzte sich wieder.

»Er ist nur noch nicht so weit. Er bemüht sich um Verständnis. Darüber will ich mich gar nicht erheben, ich war ja selbst lange so. Bis das Schicksal mir Iris Gerber schickte.«

»Jetzt sind Sie weiter?«, fragte Tanja.

»Und überblicken die ganz großen Zusammenhänge?«, fragte Oskar.

Werner nickte. »Wir werden ein Netzwerk bilden, die Kräfte bündeln. Wir brauchen Geld, viel Geld. Und dann kaufen wir Natur und vertreiben die Menschen. Diversitäten und Klanglandschaften werden entstehen wie in Vorzeiten. Ich muß Kontakt zu dem Kanadier aufnehmen und es ihm erklären. Vor allem müssen wir uns bewaffnen. Die Zerstörer werden unser Idyll bekriegen. Sie können Harmonie nicht ertragen.«

»Harmonie?«

»Das ist der Ursprungszustand der Natur. Und solange es sehr wenige Menschen gab, die sich als Säugetiere verstanden und nicht gegen die Natur stellten, hat Harmonie noch geherrscht.«

»Und diesen Zustand stellen Sie her, indem Sie zwei Frauen töten?«

Er winkte ab. »Jetzt lassen Sie doch den Kleinkram.«

»Kleinkram?«

»Kein Hahn kräht morgen mehr nach denen. Mein Gott, es gibt doch genug.«

»Der spinnt wirklich total.«

»Fragen Sie Jakob, der versteht mich.«

Oskar beugte sich vor. »Den habe ich vor Ihrem Haus festgenommen.«

»Sehen Sie«, Werners Zeigefinger schoß Richtung Zimmerdecke, »es geht schon los. Sie müssen ihn aussondern. Aber das macht nichts, wir werden im Gefängnis Kontakt aufnehmen.«

»So von einer verwandten Säugetierseele zur anderen«, sagte Tanja.

»Unglaublich«, sagte Oskar. »Jakob hat recht, Berlin ist ein einziges Auslaufgebiet für Irre.«

XXVII

»Paß auf Deinen Kopf auf«, sagte Hanna.

Dao schlängelte durch das Küchenfenster, sprang vom Fensterbrett und streckte Hanna die Hand entgegen. »Keine Sorge Frau Doktor«, sagte sie, »die Beule vergesse ich schon nicht.« Der Kellertreppensturz hatte ihr eine Hüftprellung, ein Dehnung des rechten Innenmeniskus und eine ausgewachsene Gehirnerschütterung beschert. Da die Wunde nicht versorgt worden war, würde eine Narbe auf ihrer Stirn zurückbleiben. Dao hatte beschlossen, das geschäftsfördernd zu finden.

Dr. med Johanna von Bredow nahm ihre Hand und zog sich durch das Küchenfenster. Sie ächzte. »Nix für große Frauen«, sagte sie.

»Soll ich für Eure Durchlaucht die Haustür aufbrechen?«

Hanna lachte und sprang auf den Küchenboden. Sie wischte sich die Hände an ihrer Hose ab. »Deutscher Adel ist es gewohnt, sich klein zu machen.« Sie war frisch aus den USA zurückgekehrt. Erholt, mit einer Reihe gefaßter Entschlüsse und voller Tatendrang, ihre Gerichtsverhandlung durchzustehen und um ihren Beruf zu kämpfen. Sie wollte Jakob auf den Schoß springen und ihn für mindestens vierundzwanzig Stunden nicht mehr loslassen. Aber er war verhaftet. Jetzt half sie Dao erst einmal auf ihrem Rachefeldzug gegen einen Mann, der ihre Wohnung verwüstet und sie angegriffen hatte. »Was hast Du eigentlich hier vor?«, fragte sie.

Dao zog ihren Rucksack von draußen herein. »Das habe ich Dich damals im Pflegeheim auch nicht gefragt.«

»Ist ja gut. Was soll ich tun?«

»Halten.« Dao gab ihr den Rucksack, zog Gummihandschuhe an und entnahm dem Rucksack eine mit einer Flüssigkeit gefüllte große Flasche.

»Was ist das?«, fragte Hanna.

»Pferdeurin«, sagte Dao. »Du glaubst nicht, wie schwer es war, da ran zu kommen.« Sie verließ die Küche und inspizierte die Räume. Hanna folgte ihr kopfschüttelnd. Das alte Reihenhaus war winzig. Unten gab es ein vollgestelltes Wohnzimmer, ein Elternschlafzimmer, in das nur ein Bett paßte, oben fanden sie ein Zwergenzimmer mit drei Bettchen.

»Der hat ja Kinder«, sagte Hanna und deutete auf einen Berg Plüschtiere.

»Und?« Dao zog eine überdimensionierte Spritze mit Urin auf. »Die ist für Einläufe bei Pferden.«

»Dao!«

»Was?«

»Das kannst Du nicht machen.«

»Grete findet schon. Das ist ihr Plan.«

»Die ist auch noch im Krieg.«

Dao stand mit ihrer riesigen Pferdespritze vor Hanna. »Du weißt nicht, in welchem Zustand ich in der Nacht zu ihr kam.«

»Mit der muß ich reden.« Hanna packte Daos Rucksack aus.

»Was machst Du da?«

»Ich will wissen, was Grete noch eingefallen ist.«

»Wir ahmen den Scheißkerl nur nach. Auge um Auge.«

»Was ist das?« Hanna deutete auf eine vakuumierte Tüte.

»Rindersperma. Das von Pferden war zu teuer.«

»Ihr spinnt doch.«

»Er hat es verdient.«

»Und willst Du auch Scheiße verteilen wie er?«

»Schafsköttel. Ich bin zu zivilisiert für Gülle, und Hundescheiße fand ich langweilig.«

Hanna schüttelte den Kopf. »Nein, Dao, das ist verkehrt.«

Dao ließ sich auf das quietschende Kinderbett fallen. »Hilfst Du mir also doch nicht?«

Hanna steckte die Urinspritze und das vakuumierte Sperma zurück in Daos Rucksack. »Ich helfe Dir, indem wir diesen Schwachsinn abbrechen.«

»Aber er muß bezahlen.«

»Das wird er, aber nicht seine Kinder. Und nicht auf diese Weise.« Sie sah Dao an. »Du äffst seine primitive Zerstörungssucht nach, das ist alles.«

Dao seufzte. »Aber ich will meine Rache.«

»Sonst noch was?«

»Daß er Angst hat wie ich damals.«

»Rindersperma auf den Möbeln macht ihm aber keine Angst. Er ist ein Mann.«

»Was dann?«

»Sagtest Du nicht, er ist stellvertretender Filialleiter, angepaßt und bieder?«

Dao nickte.

»Dann hat er schon Angst.«

»Verstehe ich nicht.«

»Er hat sich gehen lassen, in Deiner Wohnung und bei dem Überfall auf Dich. Das war Einbruch und Körperverletzung. Was, wenn das entdeckt wird? Er wäre seinen Job los, seinen braven Ruf, Häuschen, Frau und Kinder.«

»Soll ich ihn anzeigen?«

»Dann wachsen die Kinder ohne Vater auf.«

»Scheiße, warum müssen immer wir so verantwortungsvoll sein?«

»Weil wir die Guten sind.« Hanna sah sie an. »Und deshalb wirst Du ihm zeigen, daß Du alles weißt. Daß Du ihn jederzeit drankriegen kannst.«

Vor dem Gerichtssaal polterte es, eine Frau schimpfte, die Tür wurde aufgestoßen, der Gerichtsdiener stolperte in den Saal. »Entchuldigung, Herr Vorsitzender«, sagte er atemlos, »die junge Frau ließ sich nicht aufhalten.«

»Das will ich meinen«, sagte Marie und stapfte mit Ridgeback, spanischen Straßenhunden und ihrem Terrier in den Saal. »Immerhin sind alle angeleint.«

»Setzen Sie sich doch«, sagte Richter Schneiderhahn. Marie sah die prall gefüllten Zuschauerbänke, ging in die Mitte des Saales, legte ihre Hunde ab und setzte sich im Schneidersitz vor die Anklagebank.

»Sind jetzt alle da?«, fragte der Richter.

»Thies fehlt noch«, sagte Marie.

Der Richter blätterte in seinem Terminkalender. Der Beisitzer schob ihm die Akte zu und flüsterte etwas in sein Ohr.

»Das Handy, richtig. Angeklagter, Sie haben es also gefunden?«

»In der Asservatenkammer, wo es hingehört.« Jakob sah zu seinem Vorgesetzten Kriminalrat Fockemeyer, der sich in die letzte Reihe gequetscht hatte, um Hagedorns Untergang zu genießen.

»Es liegt die Aussage eines Kollegen vor, daß das Handy aus der Asservatenkammer verschwunden ist, nachdem Sie dort waren«, sagte Staatsanwalt Samuel Herzl.

»Der Kollege ist zur Zeit auf Mallorca«, sagte Jakob.

»Schöne Insel«, sagte der Richter, »war ich auch mal.«

»Woher wissen Sie das?«, fragte Samuel.

»Mein Kollege Blum hat das ermittelt«, sagte Jakob.

»Das war mit meiner ersten Frau«, sagte der Richter.

Der Beisitzer zog ihn am Ärmel und flüsterte wieder.

»Kommissar Blum, ist der im Saal?«, fragte der Richter.

Oskar stand auf. Schneiderhahn winkte ihn heran. »Wie war denn das nun mit der Kammer und dem Urlaub?«

»Wie Hauptkommissar Hagedorn gesagte hat. Der Kollege ist verreist. Und als er das Handy vermißt haben will, war er es auch.«

»Versteh' ich nicht«, sagte der Richter.

»Der einzige Zeuge für die Unterschlagung kann gar nichts gesehen haben, weil er im Urlaub war. Damals Fichtelgebirge.«

»Hat er Ihnen das erzählt?«

»Stand im Dienstplan. Und als ich den gezeigt habe, brach ihm der Schweiß aus. Da war er hoffentlich nicht der Einzige.« Oskar warf einen Seitenblick auf Fockes letzte Reihe.

»Was wollen Sie damit sagen?«, blaffte der Staatsanwalt.

»Der Kollege hat mir ein Briefchen in den Knast geschickt«, sagte Jakob. »Es tut ihm leid.« Auf der Zuschauerbank lachten Wladi und Boris.

»Gibt es dazu Unterlagen?« Der Richter wühlte in den Akten.

Oskar gab ihm eine Kopie des Befragungsprotokolls. »Die Zeit war zu knapp, Herr Richter.« Er machte sich auf den Rückweg zu seinem Platz.

»Nun bleiben Sie doch hier, das Gerenne macht mich ja ganz nervös«, sagte der Richter.

Marie klopfte mit der Handfläche auf den Boden vor der Anklagebank und Oskar ließ sich ächzend neben sie fallen.

»Ich beantrage die Beibringung des Handys«, sagte der Staatsanwalt. »Kommissar Blum ist ein enger Freund des Angeklagten, das Handy könnte eine Doublette sein.«

»Samuel!« MM sprang auf.

»Und wer sind Sie?«, fragte der Richter.

»Meine Mutter«, sagte der Staatsanwalt.

Der Richter beugte sich vor. »Sind Sie zur Unterstützung Ihres Sohnes hier, oder haben Sie etwas beizutragen?«

»Und ob ich was zu sagen habe.« MM übergab Hektor an Tülle. Der Staatsanwalt versenkte den Kopf in seinen Akten.

»Das Ganze ist nämlich eine miese Intrige gegen unseren Jakob.« Erwin und Tülle applaudierten. MM näherte sich dem Richtertisch, ihre rotgefärbten Haare leuchteten. »Zunächst mal ist da sein Chef.« Sie sah zu Fockemeyer. »Wahrscheinlich ist er neidisch auf Jakobs Erfolge. Gerade erst hat er wieder einen Mörder überführt. Den von der Krummen Lanke.«

»Ist er nicht eigentlich suspendiert?«, fragte der Staatsanwalt.

»Halt die Klappe, Samuel.« MM rückte ihr Kostüm gerade. »Gut, er sieht Geister, das ist für einen von der Bullerei, nun ja, nicht gerade die Regel. Außerdem kippt er öfter aus den Latschen.« Sie sah zu Jakob. »Aber was soll's«, sie wischte Jakobs Epilepsie weg wie eine lästige Fliege, »es zählt, was rauskommt.« Der Richter nickte bedächtig. »Und deshalb, Hohes Gericht, beantrage ich, daß Sie den Quatsch hier einstellen.«

Die Zuschauer applaudierten, Tülle hob den Daumen. MM stolzierte zurück zu ihrem Hektor.

»Kommt überhaupt nicht in Frage«, sagte Samuel, »erst will ich das Handy sehen.«

Tanja stand von ihrem Platz auf und brachte eine Plastiktüte zum Richtertisch.

»Da ist es, Samuel«, sagte Jakob. »Äußerlich unversehrt, trotzdem hat meine Kollegin Wehland es der Kriminaltechnik zur Untersuchung gegeben.« Tanja nickte und setzte sich zu Oskar und Marie. »Dabei hat sich herausgestellt, daß es Korrosionsschäden hat.«

»Und das heißt?«, fragte der Richter.

»Feucht ist es«, sagte Oskar. »Im Asservatenkeller ist es klamm wie unter der Erde.«

»Und deshalb sind alle Daten futsch«, sagte Jakob.

»Kann man denn dann überhaupt noch feststellen, ob es das Handy dieses, dieses ...«

»... Geiselnehmers«, ergänzte Wladi und stand auf. »Es ist meins, Herr Richter, das nehme ich auf meinen Eid.« Er setzte sich wieder, Boris klopfte ihm auf die Schulter.

»Die Schäden waren nicht so schwerwiegend, daß man nicht Fingerabdrücke hätte nehmen können«, sagte Jakob. »Meine waren nicht drauf, dafür aber, außer denen von Herrn Gonodow«, er wies auf Wladi, »noch die einer anderen unbekannten Person.« Jakob sah zu Focke. »Leider niemand, den der Polizeicomputer kennt.«

»Der große Unbekannte«, sagte der Richter. Er wandte sich an Samuel. »Dann kann ich das Verfahren einstellen?«

Es klopfte an der Tür und Grete schob sich in den Saal.

»Sind Sie Thies?«, fragte der Richter.

»Nee«, sagte Grete, »ich bin nur die Oma.«

»Dann setzen Sie sich, Oma.«

Grete deutete auf Jakobs geräumige Anklagebank. »Darf ich?«

Der Richter nickte und streifte die Schuhe ab.

Grete packte belegte Brote aus und bot Jakob an.

»Wo waren wir?«, fragte der Richter seinen Beisitzer, der wieder flüsterte. »Die Unterschlagung, richtig.«

Samuel stand auf. »Herr Vorsitzender, Sie müssen meine Mutter entschuldigen.«

»Ich fand sie unterhaltsam.«

»Das Verfahren hat bewiesen, wie ungeeignet Herr Hagedorn für den Polizeidienst ist«, hob Samuel an.

»Kann ich nicht finden«, sagte der Richter und schubbelte die Socken aneinander. »Er macht, was er soll, Fälle lösen.«

»Das Wie ist das Problem.« Samuel hob den Zeigefinger. »Ich erinnere an die Dienstvergehen bei Frau Dr. von Bredows Mordversuch an einer Patientin.«

»Das Ziel heiligt manchmal die Mittel.«

»Herr Richter?«

Schneiderhahn öffnete die zwei oberen Hemdknöpfe. »Den Ausgestoßenen dieser Erde zu helfen, ist nicht verwerflich.«

»Wir sprechen über eine Ärztin, mit Festanstellung.«

Der Richter entledigte sich mit geschlossenen Augen der Krawatte. »Sie haben keinen Humor, Herr Staatsanwalt, und kein Gespür für die Fronten im Kapitalismus. Das wird Ihnen noch zum Verhängnis.«

Samuel ließ sich krachend auf seinen Stuhl fallen.

»Angeklagter«, Schneiderhahn wandte sich an Jakob, »wir reden immerzu über Sie. Ihre Art, den Beruf auszuüben, Ihre Lebensgefährtin, die Geisternummer, was Ihre Kollegen von Ihnen halten, aber das Wesentliche habe ich noch nicht gehört.« Er beugte sich vor und winkte Jakob vertraulich heran. »Wollen Sie denn überhaupt zurück in den Sauhaufen?«

»Herr Vorsitzender!« Samuel sprang auf.

»Sie halten jetzt die Klappe«, sagte der Richter, »sonst lasse ich Sie mit Ihrer Mutter in eine Zelle sperren. Also, Kommissar Hagedorn?«

»Nichts lieber als das«, sagte Jakob.

»Trotz der Dienstvorschriften und der Kollegen?«

»Sie sind ja nicht alle so.«

»Und der Staatsanwalt?«

»Das ist eine Familienangelegenheit.«

Der Richter stand auf. »Ich muß aufs Klo«, sagte er, »und dann verkünde ich das Dings ...« Er sah zum Beisitzer. »Das Urteil«, sagte der. »Genau«, sagte der Richter, »das gibt's dann.«

Sie kamen von der Ostsee nach Hause. Drei Tage Usedom, länger hatte er nicht freibekommen, Marina Suhatovic war aus dem Mutterschutz zurück, er mußte morgen die Übergabe machen. Wie ein Schuljunge.

Die Kinder polterten an ihm vorbei die Treppe hoch in ihr Zimmer. Oben angekommen stritten sie schon wieder. Es krachte, die Kleine plärrte, er seufzte.

»Ich geh' schon«, sagte seine Frau, stieg schnaufend die Treppe hoch und stritt mit den Kindern.

Sie wurde immer fetter. Wenn das so weiterging, mußten sie noch ausziehen, weil seine Frau nicht mehr durch die Türen paßte.

Er stellte in der Küche die Kühltasche ab. Sie hatten Fisch mitgebracht. So frisch wie dort bekam man ihn in Berlin ja nicht. Und der Preis war auch besser. Er öffnete die Truhe und starrte auf fremde Schriftzeichen. Asiatisch irgendwie. Er hob und drehte die Tüte. Was war denn das? Sah aus wie Fisch. Made in Vietnam. Er rief nach seiner Frau, aber die stritt immer noch mit den Kindern. Er schob kopfschüttelnd die Tüte beiseite und legte den Usedomer Kabeljau in die Truhe.

Die Kinder brauchten bald etwas zu essen, sonst hätten sie keinen freien Abend. Er zog einen Topf hervor. Nudeln gingen immer. Er öffnete den Oberschrank und starrte auf eine Großpackung mit bläßlichen Nudeln. Reisnudeln, warum nicht. Made in Vietnam. Seine Frau hatte offensichtlich einen neuen Laden aufgetan, von dem er nichts wußte.

Er schüttelte die Nudeln in Salzwasser. Die waren aber wirklich dünn. Er stellte die Herdplatte vorsichtshalber niedrig an und ging ins Bad. Er öffnete den Badschrank, um seine Sachen von der Reise zurückzuräumen. Aber es war kein Platz frei. Er starrte auf Tuben, Flaschen, Tiegel. Alles sehr bunt und mit asiatischen Schriftzeichen bedruckt. Rasierschaum, Gesichtscreme, Deodorant. Dahinter Zahnstocher. An der Packung lehnte eine kleine Visitenkarte. Er hob sie auf und las.

Private Ermittlungen, Nguyen & Partner.

Ihm brach der Schweiß aus. Er lief zurück zur Küche, riß die Kühlschranktür auf und sah auf vietnamesischen Reiswein, vietnamesische Soßen. Er schlug die Kühlschranktür zu und zog die erstbeste Schublade auf. Eßstäbchen, sicher dreißig Stück. Er warf sie in den Müll, öffnete die anderen Oberschränke. Ihm unbekannte Teeschalen. Asiatische Gewürze, grüner Tee.

Er schwitzte, räumte alles aus und stopfte es in einen großen Müllsack. Seine Frau rief von oben, er hörte sie die Treppe herunterkommen. Sie füllte die Küchentür vollständig aus. »Das mußt Du Dir unbedingt ansehen.« Sie stutzte. »Was machst Du denn da?«

»Aufräumen«, sagte er.

»Wolltest Du nicht kochen? Die Kinder haben Hunger.«

»Raus.«

»Aber vorher mußt Du erst noch nach oben kommen, das glaubst Du nicht.«

Seine kleine Tochter erschien im Türrahmen und versuchte, an ihrer Mutter vorbeizusehen. »Guck mal Papa, da hat einer mit meinen Spielsachen was gemacht, während wir am Meer waren.«

Sie schob ihrem Vater ihre Puppe hin. Der Kopf war in eine Plastiktüte gewickelt, sie war blau, wie die ...

»Alle Plüschtiere sehen so aus«, sagte seine Frau. »Dein Sohn liegt auf dem Bett und heult.«

»Raus«, sagte er gepresst.

»Was?« Seine Frau sah ihn aus fetten Schweinsäuglein an.

Schweiß brach ihm aus allen Poren. »Raus«, brüllte er. »Macht, daß Ihr rauskommt.«

Er jagte jetzt zusammen mit seinem Mädchen. Kein Hunger mehr, keine einsamen Streifzüge. Sie war noch unerfahrener als er bei der Jagd. Aber sie hatte einen starken Instinkt, lernte schnell. Bald würden sie Junge haben, sie suchten einen Platz für ihr Rudel.

Sie waren den ganzen Tag gelaufen, die Sonne im Rücken. Hatten an einer Autobahn gestanden, bis Ronja ihn über eine Brücke führte.

Gemeinsam waren sie durch einen Fluß geschwommen. Er hatte die richtige Stelle ausgesucht, den Zeitpunkt, Ronja war ihm mit starken Zügen gefolgt, als hätte sie nie etwas anderes getan.

Sie hatten einen Platz zur Rast gefunden. Beide lagen eingerollt im Schutz mächtiger Eichen. Da wehte der scharfe Rauch heran, den er kannte. Darunter das brennende Fleisch. Dazu Menschen, der schwere Geruch bedeutete Schmerz. Bedeutete Gefahr, der sie sich nicht auszusetzen brauchten. Kein Hunger mehr, sie waren zu zweit.

Auch Ronja hob den Kopf, stand auf und lief ohne Zögern zu dem schweren Geruch, der für sie Futter hieß, ein Schlafplatz, Nähe und Wärme.

Der Wolf überholte und warnte sie, aber Ronja hielt auf den Geruch zu. Am Rand einer Wiese stoppten beide. Fiepend sah Ronja zum Grillplatz. Es waren viele Menschen, sie lachten. Kinder tollten über die Wiese. Ein Mann in kurzen Hosen blies in ein Feuer. Ein anderer verteilte Fleisch auf einem Grill. Fett tropfte zischend auf Kohlen, Rauch stieg auf. Eine dicke Frau in großem T-Shirt wedelte den Rauch mit einem Stück Pappe weg. Ein Mann trat zu ihr, faßte sie um die Hüften und goß Bier auf das Fleisch. Kreischend sprang sie zur Seite.

Ronja hatte die Ohren nach hinten gelegt, ihre Rute peitschte. Sie winselte, den Blick auf das Grillfest gerichtet.

Ein junger Mann trug zwei Bierkästen auf den Platz, die anderen applaudierten grölend. Einer nahm eine Flasche aus dem Kasten und begann zu singen, weitere fielen ein.

Der Bierkastenmann ging zurück zu seinem Wagen, öffnete die Türen und drehte Musik auf. Bässe zerstörten die Stille.

Der Wolf stellte sich neben Ronja und schnaubte ihr hinter das Ohr. Ronja ließ den Blick nicht vom Grillfest.

Er tänzelte neben ihr auf und ab, senkte den Kopf auffordernd über ausgestreckten Vorderpfoten.

Ronja beachtete ihn nicht.

Er umkreiste sie, erst eng, dann immer weiter. Blieb vor ihr stehen, präsentierte seine Seite.

Die ersten Steaks waren fertig und landeten auf Papptellern. Ketchupflaschen wurden geöffnet. Die Bässe wummerten, Ronja schnupperte.

Der Wolf setzte sich neben sie, den Blick auf sie gerichtet. Er fiepte. Sie hatten doch keinen Hunger, sie jagten zusammen.

Aber Ronja sah zu den Menschen, verfolgte jede Bewegung mit den Ohren.

Da stand er auf und ging. Erst nur wenige Schritte, sah zurück, wartete. Immer weiter, langsam. Wiesengras unter seinen Pfoten, Sand, Eicheln, Kiefernzapfen im Wald. Er wartete wieder, sah zu Ronja.

Schließlich drehte er ab, trottete in den Wald, lief mit gesenktem Kopf und hängender Rute durch ihn hindurch. Am anderen Ende blieb er stehen, wandte sich zu seiner Frau und heulte.

Die Grillgesellschaft hörte ihn. Niemand kaute, schluckte, trank, lachte, sang mehr. Der junge Mann rannte zu seinem Auto und drehte die Bässe ab.

Auch Ronja hatte ihren Wolf gehört. Sie stand auf und sah in seine Richtung, jaulte. Sah zurück zum Grillplatz.

Der Wolf heulte erneut und Ronja fiel ein. Weit warf sie den Kopf in den Nacken und heulte zum ersten Mal in ihrem Leben.

Die Menschen auf dem Grillplatz sahen sie sofort. Männer brüllten Kommandos. Liefen zu Autos, entnahmen Gewehre, luden durch.

Am Waldsaum stand einsam Ronja, wedelnd sah sie den sich bewegenden Menschen zu. Das Botanische Museum schoß durch ihren Kopf, die Küche mit dem Futter, der Garten, die Touren mit dem Fahrrad, an der Seite ihres Menschen. Die Nähe, wenn er schlief, sein Federbett, das offene Fenster, das Brausen der Nacht von Berlin.

Da heulte der Wolf erneut, rief sein Mädchen und Ronja vergaß die Menschen, die Stadt und lief zu ihm. Hinein in den Wald, immer schneller tanzten ihre Pfoten.

Die Schüsse kamen zu spät.

Sie spielte für ihn. Hanna spielte Cello für Jakob. Mitten in der Nacht war sie von seinem Schoß geklettert, hatte sich sein Hemd übergestreift, ihr Instrument nach einem halben Jahr Mißachtung gestimmt, Jakob angesehen und für ihn gespielt.

Er folgte ihrem Arm, der den Bogen führte. Ihre Griffhand tanzte auf den Saiten. Der Kopf beugte sich, ihr Haar fiel vor das Gesicht. Ihre nackten Zehen bewegten sich im Takt, die Fersen hoben und senkten sich über den Dielen.

Jakob wünschte sich, sie würde nie aufhören, aber selbst Beethovensonaten hatten ein Ende. Sie stellte das Cello an die Wand, grinste ihn frech an, nahm Anlauf und sprang in sein Bett.

Jakob lachte. »Lernt man sowas in Amerika?«, fragte er.

»Da lernt man nur Heimweh.« Sie senkte ihre Nase in seine Brust und atmete schniefend ein.

»In drei Wochen muß ich vor Gericht erscheinen«, sagte sie.

»Und hast Du inzwischen einen Anwalt?«

Sie schüttelte den Kopf.

»Du wirst ihn brauchen.«

»Und das sagst ausgerechnet Du. Hattest Du nicht gerade eine ganze Institution gegen Dich?«

Jakob wickelte eine dicke Strähne ihrer dunklen Haare um seinen Finger. »Das war eine Familienangelegenheit, da hätte ein Anwalt nur gestört.«

»Lügner.«

»Bei Dir ist es das medizinische System.«

»Kann schon sein.«

»Sehr mächtig und bis an den Hals vollgestopft mit dem Geld der Steuerzahler.«

Sie seufzte.

»Es geht nicht nur um Dich. Du bist das zu statuierende Exempel. Und wenn Du Dich nicht wehrst, werden Selbstbestimmungsrechte von Patienten weiterhin mit Füßen getreten.«

»Und immer mehr angepaßte, ängstliche Ärzte großgezogen.« Sie seufzte. »Meine Schwestern sehen das genauso. Von Bredow gegen den Rest der Welt. Sie wollen alle kommen.«

Er zog sie heran. »Es gibt noch mehr Welt, die Dir hilft.«

»Das ist gut. Ich will meinen Beruf zurück.«

Er schnupperte am Cello, stellte die Ohren nach vorn und zuckte zurück, als er versehentlich eine Saite berührte.

»Was war das?« Hanna horchte.

»Der Wolf«, sagte Jakob, »an Deinem Cello.«

»Wie ist er denn aus Deiner Gefängniszelle gekommen?«

Jakob hatte ihn dort erstmals gesehen. Er lag vor seinem Bett, als müsse er ihn bewachen. Es war ein Rüde, groß und stark, hinten lahmte er. »Er hat mich die ganze Zeit begleitet«, sagte er.

»Dann brauchtest Du natürlich keinen Anwalt.«

»Abgesehen davon können Geister fliegen und durch Wände gehen.«

Hanna zog spöttisch die Stirn kraus. »Ich bin mit dem Thema nicht so vertraut.«

Der Wolf ging zur Fensterbank, auf der Jakobs Mutter saß, wie immer den leeren Blick in irgendwelche Fernen gerichtet. Er legte vorsichtig den großen Kopf auf ihr abgemagertes Knie. Jakob hielt den Atem an. Da hob sie die Hand und streichelte den Wolf.

»Und Deine Mutter, ist sie auch da?«, fragte Hanna.

Der Wolf stieg auf die Fensterbank, sah Jakobs Mutter ein letztes Mal an und sprang aus dem Fenster.

»Jakob?«

»Sie war da«, sagte er mit kratziger Stimme. »Wir sind allein.«

Hanna setzte sich auf. »Das ist gut, ich muß etwas mit Dir besprechen.« Sie sah ihn ernst an. »Du bist nach Deinem Freispruch doch jetzt wieder im Dienst ...«

»Noch bin ich suspendiert.«

»Also hast Du Zeit.«

Er lächelte. »Ich wollte mit Dir in den Botanischen Garten.«

»Bist Du traurig, daß Werner der Mörder ist? Du mochtest ihn doch.«

»Ich habe mich in ihm getäuscht.« Er sah in Hannas nachtdunkle Augen. »Er hat sich zu wichtig genommen.«

»Und das als Berliner.«

»Er hat eine Mission, ausgerechnet hier bei uns.«

Hanna seufzte. »Spätestens nach dem Botanischen Garten müßtest Du aber etwas für mich tun«, sagte sie. »Ich habe auf meiner Reise viel nachgedacht.«

Er strich ihr das Haar hinters Ohr.

Sie holte tief Luft. »Finde meine Mutter.«

Er schwieg und sah sie lange an. »Und wenn sie tot ist?«

Hanna nickte. »Auch dann. Ich muß endlich wissen, ob sie mich verlassen hat.«

Jakob sah zu seiner Mutter auf die Fensterbank, erwartete ihren Ferneblick, aber sie hob den Kopf. Erst zu Hanna, dann zu ihrem Sohn. Sein Herz machte einen Sprung bis unter das Dach.

»Das hätte sie nie getan«, sagte er, »zumindest nicht freiwillig.«

»Finde sie, dann wissen wir es.«

Er fuhr die Falte entlang, die sich mitten zwischen Hannas Augen bildete, wenn sie nachdachte. »Der Botanische Garten kann warten.«

Danke

Dieser Roman wäre richtig schlecht ohne die Hilfe so vieler. Ihr möchtet mir im Verborgenen helfen, das akzeptiere ich, wenn auch brummend. Also ohne Aufzählung Eurer Namen: Danke für Eure Geduld, daß Ihr helft, meine Geschichten zu Büchern machen.

Es ist wunderbar, gelesen zu werden. All meinen Lesern gebührt mein aufrichtiger Dank: für Eure Bereitschaft, sich mitreißen zu lassen, meine Bücher weiterzuempfehlen, mir bei Lesungen zu begegnen, von Euren Leseerfahrungen zu sprechen und mir zuzuhören. Ihr seid unverzichtbar, damit jene Welten entstehen, in denen wir uns so gern aufhalten.

Ich kenne Euch seit vielen Jahren. Bei jedem Wetter haben wir schon zusammengestanden, um über die krause Weltlage und unsere mittelgroße Privatsorgen zu sprechen. Ohne die Menschen im Auslaufgebiet wäre mein Leben um vieles ärmer. Ihr seid Teil meiner großen Familie, dieser Roman gehört auch Euch.

Und mein wundervolles, unmögliches Zuhause? Es erlaubt und verzeiht alles, setzt sich über Kleinmut und Regulierungswahn lässig hinweg. Berlin, Dein Sound ist ein einziges Wunder: viel zu laut, schrecklich sentimental, verschwitzt und großkotzig. Hast alles gesehen, mehr Tiefgang und deutlich mehr Humor als der Rest der Welt. Kurzum, Du bist der schönste Ort der Welt.

Leseprobe »Fallsucht«

Zwei Stunden, nachdem Kommissar Jakob Hagedorn seine großen Füße auf den Dielenboden seiner Höhle gesetzt hatte, steckte er mit beiden Armen tief im Dienst, Frieda war weit weg bei ihrem winterlichen Tagwerk, sein Bett so kalt wie die Straßen der Stadt. Um zehn Uhr dreizehn lief ein Notruf ein, bewaffnete Geiselnahme in einer Weddinger Oberschule. Das zuständige Kommissariat war von Krankenstand und Sparmaßnahmen leergefegt und so half die Mordkommission aus. Um elf Uhr siebenundzwanzig waren die Schüler evakuiert, das Gelände gesichert, der Geiselnehmer saß im Lehrerzimmer mit einer unbekannten Zahl Geiseln. Jakob betrat das Gebäude, schickte die versammelten Einsatzkräfte nach draußen und klopfte.

»Weg von der Tür, Ihr Scheißer, oder ich murkse sie alle ab.«

»Ich bin Jakob Hagedorn, Hauptkommissar, außer mir ist hier niemand. Die anderen warten draußen und fragen sich, was sie für Dich tun können.« Jakob horchte. Leises Wimmern drang aus dem Lehrerzimmer. »Also ich fände Kaffee eine gute Idee.«

Stille.

»Nur müßten die draußen wissen, ob mit Milch und Zucker. Milch würde ich nicht hinterkriegen, dieses cremige Zeug, aber das ist natürlich Geschmacksache. Was hältst Du davon, wenn sie Dir gleich eine Kanne reinschicken, Beilagen extra, und ein paar Becher dazu?«

Stille.

»Nicht, daß ich was gegen Selbstgespräche habe, aber könntest Du vielleicht mal antworten? Oder noch besser, Du läßt die Frau raus, die da so wimmert, man kann sich ja kaum unterhalten. Und für Dich ist es sicher egal, ob nun einer mehr oder weniger. Also, ich bestelle mal eben den Kaffee und dann komme ich zurück.«

Jakob verließ den Vorraum, ging durch das Portal und schickte einen beispringenden Kollegen Kaffee und Brötchen holen.

»So, bin wieder da, kommt alles. Hier um die Ecke gibt es einen Kiosk, der hämmert Euch was zusammen. Ist ein freundlicher Kiez, wußte ich gar nicht. Die Panke plätschert vorbei, paar schöne Bäume auf dem Hof, was will man mehr, um ins Leben zu starten.«

Die Tür öffnete sich einen Spalt und ein verquollener Mann um die Vierzig taumelte heraus. »Das ist die Heulsuse«, donnerte es aus dem Hintergrund. »Der ist nicht mal 'nen Pott Kaffee wert.«

Jakob zog den Mann aus dem Vorraum, winkte den Kollegen am Portal und übergab ihnen den Schluchzenden. Er ließ sich das Tablett mit dem Kaffee und eine große Tüte belegter Brötchen geben, stellte beides auf den grauen Linoleumboden vor die Tür des Lehrerzimmers, nahm sich ein Brötchen und setzte sich neben die Tür. »Zimmerservice«, rief er. Die Tür öffnete sich einen Spalt.

»Woher weeß ick, daß da nüscht zum Schlafenlegen drin ist?«

»Laß Deine Gäste essen und trinken. Wenn sie nach einer Stunde noch wach sind, ist der Rest für Dich. Aber dann ist der Kaffee kalt.«

»Leck' mich.«

»Du kannst uns natürlich auch einfach vertrauen«, sagte Jakob und biß von dem Brötchen ab. »Der Käse schmeckt nach Aldi.«

Eine behaarte Hand, geschmückt mit einer beachtlichen Goldkette, zog an dem Tablett, krachend schloß sich die Tür. Jakob wartete schweigend und kauend. Gummi, dachte er. Eine Schrippe war das zuletzt im Mittelalter.

»Großmaul«, hallte es eine Viertelstunde später aus dem Lehrerzimmer, »bist Du noch da?«

»Wie könnte ich weggehen, ohne mich von Dir zu verabschieden.«

»Sag denen, ich will Kaviar. Und Lachs. Schampus. Persecco.«

»Wir sind hier im Wedding, wo sollen die das denn herholen?«

»Ist mir doch egal, KadeWe oder so. Genau, ich will einen richtig fetten Freßkorb. Von ganz oben, wo die Geschniegelten immer sitzen und uns angucken, als müßten wir ihnen die Schuhe putzen.«

»Weißt Du, wie lange das dauert? Da müssen wir erst den Chef vom KadeWe überzeugen, daß er Dir kostenlos einen zusammenstellt, weil, auf Staatskosten geht das gar nicht, Du kennst ja unseren Finanzsenator, spart an allen Enden. Und außerdem jagst Du dann die nette kleine Kollegin hin, die vor der Tür wartet und die bekommt den ganzen Zoff ab, dabei kann sie gar nichts dafür. Nee, das gefällt mir nicht, das lassen wir.«

»Und wenn ich meinen Geiseln was antue?«

»Sitzt Du in der Scheiße. Und Kaviar kriegst Du trotzdem nicht. Schmeckt übrigens sowieso nicht. Stell Dir vor, Du langst in ein Salzfaß, in dem etwas Glibberiges schwimmt, das nach nix schmeckt.«

»Und warum essen die das dann alle?«

»Damit Leute wie Du denken, daß sie die sind, denen die Schuhe gehören und nicht die, die sie putzen.«

»Ich hab' aber Hunger.«

»Das waren zehn Schrippen, haben Deine Geiseln Dir nichts übriggelassen?«

»Ich bin eben gut erzogen.«

Jakob lachte.

»Hör' auf zu lachen, Du Arsch.«

»Sei nicht so empfindlich. Was hältst Du von Pizza?«

»Gibt der Polizeipräsident Dir das wieder?«

»Der mag keine Pizza.«

Man einigte sich auf eine Einladung aus Anlaß der neuen Bekanntschaft. Jakob kehrte mit einem Stapel Pizzakartons auf dem Arm zurück in den Vorraum. »So langsam wird mir das aber zu blöd, mit Dir immer durch die Tür zu reden. Ich lasse meine Knarre hier draußen, wenn Du willst, kannst Du mir ja dabei zusehen, und dann kommen die Pizza und ich rein.«

Stille.

Jakob legte seine Waffe auf die Fensterbank und öffnete langsam die Tür. Die Mitte des Lehrerzimmers war zugestellt mit zusammengeschobenen Tischen. Um die Tische gut dreißig Stühle, auf ihnen jede Menge Schulhefte, Bücher, Stiftmappen. Lehrers Arbeitsplatz, nicht mal ein eigener Schreibtisch für jeden. Am gegenüberliegenden Ende des Raumes verschanzte der Geiselnehmer sich hinter einem Regal, in seinem Arm eine Geisel, an deren Hals er theatralisch ein großes, böse blinkendes Messer drapiert hatte. Die Frau war langstrippig blond, in Lehreruniform. Jeans, T-Shirt, Pullover drüber,

Nickelbrille. Sie sah aus, als bräche ihr bald das Genick von allein.

Links vom Geiselnehmer unter dem Fenster saß die Reihe der übrigen Geiseln, acht müde, schweißnaß gerötete Lehrergesichter, die sich in ihr schon lange so ähnlich erwartetes Schicksal fügten. Sie waren aneinander und an die jetzt im Februar unangenehm heißen Heizungsrohre mit Seilen gefesselt. Jakob ging zielstrebig auf die raumgreifende Tischplatte zu und verteilte seine Pizza. »Leider wußte ich nicht, was Deinen Geschmack trifft, deshalb habe ich die Speisekarte rauf und runter mitgebracht. Salat ist nicht dabei, ich dachte mir, Du bist sicher kein Grünzeugesser.«

»Woher willst Du das wissen?«, fragte der Geiselnehmer, ohne das Messer vom Hals der Lehrerin zu lösen.

»Soll ich noch mal losgehen und welchen holen?«

»Quatsch, stell' Dich da hinten an die Wand zu den anderen und binde Dich fest.«

Jakob öffnete seelenruhig den ersten Pizzakarton und wedelte sich den Duft zu. »Das mache ich sicher nicht. Hast Du schon mal von einer Einladung zum Essen gehört, wo nur einer essen darf? Also, laß die Frau los, komm' her und such Dir eine aus.«

Der Mann führte die Frau zu den anderen Geiseln und versuchte sie zugleich anzubinden und Jakob nicht aus den Augen zu lassen.

»Deine Pizza wird kalt, Mann. Glaubst Du, ich zahle so viel Geld für kaltes Gummi? Die Brötchen waren schon schlimm genug. Also, laß die Frau gehen und komm endlich her.«

Der Mann legte den Kopf schief und sah ihn an. Die Schulglocke läutete das Ende der sechsten Stunde ein.

»Siehst Du, jetzt hat sie Schulschluß. Was sollen denn ihre Leute zuhause denken, wenn sie nicht kommt.«

Der Mann ließ die Lehrerin los. Entgeistert sah sie zwischen ihm und dem Messer hin und her. »Worauf wartest Du, Alte, verschwinde, bevor ich es mir anders überlege.« Er wedelte mit der Hand, als sei sie eine lästige Fliege. Die Frau sah zu Jakob, der zur Tür deutete und sich ein erstes Stück Pizza nahm. Hastig stolperte die Frau los, riß die Tür auf und verschwand. Jakob sah zur weit geöffneten Tür und fragend zu dem Geiselnehmer. Der hob sein Messer, schüttelte den Kopf und ging selbst zur Tür. Sah vorsichtig um die Ecke und verschwand im Vorraum. Jakob kaute weiter. Als der Mann zurückkehrte, hatte er Jakobs Waffe in der Hand. Jakob kaute nicht mehr.

»Ist die geladen?«, fragte der Geiselnehmer und ließ sie am ausgestreckten Zeigefinger baumeln.

»Das solltest Du nicht ausprobieren. Wenn die draußen einen Schuß hören, wird gestürmt und das überlebst Du nicht. Nimm lieber etwas Pizza. Hier, mit schön viel Salami.« Jakob schoß die Schachtel quer über den Tisch in Richtung des Geiselnehmers. Die Pappe kam an einer wildledernen Stiftmappe ins Straucheln, stieß gegen einen krummen Heftstapel, der sich zögernd entschloß, vom Tisch zu stürzen. Der Geiselnehmer öffnete ungerührt den Karton, riß ein Stück Pizza ab, faltete es zusammen und schob es sich in den Mund. Mit fettigen Fingern griff er wieder nach der Waffe, dieses Mal schon deutlich routinierter. »Der bei mir um die Ecke ist besser.«

Jakob zog die Schultern hoch. »Die Schrippen waren schlimmer.«

»Kaviar muß ich trotzdem mal kosten.«

»Wenn wir alle heil draußen sind, lade ich Dich ins KadeWe ein.«

»So siehst Du aus.« Der Geiselnehmer lachte. »Ich und ein Kripomann, noch dazu einer vom Mord.«

»Woher weißt Du das, sollte ich Dich kennen?« Jakob nahm sich eine Papierserviette vom Stapel der übrigen Pizzakartons, wischte sich sorgsam die fettigen Finger ab und sah den Geiselnehmer an.

»Du bist eine Legende, Mann. Ein Bulle, der 'nen Kollegen in den Knast bringt, weil der seine Mausi umgenietet hat, obwohl der Fall längst zu war und so 'ne arme Sau schon stellvertretend einsaß. Den, der so was fertig bringt, wollte ich schon immer mal treffen, habe mich bloß gefragt, ob ich dafür einen abmurksen muß.« Er griff sich ein weiteres Stück Salamipizza, klappte es zusammen und schob es quer in den Mund. Seine Kiefermuskeln waren Hochleistungseinsatz gewöhnt, Jakob dachte an eine Schlange, die eine Maus hinunterwürgt. »Wie man sieht, geht es auch anders«, sagte er schmatzend, »freut mich, Dich kennenzulernen, Hagedorn.«